黄金：48小时

[美] 钟拓奇 著

新星出版社 NEW STAR PRESS

图书在版编目（CIP）数据

黄金：48小时 /（美）钟拓奇著. -- 北京：新星出版社, 2012.1

ISBN 978-7-5133-0437-5

Ⅰ.①黄… Ⅱ.①钟… Ⅲ.①科学幻想小说 - 美国 - 现代 Ⅳ.①I712.45

中国版本图书馆CIP数据核字（2011）第224021号

黄金：48小时

[美] 钟拓奇 著

责任编辑：李梓若
责任印制：韦 舰
装帧设计：梁宝贵

出版发行：新星出版社
出 版 人：谢 刚
社　　址：北京市西城区车公庄大街丙3号楼 100044
网　　址：www.newstarpress.com
电　　话：010-88310888
传　　真：010-88310899
法律顾问：北京市大成律师事务所

读者服务：010-88310800　service@newstarpress.com
邮购地址：北京市西城区车公庄大街丙3号楼　100044

印　　刷：三河市南阳印刷有限公司
开　　本：910×1230　1/32
印　　张：12
字　　数：203千字
版　　次：2012年1月第一版　2012年1月第一次印刷
书　　号：ISBN 978-7-5133-0437-5
定　　价：28.00元

为爱乐，灵感的源泉

墨龙故事里很多的细节、背景和有关知识，源自于多位不同国家、不同组织的相关人士。我希望在这里感谢他们的参与和支持，特别是江宏文先生、Ms.Weiseman、Mr.Aldrich、唐悦辛先生、吴奈光先生、Mr.Levin 和何青女士。

在这里我还要特别感谢帮助把墨龙系列带给读者的人们，包括出版社的编辑、印刷厂的工人和书店的员工。

当然，我还要感谢我的家人和朋友们，以及所有喜欢墨龙故事的读者们。希望墨龙能和你们的鼓励一起成长。

钟拓奇

目录

序一

国际标准时间 4 月 14 日凌晨 1 点 26 分

中国时间 4 月 14 日 9 点 26 分，美国华盛顿时间 4 月 13 日 21 点 26 分，西亚卡塔尔时间 4 月 14 日 4 点 26 分。

中国国际新闻电视台、英国广播电台、美国有线电视新闻网、半岛电视台几乎同一时间穿插播报要闻：在缅甸波旁省南部的上吉村落，发现一百二十多名村民全部遇难。初步判断，他们可能是传染了萨斯病毒。据悉，和以往不同的是，缅甸军方政府完全配合，并已经上报联合国世界卫生组织。

新闻仍在继续中……

美国时间 4 月 14 日深夜 0 点 30 分，美国国务院网站发布警告，美国公民不可去缅甸、泰国、老挝和中国南部旅行。已经在当地的旅行者，立即与当地美国大使馆或领事馆联系回程事宜。当日下午，一名美国人在自己的微博上留言，若自己24小时内无更新，即为失踪。

中国时间4月14日17点台湾台北，台湾军情局：仰光政府内线密报，上吉村共有121人死亡。同时，遇难人中另有15名白人，他们没有证件。因为他们身材高大，初步判断为北欧人。和村民死亡状况不同，他们明显是被某种武器灼烧内脏而亡。

美国时间4月14日凌晨0点45分，纽约华尔街附近兰凯斯特民宅5号楼5层：斯坦博格、佛里德曼和另外两位不知名男士正在对话中，他们在讨论下面几天报纸应该如何报道新闻的进展，因为萨斯，还有电视上没有提到的可能的黄金都能够成为吸引人的标题，但是，他们同时也在猜测，作为美国舆论风向标的《纽约时报》将如何处理这些新闻。

斯坦博格、佛里德曼这两人的姓氏有一个共同的特征：他们都属于犹太民族。

比利时当地时间4月13日22点27分，罗马和布鲁塞尔的内部视频连线：特战队16名成员在缅甸失去联系，不知去向。

中国，大理附近，4月14日深夜01点30分。

两道刺眼的光柱骤然亮起。一队由李古力为队长的四人小分队，由大理西南60公里处，乘坐一辆车牌前缀为云L的普通黑色越野车向南出发。

缅甸西南某山区。

森林的深处，树荫之下没有一丝的凉意，茂密的树木相互遮掩，形成一道严密的网络，阻拦着外界的一切干扰，掉落的树叶铺满了地面，四周寂静而又沉闷，偶尔的一丝动乱就能引起丛林中动物们的警觉。

突然！一声凄惨的呻吟声响起，受到惊吓的飞鸟哗啦啦地散开，冲向天际。

“啊……”一个浑身泥土的人躺在地上痛苦地呻吟着，头上沾满了泥土和草屑。

“我在哪里！我是谁？”黑暗之中忽有一丝光亮映入眼帘，他从昏迷中醒过来，用双手慢慢支撑起了沉重的身躯。

“哦！该死！”双手的剧痛让他倒吸了一口冷气，面朝天仰坐在地上，胸口剧烈地起伏着，森林里散发出怪异的气味钻入了他的鼻腔。

他艰难地站起身来，用双手扶膝半弯着腰抬头往前望去，随着视野逐渐变得清晰后，他一下呆住了。

他的身体不由自主地颤抖起来，眼前的东西仿佛是一把钥匙，开启了他大脑中被封存的记忆，各种恐怖的影像不断地交替着在脑海中闪现。

突然，他双手抱紧头，痛苦地大叫着什么，然后不顾一切地疯狂朝背后的山林跑去。

昏暗的丛林吞噬了他的背影。

他疯狂地用手扫开身前的灌木丛，锐利的树枝如匕首般割开了他的手掌，飞奔过的地方留下了滴滴血迹。巨大的恐惧使他发了疯似的朝前狂奔，不知跑了多久，也不知道过了多少时间，筋疲力尽的他才停下脚步，大口大口地呼吸着森林深处潮湿而带着霉味的空气。他抬起头来寻找自己所在的方向，这时他才注意到前方的树木不再那么茂密，透过树的间隙，他看到右前方有一个小村庄，距离并不是很远，他朝那里奔了过去。

“到了，就快到了！”他一步一步地向前走去，步伐越来越沉重，眼看着就要冲出丛林，心里却有了一种莫名的紧张。他冲出了树林，在村子前的空地上停下了脚步，望着熟悉而又陌生的村庄，村子并没有人活动的迹象，心中的恐惧更加强烈了，犹豫着是否要靠近村庄。随着时间的流逝，他的体力逐渐不支，才在心中拿定了主意，摇摇晃晃地走向村庄。眼看就要到了，他闻到空气中弥漫的一股怪异气味，这使得他又想起了什么向身后张望。突然掉转方向，扭头拼地的朝着进村的山路跑去。

“这该死的地方！”他磕磕碰碰地在狭隘的泥土中夹着碎石的山路上跑着，脚上的鞋子不知在什么时候掉了一只，脚上被树枝和锐利的石头划出道道血淋淋的伤口，鲜血已经染红了裤腿，他全然不顾身体的疼痛，继续向前移动。终于他耗尽了体力，身体在空中旋转了一圈后，重重地跌倒在地上，顺着山路向下滚了几圈，在失去知觉之前，他隐隐地听到一个男人的声音在说着什么……

序二

中国境内。

4 月 14 日凌晨，云南省大理市西南一百里的一条普通市级公路上，一辆密闭式的吉普车像一头雄狮快速行进着，风从车两侧呼啸而过，路面颠簸不平，车子减震系统发挥着它的最大功效。夜很黑、很静，除了发动机嗡嗡的轰鸣声，只剩下草丛里的青蛙和蛐蛐的叫声。车外面一切依旧是那么静谧，而在车内，紧张的气氛写在每个人的脸上。

"队长，怎么这么着急出发？"开车的司机说话带有浓重的河北口音。他留了一头短发，皮肤黝黑，显得非常精干。可坐在副驾驶位上的李古力并没有回答他的问话。

"队长？没事吧？"司机说话的声音变小了许多。

"嗯……"李古力望着吉普车前行的道路轻声应了一声，熟悉他的人都看得出来，此时他的心中一定有着非常重要的事。

李古力是北京人，今年 33 岁，短发，头发一根根地向上耸立着，方方的脸有着成熟男人的魅力，炯炯有神的目光中透露着一种坚毅和果敢，但自从和太太分居后他就变得很少说话了。

"队长你想什么呢？"从李古力后座传来了一个非常清脆又甜美的女声，

她叫高雅妮，泰安人，医学硕士、生物学博士，会英、法两国外语。她是一个非常成熟的美丽女人。在身边GPS笔记本发出的荧光之下，可以看到她的上身着白色的衬衫，下身穿一条淡蓝色的牛仔裤，完美地衬托出了她的S曲线。一头黝黑亮丽的头发本可以披散在肩上，但今晚她却扎成马尾辫，一股干练的气质油然而生，两只眼睛闪闪发亮。

另一个声音说道："别打扰队长，队长在想事情！"说话的是坐在她旁边的王贵华。从上车起，他的两只眼睛丝毫没离开过他双膝上的这台最新式的GPS特种笔记本。

"我怎么了？我关心队长不行吗？！"高雅妮说完两只胳膊抱在一起朝窗外望去，虽然眼前一片漆黑。

"你不说话就是对队长最好的关心了。"王贵华用手指抬高了黑色眼镜的镜框，又继续摆弄着他的电脑。

"是，我们已经在路上，是，没问题我会注意的，明白！"车厢内一下安静了下来，大家都知道，队长在和神秘的上级进行联系。对于这个神秘的上级，他们私下里有很多的猜测，但从来没有见过。

李古力放下手中的卫星通信电话，看了一眼开车的关凯，又从后视镜看着高雅妮和正在操作电脑的王贵华，说道："如我出发前介绍的，缅甸可能发生的病毒危机，很有可能会对我国造成威胁。"

"哦，不是说缅甸方面已经封山了吗？"高雅妮还是有些不解。王贵华也不再看他的笔记本，而是目不转睛地盯着李古力。

"这次和以往行动一样，也会有一定的危险性，但是只要我们和以前一样行动，应该是没有问题的。下面我说一下任务，大家听我说完再发表意见，这次行动的代号为'南风行动'，我们要用最短的时间到达瑞丽，上午7点之前进入缅甸境内，和我们的缅甸接应人会面。他是我们的向导，同时还会为我们补充一些必要的装备。然后我们在48小时之内，要赶到目的地上吉村。"

高雅妮好奇地问道："必要的装备？什么是必要的装备？是最新式的病毒检验仪器吗？"

关凯有些兴奋地问道："是武器吗？"

李古力面无表情地说道：“是武器。这也是我刚接到的通知。我们还有另一项任务，确认一个黄金储藏，因为它们是在同一地点！但是病毒是排在第一位的！”“黄金”二字吸引了所有人的注意，司机关凯也非常感兴趣地看了一眼李古力，王贵华的眼睛再也没有回到他的笔记本上。

李古力继续说道：“我再说一下缅甸境内的病毒问题。组织得到线报，称缅甸境内的一个村子中的人员全部死亡。死亡人员中，还有15个突然出现在那个山里的白人；另有一个白人生还，目前还处于深度昏迷状态中。从症状来看，和萨斯非常吻合。大家都知道，2003年，一场萨斯使得中国损失了几千亿元人民币，而且还有重大的人员伤亡。国家不仅经济上遭受了巨大打击，政治外交上也极其被动。为了防止灾难再次上演，我们必须尽快赶到目的地，检测病毒，以确定是否萨斯病毒。

“同时，刚才的最新消息是，在上吉村附近还探测到大约有十多万吨的黄金存在。目前全世界的黄金总量才18万吨。如果这批黄金真的存在，一旦被谁控制然后进入市场，后果很难估量。那些白人应该就是奔着黄金过去的。这就给这次行动增加了危险性。”李古力的眼神像刀子一般地扫过众人。确定小组成员每个人都听清楚了自己的话之后，又严肃地说道：“下面让小高讲一下萨斯的事。”

一提到萨斯病毒，高雅妮表情变得异常严肃。她认真地对大家介绍道：“萨斯就是传染性非典型肺炎，又叫“严重急性呼吸综合征”，曾在2003年对我国造成重大破坏。这种病毒伤害性很大。萨斯病例的死亡率达4%。所以，到了病原地之后，大家要做好防护工作。”一讲到专业知识，高雅妮露出了相当自信的表情。

“不就是萨斯嘛，我又不是没经历过，有什么好怕的。”王贵华一副自信的样子。

高雅妮没有理会他继续说道：“萨斯的主要传播方式是通过人与人的近距离接触，近距离的空气飞沫传播、接触病人的呼吸道分泌物和其他的密切接触。而另一种可能性是萨斯可以透过空气或目前不知道的其他方式被更广泛地传播。”

说完她抬起头向前望去，正巧李古力也正扭头看她，四目相视一下，都赶紧挪开。

李古力也因为刚才的四目相对感到一丝的尴尬，但这种尴尬瞬间便消失了，他问道："小高，你的检测仪器都带全了吗？"

高雅妮莞尔一笑，自信地说道："放心，队长。检测是否萨斯病毒不需要很多的仪器，我带的足够用了，只要给我两个小时，我就能有一个准确的检测结果。"

李古力点头说道："那就好。大家还有什么疑问吗？"

王贵华想多掌握一些黄金的信息，但是他犹豫了一下最终没有开口。

"没问题的话就休息吧，关凯和我轮流开车！"李古力说完后回过头去，望着前方。高雅妮换了一个舒服的睡觉姿势。王贵华扣上了笔记本，放在身体一侧，然后摘下眼镜放在车门的把手里，向后一躺，也闭上了眼睛。

夜色中，车子行驶在弯弯曲曲的山路上，速度并不是很快。关凯专心地驾驶着吉普车，高雅妮已经闭上眼睛嘴角露出一丝微笑，大概是在做着什么美梦。王贵华发出了轻微的鼾声，不时还有什么奇怪的音节词语从他嘴中冒出来。李古力望着前方，仿佛在想着什么。

"队长！"李古力被关凯叫醒，关凯说道，"我们很快就到瑞丽市了。"

李古力揉了一下眼睛，看了看表，早上5点5 0分。

早晨的光线已让大地显示出她美丽的一面。

路边是大片平原，覆盖着青草和树丛，再远一点是稻田，稻田里一片片的绿色，还有没种庄稼的裸露的水田。水田里拉犁耕作的是黑色老牛，还有最现代化的手扶拖拉机。一个红色的油箱在最上端，巨大的铁轮，沾满泥巴的蓝色的扶手，在绿茵茵的水田里突突着，后面是戴着草笠的，穿着白色长衫、灰色短裤的年轻人推着。

经过水塘，总能看到光着膀子的早起的孩子，牵着三五头白的，或是黑的水牛和黄牛在浅水中放牧。

李古力微微一笑，悠闲的乡村生活令他神往。太阳从地平线上探出一个角，天地间的一切都镀上了一层柔和的金色。到处都是金灿灿的，仿佛到了一个金子的世界。

高雅妮伸了个懒腰，看到窗外美丽的景色，她不禁露出了甜甜的微笑，并由衷地赞道："真美！"

王贵华顺着她的叫声，揉揉眼睛戴上了眼镜，望了一眼窗外，他也被眼前的景色迷住了，第一次没有和他的死对头高雅妮犟嘴。

随着太阳的升起，车子的颠簸也渐渐地轻了许多，就在前方不远的地方，就是此行的第一站，也是中国境内的最后一站——瑞丽。带着些许的期待，关凯加大油门，向那片长着凤尾竹的地方奔去。

早上6点10分，一辆吉普车，很突兀地出现在瑞丽市北的一条街道上。车身上满是灰尘，一看就知道，这辆车是从很远的地方跋涉而来。

而瑞丽，这个风景秀美的边境城市，如同一位梳洗完毕后的绝美舞娘，翩翩起舞，摇曳生姿，尽情地展示给这些客人她的无尽风情。

"咕噜……"一声不合时宜的异响陡然响起。王贵华不好意思地挠了挠头，嘿嘿一笑道："不好意思，肚子在抗议了。"

高雅妮借机说道："就知道吃，小心变成猪。"

王贵华满不在乎地说道："不要歧视猪，猪可是一种非常聪明的动物。队长，我们去尝尝当地的特色吧。"

高雅妮不满地瞪了王贵华一眼："吃吃吃，就知道吃。缅甸发现了萨斯病毒这么紧急的事情，你还有心思吃饭？"

"我们只是去做个检测，有什么好着急的。还有黄金，它又不会自己长腿跑了。"

李古力看了一眼手表，说道："也到了吃早饭的时间，正好，离约定的时间还有一会儿，那就先去吃点东西。大家带好装备，车留在这里，我们不回来了。"在李古力的指引下，关凯将车停在路边的一间小杂货店门前。

此刻，太阳开始变得耀眼，气温也开始渐渐攀升。在经过半夜的长途奔波之后，李古力一行人，纷纷从车里钻了出来，活动一下筋骨。放眼望去，湛蓝色的天空，如同被水洗过一般，绝无半点儿杂质。道路两旁的树，郁郁葱葱，青翠无比，遒劲的枝条，用力地伸展着。不过。李古力却好像没有半点想要驻足的意思。

高雅妮饶有兴致地看着路旁的树，轻声地问走在她前方的李古力道：“队长，那是什么树，好特别啊。”

李古力正要开口，王贵华却抢先说了出来：“这是榕树啊，你不会连榕树都没见过吧，在瑞丽，这里的人可是把榕树当成神树呢。”

“哼，谁问你了，你不说话没人把你当哑巴。”高雅妮不屑地说道。

王贵华马上反击道：“以后有什么不懂的少来问我。”

在两人斗嘴的空，关凯和李古力走进一间街边小吃店坐下。高雅妮发现李古力走进了店里，马上追了上去。王贵华无所谓地耸耸肩，也走了进去。四人刚坐下，店主就热情地迎了上来：“几位是外地来的客人吧，吃些什么？我给各位介绍一下我们瑞丽的小吃吧。“傣家菜可是我们瑞丽一绝，傣家人擅长各种风味小吃，许多大自然里的飞禽走兽，山野菜便成了傣家厨中的美味佳肴。诸如牛撒苤、酱烩田螺、凉拌鱼生、酸扒菜……

李古力看着单页的菜单打断了店主的介绍：“老板，就给我们四碗稀豆粉卷粉、七碗牛肉卷粉，再加一些炸酥角吧，我们还有急事。”

“哦，那好吧。”没有介绍完，店主有些失望，于是就转身去准备食物了。

这时一队身着彩装的傣族少女从窗前走过，一下就吸引住了高雅妮的眼球。“傣族姑娘的衣服可真漂亮！”

李古力看了高雅妮一眼，微微地笑了笑。

“吃的来喽，几位客人等急了吧。”只一小会儿，店主便端着冒着热气的牛肉卷粉等从厨房走出来。

四人都饿极了，狂风卷落叶般地将桌上的食物一扫而光。结账临出门时，热情的店主说道：“祝四位新年快乐！”

关凯一愣：“新年？新年不是早过去了吗？”

“店主说的是傣族的新年。”王贵华点头说道，“每年的公历 4 月 13 日到 4 月 16 日，傣族人都会举行盛大的为期 3 天的新年庆祝仪式，众所周知的泼水节也是在这个时候举行的。对了，队长，我们去凑凑热闹如何？”王贵华开玩笑道。

“下次吧。”李古力没有扫他的兴。

王贵华还是有些失望，泼水节是傣族一年一度的盛会，下次再来又不知道会是什么时候了。四个人不做声地沿街走着，气氛有些沉闷。李古力想了一想问道：“贵华，这瑞丽还有什么好玩的地方？”

王贵华得意地一笑：“问我可问对人了，讲到瑞丽，最为有名的地方，莫过于莫里瀑布了，其实那莫里瀑布又叫做‘扎朵瀑布’，位于潞西、陇川、瑞丽三县市接合部的莫里峡谷，藏于山峦叠翠、万木峥嵘、双峰对峙的广弄山和广马山之间的热带雨林深处。清澈的泉水从60米高的悬崖陡壁倾泻而下，有‘叠水如棉，不用弓弹花自散’的景象，似一匹巨幅白绸在空中迎风飞舞，高峰悬崖间雪飞云涌，响声雷鸣，瀑布下又有温泉涌出，景观十分奇特。莫里瀑布是德宏乃至滇西南落差最大的瀑布。相传佛祖曾在这里的温泉旁戒斋沐浴，后来留下了一只硕大的足印，为纪念佛祖的亲临，后人也用大佛脚印的印巴利语‘扎朵’称呼这个地方。”

关凯一听王贵华讲完，好奇地问道：“你小子不是没来过瑞丽吗？怎么知道的这么清楚？我怎么觉得你在背广告词啊？”

王贵华嘿嘿一笑：“关哥厉害，我是没来过瑞丽，在出发前我在网上搜东西时，看到有关瑞丽的东西就多看了两眼，没想到就记下来了，怎么样，厉害吧，我是天才。”说罢，王贵华还得意扬扬地瞟了一眼高雅妮。

高雅妮一脸担忧地说道：“脸皮真厚，我真为瑞丽的牛感到担心。”

关凯不解，问道：“你担心什么？牛会有什么事？”

“我担心他把牛全给吹死了。”高雅妮的话引得关凯哈哈大笑，队长李古力的嘴角一弯，也微微地笑了。

“你是嫉妒我的睿智。”王贵华丝毫不以为然，继续讲道，“瑞丽还有很多好玩的地方，这里也是傣族和景颇族的聚居区，所以这里也应该有着神秘无比的不同文化，还有他们的翡翠和玉器。所以，你们别看这地方不大，倒应该是很富有的呢。”

关凯挠挠头说道：“让你小子说的我都想住到这里来了，等我老了，就在这里买套房子，和我媳妇来养老。”

王贵华说道：“我没记错的话，关哥你还没女朋友呢，想得也太远了吧。”

“不远，等完成这次任务，我就给关哥介绍几个漂亮的小护士。”高雅妮在说这话时眼角扫了一眼李古力。只见他却是大步向前，全神贯注地想着自己的事。

又走过一个路口，李古力在一家玉器店的门前停了脚步。这就是约定好的见面地点了。这时，迎过来一位四十多岁的中年人，皮肤晒得黝黑，留着满脸的络腮胡，双眼炯炯有神，淡军绿色的短袖衬衫，脸上带着淡淡的笑容。从他走路的姿势李古力立时判断出这人有军事背景，不是警察就是军人。他应该就是接头人。

果然，中年人上下打量了李古力一番，马上走了过来。

李古力还没开口，中年人便开口问道：“是李先生吗？”

“是我。”李古力友好地伸出了右手。

两人一握手，李古力就感觉到中年人食指和虎口处的老趼，这是多年握抢射击才留下的。李古力隐约猜想着接头人的身份。

“我是边防站的政委，你们叫我老刘好了，我一切都已经安排好了，你们马上就可以通关。你们需要的车子，我也给你们安排了。”

李古力很有礼貌地说道：“给您添麻烦了。”

“哪里的话。都是为了国家，还客气什么。你们的东西都带齐了吗？如果带齐了，就跟我走吧，我送你们过关卡，这是你们的旅游通行证，都拿好了。”说着，他便把从衣兜中拿出的蓝色通行证发到了每个人的手中。看来，在他们来之前，刘政委已经做好了充足的准备，通行证的名字、照片等细节，没有丝毫的错误，而且他也似乎知道小队里谁是谁。

李古力再次向高雅妮和王贵华确认了设备都已带齐，便对刘政委恭敬地说道：“我们都已准备好了，可以出发了。”

“那就上路了。”趁其他人不注意，刘政委在李古力的耳边说出了一个名字。“回去带我向他问好，就说我老刘想他了。”

李古力表面上不动声色，心中却暗自吃惊，老刘说出的正是他父亲的名字。按照组织规定，刘政委是不可能知道他的具体情况的，是在什么环节上泄密了吗？

刘政委看出了李古力心中所想，当即解释道：“你别多想，我是看到你照片，又得知你是从北京来的，才想起他来，你们父子长得真像。我在他的手下当过兵，这才认得你。我怎么也不会想到，他的儿子也没有跟他爷爷的姓。”

“他们是他们，我是我，我不希望活在他们的光圈下。您的问候我一定转达。”

刘政委赞赏地点了点头，带他们坐上了停在一边的吉普车，仍然是关凯开车，向瑞丽和木姐的中缅边境驶去。

几分钟后，刘政委和李古力一行人便到了关卡处。此时，开关的时间还没有到。关卡处有几名武警战士在站岗。刘政委对着对面的战士朝上挥了挥手，战士看见之后，打开了通往缅甸的道路。刘政委拍了拍李古力的肩膀说道：“放心吧，缅甸方的关卡，也安排好了，给他们看通行证就行。”刘政委下了车，朝李古力一行人再次挥了挥手。李古力一行没有丝毫的犹豫，驾车朝缅甸的关卡开了过去。

篇一

初入缅甸

章一

缅甸 木姐

4月14日上午7点

李古力一行顺利地进入到缅甸境内，依旧是关凯驾驶着汽车，缅甸方面的路况并不是很好，车子慢慢地颠簸着。车内李古力一脸的严肃，已经到了接头的时间和地点，可是接头人还没有出现。这让他有些担心，不会其中出了什么变故吧。

“头儿，你不用担心，就算没有向导带路，我也能把车开到我们要去的地方的。”关凯的话音刚落，一辆有些老旧的吉普车突然冲到了他们车前，汽车的轮胎与地面摩擦发出了刺耳的声音。

关凯怒道：“该死的家伙，怎么开车的！”说完就打开车门跳了出去，对方的司机也从车上跳了下来。

李古力并不想多事，下车去拉关凯，待他看清对方的相貌之后，心中悬着的一块大石头总算是落地了。他微笑着走了过去。

眼前是个皮肤黝黑的汉子，一米七左右的个头，灰白色的T恤下隐隐约约地显现出强健的肌肉，露在外面的两臂威武有力，显示出男人特有的彪悍，两道浓密的眉毛横卧在双眼上，眼神中透露出的凶光告诉人们，此人绝非一般人可比。最引人注目的是他脸上那道足有十几厘米的刀疤，从他的左额头倾斜向下，穿过左眼角一直延伸到鼻子，几乎将他的半边脸都划成两半。高雅妮看到他顿时有一种不寒而栗的感觉。

杨猛朝李古力伸出手说道："您好，李队长，一路辛苦了，很开心再次见到您。"

李古力也伸出右手，微笑道："您好，杨先生，很高兴能与您再次合作。"

杨猛看了一眼李古力身后的几个队员，说道："大家奔波了一夜，我们先去前面我们的地方稍作休息。另外，上吉村那边又传来了新情况，我也需要向各位详细说明一下。"

李古力眉头微微一皱，问道："什么新情况？"

杨猛点点头说道："一两句话也说不清楚。这样吧，台湾来的专家已经在等着我们，等大家见面后，我再向各位详细介绍吧。还有，你们开来的车就放到路边吧。一会儿会有人把它还给刘政委。带着设备上我的车吧。"随后，也不等别人回应他就转身打开吉普车的车门，坐上了驾驶的位置。

杨猛根本就没有征求其他人的意见，这让关凯有些不快，眉头皱了一下。他帮着王贵华和高雅妮将设备搬上了老旧的吉普车，他打开车门，坐在了副驾驶位上。李古力表面上不动声色，心中却十分担心上吉村会有什么变故。

杨猛的吉普车看起来有些年岁了，车身的烤漆也经不住岁月的侵蚀，显得有些斑驳。王贵华抱怨道："队长，这，这车子，靠它我们能及时赶到目的地吗？

王贵华的话杨猛也听到了，他也不多作解释，只是发动了汽车。吉普车的发动机一响，关凯顿时一惊。这是一辆配置非常好的吉普车，只不过没有修饰外表罢了，他马上说道："你别瞎说，这是一辆性能非常好的车。"

王贵华微微一怔，马上就后悔多话。高雅妮却有些好奇："这是辆改装车？”

关凯点点头，道：“我在部队里的时候，曾学过改装车辆，这辆车刚一发动，我就注意到引擎的声音有些怪异，如果我没猜错的话，这款车的引擎是采用了德国最新款的双涡轮 V9 型引擎。这是今年刚研发出来的超级引擎，目前市场上还没有推出。”关凯说到这儿，语气一转，赞道：“能搞到这种引擎来改装车辆，杨先生真是神通广大，手段不一般啊！”

驾车的杨猛听见关凯的话语，轻轻笑了一声，说道：“关先生过奖了，我经常听李队长提起你的名字，可一直没机会见面，没想到关先生不仅了解武器，同时还精通车辆技术，真是人才啊。”

关凯憨厚地一笑：“哪里，哪里，我就是大老粗一个。”

杨猛驾着吉普车驶上了一条公路，车里的众人几乎没有感觉到车辆的摇晃，可见这辆车的减震系统也是极为优秀的。

高雅妮是个好奇心很重的女人。她一忍再忍，终于还是没忍住，小声地叫道：“你好，杨先生。”

杨猛正开着车，没有想到高雅妮向他打招呼，他稍稍侧身，略带惊讶地问道：“高博士有什么事？”

高雅妮想了又想，说道：“有件事，不知道我能不能问？”

杨猛嘿嘿一笑说：“什么事？都是自己人，您尽管问。”

“我说了您可别生气啊。”高雅妮小心翼翼地说道，“你脸上的刀疤是怎么来的？”

李古力顿时脸色一变，急道：“小高，不要乱打听。”

杨猛的反应很平淡，他很自然地说道：“其实也没什么，李队长。我的这道刀疤实在是太过显眼了，很多人看到了都想问个为什么。”

李古力扭头瞪了高雅妮一眼，高雅妮吐了一下舌头。

杨猛一边开车，一边用他那低沉的语调解释：“这道刀疤是我去年受伤留下的，在受伤之前，我可也是人见人爱的美男子呢。”他的这句话引得众人哈哈大笑

笑过之后，他继续讲道：“去年有一次我和孙老板去仰光谈笔生意，却发现那美国佬根本不是来谈生意的。他直接就告诉我们不要把海洛因卖

到美国去。孙老板觉得这美国佬莫名其妙。这美国佬八成是把我们当成毒枭了。可实际上你们知道，我们只是做吗啡，卖给医药公司，从来不贩毒的，就更提不上卖海洛因去美国了。孙老板很生气，转身就走，没想到在回去的路上我们就遭到了不明势力的武装袭击，大家奋力抵抗，才逃了出来，我的这道伤疤就是在那个时候留下的。”

李古力心中有些奇怪，孙老板在缅甸的能力他是了解的，他实在是想不出什么人敢如此地肆无忌惮。他有些好奇地问道：“后来查出是什么人干的吗？”

杨猛说道：“我们也查了，怀疑是仰光一家公司的人。他们应该是美国一家什么公司在缅甸的分公司。或许是什么商业上的冲突，但我们还是觉得蹊跷。”

关凯最喜欢打打杀杀的故事，于是就追问道：“那后来怎样呢？”

杨猛说道：“后来有军方的人出来替他们讲话，孙老板不想得罪军方，于是此事就算了。”

王贵华奇怪地问道：“怎么还牵扯到军方了？”

杨猛说道：“这也是我们没有搞清楚的原因。因为我们也不能肯定是谁干的，所以也追究不下去了。”

高雅妮还想再问下去，李古力不想惹出不愉快，向她使了一个眼色，高雅妮乖乖地不再开口了。

“李队长，我们到了。”杨猛驾着吉普车进了一座别墅的大院，在别墅门前停了下来。有人马上走过来打开了车门，杨猛跳下了车，招呼众人：“东西就先放在车上吧，先进来休息一下。”

众人下了车，李古力习惯性地四处扫了一眼，别墅的门前有一个面积不小的停车场，绿绿的草坪上停了几辆轿车。别墅的周围还有三四个保安在巡逻。他们行走的路线几乎没有死角，想要从他们的眼皮底下溜进别墅会是件非常困难的事。

关凯也注意到了保安，他问道：“杨先生，这些保安都是退伍军人吧。”

杨猛有些好奇：“你是怎么知道的？”

“从他们走路的姿势就可以看得出来。在军队里待的时间长了，就成习惯了，是改不过来的。”

“关兄弟好毒的眼力。”杨猛赞赏地看了他一眼，推开房门，手向前一伸，对众人说道，“诸位请！”

进门之前，李古力留意到一个细节，在大门正上方，有一个突出的铁架子，却没有招牌。铁架子已经被湿气腐蚀得锈迹斑斑。

杨猛解释道：“这里以前是孙老板的一个赌场，因为国内的人经常来这里赌博。后来这边赌场太多了，大多是瑞丽那边过来的中国客人，他们的钱大概也不干净，所以就给这边压力要关赌场。老板便将这个赌场歇业了，已经空置了很长一段时间，最近打算重新利用起来。台湾来的郑博士已经在里面休息了。”

“赌场啊，那一定很豪华了。”王贵华抢先走了进去，只看了一眼，就觉得有些失望，房间内部的装修极其简单，一些发旧的老虎机，一些简单的桌子，地面上铺的是很一般的大理石。与他想象中的赌场相差得太远，王贵华愣了一下，小声嘀咕了一声。

“呵呵，”杨猛笑道，“这是缅甸，不是澳门哦。而且，木姐这边，做事不能高调的。”

李古力赞赏地说了一句：“孙老板真是一个聪明人。”

听到别人赞赏自己的老板，杨猛哈哈一笑，带着众人走上了楼梯。

章二

到了三楼，屋里里开着空调。一个身穿西装扎着领带的服务生走了过来，先是很有礼貌地冲众人微微一笑，然后用一口南方普通话说道："杨哥好！几位贵客好。"

杨猛点点头，问道："嗯，郑博士呢？"

"她还在房间里休息呢。"

"去请郑博士来会议室，就说李队长他们到了。"

"是，杨哥。"服务生对着众人微微弯腰，转身离去。

杨猛回过头来冲众人笑笑："因为时间紧急，我们就不休息了，我简单地介绍一下新的情况，然后我们尽快挑选装备，以最快的速度赶往上吉村吧。"

李古力心中一直在担心事态的发展，杨猛的话正合他的意思，他接着说道："任务是最重要的，我的意思也是越早出发越好。"

"好的。郑博士马上就到。"杨猛推开了会议室的门，里面的陈设同样十分简单，两张长条桌子，十几把木质的椅子。

众人刚刚坐下，门口便响起了有节奏的敲门声，一个男子的声音传了过来："杨哥，郑博士到了。"

杨猛道："请郑博士进来。"

服务生领着一位三十岁模样的女子走进会议室。

杨猛站起来道："我来给大家介绍一下。这位是台湾来的地质专家郑淑敏博士，她是黄金探测方面的权威。"

李古力打量了一下郑淑敏，一米六二左右的个子，上身穿了一件暗蓝色的格子衬衫，下身搭配了一条洗得有点发白的黑色牛仔裤，脚上一双白色的运动鞋。她的头发烫成了小卷，垂到肩头。眼睛潜藏在微耸的鼻梁上那副黑框眼镜下面，手上拿着一本卷起的《自然地理学》杂志，只是脸上的表情显得有些冷漠，这反而衬托出她优雅的气质和高贵的神情。

李古力先朝她伸出手去，说道："您好，我是队长，我叫李古力。"

郑淑敏和李古力握了握手，淡淡地说道："您好，李队长。"她的语气和她的表情一模一样，有些让人捉摸不透。

李古力微微皱了皱眉，说了声"好"，把关凯、王贵华和高雅妮一一向郑淑敏做了介绍，便朝杨猛问道："杨先生，您刚才说有最新的情况要对我们说？"

杨猛道："这次上吉村的事其实是貌兵第一个发现的，他还在赶来的路上。"

待郑淑敏坐下后，杨猛说道："事情发生在昨天上午，貌兵和貌离在西南收药材，在回来的路上遇到了一个昏过去的白人。他的衣服破破烂烂的。貌兵心思细腻，发现他身上穿着像电影里的人才穿的衣服，各方面状况看起来也像是一名军人。况且这一地区很少有白人出现，貌兵心中有些疑惑，就把那白人救醒了过来。随即发现，那个白人竟然是个疯子。"

"疯了？"李古力皱了皱眉头，问道，"军人的心理素质远远超出一般人，怎么会疯了呢？不会是装疯吧。"

"的确是疯了。"杨猛接着道，"具体是怎么疯的我们也不清楚，我们没有这方面的专家，也不清楚究竟发生了什么事，看到他身上的伤并不算很严重，只是些擦伤和划伤，想必是从丛林里慌慌张张地跑出来被灌木划伤的。另外就是还有点脱水，这一点有些奇怪，这片区域内有很多的水源，他没道理看不到的。”

李古力问道：“那他醒来后说什么了吗？”

杨猛道：“他反复地重复了几个词语，Gold、Devil 什么的，可惜他们两个都不懂英语，只记住了这两个简单的单词。貌兵觉得此事很是奇怪，便把白人绑了起来，让貌离顺着白人的足迹去查看一下到底出了什么事。过了个把小时，貌离还没有回来，貌兵有些担心，又过了十几分钟，貌离还是没有回来，貌兵正要进去寻找，貌离从丛林中冲了出来，口里疯狂地喊道，‘死了，他们都死了’，貌兵用了很长的时间，才让貌离的精神逐渐稳定下来。”

听到这里，大家的表情渐渐地变得凝重了起来。是什么能让貌离精神崩溃了呢？

“貌离说前面一个村的人全死了。貌兵觉得不太可能，以为貌离遇着鬼了，就和貌离一起又回到上吉村。貌兵他也山里山外不少年了，但还是被眼前看到的景象惊呆了。眼前都是死人。他们在村子里转了一圈，居然一个活人都没有看到。”

高雅妮轻声惊呼道：“不可能，还没有一种病毒能在短时间内造成大量死亡的。”

李古力看了她一眼低声说：“先听杨猛先生把事情的经过讲完，有疑问的地方我们再问。”

杨猛没有在意高雅妮打断他的讲话，继续说道：“貌兵毕竟是条汉子，很快就镇定下来，他仔细地观察，又发现了一些凌乱的痕迹，他顺着那些痕迹找了过去，结果却意外地发现了一个巨大的天坑，那天坑深不见底，在缅甸山区里显得很是突兀。更奇怪的是天坑附近还发现了 15 具白人的尸体。这 15 人身着与疯了的白人相同的作战服，推测他们是同一伙人。而且，这 15 人身上没有任何可以表明身份的东西，唯一留下的线索，就是他们周围还有一些枪支和挖掘设备。貌兵带回来了两支枪，说是挺普通的，他的描述听起来好像是欧洲那边来的。所以，我们估计，这 16 人应该是活动在欧洲的某个雇佣兵团，受人雇佣来到缅甸的，目的不明，杀死他们的人不明。”

李古力沉着脸，他惊讶地问道：“怎么会有欧洲的雇佣兵出现在缅甸？他们一向是不太关注这一地区的，那孙老板能不能查出雇佣兵背后的势力？”

杨猛苦笑了一声：“很抱歉，李队长，线索很少，这个我们就没有办法了。根据白人的疯话和那些白人的挖掘设备，我想他们可能是来找金子的。而且，既然他们知道，就可能也有其他人知道，所以这次去，可能还有危险。”

高雅妮问道：“那你们是怎么确定萨斯病毒的存在的？”

杨猛回答说：“貌兵看到村民死状奇怪，身上又没有任何伤口，当时尸体还软软的。从症状上看，很像伤风、肺炎死的样子。我们马上就想到了在中国2003年爆发的萨斯，怕真是什么传染病，就马上向孙老板汇报了。”

李古力点点头，脸上的表情很是凝重。

杨猛喝了口水，接着说道：“孙老板接到消息后，也意识到了问题的严重性，如果真是萨斯病毒，那整个缅甸，甚至整个亚洲又会经历一场磨难。所以就立即和你们通报了。”

李古力听完这段话，立即转向高雅妮，带着疑惑的语调问道：“小高，你觉的可能是萨斯吗？”

高雅妮沉吟两分钟，说道：“没有看到尸体并做检测，我不能做出准确的判断，但是造成了整个村子的死亡，不是萨斯也会是一种传染性非常强的病毒。”

关凯则有些兴奋，他问道：“既然有欧洲势力的参与，那么杨先生，我们的武器配备可一定不能差啊。我倒要看看那些是什么人。”

杨猛道：“关先生放心，国内枪支的管制特别严格，缅甸管的很松散。只要有钱就可以搞到好武器，在武器方面，我们绝不会让关先生失望的，因为孙老板和我都好收集这方面最先进的东西。”

关凯笑道：“如此正好。”

王贵华有些担心地问道：“那您这边还有什么通信设备吗？”

杨猛说道：“孙老板前一阵子刚从欧洲弄来的一些新东西。待会儿你们自己看一下。”另外，他转过头看了看高雅妮，问道：“老板吩咐过的，高博士有什么需求？”

高雅妮摇摇头：“病毒的检测设备并不需要很多，我随身的箱子里已经配备了，谢谢您。”

杨猛道：“高博士客气了。”

杨猛又补充道：“至于检测黄金所需要的仪器，郑博士自己已经带来了。但如果有什么需要补充的，还请直接开口。我们定会全力协助。”

郑淑敏微微地点点头，道：“谢谢。不过我想应该不需要了。”

杨猛转过头来又问道：“李队长，你还有什么需要吩咐的吗？”

李古力稍微思索了一下，说道：“没有了，孙老板准备得十分充分，请您向他转达我的谢意。事态紧急，我想尽快出发。”

杨猛道：“好的。大家跟我来，我们的仓库在地下室。”

他打开会议室大门，第一个走了出去。

章三

一提到武器，关凯的表情就有些兴奋，紧跟了出去。王贵华也心急得想看有没有他用得上的东西，也小跑着追了上去。

杨猛所说的仓库在地下第二层，穿过一个杂货间，拉开一个破旧的书柜，出现了一个楼梯的入口。下到第二层，右转就进到了高约三米的通道。通道里白炽灯灯光明亮。地上和两侧的墙上，都是用白色大理石铺成。墙上没有一丁点儿装饰，显得肃穆。看这个建筑外表，很难想象它的地下会是如此的样子。

这里的通风设备很好，众人走在第二层的通道里，一点儿沉闷的感觉都没有。

十几米后，一扇老旧的大铁门出现在众人面前，门口有人站着。看到杨猛领人过来，他打开门让大家进去。

这个仓库的面积颇为宽敞，约有二百平方米。李古力大略扫了一眼，仓库里虽然东西挺多，但都摆放得井井有条。杨猛介绍道：“左边是武器弹药、95 式短突击步枪、CF06 式螺旋弹筒冲锋枪、05 式微型冲锋枪、M99

新型狙击步枪、高爆手雷、92 式半自动手枪、CF98 式手枪。还有一些型号比较老，但是性能相对稳定的枪械，大家可以自己挑选适合自己的武器。”

李古力吩咐关凯：“原来我们没有考虑到会有军事冲突的可能。所以我们每人都要带上一支手电，另外带上绳索和生火的东西。在丛林里闷热潮湿，最后带上打火机，也带上镁合金的打火石。”

杨猛点点头，说道：“李队长所说的东西我都有准备，已经装在外面车上了。”

关凯走到武器架子前，说道：“我们还需要格斗军刀，丛林里环境恶劣，热武器或许会出现故障，但是刀子不会。”

杨猛走到一个箱子前，拉开箱盖：“也有。这里面是中国特种兵配备的 D–80 虎牙格斗军刀。”

关凯眉毛一扬：“虎牙格斗军刀？这可是好东西。”

他走到那个箱子面前，只见一排虎牙军刀整整齐齐地躺在箱子里，被设计成暗色的刀身在日光灯的照耀下没有一丝的闪光，凌厉的刀锋隐隐透露出一股嗜杀的气息，仿佛躺在箱子里的不是一柄柄军刀，而是一条条的毒蛇，随时准备择人而噬。

关凯心中有些兴奋，他随手拿起一柄军刀，30 厘米的刀身呈现出一条优美的弧线，6 毫米厚重的刀背上设计有锯齿和挫齿，刀身上还有一个指头大小的过孔。作为一个武器行家，关凯明白，这个过孔配合刀柄上的驻笋，可以当做剪刀，剪下 4 毫米直径的钢丝完全不是问题。护手处还被设计成尖锐的钩状，可以在近身格斗的时候锁住敌人的兵器。

“好刀！”关凯不由自主地赞了一句。

杨猛将一个刀鞘扔了过去，说道：“这是专门配备的刀鞘，刀鞘卡头处的钢质凸起，可以用来拧螺丝，刀鞘背面还有应急的磨刀石。这刀鞘是由 ST801 尼龙制成的，通体采用磨砂处理，夜战的时候不会有一丝的闪光。”

关凯接过刀鞘，显得对这虎牙格斗军刀十分喜欢，随手将军刀插入刀鞘，挂在了自己腰间。

李古力道：“不错，虎牙格斗军刀在设计上可以说是冷兵器之王，我建议大家每人配备一把，这种军刀在野外生存所发挥的作用甚至比热兵器还要大。”

李古力见众人都点了点头，问道：“至于枪械类武器，关凯，你有什么建议？”

关凯抬起头，看着那一排的枪械，认真地说道：“鉴于我们是去丛林，我首选的武器是CF06式螺旋弹筒冲锋枪，但是这种冲锋枪威力较小，射程近。考虑到可能会有敌对势力的出现，我的意思是再选择两把短突击步枪配合作战，突击步枪威力大，完全可以对敌人产生压制火力。”

李古力点点头道：“对，这样遇到遭遇战也不会缩手缩脚了。”他摘下挂在武器架上的CF06式螺旋弹筒冲锋枪，“哗啦”一声，拉了一下枪栓，清脆的枪栓声传了过来。李古力笑道：“好枪。杨先生费心了。你这里已经不次于我们自己的武器库了。”

关凯则取了一柄95式突击步枪，笑了笑：“我还是用这玩意儿吧！威力比较大。”

他左右看了一眼，看到一旁的桌子上放着高爆手雷，便取了几个放在一边。

李古力问道：“小王，你这次用什么？”

王贵华道：“我就算了吧，打打杀杀反正也不是我的长项。”

“拿着这个吧。”关凯将一把手枪塞到王贵华的手中，“这是92式半自动手枪，口径是5.8毫米，威力强大。弹容量二十发，稳定性好，在任何环境下故障率均小于2%，掉进泥沙堆中照样可以用，非常适合我们这次的丛林行动。”

高雅妮点点头，也拿过一把92式放进自己的背包里，郑淑敏拿起枪看了看，又放下了。

杨猛说道：“我们还准备了几套防化服，就放在那个箱子里，还有一些医疗器械，高博士去检查一下吧。如果少了什么，请提出来，我们会以最快的速度准备妥当的。”

高雅妮走过去查看了一下箱子中的器械，准备得非常齐全，她非常满意地点点头：“防化服我们已经带了。这些树林防虫的我就拿了。”

王贵华没有看到自己感兴趣的，有些失望地问道：“老杨，还有其他什么吗？”

“这儿有一件。”杨猛到屋角拿过一个手提箱，交到王贵华的手中。

王贵华打开一看，不由高兴地叫道：“哇！这是最新型的 GPS 卫星定位系统啊！我打了多少次报告了，总没有给我。”他朝李古力瞟了一眼。

这是一款只有两个巴掌大，而且还可以折叠的 GPS 卫星定位系统。打开以后，上面全是复杂的按钮。

杨猛问道：“这东西有什么用？听说老板为了它可花了大价钱。”

王贵华兴奋地解释道：“这是欧洲的最新产品，别看东西小，功能却是十分的强大，这玩意儿可是和环绕在地球轨道上的 24 颗卫星相连。保证在地球的任何一个角落，都会同时联系到起码四颗卫星。而且里面的电池，足足可以用上半个月。”他手指在上面啪啪地敲了一会儿，一个三维地图便出现在了屏幕上。

大家对自己的装备都非常满意，李古力心中对素未谋面的孙老板有了一个新的认识，事发突然，他能在这么短的时间里做好充足的准备，他的能力不容小觑。

杨猛说道：“既然大家都准备好了，那我们就准备出发吧。”

李古力正要点头，却听见关凯忽然说道：“等下！”

李古力有些讶异，关凯向来稳重，于是问道：“怎么了？关凯？”

“这柄武器好奇怪啊！”关凯指着刚打开的一个精致的武器箱，“杨先生，这是什么武器？”

杨猛走过来解释道：“这是最新研究的脉冲武器。只是技术似乎还没有完全成熟，操作起来也很复杂，好像只是在实验室才有。这一把也是孙老板费了很大的工夫才弄来的。”

高雅妮好奇地问道：“什么是脉冲武器？”

王贵华说道：“这是一种新概念武器，第一次提出时是在去年布鲁塞尔军事武器展览会上，目前各国都在秘密地研制，全名是‘非核电磁脉冲弹’。它是利用炸药爆炸压缩磁通量的方法产生高功率微波的电磁脉冲武器。在高功率微波的照射下，不仅仅会使人的皮肤内部组织受到严重烧伤甚至致死，而且还会使敌方的武器、通信、预警、雷达系统设备中的电子元器件失效或烧毁。是一种十分厉害的高科技武器。”

关凯伸手将脉冲武器从箱子中取出，众人现在才看清楚，武器长约一米五，银白色的枪身加上流畅的曲线使这柄武器看起来特别华丽。令人感到恐怖的是枪口的口径十分巨大，有碗口大小，简直可以和小型迫击炮相媲美。

关凯惊叹一声："好家伙！这到底是枪还是炮？真不敢想象它的威力！"

"脉冲武器就是这个样子？"王贵华惊讶道，他的表情一反平时的嘻嘻哈哈，郑重地从关凯手中接过了武器，叹道，"没想到连样品都做出来了，杨先生，所谓的技术不成熟，是不是因为它只能使用一次？"

杨猛点了点头："王先生果然博学，事实的确如此。虽然这种武器威力强大，但是专家始终克服不了只能使用一次这个最大的缺陷。"

关凯嘿嘿笑道："杨先生，这武器我可以使用吗？"

李古力有些担心地说道："还是不要了吧，它会干扰到雷达系统和通信设备，万一损害到我们的通信设备怎么办？"

想想也是，关凯恋恋不舍地将武器放回到盒子里。王贵华道："不会对我们的通信造成损害的。我之前说的是大型的电磁脉冲武器，而这种单兵武器，理论上一定是将电磁从内部隔离了。只会对人体产生杀伤，不会有电磁冲击通信设备和雷达设备。"

关凯大喜，说道："那这武器我就带上了？"

李古力说道："这是孙老板收藏的武器，怎么能随便就拿走呢。"

杨猛伸伸手，说道："孙老板交代的，你们要什么就拿什么。既然关先生喜欢，那就拿着吧。用不上的话，再放回来。"

关凯上下摆弄着脉冲武器，得意地说道："放心，只要是武器，就没有我关凯用不了的，这武器我带走了！嘿嘿，谢谢。"

李古力注意到郑淑敏没有拿武器，他关心地说道："郑博士，你为什么不拿武器？"

郑淑敏淡淡地回道："我是一个和平主义者，在任何情况下都不会使用武器。"

李古力说道："我们不会主动攻击别人的，拿一件防身也好。"

"谢谢。"郑淑敏很有礼貌地说道，"我想还是不用了。"

"那好吧。"李古力招呼道，"关凯，我们把这些大件都放到袋子里，以免路上引人注目。”

关凯收拾的同时，王贵华冷不丁问郑淑敏：“郑博士，能不能让我看一下你的黄金勘测设备，我对这些东西总是很好奇的。”

“当然。”郑淑敏没有反对。她放下挎在身后的旅行袋，拿出一件索尼的笔记本，只不过这件笔记本有些特别，在屏幕的右侧有一个小型金属圆筒。像另外安装了一支金属圆珠笔。

王贵华见到后立马问道：“郑博士，这个小圆筒是干什么用的？”

郑淑敏耐心地解释道：“这是一个感应器，它也连接卫星。简单地说，当我们走到黄金储藏地附近时，地面上空的遥感卫星就会发送一个信号，警报器就会发出提示声，打开电脑，我们的软件就会显示卫星传来的地质光谱，如果数值比对上黄金的数值，这就证明当地可能有黄金存在。”

王贵华接着问道：“那一定要连上卫星才能使用？”

“不是。在没有卫星的状态下，如果我们离黄金实体在二至三米远的话，它也能警报。”

王贵华心里痒痒的，他对高科技设备有一种莫名的喜欢，看到了就想占为已有。他扫一眼大家，说道：“谁身上有金子？我们试一试。”

大家没有回应。

李古力说：“大家都准备好了？我们出发吧。”

别墅院子里，在他们的吉普车后面，又多了一辆吉普车，同样的不起眼。

杨猛指着后到的车说：“这也是我们的车。我开第一辆，谁跟着我？”

李古力吩咐道：“关凯，你把装备放到第一辆车的后边，然后你开第二辆车，带上郑博士和小高。小王你和我坐老杨的车。”

随着两辆吉普车先后发出的低沉的轰鸣，一行六人上了路。

篇二 初战

章四

街道上人多了起来，男男女女都穿着漂亮的衣服，脸上洋溢着灿烂的笑容。王贵华不由感叹道："我们来的正是时候，可惜玩不了了。"

"嗯，下一次吧。"李古力应道。

杨猛注意到王贵华喜欢说话，于是接茬儿道："王先生，你应该知道泼水节的来历吧？"

"不敢不敢。"王贵华也真不敢在队长和当地人面前卖弄，"您介绍介绍吧。"

"呵呵，好。这边的泼水节，和中国的春节一样，就是新年了。泼水节的源头也是中国的神话。说是天王认为天上有七颗星，玉帝认为有八颗，并用脑袋打赌。结果玉帝输了，玉帝输了脑袋，但天王却没了办法处理，因为他那脑袋像火炉一样烫，不能落在地下，否则会永远种不出稻米，也不能放在天空，那样就会干旱。于是天王让七个仙女轮流捧着玉帝的头，每一天换一位，换下来就要洗手消热。后来人们就学仙女，互相泼水了。"

"是吗？"王贵华说，"我也看到一个传说，说是玉皇大帝为了视察人们一年内的善恶因果，便派出使者。使者在除夕那一天从天而降来视察民间，他一手持着金贝叶，一手持着狗皮书。好人的名字就记在金贝叶上，坏人的名字就记到狗皮书上。有人知道了，就叫大家互相泼水说祝福语，多行善莫作恶。这样大家就都做好人，都能上金贝叶。所以大家每到新年时就互相泼水消恶，迎接玉帝派来的使者。”

“呵呵。不错。这个我也听说过。不过王先生从来没有在缅甸生活过，知道得真多。”

听到杨猛的一阵猛夸，王贵华憨憨地抓了抓头发，不好意思地笑了。

缅甸的公路虽然大多也是柏油路，但缺少维护，到处坑坑洼洼，每当车子驶过，尘土乱飞，吉普车性能很好，但杨猛开车速度很快，所以也很颠簸。李古力心里想着任务，没太在意。王贵华在走出一个多小时后，就忍不住抱怨道：“这是什么路啊，颠得这么厉害，怎么就没有人修一修呢。”

杨猛掌握着方向盘，头也不回地说：“还不是因为没钱，虽然这些年靠旅游业挣了不少钱，但是基础设施还是太差了。”

经过一个村庄时，王贵华好奇地望着车外大街上那些模样奇怪的车辆，有用中国产柴油机头改造过来的轻卡、有各种牌子的老型号的出租车，还有各式各样的几乎散了架子的吉普。没过一分钟，他有了一个新奇的发现：“这里的车牌怎么没有数字呢。”

“怎么就没有数字？”杨猛指着前面一辆就要被他超过去的车子的车牌说，“看那车牌，前面是一个字母，然后那个斜杠把后面的字母分开。后面这四个字母，其实是缅文的数字。这四个数字是 3 7 2 5。”

王贵华恍然大悟，这时，一副更加奇特的景象吸引了他，迎面驶来一辆说不清是货车还是客车的车辆，车窗里横七竖八地伸出人的手臂，车顶上也坐满了人，车头上竖了一个黑底铁牌，上边画着一个像阿拉伯数字“6”的图案。王贵华好奇心大增，问：“杨先生，刚才跑过去的那个白色蓝纹的是什么东西？”

“呵呵，我比王先生长几岁，以后就叫我大哥吧。”杨猛回答说，“那个是这里的巴士汽车。”

“嗯。杨大哥，车顶上坐那么多人？没有人抓超载？”

杨猛嘿嘿一笑，说道：“要是真有人管的话，我们开这么快，早被人拦下来了。”

李古力放下心中所想，回过神来，看到窗外景色，对王贵华说：“小王，这里跟你们广西比起来，有什么不同的地方？”

“这里的风景跟我们广西比相差不大，不过经济水平要差得多。”

“下一站就是曼德勒了，是缅甸的第二大城市，情况可能会好一些。”李古力说。

杨猛插话道：“曼德勒就是大一些，但总体比你们那边还是要差很多。但仰光就好很多。”

“对了，”王贵华似乎想起了什么，“说起仰光，我一直就没有明白要迁都。2005 年年底，说迁都突然就迁了。为什么突然就从富庶的城市一下搬到偏远的山里？”

杨猛哈哈一笑说道：“别说你想不明白，我们缅甸人都想不明白，因为仰光的外国使馆和当地居民大多没有搬迁，所以外面人还都以为缅甸的首都还在仰光。有传说是算命先生的主意，我看真正的原因肯定没有这么简单，政府这么做，一定应该有原因的。”

“这事可真是够神秘的。”王贵华自言自语道。

说话间，吉普车驶上盘山公路，公路由四车道变为两车道，车子的右边是山，左边就是悬崖，好在悬崖边上有一段段的漆成红白相间的水泥防护栏，使这段路看上去安全了不少。

随着时间的推移，吉普车的影子逐渐地从长变短，然后竟慢慢消失。从山上下来，吉普车又开上了一片平原。

杨猛开口说道：“还有不到五公里的路就到曼德勒了。一般生活在缅甸的华人都叫那边是‘小北京’。”

“小北京？”王贵华问，“为什么？”

杨猛答道：“有两个原因，一是那边住了不少的华人，二是那边有一座和故宫格局很相似的王宫。”

王贵华抢着说道：“我知道你说的是哪座王宫了，是 18 世纪缅甸最后一个王朝贡榜王朝的王宫。”

“想不到，王先生对缅甸知道得还真多。”杨猛惊讶道。

“不好意思，呵呵。”王贵华笑了笑。

李古力看了一眼时间说道：“我们上路已五个多小时了。现在是 12 点 30 分，待会儿我们先找地方吃饭，吃过饭再上路，为了节省时间，我们就不进城了。”

“五个多小时！”王贵华惊得差点儿跳起来，“这么久了？”

杨猛笑道：“如果不是我们车况好，起码得要开上八九个小时。”

这时在车的左边已经可以看见曼德勒城的大致轮廓了，和中国的大城市最大的不同，是这里没有高楼大厦，最显眼的就是历史遗留下来的佛塔钟楼，李古力等人这才真正地感受到了异国风情。

章五

杨猛将车在一家餐馆门前停了下来，关凯的车也跟了过来，众人都从车上下来。关凯脚一落地，就原地做开了全身伸展运动，他一边做一边说："可把我闷死了，真要命。"

"大家等一下，我先进去安排一下。"说着，杨猛转身走进餐馆。

李古力说道："大家辛苦了。我们休息半个小时，吃完饭我们继续赶路。"

这时，高雅妮看到餐馆门上和其他门口挂着的彩旗。她指着餐馆门上的旗帜问王贵华："嗨，你知道这个黄绿红中间有一个白色五角星的旗代表什么吗？"

"那是缅甸的国旗。"王贵华回道。

郑淑敏显得有些惊讶，说道："哦？我记得他们的国旗不是这样的，应该是红色的嘛，左上方是蓝色的，里边有白色的星星。"她没有好意思说像台湾地区的"国"旗。

王贵华很高兴有机会在郑博士面前秀一把。"郑博士说得没错，但在

2010年的时候，缅甸的国旗就改成现在这样了。”

高雅妮好奇地问道：“为什么这么改呢？”

王贵华无奈地耸耸肩：“这个我还真不知道了，也许杨大哥知道。”

高雅妮不禁说道：“这也是个秘密啊。”

“这里的秘密真是很多的，”王贵华接着说道，“从最初建国，缅甸就是个不一般的国家。缅甸开国的国王叫阿奴律尼。他是1044年开国的，就是我们的宋朝的仁宗朝代。1077年的时候，这个国王被一头野牛顶死了。你说好好的一个国王，一天的大部分时间都待在皇宫里，怎么就被野牛顶死？野牛又是从哪里来的呢？历史上就没有解释。所以从第一代国王的死，这个谜就开始了。”

高雅妮瞪大了眼睛，鼓励地看着他：“嗯？”

王贵华说上了劲：“知道蒲甘吗？蒲甘是阿奴律尼的开国王城。后来元朝灭了宋朝后，又攻下了缅甸。蒲甘就此成了荒墟，只留下了分布在一块巨大面积土地上二十多个红砖砌成的古塔。所以它的开国王城，又叫‘千塔之城’。”

高雅妮不乐意了：“什么蒲甘呀，我们说谜呢。”

郑淑敏对两人的争吵不感兴趣，她的目光被餐馆门前市场上的一个老太太吸引住了，老太太戴着橙色的头披，横竖的皱纹像是雕刻在她的脸上。她戴着金色的圆球形的耳环。而最让郑淑敏惊讶的是，老太太的脖子上戴着一圈一圈的项圈，足足有二十多圈上下摞起。这使得下巴到肩膀的距离非常长。她的左右手腕上各戴着五个粗大的银手镯。白色的长褂到膝盖，而膝盖处也箍着和项圈一样金色的圈子。她光着脚，身前有一个铁皮桶，在等游客与她拍照留念，这应该是她糊口的方式。在她身边有不少脸上涂着淡黄色粉的小女孩在兜售着缅甸风景和金黄色的殿堂的明信片。

郑淑敏走过去在老人的铁桶中放下几张纸币，并没有与老人合影。又指着小女孩手上的一沓明信片问道：“多少钱？”她意识到小女孩可能不懂中文，正要用英语再说一遍时，小女孩开口说道：“10元人民币。”她竟然懂中文。郑淑敏大为惊讶，而小女孩也盯上了她。

郑淑敏正为难没有人民币，高雅妮走过来，帮她解了围。她很感激地说："谢谢。"

"哪里哪里，谢什么。"高雅妮也给自己买了一套。

在她们的带动下，众人都走向市场，挑选起自己喜欢的东西来。

10分钟之后，杨猛出来招呼大家吃饭。

餐馆内部比大家想象的大，桌子一排排规律地摆着，筷桶挂在餐厅的各个柱子上，每个桌上还放着抽纸。但没有那种六个人可以坐在一起的大桌子，他们只好分两桌坐下。

高雅妮坐在李古力身边，没话找话地说道："这里的卫生条件，比国内的某些餐馆都好很多。"

李古力淡淡地"嗯"了一声。

这时王贵华从外边赶了进来，他左手里拿了两个奇形怪状的水果，表面布满了像是穿山甲一样的淡绿色鳞片，右手还拎着一袋菠萝蜜。他兴奋地说："这里的东西真便宜，两个释迦果加一袋菠萝蜜才3块钱。对了，杨大哥，这边的小摊贩怎么都会说汉语，让我有些意外。"

杨猛解释说："因为近些年中国游客不断增多，小贩们就学会了用中文讨价还价了，紧跟时代发展嘛。"

众人呵呵一笑。

饭菜很快就上来了。午餐很简单，每人一份米饭，外加一盘咖喱鸡、一盘蔬菜。吃到一半，关凯有些不好意思地问杨猛："杨大哥，我们这顿能吃多少钱？

杨猛说："不到五千元缅币，差不多四十元人民币。"

关凯这下放心地拍拍肚皮，大声叫道："服务员，再给我来一份。"

高雅妮饭量不大，吃了一点就饱了。看到杨猛放下了筷子，就问道："杨大哥，市场上的那些女孩脖子上都抹了一层淡黄色的粉，那个是干吗的？"

"哦，那是我们这里的防晒霜，缅甸天气炎热，阳光毒辣，那层粉能防晒。女孩都用。你要是喜欢，回头我送你点儿。"

高雅妮开心地谢道："谢谢杨大哥。"

郑淑敏跟上道："我也要一点儿。"大家看郑淑敏也凑热闹，也都看过来笑了。

吃过午饭，众人整装待发，王贵华将两个释迦果塞到他的座位下面。关凯笑他："回头别忘了给我一个啊。"

关凯刚要发动汽车，杨猛从前面车上提下一只油桶，递给关凯，说："缅甸没有加油站，汽油都是从路边店里买的，趁现在先把油箱加满吧。"

"啊？那要是在半路上没有油了，周围又没有路边店，那怎么办？"

杨猛没有直接回答，坐了一个推车的动作。关凯想象了一下那个可怕的场景，马上拿着油桶装油去了。

王贵华在车上看到几个漂亮的缅甸女孩从车前经过。自言自语地说道："缅甸的女孩们真漂亮。"

杨猛加好油打开车门，正好听到王贵华的话，笑着说道："小王还单身吧，等事情办完后回头我给你介绍几个。缅甸是一夫多妻制的，你要是都喜欢，可以加入缅甸国籍，把她们都娶回家。"

"我看行。"王贵华好奇地问道："杨大哥，那你有几个媳妇？"

"我？就一个，多了我可搞不定。你知道为什么缅甸车的方向盘在右边，而车也靠右开？"

王贵华认真地思考了半天，也没想到答案。原先他还在思考这个问题来着，这边的车的方向盘在车的右边，但车却和国内一样也在路右边开。

杨猛笑着说道："你不用想了，因为这是缅甸的女人设计的。"

王贵华不太相信，疑惑地问道："真的？"

杨猛笑着解释："当然是真的了，你看方向盘在右边，开车的男人就很容易看到车子和路边的距离。所以缅甸的男人意识里就懂得男人不能出轨这个道理。"

王贵华恍然大悟，不由得笑了。李古力在车外听到，也跟着笑了。这时，大家听到有人叫"杨哥"。

章六

杨猛显然没有惊讶。“这是貌兵，他是从山里赶过来带路的。”杨猛给大家介绍，“他从上吉村出来后，就直接赶过来了。”

高雅妮失声喊道：“从上吉村赶过来的？”

“是啊。”

“你们马上退后，杨大哥请您告诉他我需要给他做检测。”高雅妮一脸严肃地对大家说。

貌兵不会汉语，看大家从他身边退却，不知出了什么事情。他求救般的看着杨猛。

杨猛用缅语和他说了几句，他显然镇定了许多。

这时只见高雅妮迅速给自己戴上从口袋里取出的口罩，同时从车上拿下她的行囊，打开其中的长方形铝箱。她戴上手套，从箱中取出一个电子温度仪，一端放到貌兵的耳朵上待了数秒，取出，看了一下温度，随后又递给貌兵一个她刚拆除包装的呼吸过滤棒。她回过头来对杨猛说：“请让他把蓝色的一端放到嘴里，先吐一些唾沫进去，再往里吹五大口气。”

貌兵吹完气，用目光询问她。

她从貌兵嘴上拿下过滤棒，两手把它从中间折断，然后用刚灭菌的镊子从折断的过滤棒中夹出一片膜。观察片刻后，放到盛着少许液体的玻璃瓶中摇晃了半分钟，没有颜色变化，她又把瓶里的一部分溶液倒到一个含有溶剂的试剂瓶里，仍然没有颜色变化。等了约半分钟，高雅妮再次振荡摇晃试剂瓶，还是没有颜色变化。高雅妮松了口气，拿下口罩回过头来对李古力说："他没有被萨斯病毒感染。"

李古力不放心，再次问道："你肯定吗？"

"是的。他的温度正常，同时，萨斯病毒主要通过飞沫传染。我用的这个过滤棒里的膜已经经过专门处理，能够显示萨斯病毒的存在。它在接触了司机的唾液和吹气后没有颜色变化。以防万一，我又用 SLP 溶剂再次对它测定，仍然没有病毒显像，所以我能肯定他没有染上萨斯病毒。"

"哦。"大家都松了口气。

高雅妮问杨猛："您是说有两个人进村了。另一个人呢？他在什么地方，需要马上对他进行检查。"

"貌兵不是没感染吗？"

"他没有被感染不代表另一个人也不会被感染。如果另外的人身上携带有病毒，后果是非常可怕的。我一直以为他们都已经被隔离了。"

杨猛过去问貌兵，对话了几句后，就越说越紧张了。李古力他们不懂缅语，也跟着紧张。

杨猛随即拿出手机拨打电话，仍然是缅语。看到他一挂断电话，高雅妮赶紧问道："到底怎么了，杨大哥你说啊，急死我了。"

"貌兵出来的那个村的人说，另一个人的一个亲戚出了车祸，他去仰光看亲戚去了。而今天早些时候，仰光发生了一起爆炸案，现在是一片混乱，已经联系不上他了。"

"仰光爆炸案？"李古力心里一凛，"小王，上网赶紧查一下。"

杨猛继续说道："村里的人还说，那个小伙子在离开村子之前，似乎……似乎……还咳嗽来着！我已经安排我们的人去仰光找他了。"

"一定要尽快找到他，凡是和他有过接触的人都要隔离。一旦找到他，马上要送到传染病医院。”高雅妮扭过头来看李古力，问道：“队长，我们该怎么办？”

“我们先查仰光爆炸案，我同时报告肖先生让他处理。”

这时，王贵华已经在电脑上调出了当天早些时候的新闻：

4月14日上午10点23分，举国上下正在欢度新年之际，仰光发生两起爆炸案，迄今为止共造成22人死亡，一百多人受伤，其中有多名外国游客。

眼下正值仰光泼水节，有众多外国游客拥入缅甸。缅甸当局称，爆炸可能是恐怖分子所为，其目的是破坏缅甸的旅游业，但目前没有任何组织宣布对此负责。事发现场在仰光著名的玛哈班都拉广场，当天广场上正在举行庆祝活动，民众聚集在一起泼水。因为人口密集，伤亡惨重。

第二起爆炸案发生在丁茵水中佛塔，是外国游客经常光顾的景点，所幸当时游人并不多，没有造成较大的伤亡。

爆炸发生后，警察迅速封锁了现场，当地民众也积极参与救护，伤者被送往仰光各大医院救治。有民众拍下了爆炸发生后的画面，根据画面显示，当时场面极度混乱，人们尖叫着四处逃散，地上有大摊鲜血和很多鞋子，爆炸物还在冒着阵阵青烟。

政府发言人表示，政府将尽快处理好此事，追查凶手并建立完善的应对机制。

一边看着新闻，李古力一边打完了他的电话。说：“看来对手已经行动了。”

“是的。”王贵华应道，“不过我们还有另一层的威胁。”

“你说。”李古力惊讶王贵华的反应。

“你们看这里，”王贵华的显示屏上这时显示的是中国和南亚的地图，“从缅甸仰光到中国香港的单程航班每天16班次，航程8小时，单程客流量约为三千人。如果上吉村真的爆发了萨斯，而且被那个人带到仰光又传染开的话，那么，一位感染者登上了前往中国香港的飞机，所有的乘客就都会成为潜在感染者。而香港地区又是通往中国内地的交通枢纽，直通内地四十多个城市。”

紧跟着，他指着地图上闪亮的城市的蓝色标点：“看这里，这里，北京、上海、杭州、成都、重庆、昆明、南京、海口等，都是大中型城市。这些城市平均人口都超过五百万。也就是说在一天之内，将有两亿多人会受到病毒的威胁。这还不包括香港到北京、香港到上海的火车，还有香港到深圳的巨大的陆上人流量。”

王贵华的电脑显示屏上代表香港和内地城市的蓝色标点被数十条红色的线条相连，大家静默无声。

李古力率先打破沉默：“我们现在唯一能做的，就是尽快赶到上吉村，确认萨斯病毒是否存在。”

大家齐声应道：“是！”

李古力对杨猛说：“老杨，事情的严重性超过了我们的预期。一方面我们要尽快落实萨斯病毒的状况；另一方面，仰光的爆炸或许和我们的行动也有关系。我们还得加倍小心。”

杨猛点了点头，沉稳地回答：“是的，但进山前应该不会有太大问题。如果我们赶得快，应该能在天黑前赶到山口。貌兵你开第一辆车带路。”

“好。”李古力对关凯说，“你让杨大哥开车，你保护好郑博士。”

“是！”

李古力的目光在每个人的脸上停顿一秒钟：“那么我们出发。”

两辆吉普车绕过曼德勒，开始风驰电掣般的向西南方向推进。在得知事态紧急之后，车内气氛紧张得让人有些喘不过气来。就这样行进了差不多一个小时，长途奔波的疲劳感袭来，众人一会儿醒一会儿睡的迷糊起来。

也不知迷糊了多长时间，李古力醒了过来。因为睡着的时候姿势不好，脖子有点儿僵硬。此刻，杨猛还坐在驾驶位上开着车。

“杨大哥，我睡了多长时间？”李古力问道。

“大概四个小时吧。”杨猛看了下手表说。

“啊。”李古力顿时直起身来，“杨大哥，我来开一会儿。”

他们把车停下，两人交换了位置。另一辆车上，关凯也接替了貌兵，驾驶着第二辆吉普车。

坐上右边的司机座位，李古力四下看了看："我们到哪儿了？"

"刚刚过了东敦枝，还有一段时间才能进山。"杨猛有些累了，"我靠一下，碰到岔路口你叫我一下。"他很快就靠着车窗睡着了。

"哦。东敦枝。"李古力说。他对东敦枝早有耳闻。

章七

1942年，中国远征军新38师师长孙立人率不足二千之众，在最短的时间内大胜日本常胜军第33师团，救出被围英军七千余人和五百多名传教士和新闻记者。随即，孙立人又增援东敦枝被围英军，同样以一个团的兵力大败日军一万三千多人，救出英军一个师。这就是历史上有名的“仁安羌大捷”。李古力小时候在军队大院里没少听老兵们讲这些故事，李古力再看四周的模样，当年激战的痕迹早已不复存在了。

此时李古力一行人已驶出了平原，进入典型的丘陵区。吉普车的两边全是山，顺着山坡往上延伸10米便是树林灌木，越往里越浓密。道路也由简单的柏油路完全变成了沙石铺就的路，吉普车开在上边能听到石子之间相互挤压的“咯吱”声。

不久，道路顺着起伏的山势下到一个谷地，这里左边是山，右边是一条宽宽的河流。拐了一个弯后，吉普车顺着河道继续南行。这时第二辆车上的高雅妮和郑淑敏都醒了。她们看着右边的河，想着要找个没人的地方方便。正支支吾吾想和关凯说话，车停了下来。因为前面的车停下了。

前面，一辆草绿色的吉普车停在路中间，似乎是从对面方向开过来的，车头冲北向李古力车的方向。车盖开着，两个头扎素色裹巾的男人正伏在那里修车。

离前面车还有十多米，李古力将车停了下来，因为路太窄，他无法绕过去。

杨猛一下醒了，问道："出什么事了？"

"前面有辆车坏了。"

杨猛也看到前面的车了。他皱着眉头说道："这条路是很偏僻的。路况又不好，怎么就把路堵死了。"

李古力顿时警觉起来，他低声问杨猛："会有问题吗？"

"不一定，我下去看看。"

"到地方了吗？"王贵华揉揉蒙眬的睡眼也醒了过来，睁开眼睛一看，还在路上。他抱怨道："还没到啊？"

没人回答他的问题。

杨猛向修车的俩人走过去。缅甸人听到声音回过头来，叽里咕噜地说了一大堆，李古力什么都没听懂。杨猛走回到司机座位上的李古力前，说："他们的车坏了，可是没人会修，已经在这里停了快两个小时了。"

李古力观察了一下左面山坡，没有异常，于是准备下车看如何处理。

这时，只听到从第二辆车跑过来的貌兵一声惊呼：他看到了前面两人正从车上往下拿枪。

杨猛顿时滚跃到车的右侧，坐在驾驶座的李古力也顺势落到地面。后面司机座上的关凯见状转身对后面大喊："趴下！"

他的话音未落，路左边树林里一阵密集的枪声响起，子弹像雨点般打了过来。因为貌兵在车的左侧，未及转身，已经中弹倒地。

"浑蛋。"杨猛从身后掏出手枪，一枪一个，将两个已经取枪正要从正面扫射的拦路人击毙。

枪声稍息，高雅妮趴着打开右侧车门，拉着郑淑敏爬下了车。而王贵华也从第一辆车的右侧下了车。

李古力和关凯也各自取出随身的手枪，寻找目标射击。与此同时，低吼道："小王，你带小高和郑博士退到河沿下去。"他注意到公路和右侧的河流水面之间，有一个很长的坡道。除非敌人站在公路右侧，不然看不到、子弹也打不到下面的人。

树林里的枪声弱了下去，可能是因为没有看到他们预期的反击。他们在判断形势。

此时李古力心中万分着急，他没想到这么快就遇到了敌人并交上了火，而最让他着急的是，他们的装备都放在车尾。一旦敌人明白过来他们手中的武器不过是几把手枪，一定会疯狂地扑过来的。

敌人在高处，隐蔽在树林中的火力强劲，而他们却几乎暴露在道路中央，倚靠着两辆吉普车作掩护，身边除了几把射程短的手枪别无长物。关凯最明白目前的形势，他们的武器都放在前车的车尾，而且他当时还顺手从后面锁上，因为要防止沿途军警意外的搜查。现在拿钥匙去打开车后门肯定不可能。好在吉普车的车尾与座舱是相互连通的，只有把装备拿出来，才有扭转局势的可能。想到这里，关凯深吸一口气，"呼"的一声从吉普车后冲了出来，他弹力惊人速度更加惊人，四五米的距离一下子蹿了过去。一直到他在中间那辆吉普车的后边隐蔽下来，敌人的枪才"嗒嗒"地响起来，顿时地面的沙土被打得四下乱迸。

李古力又急又怒，瞪了关凯一眼，说："你过来干什么？"

关凯朝李古力一笑，也不在意，说："他们四把步枪、五把冲锋枪，还有至少一挺轻机枪，离我们大概六七十米，火力分布很集中，子弹都是从一个地方打出来的，看来是准备直接拼死我们。"

躲在前轮后的杨猛惊讶道："关先生能听出这个来？"

关凯说："本来他们开第一枪的时候我还没注意，刚才我往这边跑的时候，他们一开枪我就听出来了。"

王贵华这时还伏在河岸，他听着路面上的声音却什么也看不到，很着急。"奶奶的，这帮是什么人！难道是毒贩？"

看到李古力也在疑惑，杨猛否定了这个想法，说："不可能，毒贩不会主动攻击过路人的。"

李古力顿了一顿，说："我看他们是专门来对付我们的，从他们刚才堵车的陷阱就能看出来，他们早就在这里设好了埋伏，就等着我们往里钻了。”

他开始思考如何把车尾的装备取下了。

看车后没有动静，山坡上的枪声又歇了下来。双方僵持着。

这时关凯把手放在吉普车的门把手上，“咔嗒”一声，把门打开一条缝。李古力立刻喝止他：“你干什么！”

关凯说：“我们的装备都在车上，不拿下来怎么打？”

李古力说：“不行！太危险了！那边的玻璃已经碎了，你一开门他们肯定会发现。”

关凯犹豫了一下，说：“那我也得试试。”说罢，他把吉普车的后门“哗”地打开。

果然，敌人发现了这一异常，子弹冲着吉普车的方向飞了过来！关凯匍匐在车后，冲着李古力“嘿嘿”一笑。过了一会儿，敌人可能发现这边没什么新的动静，枪声又停止了。

关凯伸出右手拇指朝吉普车一指，表示自己要行动了。李古力提醒他：“吉普车底盘太高，小心打脚。”

关凯点下头，说：“明白！”说完，他紧贴着车身开始移动。虽说他块头大，但身子却非常灵活，只见他像蛇一样贴上吉普车的后排坐椅，整个人慢慢地趴到车座上。他等了一会儿，发现敌人没有察觉，便把手顺着两个坐椅中间的缝隙伸了进去。

关凯在后备厢摸索了一阵儿，抓到了装武器的袋子，心中一阵激动。但当他想把装备从后备厢提出来的时候，却遇到了麻烦。因为如果他想把东西提出来，至少会把自己的胳膊暴露在敌人的视野里，那样一定会引来敌人的子弹，只要手上一慢，他就面临手臂被敌人打废的威胁。

这时趴在河沿上的王贵华压低了嗓门叫道：“你们上面怎么样？要不要帮忙？”

关凯心一横右手发力，猛的把盛装备的袋子从后备厢里提了出来，同时身体向下一滚，整个人落到车内地板上，这时敌人的子弹已经飞了过来，打在车体上“砰砰”作响。关凯手脚并用迅速从车厢内撤了出来。

李古力迎过去："关凯，你没事吧？"

"好着呢。"关凯一边扒拉开盛武器的袋子一边说，"没事。"说完，他已经从袋子里拖出一把突击步枪扔给李古力。接着，他又把一把冲锋枪扔给前面的杨猛，最后他拿出另外一把步枪，拉动枪机，说："打吧。"

"慢！"李古力说，"不要暴露。"

章八

隐藏在山坡上的敌人眼看自己精心设置的伏击战变成胶着状态，有点儿沉不住气了。一个粗鲁的声音叽里咕噜地嚷了一番，尽管李古力他们听不懂，但一旁的杨猛却突然变了脸色。

大家知道那是缅语，都不由看着杨猛的方向。杨猛说："刚才那个人说我们就 6 个人，要困死我们。"

李古力惊奇道："他们怎么会知道我们的人数？"就算是有望远镜，在这种环境之下也不可能看得那么清楚。

来不及细想，敌人的枪声再次响起。关凯刚想伸出头去还击一下，一下子被呼啸而来的子弹逼了回来。

这时王贵华从路沿上冒出半个头来，出现在他们的脚下："大关，也给我把长家伙吧。"

关凯没好气地说："你就老老实实地趴在下面吧。"

王贵华一本正经地说道："我要保护好高雅妮和郑博士呢。"

关凯没工夫答理王贵华，随手从武器袋里摸出一支扔给了王贵华。王贵华在下面接住一看，正是从地下仓库中拿出的脉冲武器。“也好，我来看看如何使。”

李古力悄声对关凯说：“我们找个东西吸引一下他们的火力，让他们暴露出来。”

人冲出去肯定会被打成马蜂窝的，怎样才能吸引他们的火力呢。

正犯愁的时候，关凯看到从车厢里滚出来的释迦果。关凯心中一下有了主意。他用枪把那颗释迦果划拉到手边捡了起来，冲着李古力和杨猛做了一个准备的手势。然后奋力把手中的果实往对面树林里一扔，李古力和杨猛同时起身寻找目标。

关凯臂力奇大，一扔之下竟有五六十米远，隐藏在树林里的敌人以为是颗手雷，四处躲藏，慌乱之中树丛抖抖嗦嗦，暴露了隐藏的位置。李、杨二人几个点射。有三四个敌人中枪从山坡上滚了下来。

敌人没想到在这种情况之下还会遭到有力的反击，躲在树后不敢露出头来。

王贵华不满地抱怨道：“你怎么把我的零食给扔了，一会儿给我捡回来。”

敌人的头目又用缅语说了一通，这次不等李古力询问，杨猛就解释道：“对方的头目明白这么拖下去不是办法，正在鼓动他的手下冲下来。”

“他们的队长倒是不笨。”对方的优势在于火力，他们的优势在于枪法。敌人一旦冲下山坡，在他们火力的压制下，根本无法发挥枪法上的优势，更何况他们还有两个没有战斗力的同伴。

杨猛冒着危险探头看了一眼，惊呼：“坏了，他们开始冲下来了。”

王贵华说道：“大关，车里还有一枚释迦果，要不你再扔出去试试。”

关凯刚要回答，一颗子弹擦着他的头皮飞过。他惊叫道：“差点儿上你的当！”

敌人快速突进，转眼已经进入 30 米的范围内，猛烈的火力压得李古力他们抬不起头来。李古力把车的后视镜掰到一个角度，通过镜子来观察敌人，找准机会，一个短点，放倒了前排的一个敌人。

敌人见状暂时停止了冲锋，躲在靠近路边的树后，等待机会。

看对方没有动静，一阵扫射之后，敌人再次向路边移动。李、关、杨三人举枪猛射，把第二个人又打回树林后面。

王贵华出现在他们中间。

“你过来干什么？”李古力大喝道。

“我来帮忙。”王贵华没有在意，他递给关凯那把脉冲武器，“我把这个配置好了，你可以试试？”白色的枪身上面的一枚小灯急速闪烁着。

这时，敌人由机枪手开路呈扇形包抄过来，往路边靠拢，火力压得车这边完全没有抬头的机会。后视镜里，李古力已经可以看到敌人的模样，叫道：“准备格斗！”同时拱起腰透过已经破碎的车窗向敌人射击。

趁敌人一愣，关凯揣着那把脉冲武器，冲出车尾，扣动扳机。黄灯熄灭，胳膊震动之间，面前刺眼的红光亮起。

瞬间，关凯感觉自己的听力降到了零，整个世界仿佛一下子变成了真空。

长达几秒的安静……

“牛啊，这东西太厉害了！”等关凯听到王贵华的声音时，他才发现自己还站在原地，而已经冲上公路的敌人横七竖八地都已倒地。离得近的可以看到从口鼻中冒出的血沫。

李古力和杨猛已经持枪站到关凯左右，注视着树林里的动静。近处，已经全无有人的痕迹，远处，似乎有人影往山上跑。关凯要追，李古力制止道：“追不上的。”再等他抬头看时，影子已经消失在丛林之中，没了影踪。

李古力走到路沿，要招呼高雅妮和郑淑敏上来，但不见她们的踪影。正奇怪间，见高雅妮右手仍然握着手枪，从一道沟中探出头来问：“没事了？”

“没事了。郑博士没事吧？上来吧。”

高雅妮先从沟中跳了出来，随后把郑淑敏拉上来。李古力伸手，把她们俩从河沿拉上公路。

空气中还弥漫着浓烈的火药味，路中间的吉普车已被打得千疮百孔。

关凯深吸了一口气，定过神来，使劲地呼了出来，摇了摇脑袋，重新看向此时的战场。只见，在他身前不远的扇形区域内，尸体排列得尤为整齐，仿佛就是被人特意的摆在那里一样。说不出的诡异。

关凯不禁咂舌道：“这个大家伙可真是厉害，一下就放倒他们那么多。”一边说一边蹲了下来，仔细看了看那个扇形区域内的尸体。

“竟然看不到体表有任何伤口，可惜啊，这宝贝是个一次性的，唉，要是多有几支，不管遇上什么样的人，也都不必在意了。”关凯看着尸体，再一次感叹道，话语中，满是不甘和耿耿于怀。

在关凯说话时，王贵华凑了过来。他从关凯手中接过用完的武器，一边仔细打量，一边自语自语："真可惜，只能使用一次，能不能重复使用呢？"

这时杨猛蹲在貌兵的身边，眼睛直勾勾地看着他满是血迹的身体，一声不吭。他站起身默默地将貌兵抱到路边，再次蹲在貌兵的身边，把他脸上的血迹擦去，又为他梳理了一下头发。他又从衣兜里摸出烟盒，拿出一根烟，放到貌兵的脸边，仍旧是一言不发。

"关凯、小王，我们把路中间的尸体搬到坡上树林里去。"李古力指挥道，"小高、郑博士，你们检查一下你们的仪器，看有无损坏。我们尽快离开这里。"

李古力一边拉起一具尸体往山坡上拖，一边思考着：什么人会对一群普通衣着的普通游客下手，而且对方还一下子派出了这么多人，要不是在紧急关头，小王和关凯将那武器成功地启动，后果真很难设想。是什么人既知道我们的身份，又想置我们于死地，最重要的是他们还知道我们的行踪，符合这么多条件的人应该不多。

李古力走过杨猛身边："杨兄节哀，我们需要想一下下一步。"

杨猛回头应道："可能是什么地方走漏了风声，根本没有想到会出这种事。"

李古力拍拍杨猛的肩膀："嗯，出现麻烦，也在常理之中，只是没想到这么快就会有遭遇。"

"我有一个问题。"王贵华拉着一个尸体经过，听到他们说话，也停了下来，"我觉得这次袭击有些蹊跷，因为我们都听到他们说出我们的具体人数？会不会是……"

杨猛脸色一变："什么意思？"

王贵华小声说道："我们去上吉村的路线还会有谁能知道？这伙人似乎早就得到了消息，早就埋伏在这里等着我们，会不会内部出了问题？"

李古力道："我们先清理路面，以防有人通过。"

杨猛也站起身，过去把路中间剩下的最后一具尸体拖到树林中。突然，他像被蝎子蜇了一下，猛的顿住：放倒的那具尸体的脖子上，挂有一个用红绳穿起来的佛像玉坠，而这时玉坠的背面朝上，清晰地刻着两个字："尼拉。"而且在这人的左臂上，还清晰地文着一个翘着尾巴的蝎子。

不远的李古力见状赶过去问道："杨先生，怎么了？"

杨猛并没有回答李古力的问题，却指着他身旁的这具尸体道："你看，他的吊坠和左臂上的文身。"

李古力仔细地看了一眼玉坠和蝎子的文身，没有明白它们有什么意义。

杨猛的手猛然哆嗦了一下，失声惊叫道："怎么可能？"

李古力马上追问道："老杨，怎么了？"

杨猛咬牙切齿地说道："怎么可能！"他的表情一下变得十分狰狞，那道刀疤像一条阴毒的蜈蚣，在他的脸上翻滚着。

"这个尼拉，是我们的人，他是楚温手下的人。"

"楚温？"

"对。楚温是我们公司的销售总经理。"杨猛解释道，"去年的时候，孙老板买下了一个玉场，开采出的籽料中有一些成色不好，不能在市场上销售。大家都相信玉可以避邪，所以楚温就叫人雕成玉佛，配上名字，每人送了一个，我也有一个。只是我不喜欢脖子上挂什么东西，所以没有戴着。"

李古力觉得事情复杂了："那你赶紧向孙老板报告吧。"

公路上关凯正检查第二辆吉普车，第一辆车虽说引擎还能正常运转，但左边车身和座位，都已经布满弹孔，已经不适合长途颠簸。第二辆车除了少许几个弹眼，完全没有问题。他正犹豫间，李古力向他示意检查前面堵路的那辆车。他跑了过去，钥匙还在钥匙孔内。一转，车身稍抖一下，就发动起来了。

高雅妮这时对李古力说道："队长，我和郑博士的设备都没有问题，随时可以出发。"

"好，大家休息3分钟。关凯和小王，我们把这辆坏了的车推到路边去。"

已经被打得支离破碎的吉普车很容易就被三个男人推到了路边。"关凯，下面还是你带小高和郑博士，你们开原来的车。我、老杨和小王开前面的车。大家休息一下，喝点水，我打个电话。"

章九

李古力走到路边，边打电话，边接过了关凯扔过来的矿泉水，嘴上应着：“是，是，我们会加倍小心。”

电话挂断，李古力注意到杨猛已经坐到第一辆车的司机座位上，大家已经穿上防弹衣、戴上耳麦，整装待发。

“你的防弹衣和耳麦在你的座位上。”关凯对他说。

“好。”他跳上前面的车座，“我们赶路。”

而就在此刻，不远处的奈河镇的小茶馆里，楚温正焦急地等待着一个消息。说不出是为什么，他感到阵阵的不安。他相信自己的直觉，一定是伏击行动出了变故。

“铃……”手机突然响了，吓了楚温一跳，一看屏幕上的来电显示，楚温的额头上冒出了密密的汗珠。犹豫了几秒钟，他接起了电话。

楚温讨好地说道：“老板，您好。”

一个和蔼的声音问道：“楚温啊，你在哪儿呢？”

楚温头上的冷汗更多了，孙老板不是一个容易被骗的人，一定是行动出了什么问题。也许不是，自己多疑了。“老板，我在仰光见客户呢。”

“哦？那我不打扰你吧？”

“当然，当然。最近一直挺忙的。回头我给您具体汇报。”

“那就好，人老了，就不中用了。楚温，最近没什么事吧？”

“姜都是老的辣，再说了，老板怎么会老呢。”

“没事就好。”孙老板的语气突然一变，“杨猛说一个叫尼拉的袭击了他们，还杀了他的兄弟貌兵。”

“什么？貌兵被杀了？怎么会有这样的事。绝对不会是我的人干的，我和貌兵、尼拉他们都是好兄弟，怎么可能呢。我来调查，我来调查。”楚温的心里颤抖着。

“哦，不是你就好，我也说嘛，你怎么会杀自己人呢。你给杨猛打个电话，和他解释一下吧，顺便告诉他尼拉在什么地方。”

楚温的小眼睛一转，说道：“还是您说吧，貌兵如果死了，杨大哥一定正在气头上，我的话他是不会听的。他最听您的，还是您和他先解释一下吧。我来找尼拉。”

“哦，好吧，老头子我就先替你解释一下。你一定把尼拉的事尽快调查清楚。”

挂断电话，楚温抹了抹脑门上积聚的汗水。总算是先蒙混过去了，为自己争取了一点时间。

这时手机突然又响了起来，楚温心中又狂跳起来。一看号码，楚温不认识：“喂？”

“大哥，我是丁温。”

“你是不是把事办砸了？还打死了貌兵？”

“大哥，砸了，砸了。我们没有搞得过那帮人。他们太厉害了！貌兵也站得太不是地方。”电话里的人又哭诉道，“他们太厉害了，我逃出来，手机也丢了。我就要到你的地方了。一有电话这就给你打电话了。”

“我看你也太没用了。”楚温问道，“损失了几个兄弟？”

“大哥你听我说，其实我们本来能成的。我们前面的兄弟都冲到路上了，我们人多，就要解决他们了，但不知他们用了什么武器，一下就把我们所有的兄弟都放倒了，要不是我在最后面我也死了。”

“废物、垃圾、没用的东西，别和我说你带去的兄弟都死了，就你一个人活下来了。”楚温满腔的怒火无处发泄。

“没有，除了我还有一个兄弟活着。”

“你去死吧！”楚温奋力把手机扔向墙壁，手机摔得粉碎。这一战，他损失了十几个投靠自己的兄弟，没有年把时间，难以恢复元气。而且，如何对付孙老板，还完全没有主意。他有点后悔，或许不应该见钱眼开接这个活，袭击跟他什么关系都没有的一帮人。

同一时间，在美国新泽西州的纽瓦克市桑树街的一个十字路口一侧的办公楼的一间封闭的办公室内，另外的一个人，也把他手里的电话摔得四分五裂：

“你这浑蛋！你仔细看照片了吗？”

章十

美国巴尔的摩。

一辆黄色出租车驶到拉迪森酒店门口，穿着红色制服的门童迎上去打开车门，从车上优雅地下来一位年轻漂亮的亚裔姑娘。蓝色空姐制服，短短的裙子透出了年轻的气息，一头黑色的秀发飘逸着，棕黑色的眼睛透出一股迷人的气质，一米七八的个子显得十分高挑。出租车司机把她的黑色拉杆箱和一件黄色小行李箱递给了门童，他跟上她进了酒店。

美达航空公司在这个酒店有长租包房，因为巴尔的摩是美达航空公司的一个中转城市，航空公司的员工经过这里，都住在这个酒店。

拿到房卡，行李员提着她的行李跟着她去了电梯。

“打扰女士，十八层，是吧？”行李员很专业地轻声问道，不时地用眼睛偷偷瞄着这位漂亮姑娘。

“是的！谢谢！”她随口回应，声音有几分疲倦。行李员按下十八层的按钮，电梯的门缓缓关闭。这时，一位身着黑色皮夹克的男人闪身进来。他戴着一副墨镜，脸上毫无表情。

“先生，几楼？”行李员问道。

那人回过头来，隔着墨镜看了眼已经亮着的十八楼按钮，说道：“十九楼，谢谢。”

她看了一眼刚进来的男人，心想十九楼都是公司的包房区，怎么没见过这个男人。再一想又觉得自己想多了，或许是谁的朋友吧。很快电梯到了十八楼，她走了出去，行李员紧跟其后。

1807号房间门口，行李员接过她递过来的房卡开门，让她进去之后，把行李送入了房间，放到行李架上。“如果有什么需要，请随时电话通知。”

姑娘优雅地说了声：“谢谢。”

行李员接过她递过来的一张五元的小费，微笑着略微鞠躬转头离开了。

她伸手把“请勿打扰”的牌子挂在门把手上。终于能合眼了，她对自己说。已经连续飞行了几乎十二个小时了，她想好好洗个澡。

她刚开始脱下套裙，电话突然响了起来，她吓了一跳：

“维琦吗？”是同事麦当娜的声音。

“你这死家伙，吓我一跳！怎么啦？”她笑道。

“我刚才看到你进大厅了。明天上午11点我才飞旧金山，想一起出去喝点什么吗？”

“不了，谢谢。我真的累了，今天不能陪你了。”

“哦，那好吧，回头见，晚安。”

说完，维琦放下手中的电话，走进了浴室。

十八楼的昏暗的楼梯口拐角处，一个男人看着维琦进了她的房间后，拨通了电话小声说道：“我已经找到她了！”

“好的，今晚就除掉她，做得干净点儿！”电话的另一头是一个沙哑的声音，是电话变声后的机器假声。

清晨的新泽西州的纽瓦克市，空气特别的清新。早上六点还差几分钟，露珠还留在街边的草地上懒懒地睡着。这时，桑树街道上的一栋三层灰色建筑内一个独立办公室，铁尼在他的办公桌前又度过了一个不眠之夜。

这已经是铁尼的习惯了，自从加入了司法部下面的缉毒署，铁尼尽心尽职、屡立战绩。

只不过，铁尼的性格古怪，他与大多数同事的关系恶劣。所以，二十多年了他仍然只担任缉毒署三十多个部门中一个部门下的底层职务。

在同事们眼中他是个怪人。他看所有的管理人员也全都是一帮无能饭桶。比如国家的禁毒，不可能禁不了的，而那些饭桶，却什么也做不了。这个国家会毁在他们手里!

铁尼认为他的爱国意志是缉毒署那帮高级官员们完全不能理解的。所以，他必须用他的方法来禁毒。

看新闻也是铁尼的习惯，他必须时刻了解新闻动向。新闻里有着许多他可以用来侦毒的线索。

6点，他打开对面墙上的电视。

"……昨晚，位于巴尔的摩塔里街的拉迪森酒店内发生一起血案，联邦调查局和警察局都已经介入调查。据可靠消息称，死者是美达航空公司空乘人员，28岁，死亡时间是晚上十点左右。"

铁尼坐在椅子上跷着腿，惬意地看着新闻。

"晚上10点15分，酒店保安在楼道监视器上发现死者楼层有异常状况，赶去房间时，发现死者房间门敞开，被害人已经中枪死亡。酒店没有透露具体状况，警方称正在全面调查中。"

就在这时，电视屏幕上出现了死者的照片，铁尼突然从坐椅上跳了起来。

"Fuck！"他骂道。

他拿起电话，按下了电话机上的声音处理按钮后拨了一个号码，接通对方后，他努力保持着冷静：

"你看电视了？"

"正看着呢。办好了。"

“你办对人了吗？”

“对的，没错的，Vicky Sun。”

他为电话另一头的无知激怒了。他几乎摔了手中的电话：

“你这浑蛋！你仔细看照片了吗？”

“啪”的一声，他还是把电话给摔了。他没有去看被坚硬的棕色地板撞击成许多碎块的电话，眼睛还在盯着电视屏幕上死者的照片。他的鹰钩鼻下的嘴里正咬牙切齿着。

这时在美国新泽西州格林威治镇的一座两层楼的红砖房的厨房里，也有一双老者的眼睛在盯着电视。这位老者的曾爷爷是从福建被卖到美国来修铁路的。后来这个家族就在这个新大陆娶妻生子，繁衍下来。

这位老者刚才还在门口修理草坪上那个被堵住眼的自动喷水头，是他在厨房做早餐的老太把他喊了回去看电视上正在播出的新闻。

“好在有所准备，真是少许的主动就可以使生活中的运气大增啊！”老者叹了一口气，回忆起三个月前的决定。新年刚开始，就接到可靠消息，称铁尼可能会对缅甸孙瑞伦的女儿维琦下杀手。为了不让罪恶得逞，老者安排把维琦送去北京。肖云给她安排的是做北京协和医学院的老师。这个过程，老者也不是没有担心是否真有这个必要，但今天终于得到了回答。

事情还要从铁尼说起，作为美国缉毒署的官员，他去年初就盯上了缅甸的一个海洛因的线索。他没有告诉缉毒署任何人，因为他认为他们都是无用之徒，他要自己来解决这个问题。

他查到，这是一个很大的海洛因来源。他一向认为，要禁毒，最好的办法是不让毒品入境。通过很多努力，终于了解到这个毒品来源的老板姓孙，叫瑞伦。他通过他的线人，几次转达他的信息，即不要再让他的海洛因来美国了。但很明显，这个孙瑞伦并没有按他的话做。包括那次在仰光的刺杀，都没有能阻止孙瑞伦继续贩运毒品来美国。

美国的法律不能解决缅甸的问题，他虽为缉毒署官员，官级却没有高到能自由去缅甸的程度，而且，美国的法律也约束不了缅甸的事。既然这样，他就只能用他自己的法律来解决这个问题了。他了解到这个孙瑞伦有一个女儿是约翰霍普金斯大学的一个生物博士。他要让孙瑞伦知道，损害美国的利益意味着什么。

他决定再次雇用杰克，花 15000 美元解决这个问题。15000 美元相当于自己年薪的四分之一，但为了国家的利益，又指望不上那些掌权的猪们，就只有牺牲个人的利益了。杰克很快就查到了孙瑞伦女儿的住处，在拉迪森酒店附近的一个公寓。但几次盯梢，都没有发现她的踪迹。于是查她名下的信用卡，终于查到了最新的她名下的订房。

谁知竟然搞成这样！

中国北京，晚上 6 点 30 分。

"维琦，你在哪呢？"

手机上显示是 410 的电话区号，巴尔的摩市打来的。

"啊，露西，你啊！好久没跟你联系了，哈哈你还好吧？"

"我挺好的，刚才看了一个新闻，吓死人了。"

"怎么了？"

"一个空乘，和你一样的名字，也叫孙维琦，被人谋杀了，就在巴尔的摩。"

"别吓我。我在北京呢，正在国贸逛商店呢。"

"嗯，你没事就好。或许你应该给你爸打个电话，报一下平安。"

"嗯……好的。谢谢你露西，我没事的。"

"没事就好，我要收拾一下上班去了。回头聊。"

"好的，拜拜。"

"爸！我是维琦！"

"乖女儿怎么想起来给我打电话了？你在北京这两个月一切还好吧？"

"嗯。我挺好的。我也特喜欢这边协和医学院的学生。第一次做老师的感觉真的不错。"

"好就好。有什么爸能做的，你告诉爸。"

“嗯。嗯。刚才露西给我电话了，说一个和我同名同姓的人在巴尔的摩被谋杀了。”

“有这种事？”

“嗯，露西被吓坏了，还以为是我出事了呢。”

“这和我们肯定没有关系的，美国那么大、那么复杂，你就好好地教你的书吧。”

“嗯，我会的，你保重。”

“好的，对了，你要是有什么需要，打电话给肖先生。你有他的电话的。”

“嗯，我会的。”

放下电话，维琦胃里有一阵子的不舒服。她下意识地捂了捂胃部。“他们让我两个月前到北京来工作，不会和这个有关系吧？”

她想了想，停下脚步，张望着到处是通亮灯光的商场，找着出口的指示牌。她要回学校的宿舍，觉得有些累了。

到北京这段时间，每天是从校区的宿舍到办公室，到教室，大多在校园里度过。所以还没有学会坐北京的地铁。她走出商场，拦下一辆蓝色的出租车：“到东单的协和医学院。”

“好嘞！”司机应道。

“应该就是个巧合。”回家的车上，她想到她觉得胃的不舒服应该是饿的原因。“嗯，待会儿就去尝尝东门外那家上海小餐馆。”

篇三
伏击

章十一

天已经开始黑了下来。两辆吉普车的引擎声一前一后快速地打断着山里公路两旁的各种虫鸣。

关凯后面，郑淑敏猛的从梦中惊醒，满头是汗。

“郑姐，醒了？”坐在她身边的高雅妮看着她。

“嗯，嗯。”郑淑敏觉得口渴，摸索着找水。

高雅妮递给她一瓶水：“找水？”

“哦，谢谢。”郑淑敏完全醒了。

这是她第一次看到死人。作为地质学家，她到过世界很多山川河流，甚至也到过险恶的地方，但却从来没有和人类有过任何冲突，哪怕打架，她都没有看到过，更不用说亲身经历。

临行前，当初的学长问自己：“这次是你和大陆的同事第一次一起做事，你没有问题吧？”

“当然，我的国语一直是不错的。”她很有信心。

这已经不是第一次受学长委托做事了。她以为这次和之前的旅行探险并不会有什么不同。在木姐看到那些枪械，她觉得就是一堆男人的玩具，和自己完全没有干系。

她一直是一个自视清高的人。良好的教育让她觉得她应该给人一种高贵的感觉，她心里也明白，这种情景，让多数男人不敢轻易靠近她，但她又看不上泼辣的女生。

她喝了一口水。

“郑姐，做噩梦了吧。”高雅妮很贴心地又掏出一张纸巾递给她。

“谢谢你！”郑淑敏擦掉冷汗，开始平静下来回到现实中。

她开始喜欢高雅妮这个小妹。虽然比她小，在刚才的河堤上，自己却被她拉着跑。

她们躲在河沟下面的时候，她还保护着身体已经僵直的自己，真难为她了。

高雅妮以为郑淑敏在担心小队的安全，就安慰她道：“郑姐，你别担心，我们的队长厉害着呢。而且，我们这位关大个，一人打十几个人一点问题都没有的。

开车的关凯听到高雅妮夸赞自己，挺高兴：“郑博士不用担心，这算不了什么的。”

郑淑敏轻轻地摇了摇头，回到原先的自己：“我在想那些人，他们也是鲜活的生命……曾经是，就这样没命了。”

关凯皱着眉头问道：“郑博士，您的意思是？”

“我想说的是，他们也有自己的亲人朋友，有的可能已经有了孩子。他们的亲人还等着他们回去团聚，他们的孩子还在盼望着父亲的归来。可他们已经死了，死在没人知道的树林里了。”

关凯经历了太多的杀戮，对这些事情已经变得麻木了。杀死一个坏人对他来说，和拍死一只苍蝇没有任何的区别。可郑淑敏的话似乎是在怪他不该杀死他们，他有些不快地说道：“我们不杀他们，死的就是我们了。您肯定知道，我们这个世界，就是一个弱肉强食的世界。”

“神爱世人，”郑淑敏叹了口气说道，“天主教导我们要爱所有人。”

关凯有些不高兴地说：“人家打左脸，我还要把右脸伸过去让他打吗？我们队长说过，第一，不要让别人打你；第二，别人如果打你，你就要打回去。他说这是谁说的来着……”

“是墨子！”高雅妮说道，“原话不是这样的，墨子说的是……”

关凯打断她：“意思对就行，我们中国人，我们就该信仰中国的东西，老外的天主不会帮我们的。”

“好啦，好啦。”高雅妮看气氛有些紧张，拉着郑淑敏的手说，“郑姐，我给你讲个故事吧，很有意思的……”

而此时在前面的车上，队长李古力正和杨猛讨论着他的担心。李古力对杨猛说道：“敌人的这次伏击失败了，他们肯定还会安排下一次袭击。我们的整个行程都在对方的掌握之中。但我们对他们的情况一点儿都不了解，甚至连他们袭击我们的目的都不知道，这样太被动了。老杨，你能猜出楚温袭击我们的动机吗？”

杨猛想了想：“我和楚温虽然同是孙老板的手下，但是我们见面的机会并不多。老板挺看重楚温的，因为他掌管着吗啡销售。但我觉得他城府很深，我看不透他。也许他是为了黄金吧。”

李古力说道：“要是能掌握更多的信息就好了，就能把主动权掌握在自己手中。”

王贵华突然想到了什么，问道：“杨先生有楚温的手机号码吧？”

“有的，在我的手机里。你不会是要给他打电话吧？他是不会接的。”杨猛把手机拿了出来。

王贵华兴奋地说道：“有他的电话号码就行，我能用他的电话号码来确定他的位置。”

“这也行？”杨猛惊讶地问道。

“当然。确定一个手机的位置，其实不是件那么难的事。即使在待机状态，即使在移动中，即使关机，手机仍然会发出信号。用 GPS 加我的王氏软件，很容易就能查到这个信号的位置。也就是说，我们有他的电话号码，要确定他的位置，这是小菜一碟。”说着，王贵华飞快地在其膝盖上的笔记本上敲击起来。

杨猛读给王贵华楚温的电话号码，好奇地问道：“具体怎么做呢？”

王贵华头也不抬地说道："我们先查他的手机在哪一个基站区，在哪一个信号塔的覆盖下。

"这个最简单也是最原始的方法就是连接运营商内部网络，获取信号是由哪个基站发出来的；然后，通过测量基站天线和相邻的两个基站信号的强度和频率；然后用角锥体剖分的方式来计算和确定信号位置即可，不过这种方式的定位精度差一些。"

"我们现在进入到了电信公司的内部。"他输入缅文的号码后淡定地说，"稍等，来了，找到手机位置了。他现在距我们二十公里左右。电信公司这个软件只能把位置缩小到大概一百米以内，我需要启动我的王氏间谍软件。嗯，我把他缩小到 10 米了。"

"要找到他具体位置的最好方法，是在他的电话上装上我的王氏软件。我们先看看他的手机是什么型号的。希望他不要用太老式的才好，我们需要通过他电话的 SIM 卡找到他手机的配置。SIM 卡会发出原始的无线电信号，这些信号包括服务区的信息、手机信号往返时间，还有信号强度。不同的手机通过这个方式得到的信息类别也会有所不同。有时候即使从手机本身得不到相关信息，但从它的 SIM 卡上也能获得这些信息。获取所在服务区的信号，和信号强度等参数，也就可以用角锥体剖分算出来一个人的具体位置。"

"滴，滴，滴……"王贵华得意地说道，"嗯。SIM 卡信息回来了。让我看看，这个叫楚温的家伙，用的什么牌子的手机。"

"定位与他的手机型号有关吗？"杨猛问。

"当然，如果他的手机是智能机，那么就有 GPS 定位系统，我就可以安装软件了。如果不是智能机，就是会麻烦点，但是也难不倒我的。"

"出来了，这家伙用的竟是最新款的 iPhone 呢。"

"真的？我们都是用诺基亚的。这家伙换了手机了。"杨猛并不知道楚温摔碎了他原先的手机后，刚换上一款客户送给他的新手机。他还没有来得及试验里边的功能呢。

"现在几乎所有新款手机都有卫星导航功能，通过卫星就能确定他的位置。但不愿意被人跟踪的用户可以把这个功能关掉。嗯。他看来是关掉了。那么，我得给他装上我的王氏软件。

“上载中……上去了。好！我的王氏软件装上去了。启动了。

“好了，我可以退出电信公司的系统了。从现在起，我的电脑就和他的手机直接挂上了，因为我把GPS信号功能植入到他手机里了。这样他的位置就显示在我这个屏幕上。

“其实，刚才我讲的所有那些技术，最先进的就是我的王氏间谍软件。我在获取对方手机信息后，就能在他的手机上安装定位软件，神不知鬼不觉，在定位的过程中还能进行窃听。”王贵华得意道。

杨猛咂舌说道：“你这软件还真可怕，他会不会知道你给他的手机装软件？”

“不会的，这一切都是在后台进行的。他的保护屏都不会启动的。”

这时，一个悦耳的女声从王贵华的笔记本中传出：“目标定位成功。”同时，屏幕上显示：

目标坐标：北纬20° 113'，东经94° 05'。是否显示卫星地图实时位置定位?

王贵华按下“Y”键，屏幕上显示出一个红点正向他们的方向靠拢中。他又按下“+”键放大。“他们三辆车，现在正停在我们刚才离开的地方。”

杨猛禁不住赞赏地扭头看了王贵华和他的电脑一眼。

李古力插话道：“你别听他说的简单，实际操作起来并不简单。在这方面，小王是我们的天才。”

听到队长称赞自己，王贵华嘿嘿地笑了两声。

“小王从小痴迷电脑技术，17岁因为出众的技术，被军队特招，成为信息战专家。他是军方的宝贝，把他挖过来，花了我们不少劲呢。”

杨猛注意到了一个细节，显然李古力他们不是军方的人。

李古力意识到自己说漏嘴了，刚要说什么，他的手机响了。

章十二

“古力，根据从欧洲传来的最新情报，你们小队的这次遇袭与欧洲的一个势力有关。他们是冲着黄金去的，而且已经盯上你们了，你们要多加小心！”

“是，有新情况我也会立即汇报。”李古力放下电话，眼睛盯着车前月色下的道路。

王贵华说道：“我已经开启对他手机的监听，有情况我会立刻报告。”

杨猛也听出事态紧急，他加大了油门。

黑暗中的群山，影影绰绰，散发着神秘的气息。月亮很圆，素白的月光在河水上静静地流淌。三辆吉普车在公路上疾驰间突然停了下来，急刹车的声音尖厉而又短暂。

车门打开，一个四十不到的微胖的男人从车上走下来，他的个子不高，戴着一副金丝边眼镜，显得很有学问。皮肤不是很白，但是保养得很好，让他看上去很年轻。从头到脚穿的都是名牌，和普通缅甸人，甚至缅甸城里人都远远不同。此人正是楚温。

他弟弟丁温还没有赶到奈河镇的时候，他已经决定，一不做二不休，他要把这事彻底解决了，再考虑如何对付孙老板。

此刻他面目狰狞可怕，他要看看伏击的地方，到底发生了什么。

10个手持武器的缅甸人从车上跳下来，快速地跑到楚温身后站着。谁都看得出来，老板正在暴怒之中，稍不小心就会成为老板的出气筒。别看老板长得斯文，可他的手段之可怕，恶魔都要甘拜下风。

楚温右手一挥："人呢？"他没有看到任何尸体。

他后面的人搜索公路两侧。"找到了，在这边。"左侧林子里传来声音。

楚温走过去，手下有人把手电指向堆在一起的尸体。他一个个仔细地打量，心想，丁温说得不错，有几个小弟都是一枪毙命，但大多数尸体的体肤却没有明显伤痕。

"怎么没有貌兵的尸体？"楚温问道。

有人回道："没有看到，可能被杨猛他们埋了。"

楚温自语道："貌兵啊，我不是故意要杀你的，这完全是一个意外。到了下面不要向阎王告我的状。"众人安静地站在楚温身后，不敢发出丁点儿声响。

几分钟后，密林里响起的声音，顿时10支枪一齐指向了那个方向。楚温对手下的反应很满意，表情稍稍舒缓了一些。

楚温向树林的方向望去，隐隐约约地看到两个人影跌跌撞撞地向这边跑来。一个声音喊道："是大哥吗？别开枪，是我，丁温。"大家听出了丁温的声音，可是楚温没有示意他们放下枪，黑洞洞的枪口依然指着树林中声音的方向。

狼狈不堪的丁温跑出树林，看到大哥手下的枪口都指着自己，明白楚温还在生气，几步跑到楚温身前，"扑通"一声就跪下了，抱着楚温的大腿哭着说道："大哥，不是我的错，我全是照你说的做的，实在是他们太厉害了。"

丁温这一哭，楚温的心一下就软了。怎么说都是他亲兄弟，这些年风风雨雨一起走过来的，真要是罚他，还真下不去手。但有小弟在场，还要保持他一贯的冷酷，只好板着脸说道："给我站起来说话，一个大男人哭哭啼啼的像是什么样子？”

丁温马上站了起来，手一抹眼泪就没了。看到楚温在看他，马上低下了头。

楚温一下就看出他刚才是在装哭，心里有些不快，但转念一想，这小子的反应不错，演技也不错。

他上下一打量，看到丁温身上的衣服已经变成了布条，脸上全是污渍，头发乱蓬蓬的，还夹杂着草根和树叶。对方的强大远远超出了自己的预计，怪不得丁温，他已经尽了最大的努力了。

心念至此，他说话的语气已经多了几分缓和。“上车去换件衣服，把自己收拾一下，再来见我。”

丁温知道大哥不怪他了，跑着去换衣服了。跑了几步，楚温又叫住了他：“饿了吧，我的车里有吃的，去吃点吧。”

“谢谢大哥。”丁温的声音有些哽咽。这让他想起了小时候，家里非常的穷，只要有一点食物，大哥都会留给他。每次被人欺负，也是大哥去给他报仇。最近几年，楚温变得越来越可怕了，但在他的眼中，楚温还是一个好大哥。他有些内疚，楚温把这么重要的事交给他去做，却让他给搞砸了。他快步跑到车边，拿出一块饼，大口地吃着。吃完之后，要跟着大哥去找那队人算账。

丁温离开之后，和丁温一起逃出来的貌登就没那么好过了。楚温看他一眼，他就哆嗦个不停，两腿发软，几乎站立不住了。

“兄弟们都死了，你怎么活下来了？”

“我……我也……在冲锋……丁温哥……摔……摔倒了，我去……去……扶他站……站……起来就看……看到……兄弟……们……倒下了。”

“那你看到他们用的是什么武器吗？”

“没……没……没有……”

“你说话能不能清楚点？”楚温只是随口一说，貌登以为老大要杀他，吓得跌坐在地。

“起来！真是个没用的东西！”楚温回头看看站在自己身后的10个兄弟。他们都是他精心挑选出来的，每个人的枪法都很准。对手就算再厉害，也不是自己的对手。

丁温换好了衣服，嘴里还叼着饼，就跑了过来，三两口咽了，问道："大哥，我们接下来做什么？"

楚温心中早就有了主意，只听他说："他们离开了不到两个小时，路况不好，我们现在全速追赶，就一定能追上他们。我一定要杀了他们。"

丁温好心提醒道："大哥，你别忘了，他们有一把威力特大的武器，我们这些人……"

"没事。我们走。"出发之前，楚温就带上了俄制 RPG-7V1 式 40 毫米火箭筒。他考虑的是，这种能对付陆地上的一切坦克和一切掩体的火箭筒炸掉对手的车子绝对不会有任何问题，特别是，他从后面赶到，前面的人躲都没有机会。

"上车，出发！"楚温一声令下，十二人快速地登上吉普车疾驰而去，留下貌登还瘫软在公路边。

时间一点一滴地流逝，两支队伍之间的距离不断地拉近。楚温和丁温的车在三辆车的中间，一路上楚温不断催促司机开快点再快一点。

此时已是晚上十点多了，楚温满脑子想的都是什么时候能赶上。他要在对手还没有反应之前就用火箭炮干掉他们。手机突然响了，一看号码，又是孙老板打来的。他马上叫丁温停车，叫手下保持安静，这才小心翼翼地接起了电话。

孙老板问："楚温啊，睡了吗？"

"还没呢，正在和一个客户谈生意呢。"

"这么晚了还不睡。我能有你这样敬业的部下，真是我的福气啊。"

楚温不想与孙老板纠缠下去，问道："您老人家这么晚了找我有事吗？"

"没事，我能有什么事啊。人老了，睡眠不好，想找个人聊聊，既然你在忙，我就不打扰你了。早点休息吧。"

楚温正要挂掉电话，孙老板又说道："对啦，差点儿忘了，貌兵的事我和杨猛说了。他是个懂事的人，既然不是你干的，他是不会为难你的。

什么时候见个面，把话说开就没事了。”

“谢谢孙老板替我解释。”楚温放下电话之后，就咒骂道，“该死，孙老板已经开始怀疑我了！”

丁温惊奇道：“不会吧，孙老板说什么了？”

楚温哼了一声，冷笑着说道：“他一向身体很好，你什么时候听说他失眠过？这明显就是借口。还有，这么多年了，他什么时候没事给我打过电话？”

“那怎么办啊？”

“怎么办？”楚温冷笑一声说，“一不做二不休，先把杨猛和他的手下一起做掉，到时候再对付老头子！”

章十三

在楚温沉浸在自己的想象中的时候，王贵华正向李古力报告自己的发现："队长，楚温快跟上我们了，以他目前的速度计算，最多只要半个小时，他就追上我们。"

"来得这么快！"李古力想着如何对付。

王贵华望着车前面的路面，说道："他们不会知道被我们发现了，我们出其不意，也给他们来个伏击。"

李古力向前望去，山道崎岖。他问杨猛："杨大哥，你对地形了如指掌，你看我们在哪伏击他们比较好？"

"我已经考虑到了，正要和你说。前面绕过去，就到了当地人叫亚丁湾的地方。那一段路有几乎三公里，公路的左侧是悬崖，右边有高起三四米的斜坡。那里尽头，就是一个向右九十度的急拐弯。我们可以把车停到急拐弯后，在急拐弯前居高临下伏击他们。"杨猛胸有成竹地说。

"是个打伏击的好地方。"李古力迅速地做了决定，"我们在前方的亚丁湾伏击他们。"

10分钟后，两辆车慢了下来，他们已经到达亚丁湾，关凯随着李古力的车小心翼翼地向右拐，高雅妮和郑淑敏，向车窗外望去，在月亮的映射下，亚丁湾显得那么地可怕和威严。深得看不见底的悬崖陡坡就在路的左侧，如果意外掉下去，绝无生还的可能，而右边三米多高的陡坡紧紧贴在公路上。

两辆车小心地驶过L形转弯后，停下、熄火、关灯，夜色瞬间吞噬了他们。下车之后，湿热的夜风夹杂着热带泥土的味道迎面扑来。借着月色，李古力把杨猛、王贵华、关凯、高雅妮、郑淑敏叫到一起："这次伏击主要由我、关凯和杨猛来完成。王贵华负责观察对方的动态，当他们距离我只有5公里时，你要发出警告信号。"

李古力继续道："我们要在他们拐弯前炸掉第一辆车，并集中火力攻击第三辆车，把他们堵在中间。关凯，你有什么可以放在路上在拐弯口前炸掉第一辆车？"

关凯摇摇头说："在孙老板的仓库里我看到地雷了，可是没有拿。不过我有几枚手雷，我可以搞一个简易的地雷，可以在公路上用的。"

"那就好，等你的地雷引爆之后，我和老杨攻击第三辆车，我负责火力压制，老杨打车的轮胎。

"小高，你和郑博士爬到坡上。你负责保护郑博士。同时，万一有人漏网跑过拐弯口，你负责消灭他。关凯，你拿支长枪给小高。

"没问题的话大家开始行动。"

"是！"

王贵华躲在一块岩石的后面，屏幕上的一个红色点沿着公路快速地向他们接近。他又打开另一个程序，通过红点运行的速度，计算出楚温到达的时间。李古力和杨猛各自挑选了一个合适的位置，开始检查枪械装填子弹。

关凯将五枚手雷捆在一起，用一根弹簧固定在手雷中间。走到路中间，将手雷固定好之后，小心翼翼地拔下了保险环。手雷在激发的状态，只要后面的汽车一碰到弹簧，五枚手雷就会引爆，威力足以把一辆汽车炸上天去。

五分钟后，夜更加的寂静了，月光柔和地照在亚丁湾道上。王贵华的声音打破了夜的宁静。

“敌人就要到了！”

“大家做好战斗准备。”随着李古力一声令下，杨猛和关凯拉动了枪栓。王贵华犹豫了一下，把电脑合上，拿起了身边的枪。

1公里外的山间公路上，三辆车快速疾驰而来。

楚温看了看腕上的表，眼神中闪过一丝狡黠，他问丁温：“怎么还没追上？”

丁温知道大哥的疑心病又犯了，解释道：“肯定就要追上了，前面就是亚丁湾了，路况非常险，让兄弟们慢点吧。反正他们绝跑不掉的。”

楚温也不想拿自己的生命开玩笑，就下令减速了。

从李古力所在的位置，已经可以看到楚温车队车灯所发出的亮光。楚温的车队突然减速了，李古力的心里咯噔了一下，楚温不会察觉到什么了吧。看到车队继续向这边驶来，李古力悬着的心才慢慢放了下来。

过了几分钟，楚温的车队驶到李古力藏身的下方。车灯的光线将路面照得雪白雪白的。第一辆车的司机看到了路面上有异常的东西，脚已经踩在了刹车上，可还是晚了一步。“轰”的一声巨响，第一辆吉普车被炸得飞了起来，化作了一个巨大的火球，照亮了夜空。落下的残骸正好在路中间，挡住了道路。

丁温快速踩下了刹车，轮胎与地面摩擦，冒出了一股青烟。后面车子的司机反应慢了点，两辆车撞在了一起。

“不好，有埋伏！”楚温反应速度奇快，抽出手枪，打开车门跳了下去。与此同时，李古力和杨猛的枪喷出了火舌。第三辆车前排的两人没做出任何反应，就被打成了马蜂窝，车胎也被打爆了。

丁温还坐在驾驶位上倒车，他把油门踩到底，想把后面的车顶开。关凯早就注意到了他，一梭子子弹打过来，逼得丁温只能打开车门跳了下来，跑到车左边躲起来。仅仅是一瞬间，楚温精心挑选的10个手下就死了6个。

“快跳车：”楚温对后面车喊，试图将惊慌失措的手下组织到一起，寻找机会突围。李古力怎么会让他如愿？一个手下下车稍慢了一点儿，就被李古力一个点射击毙。

丁温惊慌失措地问道："大哥，怎么办？"这次袭击太意外了。

"是我太大意了。"后悔已经来不及了，楚温没时间去思考对方是怎么知道他会追击的。现在他想的是，怎么逃出去，怎么活下去。手下没了可以再找，武器没了可以再买，唯独命是最重要的，命没了什么都没了。

"大家向前跑。"楚温判断只有向前绕过燃烧的吉普车转过L角，才能躲过坡上埋伏的火力。有两人刚冲到火光边，就被子弹撂倒了。

楚温离前面两人最近。他冲过去，一把抱过一个尸体挡在身前，对着山坡大声喊道："老杨，我看到你了，怎么说我们都是兄弟，你放我一马怎么样？"

杨猛气愤地质问道："貌兵也是你的兄弟，你怎么就没想到放他一马？"

"貌兵的死完全是一个意外，我绝没想到要杀他。"

丁温也喊道："我大哥说的没错，意外，真的是意外。"

"人都已经死了，再说这些还有什么用！"杨猛还想再回上几句，一颗子弹擦着他的头皮飞过。他马上意识到楚温是在引他暴露。不再说话，对着楚温扣动了扳机。

双方撕破了脸皮，也没什么好说的了。密集的子弹向杨猛藏身处飞了过去，杨猛躲在一块石头后面，石屑纷飞，被火力压制得无法动弹。

关凯见杨猛无法动弹，便从藏身处跑下坡来，跳跃着摸到最后的吉普车后面。等到楚温的人察觉，关凯已经到了他们的右侧。他开枪扫倒两人，随即又闪回车后。

此时就剩楚温和丁温兄弟还活着，李古力想到有可能通过他们了解他们背后的指使人，喊道："老杨，让他们放下武器，我们不杀他们。"

眼看就剩下自己和丁温，楚温愤怒到了极点。他没有听到李古力的喊话，他一把将身前尸体身上的火箭筒拽下，抗在肩上，瞄准了李古力所在的位置。

这一切正好落入关凯的眼中，在楚温发射之前，他大声喊道："队长，火箭筒。"

李古力看到一个小火球向着他飞来，想要躲避却来不及了。他只有飞身向右扑去。"轰"的一声巨响，气浪震得李古力一阵晕眩，眼前的东西出现了重影，耳中传来嗡嗡的声音，接着，大量碎石砸到他的身上。

“队长！”关凯和杨猛同时从藏身地冲出来，对着楚温扣动了扳机。而楚温在发射火箭弹的同时，依然扑倒在地，只有大腿受了伤，鲜红的血液从伤口中渗出。

“你们敢伤害我大哥，我和你们拼了。”丁温捡起地上的武器，正要冲出去，被楚温叫住：

“回来，你给我回来。”楚温把丁温叫住，叹了口气说道，“我就不该接欧洲佬的这笔生意，害了大家。我动不了了，我掩护你，你跑吧。”

“大哥，要跑一起跑，你跑不了我背你走。”

“放屁。你背着我，我们谁都跑不了。要是我们都完了，谁照顾年迈的母亲？你赶紧跑，我掩护你。”

楚温匍匐在地，再次拉过身边的火箭筒。关凯意识到李古力刚才喊话是为要活口，刚一犹豫，火箭筒再次轰然响起。

但这次，楚温并没有确定的目标。他只是为了让丁温能够逃脱。

关凯疾步上前，一脚把楚温踢晕了过去。

章十四

“队长！队长！”山坡上传出王贵华的喊声，他在寻找李古力的踪迹。

“别喊了，我在这儿。”李古力从沙砾中把自己刨了出来。“抓到活的没有？”他问。

“砰！”拐弯口那边传来一声枪响。

众人一惊！是高雅妮那边！

关凯立刻跳了起来，和杨猛一起冲了过去。这边李古力和王贵华也顺坡滑了下来。“看住地上那家伙！”李古力冲王贵华一声喊，随关、杨跑了过去。

冲过拐弯口，先到的关、杨什么也没有看到。一片安静，这时，坡上的高雅妮也已端枪冲下，一直跑到悬崖边察看：“有一个人跑过了拐弯口，被我一枪打滚到悬崖下去了。”

“那是丁温。”杨猛说，“他要么跌死了，要么溜了。这边太陡，我们下不去的。”

高雅妮听到此话，招呼山坡上：“郑姐，没事了。下来吧。”

此时，丁温正从悬崖下一棵树上爬下。刚才被高雅妮的一枪擦破了左胳膊上的皮，落下悬崖，他命大被一棵树挂住。他满脸泪水，心中悲痛地喊道："大哥，我这就找人去，大哥，你一定要等我回来！"

从跌到树下到恢复了一些体力，花了丁温不少的时间。他扶着树干艰难地站了起来，脑袋里还是充满着不久前的场景。他想到楚温，心里一悸，他想："我得赶紧找人救他。"他开始寻找出山的路。

山林中长着半人多高的灌木，还有各种藤类植物，他手中没有砍刀，只能摸索着前行。走不上多远就会摔上一跤。他爬起来，挣扎着继续向前。他自己都不记得摔倒了多少次了，身体已经失去了感觉。他终于找到了一条山林中的小道，月光透过林子的树梢，隐隐约约地看去，这条只能容下一人的小道在黑暗中曲折地蜿蜒。

丁温顺着小路快速前进，时间就是他大哥的生命，他要尽快找人救他。找谁呢，大哥的手下全完了。他猛然间想起一个人来，对，就找他，要不是他，大哥也不会惹上这事。

山林里的夜晚潮湿而又闷热，但丁温觉得身体阵阵发冷。

他哆嗦着摸到刺痛的右腿黏糊糊的，拿到眼前一看，是黑红色的血。这才发现，一根尖利的灌木扎进了他的腿里。

他咬着牙将木棍拔了出来，立马疼得浑身冒汗。他强忍住叫喊，生怕引起惊动。他坐下，左手擦了一把额头上的汗珠，缓过神来，嘴唇上已经干得起皮，得找水，得下山。

丁温想起这里似乎他曾经来过，这附近应该有一个村子，杨猛经常在这一带收购罂粟秆，他跟着来过。靠着模糊的记忆确定一个方向，丁温用最快的速度向前走去。不多一会儿，身旁的灌木丛变得稀少了很多，两旁的道路也宽敞了。隐约看到前方不远处有灯火闪烁着，佛祖保佑他居然找对了地方。刚一靠近村子，村里的狗就叫起来，叫声惊动了村民，有人出来观望。

丁温知道自己的样子一定是狼狈极了，村民肯定把他当成不怀好意的流浪汉。以他过去的脾气，早就开口大骂了，可一想到大哥，他冷静下来。

他弱弱地解释说："我出车祸了。要……借一下电话。"

"这不是丁温吗？"人群中有人认出了丁温，"他是杨老板的人，来收药材的。"这么一说，村民们都觉得有些印象。

有人把丁温领到一个家里："电话在这边，你打吧。"又给他送上了一勺水喝。

丁温咕嘟咕嘟把水一饮而尽，有些感动，大哥一直说，山民善良朴实，不要欺负他们，现在他才真正明白了大哥的话。

丁温拿起电话，拨了一串他在心中重复了无数次的数字，电话通了，响了十几声，没有人接。那家伙不会听到什么风声躲起来了吧。丁温挂断，再次拨响电话，响了几声，电话被接起来了，一个沙哑的声音用生硬的缅甸语问道："喂，谁呀？"

"是我，我是丁温，楚温的弟弟。"

"哦，楚温一切都好？怎么一直不接电话？"对方显得很关切。

"事情失败了，我哥落到他们手里了。请你们帮帮忙，救救我哥吧。"

"怎么回事？"

"我们遭遇伏击了。"

"什么？你们遭遇伏击了？怎么会？"

"我们本来是伏击他们的，但后来中了他们的伏击。"

"怎么可能？他们是什么人？"

"我也不知道。好像是中国人，又好像不是军人。"

电话另一头沉默了一会儿。

"先生，我哥被他们抓走了。你帮忙救救他吧。"

沙哑的声音冷冰冰地说道："我和楚温完全是商业上的往来，他出了事，你不该来找我。"

丁温一听对方不肯帮忙，顿时就怒了，凶狠地说道："别以为我不知道你们是谁，大家撕破脸皮就不好了，你们势力再大，缅甸毕竟不是你们的地盘，惹急了，我把你们的事说出去，我看你们怎么办……"丁温的话还没说完，对方就挂了电话。丁温破口大骂："这个浑蛋！"

1分钟后，一个电话从缅甸仰光接通到比利时的布鲁塞尔市外一个山上宫殿式的屋子里。三分钟后，布鲁塞尔的电话接通到罗马一座门口站立着一群雕塑的红砖建筑里。

“先生，对不起，我们的A方案没有成功。”

“那你准备下一步怎么走，将军？”

“我准备同时实施B方案和C方案。”

“好吧，将军。还有什么吗？”

“据说我们的对手是中国人。”

“哦？”

“我在猜是不是古老东方的那个神秘组织在向我们展示它的实力，最近有一些事情我们还没有得到解释。”

“嗯！但不管是什么人什么组织，都不能阻止我们的计划！不管付出多大的代价，我们都需要得到那批黄金。”

“是，先生。”

“希望下次通话时，能听到好消息。”一个人拉开窗前厚厚的布帘。阳光顿时倾泻而入，照亮依墙而建的一排神圣的圆柱。

战火已经平息的亚丁湾的公路上，被炸毁的吉普车还在燃烧着。杨猛和关凯站在一起，看着昏迷中的楚温和正在给他包扎伤口止血的高雅妮。李古力在打电话，王贵华陪着郑淑敏在一边休息。

关凯有些感慨：“这家伙也算有血性，为了掩护别人逃走，在这么近的距离发射火箭弹，完全是不要命了。”

杨猛说道：“逃走的是他弟弟丁温，他们兄弟两个都是从贫民窟里被孙老板带出来的。楚温比他弟弟大很多，一直特别照顾他的弟弟。”

高雅妮包扎的过程中触动了楚温的伤口，剧痛让楚温清醒过来，在恢复意识的一瞬间，他坐起身，右手向身后摸去，但那里的枪已经被关凯搜走了。

“想死可没那么容易！”杨猛突然抬脚踢在了楚温的脸上，楚温被踢倒在地。他用一只手撑着又坐了起来，半边脸肿了起来，张开嘴吐出几口血水。

李古力打完电话，走到了楚温的身前。

杨猛喊道："这一脚是为貌兵踢的，说，你为什么要袭击我们？"

"不管你信不信，貌兵的死真的是个意外。不过我一点也不为他的死感到意外，要不是落在你们的手中，下一个死的就是你，还有姓孙的老头。"楚温的视线扫过李古力等人，又说道："至于为什么袭击你们，那就要问你们自己了，在欧洲得罪了什么人？"

"欧洲？你袭击我们不是为了黄金吗？"李古力还真想不起在欧洲惹到过什么麻烦。

"黄金？什么黄金？"楚温的表情不像是装的。他真的对黄金的事毫不知情。这让大家觉得有些意外。

杨猛怒道："你还想杀孙老板，他对你那么好！要不是孙老板，你现在连饭都吃不上，为什么还要背叛老板？"

楚温看着杨猛，突然笑了："背叛？……背叛又怎么样！我们明明可以把产品卖更多的钱的，老家伙非要把它当药卖。药才值多少钱？我累死累活的到处跑。一个月才挣多少钱？你知道我把它卖到欧洲和美洲能赚多少钱吗？"

"你这个狼心狗肺的！你在贩毒？"

楚温继续说道："贩毒又怎样？又不是我们一个。杨猛，我很敬重你的，只要咱们联手，我们就能把市场全占了，我们一人一半！"

"你真是疯了！老板也差点儿给你害死！"杨猛不知该怎么说了，在这样的情况之下，楚温还想着要收买他。

"带上他一起走吧！"李古力既想获得更多的信息，又不想浪费太多的时间。

杨猛气得一把攥着楚温的衣领，把他从地上拉了起来，两人身体靠到一起的那一刻，楚温左手摸到了杨猛腰上的手枪。杨猛察觉不妙，想要推开楚温已经晚了，楚温用枪指着他。关凯和李古力二人立即掏枪对准楚温，双方对峙起来。

楚温得意地说道："虽说我说话是为分散你的注意力，但我说的也是真话，我们一起干，不然你就放我走。”

杨猛面不改色。“做梦！有种你就杀了我。你也跑不了的。”

“你以为我不敢开枪吗，黄泉路上有你做伴，我也不寂寞了。”

“砰”的一声枪响，杨猛本能地闭上了眼睛。等他再睁开眼，却见楚温瞪大了眼睛吃惊地看着他，头上多了一个血洞，身体向后倒去，重重地摔在地上。而关凯的枪还在冒着青烟。

李古力觉得有点儿可惜，楚温死了线索就断了，到底是什么人指使他的呢？

杨猛看着楚温的尸体叹了口气说道：“他不该太贪婪的，可惜了老板的一片心意。”

王贵华走过来：“队长，我们怎么办？”

“收拾一下战场，我们继续赶路。”

章十五

缅甸仰光郊区。

“真他妈的废物，干吗要炸死那么多人？”

一个街角的白色墙面的三层楼上二楼的房子里，个头高大，寸头，胸肌发达的麦克看着电视鄙视地说道。他的朋友汤姆随声附和：“也是，这帮家伙办不了事情。”

电视上正播报着玛哈班都拉广场的爆炸的新闻，画面中警察们和医护人员正在救护伤者，一片痛苦的呻吟声和失去亲人的悲痛欲绝。

门铃响了，汤姆起身走到门边，一手按在腰间的枪伤上，通过门镜向外望去，确定没有异常，开了门，让进三个缅甸人。汤姆确定没有人跟踪，马上关上了门。

三人走到麦克身前，努力地排成一列，双脚张开一肩宽，双手放在背后，昂首挺胸，直视前方，用并不标准的英语说：“任务完成。”

麦克的眼光从电视上移到他们身上，心里很得意最近给他们的军事强化训练。“任务完成得很漂亮，没有引起别人注意吧。”

三人齐声说道：“没有。”

麦克满意地点点头：“你们下去休息吧。”

三人敬了一个军礼，迈着参差不齐的步伐转身离去。

三个人出去后，麦克对汤姆说：“这个单还真的容易，或许以后我们要自己多找些这种活。”

“嗯，”汤姆应道，“但到现在我还是纳闷儿，那个欧洲人怎么找到我们的。”

“应该是老艾默斯吧，不过也不是很像。你知道，我们中情局应该也不会用这种下三烂的手段做事。”

“不管他了，那不是我们需要考虑的。有钱有需要，我们执行就是了。”

突然，桌上的手机响了。麦克接起电话，一个铿锵的声音传过来：“猎鹰，我是老家。一个新的任务，你查你的邮件。”不等麦克回答，电话就挂断了。

等到麦克挂了电话，汤姆就迫不及待地问道：“还真是老艾默斯安排的？”

“不，不是的，他们不是一回事。老艾默斯给我们任务了，做好了还有奖金。”

“哦？”汤姆诧异道，“从来没听说过老艾默斯也会给奖金。”

“或许这个任务很重要，不管如何，我们尽职就是。”

麦克取出笔记本电脑，启动后按照老艾默斯给他的网址上网，输入老艾默斯给他的身份号和密码，进入了自己的邮箱。

“是个大行动！我们马上就出发，你通知一下，让他们用最快的方式在老地方碰头。”

“OK！”两人握紧拳头，碰撞一下，各自行动去了。

章十六

缅甸西部山区深夜

在一条狭窄的公路上，两辆吉普车一前一后努力地行驶着，并不是吉普车的司机们不想开得快些，而是这公路仿佛一条扭曲的蛇痛苦地匍匐在山间，可能这两百米是笔直的铺躺着，而接下来就是九十度的急转。幸亏两辆车的司机都是娴熟的老手。

李古力此时正在回忆着前面几个小时所发生的一切，丁温的袭击、貌兵的惨死、设伏楚温、楚温的狡诈，一幕幕险情，历历在目。从执行任务到今天，虽然也有过类似的艰苦战斗，但相对来说，你知道你面对的谁。这一次，你却是面对一个没有面孔的敌人。

还有一个人跑了，生死不明。但有一点是肯定的，到上吉村的路，不会平安。

此时明月当空，皎洁的月光洒入吉普车内，李古力抬头望了望夜空中的月亮。今晚的月亮很圆，也很亮，一道道月光如同洁白的拂尘抚摸着整个大地，山间一片寂静，只有偶尔的小动物被疾驰的吉普车惊起，迅速地逃离。看着如此的美景，李古力不禁想起刚结婚的时候，和妻子每逢满月之日，总去爬北京的西山，等候着月亮从东面缓缓升起，一起欣赏着月光挥洒在北京城中，看着万家灯火，欣赏着那一片祥和。

当李古力沉浸在回想中的时候，王贵华还在摆弄着自己的笔记本。对于今天的遭遇，他心有余悸，但同时又有一丝丝的骄傲，若不是他及时截获楚温的信息而被楚温从后面追上的话，后果不堪设想。

杨猛开着吉普车，脸上没有任何表情，除了冷峻就是沉默，但他内心却不能平静。出发不到一天的时间，先是跟随自己多年的兄弟丧命黄泉，接着又发现与自己共事多年的楚温竟然是如此的阴险狡诈，更可悲的是，自己竟然还事先没有听到一点风声。这使得他越来越觉得谨慎的必要了。虽然现在和李古力是一个小组，但他还是不愿意把自己的心事向他们透露。

在后面的一辆吉普车上，仍然是关凯开着车，后面坐着高雅妮和郑淑敏。上车后郑淑敏一直没有说话，她信仰的是和平主义。她反对战争，反对杀戮。但战争和杀戮到底是怎样的，她从来都没有想过。而刚才，她已经是第二次见证了战争和杀戮。而且，看到高雅妮在身边对那慌慌张张逃命的黑影开枪，她觉得自己已经参与到这场人与人之间的杀戮之中了。她对自己的人生观不禁产生了疑惑。

“雅妮。”因为高雅妮已经开口闭口郑姐了，她不好意思用其他方式来称呼高雅妮。

“嗯。”高雅妮关心地问道，“郑姐，你没事吧？”

“嗯，谢谢。我没事的，我想问你个事。”郑淑敏想要说话，但又轻轻地摇了摇头。

“没事，你说。”

“这不是你第一次打仗吧？”

“不是。”

“啊？你打过多少次仗了？”郑淑敏已经没有了原先的矜持。

“嗯……很多次吧。其实打仗大多是李队长，还有关大个的事。”高雅妮指了指前面的关凯，“我最多就是一个帮手。”

郑淑敏看了一眼关凯的侧影，压低了声音问高雅妮：“每次都有人死吗？你怎么想的？”

“我怎么想的？我也不知道我是怎么想的。我有时也在想我应该怎么想。呵呵，郑姐你现在怎么想呢？”

郑淑敏感叹道：“我也不知道。我开始不认识我自己了，或许，这次任务结束我回台湾后，应该放下自我，去好好地找一个我的白马王子。”

高雅妮听到白马王子四个字，有点儿怅然若失，一时没有搭腔，而正开着车的关凯，听到郑淑敏这样的感慨，不禁回头看了她俩一眼，感觉这俩人真是可爱，这个时候，还想着人生、爱情。他不禁脱口笑出声来。

高雅妮注意到关凯，问道：“笑什么笑？没见过女人聊天？”

关凯笑得更加释然了，说道：“呵呵，对，高姐，我长这么大，还真没见过在这样的场合下谈论人生的女人。”

高雅妮伸手在关凯肩膀上拍了一下，假装生气地说道：“别管那么多事，专心开车。”随即又转过头，亲切地问郑淑敏：“哪一个白马王子？”

郑淑明刚要回答，关凯看见前面的车缓缓停下，就急忙刹车，一改刚才嬉笑的神情：“你们赶快趴下！”

这时李古力已经下车，走到关凯的车旁，说道：“前面没有公路了，我们要上土路了，你开车得更加小心了。”

“没问题。”

杨猛和王贵华也跟了过来。李古力看了看四周的环境，向杨猛问道：“老杨，这附近的环境你熟悉吗？”

杨猛说道：“我以前来过几次。再往前开半个小时的路程就会有一个寨子，我们在那里过夜。明天一早我们就进山。”

李古力想起了什么，又问：“那我们的车子放在哪儿？”

杨猛说道：“我们开到寨子里，就把车留在那儿了。我认识这边的村长的。”

李古力点点头说：“好，就按你说的办！”众人再次上车，向前方驶去。

这时候已经是三更半夜了，万籁俱寂，一丝凉气充溢在这片森林中，树叶沙沙作响，偶尔的风声使得森林更加阴森。一人多高的灌木丛之间，有一条刚够车宽的土路。郑淑敏还想看看外面的夜景，突然一阵凉风袭来，她不自觉地打了一个喷嚏。高雅妮见状，赶紧说道："快拉上车窗吧，小心着凉。"

郑淑敏回过神来，说道："谢谢，我没事。我想仔仔细细地感受一下这里的山林。我老家也在花莲的山里，但我已经很多年没有回去过了。"此时的郑淑敏有点看透人生，期待着参与即将发生的一切，不过她还是把车窗关上了。

两辆吉普车在灌木间的土路上缓缓地行驶着。土路上坎坎坷坷，车不敢开快，偶尔伸到路中间的树枝会顺着车身"嘎吱"着剐向车尾。一路上李古力时刻警戒着，不敢有一丝的马虎。倒是王贵华像没什么事似的，他很想和李古力说说话，但一想到现在的处境，想必李古力也不会和他东拉西扯，所以就安静地在后座上闭目养神。

大约过了半个小时，杨猛隐约听到一声狗叫，就对李古力说："李队长，你听到狗叫了吗？"

李古力说："是的。"

杨猛说道："是，我们就快要到达水寨了。"

王贵华好奇地问道："你来过吗？"

李古力赶紧说道："小王，不要瞎打听，这和咱们的这次行动无关。"

杨猛"呵呵"一笑，说道："其实也没什么，你们知道这一带最著名的特产是什么吗？"

王贵华摇了摇头没有吭声。

没有听到王贵华说话，杨猛继续说道："这里的特产是罂粟。孙老板在缅甸做的最大的生意是药品原料销售，你们知道吗？我们很多的原材料就来自这里。我们每年都要过来买山里村民的罂粟秆。"

李古力这时候也有些搞不明白，问道："罂粟秆？"

杨猛说道："李队长，你也许不知道，罂粟果渗出的汁干了后就是鸦片，鸦片可以提取出吗啡，或是海洛因。因为我们的客户都是医药公司，卖给他们的都是吗啡。但从鸦片里提取吗啡成本太高，而罂粟秆是提取吗啡的最好最便宜的材料。"

"我看到村子了！"王贵华叫道。

他们把车开到村头停下，这时村中的狗都已经叫唤起来。李古力放眼望去，看到这个村子错落有致的茅草屋都坐落在一个山谷间，也就是缅甸人所说的坝子，除了狗吠，从村子的西面隐约地传来水流的声响，想必是一条溪流，四周应该是水稻梯田，一道一道的垄埂像是一条条蛇，盘伏在山谷中。

月色下有人影朝他们走来，杨猛迎了上去。

来人和杨猛见面，急促地说了一通缅语。

杨猛过来，招呼大家跟村子里出来的人进村。"这是吴先生。我们跟他进村。"

李古力招呼大家："带上武器，我们在这里过夜。"

大家下车，3 分钟后，他们来到一间茅草屋前，借着月光，李古力看到这是个两间房的茅草屋，屋子上下似乎都是由芦苇搭建而成的，角锥体形的屋脊加上四面墙，茅草屋的墙边竖立着很多劈成条的竹竿，想必是用来编织什么的。一条用竹子扎成的篱笆算是院子的围墙，在院子的西南角横卧着一块巨大的石头。

吴先生拿出一些饼给杨猛，就离开了。杨猛正要把饼分给大家，高雅妮也正递给他压缩食品和牛肉干。

李古力说："我们吃完休息，明早五点上路。关凯你先睡，3 点换我。"

杨猛说："你们都睡吧，我不困我放哨。"

关凯应道："好，3 点喊我。"

"到时候也叫我一声。"王贵华跟着应道。

大家胡乱地填饱肚子，一路的劳顿袭来，各自便在吴先生准备的地铺上倒头就睡。

杨猛带着他的食物和水，走到院子里的石头前坐下。今天发生了这么多事，他根本就无心睡觉。而李古力注意到吴先生准备的一切，也想了解原因，就跟了过去。

“老杨，你先去睡吧。”

“你去睡吧，我还睡不着。”杨猛回答。

“嗯。那好吧。刚才吴先生好像知道我们要来？”

“是的，是孙老板直接通知的他。”

“哦。今天真的要好好谢谢孙老板和你，不然不知会出多大的麻烦。”

杨猛说道：“李队长，不客气的。我们都是朋友。”

说起朋友，杨猛“唉”的长叹一声。

李古力问道：“谈谈楚温吧。”

杨猛不想提楚温，其实今天最令他痛心的是貔兵的死，于是他说道：“楚温这个人吧，平时就能说会道，心机很深，孙老板很器重他。我们两个平时关系处得也不错。只是我实在没想到他竟然背叛孙老板，勾结外国人贩卖毒品。我想孙老板听到这个消息后也会大吃一惊的。”

杨猛接着说道：“其实今天最令我痛心的是貔兵的死。”说着不禁欷歔起来。“李队长，你不知道我是多喜欢这孩子，这孩子机敏伶俐，脑子好使，转得快，对我又是很孝顺。今天要不是他，我也大概不能坐在这里说话了。”

李古力拍了拍杨猛的肩膀说道：“人的生死各有天命，貔兵已经走了，你也节哀。”

杨猛说道：“道理我都懂，但只是可惜了这个孩子。”

李古力想不出说些什么安慰杨猛，就说道：“嗯。老杨，我们明天中午前能到上吉村吗？”

一听到赶路，杨猛脸上的悲戚马上消失，说道：“是的！我们加快速度，应该能在中午前赶到上吉村，也免得夜长梦多。”

“因为萨斯病毒的可能，政府是不是应该有人把守山口？”

“刚才吴先生已经和我说了，把守山口就是他负责。这边本来人就不多，所以把守不过就是说说而已。”

“那就容易了。”李古力说道，“对了，还有，我们进山，车就留在这里？”

杨猛说道：“放这里就行，我已经和吴先生说好了。”

李古力还有些不放心，问道：“放这里可以吗？”

杨猛知道李古力的担心，就说道：“李队长不用担心，我以前到这里进山的话，车也都留在这里。我们出来时，再取。不用担心。”

李古力点头同意。此时屋子里传来了鼻鼾声，两人相视一笑，不再说什么，只是静静地看着四周。

篇四
进入丛林

章十七

缅甸时间 5 点。

天刚蒙蒙亮，李古力一行就已经进入了古木参天的亚热带丛林。

随着天色放亮，走在队伍中间的王贵华一拍脑门说："这里太绿了，怎么到处都这么绿，绿得晃眼。"

高雅妮第一次附和起王贵华来："是啊，好像空气跟水都被染绿了似的。"

绿色混杂在潮湿的空气中从四面八方向他们扑来，让人产生几欲眩晕的感觉。他们此刻正走在林间一条羊肠小路上，杨猛走在队伍的最前边。杨猛听到王贵华和高雅妮的对话，说："一般初次进这种丛林的人都会产生这种感觉，就是特别想看到其他的颜色，你们看着地上走就好了。"

大家不由自主地低头看脚下的路，果然，黑色的泥土、碎石和落叶相间，让人眼睛舒服不少。

王贵华忍不住问道："杨大哥，我们还有多远能到上吉村？"

杨猛笑道："我们这才刚进丛林，要到上吉村还早着呢。"

王贵华不由一阵泄气。

走在队伍最后的关凯拿王贵华打趣说："怎么了小王，你平时不是挺能的嘛，现在熊了？"

王贵华嘴硬道："我这不是在为两个女同志着想嘛。"

高雅妮不给王贵华下台阶的机会，说："谁让你惦记了？你管好自己吧，是不是郑博士？"

郑淑敏点点头，笑着不说话。

李古力停下脚步，转回头："郑博士，你背包太重的话，我们来帮你。"

郑淑敏拒绝了李古力的好意，说道："谢谢，大家拿的东西都不少，我自己能行。"

李古力继续往前走，他的直觉告诉他前方不会那么太平无事。很可惜没有搞清楚楚温后面的指使人。希望事情就过去了。但他也知道，事情一定不会就这么过去的。

李古力有些担忧，因为这里的地形环境实在是太复杂了，一旦出现状况，无论是防御还是撤退，都有非常大的困难。李古力说："杨大哥，还有其他路吗？"

杨猛摇摇头，说道："没有了，进山打猎，或是山里人出山，都是这条道。"

关凯惊奇道："怎么现在还有人进山打猎吗？"

杨猛叹口气，说："都是一些偷猎的，抓了野生动物再去外边换钱。"

高雅妮插话说："这帮人可真够胆大的，居然敢偷偷摸摸地往这么一大片丛林里跑，也不怕被猛兽吃了。"

杨猛笑了，说道："丛林里是有一些猛兽，但通常情况下是不会主动攻击人类的，发现人类就会远远地躲开。跟猛兽比起来，在丛林里，最可怕的还是那些蚁虫，它们才是丛林里最可怕的东西。"

"蚂蚁？为什么？"高雅妮接着问，她从来就没把这种一根手指头可以碾死一群的小东西当做是威胁。

杨猛指着路旁一棵树的树干，上面密密麻麻地爬满了黑色的蚂蚁，说："在丛林里，如果你受伤走不动了，这种黑色的蚂蚁就会找上你，只用几个小时，一个人就只剩下骨头架子了。"

高雅妮看了一眼那些忙碌着的黑蚁，心里有些毛骨悚然。倒不是怕这些蚂蚁，而是觉得难以想象一个人被蚂蚁层层覆盖的景象。

这时王贵华却还想火上浇油，说："这个我最知道的，想当年清兵入关，永历帝逃到缅甸，被缅甸王给软禁起来，后来吴三桂率兵来缅甸抓人，数万大军穿越缅甸丛林，仗还没打，就先死了将近六千人。"

关凯不解，问道："没打仗怎么会死那么多人。"

王贵华继续说："当时他们进山是在雨季，路上潮湿泥泞，到处都是泥水潭子，蚂蟥遍地，士兵又穿的都是草鞋，一不留神就被蚂蟥给叮上了。而且被叮了还不能及时发现，即使发现了也没办法把它们弄出来。结果士兵腿上被叮满了洞，鲜血把他们走过的路都染红了。"

王贵华说得绘声绘色，把大家的兴趣都调动了起来。关凯忍不住问："后来呢？"

"嗯，更可怕的还在后头，大军冒着大雨走进深山野林，人马劳顿，加上山里的蚊虫都带传染病，士兵被叮咬后体质稍差的都感染上了'瘟病'，很快这部分人都走不动了。然后蚂蚁们便盯上了他们。吴三桂整整花了两个多月时间才走出了丛林。"

杨猛这时接茬儿说："我刚才是开玩笑，这蚂蚁也没有那么厉害的。我们出发前涂的那个驱风油能防这个蚂蚁，也防其他的蚊虫什么的。而且它们大多都是晚上才活动。"

"是这样的。"郑淑敏也给大家确认。

大家听到杨猛和郑淑敏都这样说，心里觉得放松了一点。

一小时之后，李古力一行人已经翻过了第一个山头，出现在他们面前的是一个被四面高山包围的盆地。这处盆地的地形有点儿怪，靠近南边的地方是一小处断崖，成倒锥形，仿佛是有人把石壁挖走了一块，往北却是一块很平坦的平地，一直绵延到远处的山脚。

众人跟着杨猛小心翼翼地穿过眼前的一片树林，便来到盆地的中央。不远处的平地，发黑的树叶铺了满满的一地，层层叠叠也看不出到底有多厚。山风一吹，腐烂的气味裹挟而来。

王贵华好奇地问道："我们为什么放着好走的平地不走，走这个既滑又窄的破水沟？”

杨猛正要开口解释，郑淑敏捡起一块石头扔了过去，石头落地没有发出任何声音，接着以肉眼可见的速度沉了下去。

王贵华瞪大了眼睛，吃惊地说道：“啊，原来这里是沼泽啊？”

杨猛问道：“郑博士怎么知道那里是沼泽？”

郑淑敏解释道：“这里地势低洼，雨季一到就容易积水，四周又没有什么可以排水的地方，再加上常年不见阳光，雨水也蒸发不出去，肯定容易形成沼泽。”

王贵华不由由衷地赞叹：“真不愧是搞地质的专家。”

过了十几分钟，他们又回到山路上。这里沿着山壁，是一条羊肠小道。这时杨猛提醒大家：“前方断崖下边的路，有点儿滑，大家多注意脚下。”

崖上边往下断断续续的水不断流下，有几块突出的又湿又滑的岩石可以落脚，这就是路了。杨猛从前边通过，李古力跟着过去后，转身站稳，准备帮扶后面的人。高雅妮跟在他身后也敏捷地通过了。而她身后的郑淑敏最后一脚没有踩稳，身体猛的前倾，李古力眼疾手快，一把把她抓住，顺势跑到对面，扶她站稳。这时他的“小心”的话音还没有落完。

郑淑敏惊出了一身冷汗，不知是因为惊吓还是害羞，脸颊通红地说道“谢谢李队长”。

“没关系，小心点儿。”

一行人又往前行走了将近一个多小时，因为山路陡滑难行，他们走得并不是很快。而且这时太阳已经升了起来，虽然丛林里树木遮挡了大部分的阳光，但还是能很明显地感觉到四周气温的升高。

王贵华自己都记不清是第几次问了：“上吉村有多远，还不到啊？”

杨猛的回答总就那四个字：“快了，快了。”

正在这时，走在他们中间的郑淑敏突然停住，紧拉高雅妮的胳膊。

“蛇！”

众人被她的声音吓了一跳，纷纷顺着她的目光看过去。树丛里一条有胳膊粗细浑身布满不规则花纹的蟒蛇。

王贵华也似乎很害怕，抓住了关凯的胳膊。

杨猛笑道："大家不用怕，这个是缅甸蟒，没什么危险的。"

"我老鼠都不怕的，就不喜欢蛇。"郑淑敏小声解释说。

关凯笑着把王贵华的手甩开，说："你也捣乱！"

高雅妮好奇道："王贵华，你不是南方广西人嘛，你怎么也怕蛇？"

王贵华得意地说："我知道缅甸蟒的，我这是给大家找乐子嘛。"

"呸！"高燕妮笑着投给他一个鄙视的眼神。

"嘘……"走到前面的李古力突然做了一个禁声的动作，脸上表情凝重，大家一下安静下来，用询问的眼神看着李古力。

章十八

李古力压低嗓门说道："正前方，一点钟方向。"

关凯快速地拿出望远镜，向李古力所说的方向望去，只见在一块相对平坦的开阔地上，一个军绿色的简易帐篷搭设在山涧旁。离帐篷不远处，一个身穿热带作战服的亚洲人，手持着 XM8 突击步枪，正警惕地望着四周。

关凯压低声音问李古力："头儿，这会是什么人？"

李古力一边观察周围地形一边说："他们带着枪，架着帐篷，肯定不是当地人。"

"会不会是丁温带人来了？"

这时，从帐篷里边又钻出一个人，关凯变了脸色。"这里怎么会有白种人？"

从帐篷里边钻出的白人走到那个正在望风的哨兵面前，跟他说了几句。哨兵得到指示，转身钻进了帐篷里。

视线里的这个白人明显要比刚才的那个哨兵专业得多，这从他身上的装备就能看得出。他身穿一件深色T恤，外边披挂一件单兵战术背心，下身一条棕色短裤，脚蹬陆战靴，无论从哪一个角度看，这都是一个非常专业的作战人员。

王贵华问道："这里有白人？该不是为了黄金而来吧？"

李古力问杨猛："这地方的白人会是什么人？偷猎分子？"

"肯定不是！"杨猛摇摇头，说道，"外国人不会到这里来偷猎的，会不会是上吉村那一伙的？"

王贵华说："这也有可能。也有可能是比我们先进来，来调查他们同伴死因的。"

李古力"嗯"了一声，说："这都有可能。"

远处的白人显得很悠闲，这时他从口袋里掏出一支烟点上，不时往李古力他们藏身的方向看一眼，好像是在等什么人。

高雅妮问道："队长，我们怎么办？"

李古力问杨猛："老杨，可以绕过他们吗？"

"绕是能绕过去，但是要多翻两座山，浪费很多时间。"

李古力在心里衡量着，如果按照现在的路线继续前进，必定会被白人发现，从而引发一场激战。现在不知道对方有多少人，多大的火力，所以很难判断后果。而虽然绕路要多耗一些时间，但至少可以保证尽快完成任务。他的心里已经有了主意。扫了一眼围在身边的队友，小声说道："不管这些人的目的是什么，我们不与他们接触，绕过他们。"

众人说道："是！"

小队马上行动，由杨猛在前面开路，李古力等人小心翼翼地绕过前方那片开阔地。为了不使自己暴露，他们还需要不停地借助树林的掩护。

这样躲躲闪闪地走了大约两百米，走在队伍最后的王贵华一不留神被脚下的藤蔓绊倒，整个向前摔去，最要命的是，他惊动了不远处一丛灌木里的一群野鸡。受到惊吓的野鸡啪啦啦四散飞去。

王贵华心中暗道不好，他还没站起来，身后的枪声已经响了起来，子弹就打在了他身边不远的地方。关凯小声说道："厉害，没有看到目标，盲射的准确度就这么高。"他冲过去一把将王贵华拉起来。这时传来白人招呼同伴的声音，郑淑敏和高雅妮都听出了明显的美国英语口音。高雅妮对李古力说道：“队长，像是美国人！”

“美国人？”李古力又惊又疑，怎么牵扯上美国人了？以前的经验告诉他，凡是跟美国人扯上关系的事情，没一件不是很棘手的。对方毫无顾忌地开枪也说明了一点问题，他们要么就是冲着小队而来，要不就是做什么见不得人的勾当，不分青红皂白就开枪杀人。

对方看这边没有反应，已经集合向李古力小队搜索过来。

李古力探头看到九人，正好三人一组，每组又组成了一个半月形，正向这边包围过来，典型的美国陆军战术。他正要和关凯说什么，对方有人发现了他，子弹雨点般的向他藏身处飞来。李古力急忙趴下，子弹打得木屑横飞，李古力几乎可以感觉到子弹钻入树干后传来的震动。对方停止射击之后，李古力探头再看。远处传来一声枪响，李古力下意识地低了一下头，一枚子弹擦着树干飞了过去，打飞了一块树皮，黏稠的树汁顺着树干流了出来。

关凯大骂一声：“妈的，对方还有狙击手！”

李古力不敢再停留在原地，俯下身子向前一滚，就来到了关凯的身边。

“队长，怎么办？对方就快围上来了。”

“冷静！要冷静！”李古力在心里劝阻自己冷静下来，敌人装备精良，火力强大，还有狙击手，正面冲突的话绝无胜算。他挥挥手，示意撤退。

大家尽量压低身体，准备离开。一个黑色的球体落在地上。关凯大叫：“手雷！快卧倒！”

众人快速趴倒在地，手雷“轰”的一声爆炸，弹片横飞，气浪震得人有些眩晕。过了十几秒钟才恢复正常。“妈的，跟他们拼了。”关凯提枪要冲出去，被李古力拖住，“不能冲动，要冷静！”

杨猛也说道：“你冲出去就是死，也不会起到什么作用！”

关凯急道：“那怎么办？”

李古力沉吟了一下有了主意，他低声说道：“还记得游击队吗？老杨熟悉地形，我们把他们引开，逐个击破！”

“是个主意，跟我来吧。”杨猛带着小队撤入密林之中。杨猛指着右边的方向对王贵华说："你带郑博士和高博士朝那个方向一直走，能看到一个山崖，有一块突出的岩石，叫鹰嘴岩，我们回头在那里会合。不管发生了什么事，绝不要回来。"

高雅妮固执地说道："不，我不走，我和你们在一起！"

李古力面色铁青地说道："高雅妮，执行命令。"

高雅妮眼泪在眼眶里转，还是不想走，王贵华一把拉过她，拖着她和郑淑敏一起向杨猛指的方向跑去。

这时，一枚榴弹在李古力三人附近炸开，虽然密集的树木起到了很好的缓冲作用，炸起无数泥土仍然落满他们一身。李古力抬起头，吐掉嘴里的一口土，说："我们先阻挡敌人，然后找机会甩掉他们。"

他们三人寻找掩体隐蔽，他们的动作引起了敌人的注意，枪声响得更加密集，到处树枝树叶乱舞，尘土飞扬。

关凯将全身缠满绿色的藤蔓绿叶，趴在林间的一个小水洼中，刚刚调整好呼吸，有名持榴弹发射器的亚洲人就出现在他的视野之中。

"我就对付你了！"关凯找到了他的第一个目标。

他一动也不动，静静地观察着敌人。他的视野中又出现一名白人，十几个亚洲人，狙击手似乎并不在其中。他们在榴弹爆炸的方位停了下来，一名亚洲人蹲下观察了地面倒伏的植物之后，对着同伙说了一大堆。关凯虽然听不懂他说的是什么，但他猜得出来那人说的是什么意思，小声咒骂道："居然还有痕迹专家，这到底是伙什么人！"

关凯有了新的目标，相比之下使用榴弹的家伙就不那么重要了，他必须要消灭痕迹专家。这家伙能通过脚印、碰倒的植物，甚至是你留下的气味追踪你，比训练有速的猎犬还厉害，有这样的家伙在，小队逃到什么地方都不安全。关凯锁定了目标，将 95 式突击步枪架好，装好了光学瞄准镜，瞄准了痕迹专家。正要扣动扳机，他看到在痕迹专家身边的手持 M433 榴弹发射器的人，正在装弹。

"就是你了。"关凯果断地抓住机会，扣下扳机，一个短点，子弹打在了榴弹上，榴弹马上爆炸，乱飞的弹片直接飞到了那人的脑袋上，哼都没来得及哼，就倒地身亡了。离他最近的痕迹专家也跟着倒霉，胸口被弹片击中，血肉模糊。

“一箭双雕！”关凯扭动身体，滚进了一旁的灌木中，正在为自己的枪法得意。榴弹发射器的爆炸引起了狙击手的注意，光学瞄准的反光暴露了他的位置。远处又是一声枪响，95突击步枪上的光学瞄准镜被子弹打碎，飞溅的碎片在关凯的脸上留下了数道划痕。“好厉害的狙击手！”关凯额头上的冷汗不由自主地冒了出来。敌人受到狙击手的提示，纷纷把枪口对准关凯藏身的灌木，一阵扫射过后，只见枝叶乱飞，灌木后没有了声音。

章十九

这一切李古力都看在眼中，关凯一枪解决了一个大麻烦，可是也激怒了敌人。

他咬了咬牙，必须把敌人引开。

眼看着敌人离关凯藏身处越来越近，李古力瞄准离灌木丛最近的那人扣动扳机。那人应声而倒，其他所有人立刻匍匐在地。

趁此机会，关凯翻身弹起，跳到一棵树后。而几乎同时，狙击手的子弹插进了他身前的树干。子弹又一次雨点般的追向关凯和李古力方向，逼得他们没有任何反击的机会。

与此同时，敌人已经藏身到树林后面，不断移动诱使关、李二人射击。对方依仗人多，也不想再添伤亡，所以并不急于推进。他们想等到两人消耗光子弹，再活捉两人。

子弹一颗颗地在减少，关凯只剩下最后一个弹夹了。

此时，杨猛正趴在对方 10 个人背后的草丛里，为了不引起狙击手的注意，他身体紧贴着地面，等待机会。他知道敌人打的是什么主意，心里估算着两人的子弹数。

关凯射出了95式突击步枪最后一颗子弹，掏出手枪进行射击。听到手枪声，对方原先拱着的腰板直了许多，胜利似乎就在眼前。

就在这时，杨猛突然开火了，他开枪从后面击中了两个毫无防备的亚洲人。看到身边有人倒下，剩下的8个人再次匍匐在地，不敢冒进。

而此时杨猛一跃而起，蹿到一棵树后，躲开了狙击手追过来的子弹。猛然间他又纵身几跃，绕过匍匐在地的敌人，回到李、关二人藏身之处。

杨猛把自己的弹夹分给两人，说道："我想小王他们应该已经跑远了，我们走吧。"

"好！"但刚要动身，敌人已经再次恢复状态，子弹"嗖嗖"地飞了过来。他们退回，射击随即停止。

关凯仔细听了下枪声，脸色一变，说："坏了，有人绕到我们后面去了。"

"你怎么知道？"杨猛问。

关凯说："你听他们的枪声，刚才他们打算强拿下我们的时候，还是扫射，但是现在变成了有节奏的点射了。我们不暴露他们就不开枪，他们一定有人抄我们的后路了。"

杨猛问："那我们怎么办？"

虽然关凯在侦察方面有着过人的天赋，但一到了拿主意想办法的关键时候，他还是不由自主地把希望寄托在李古力身上。

李古力略一思索，说："关凯说得没错，敌人应该就是想通过这个办法把我们给困住，然后一点一点缩小包围圈，最后把我们围在里边。"李古力语气一转，又说："虽然敌人的这个办法看上去无懈可击，但却有一个弱点，就是他把火力分散开了。只要我们能打开其中一个缺口，就有机会突围出去。"

杨猛紧握一下手中的冲锋枪："那冲吧！"

"好。"李古力说，"你俩先往后撤，我掩护。过30米，关凯掩护我撤，老杨警戒后方，我们轮流。如果后面遭遇敌人，我们就一起上干掉他们，冲出包围。"

关凯意欲和李古力换位置，但形势紧急，来不得多想。在李古力向前方盲射的时候，和杨猛向后飞奔。

盲射一停，李古力返身就跑，敌人还没有明白怎么回事，他已经跑出二三十米，回到关、杨身边。接着他之后，关、杨二人又是一阵狂奔，而敌人却还没有追上来。看来他们在刚才的几秒钟内还没有意识过来发生了什么，于是李古力追着关、杨的方向而去。

李古力没有想到的是，敌人狙击手已经先到一步。他刚要赶上二人，一声闷响，他胸前发堵，眼前一黑，踉跄栽地。

听到后面声响，跑在关凯后面的杨猛扭头看到李古力倒地，正要回转身，狙击手子弹已到，擦着他耳根飞过。他嘴里喊道："关凯，趴下。"身子已到树后。

关凯已经匍匐到一簇灌木后面。看不到狙击手在什么地方，只能僵持。而后面追兵就要赶到，关凯来不及想更多，他冲出去跑到李古力的地方。

这时狙击手方向一阵枪响，没有顾及太多，杨猛也冲了过来。关凯把李古力抱起，退回树后。杨猛持枪开始点射后面赶上来的追兵，把他们暂时压住。

关凯正要查验李古力的状况，李古力已经醒来。他捂着胸口，大口地喘着气。

一枚子弹打在防弹衣上了，意识到这点，关凯笑了。他抽出虎牙军刀，去抠防弹衣上的子弹。他一碰子弹，李古力疼得倒吸一口冷气。关凯拉开领口向里看了一眼，骂道："该死的，子弹卡在肋骨上了，队长你先忍忍吧。"

"我没事了。现在情况怎样？"

没听到关凯回答，王贵华的声音和人抓着他的枪一起先过来了："没事了，我们把狙击手赶跑了。其实我可以打中他的，但那家伙也太狡猾了，一枪没打中，就逃了……"他后面跟着高雅妮。

"你们怎么来了？郑博士呢？"李古力有些不满。

"郑博士在鹰嘴岩呢。"高雅妮说，"我们到了鹰嘴岩后，听你们这边枪声猛烈，想也许能帮上忙就过来了。刚下山王贵华刚好看到狙击手开枪打中你，他于是一顿扫射，把那家伙打没踪影，就赶过来了。”

“难怪我还纳闷那家伙怎么就任由我跑了。”关凯把军刀插回刀鞘的同时，看一眼王贵华，“你小子，我欠你一把。”

“哪里哪里，如果你欠我的，我就还不清欠你的啦。”王贵华话虽这样说，但显然很得意。

杨猛看着前面的动静，对李古力说：“李队长，后面路打开了，你们先走，我断后，回头到鹰嘴岩会合。”

李古力刚要说什么，杨猛打断他的话：“我熟悉地形你们先过去，郑博士只有一个人在那里了。”

王贵华显然已经喜欢上了这里的危险，说道：“我跟老杨断后，关哥你照顾队长先撤。”

关凯说：“你带队长和小高上山，不要和我争！”

看到关凯凶煞的样子，王贵华不再争执，扶起李古力，和高雅妮一起向山上跑去。

这边敌人还逼在不远处，一有动静，杨猛便点射过去，双方僵持着。

关凯想着，这样下去也不是事。但有什么办法能把敌人堵在这里，我们又能脱身呢？

“老杨，我有个主意。我们退后一点。”

“嗯。”

他们退后几排树，卧倒在地。

对方试探着探头，没有动静。走出树后，还是没有动静。狙击手已经加入到他们的行列，关凯恨不得一枪结果了他的性命，但他克制着自己的冲动。他需要等到那最有效的一刻。

那一刻终于来到了，前面搜索着过来的几个人中的一个，腰上挂着关凯前面曾经看到的手雷，他扣动扳机。

一声巨响过后，周围灌木全被炸黑，树干在抖动，树枝树叶被炸得“哗啦啦”往下撒落。挂着手雷的敌人身子从腰部炸成了两截，靠近他身边的同伴也被爆炸波及，被弹片打中，震倒在地。

没有仔细察看，也没有顾及轰响的耳膜，关凯又从腰上摘下一枚烟雾弹，扔了过去。趁白色的烟幕蔓延之际，关凯和杨猛跑上山去。

关凯跑了十多分钟，已经听不到敌人的枪声了。他稍微放松脚步，不料前面有人过来，他的神经立刻又紧绷起来。

“是我。”王贵华跑了过来，“你们看到郑博士了吗？”

“郑博士不是在鹰嘴岩吗？”

“我们回到那儿，她已经不见了。”

“先见了队长再说。”

赶到鹰嘴岩，高雅妮焦急地从岩石后迎了出来，紧张地问：“找到郑博士了吗？”

这时大家本来都还怀有奇迹发生的心都不禁一沉。

关凯拎起枪就要转身回去找人，李古力一把拉住他，说：“关凯，你干什么？冷静点！”

关凯说：“我去把她找回来！”

“不行。”李古力等关凯稍微冷静后说，“高雅妮，你有她的手机号吗？”

“我有，我来打她的电话。”

电话没有人接。

郑博士是台湾方面交代给杨猛的，现在郑博士丢了，杨猛的脸色最难看。他脸上的那道可怕的伤疤不断扭曲，显得十分的恐怖。

杨猛咬了咬牙，沉声说道：“我们现在的位置距离上吉村不太远了，我告诉你们方向，你们先走一步。我熟悉这里，我去找郑博士。”

“不行！”关凯反对说，“对方实力强大，要是郑博士真的落入了他们的手中，靠你一个人是不可能救出郑博士的。”

李古力考虑着说：“郑博士要么在找我们的途中迷路，要么被敌人抓去了。如果我没有猜错，这帮人跟我们来这里的目的是一样的。所以我想我们很可能会在上吉村再次碰面……”说话间，他眉头一皱。

关凯问高雅妮：“小高，你帮队长把子弹取出来了吗？”

“啊？”高雅妮大为吃惊。她原以为李古力没有大碍。

高雅妮让李古力坐到一块岩石上。她解开李古力的防弹衣，看到了子弹，这才放心。“子弹卡在肋骨间了，太好了！有的时候，子弹打在防弹衣上，会把人的肋骨震断，或者压迫肋骨插到心脏……”

王贵华叫道：“好啦好啦……不说啦。”

高雅妮从装备中拿出医用钳子，夹住弹头，说道：“你忍着点。”手上一用力，将弹头拔了出来。李古力看上去虽然似乎面不改色，但心里已经痛得要命。

李古力闷哼一声：“谢谢你。”站起身来，继续刚才的话题，说道：“这样，我关凯和老杨先在附近找一下郑博士，如果没有，我们再赶路去上吉村。王贵华和高雅妮你们两个就待在这里。”

高雅妮点头低声说道：“你身上有伤，小心点。”

“出发！”李古力三人放下装备，只拿了武器，去寻找郑淑敏。

杨猛有着丰富的丛林经验，算得上半个痕迹专家，他带着李、关二人顺着高雅妮留下的痕迹寻了回去。很快就发现了郑淑敏留下的痕迹，看到只有一个人留下的痕迹，杨猛说道：“郑博士大概只是迷路了，走不了多远的。”

顺着足迹走下去，杨猛脸色就变了，郑淑敏走的方向，正是美国人营地所在的方向。果然没走多远，就出现了其他人的足迹。

“瞧，电话！”杨猛指向右前方。

关凯跑过去，拿起电话机，按了按键，说道：“没有开机。”

李古力禁不住失望：“她肯定遇险了，不然她完全可以打电话给我们的。”

杨猛问：“那我们怎么办？”

“继续找下去，我们要确保郑博士的安全，并寻找机会把她救回来。”

三人小心翼翼地回到了遭遇敌人的地方，却发现那里已经没有人影了。在曾经扎有帐篷的地方，杨猛看到了郑淑敏的鞋印，和其他人的足迹，说道：“她真的碰上敌人了，但从他们走的方向看，他们还真是和我们一样在去上吉村的路上。”

“这就好办了，如果他们的目的和我们一样的话，那郑博士就还是安全的。因为在他们还没有找到黄金之前，郑博士对他们一样的重要。”

“那我们直接去上吉村？”

“是的。我们回去，会合小王和高博士。我们赶去上吉村。”

章二十

烟雾弹过后，麦克没有让他的人追击。看着眼前的尸体，脸上没有任何表情。战争把他磨砺成一个不轻易表露自己感情的动物，死亡早已在他眼中失去了震撼力。尽管如此，他看着汤姆翻看死去的手下，觉得眼前的惨状和之前伊拉克战场上某个场景重合。

汤姆站起身来，说："子弹打中了腰上的手雷，爆炸了。"

"真他妈不走运，埋了吧。"

"对方比我们预计的厉害，我们损失了 6 个人和一架榴弹发射器。"

"嗯。现在我们也只有 6 个人了。"

"我们怎么办？"

麦克想了片刻说："算了，我们直接赶路。找到特遣队，也算完成任务。"

"好的。"汤姆应道，抹了一把脸上的汗。在缅甸差不多一年时间了，整天暴露在太阳下，汤姆的皮肤已经开始由红色变为紫黑色。

麦克和汤姆一起在底特律的南部穷人区长大。他们一起坐黄色的校车去学校上学，一起在后院跟着大人烧烤水牛翅膀。他们甚至曾经为一个女孩发生过争执，直到女孩后来去了纽约，他们才真正的重归于好。在伊拉克打仗期间，路边炸弹炸了，他们的车停了下来。要不是汤姆先看到并干掉不远处的狙击手的话，麦克就不会活着回家了。对此，麦克一直想要做些什么回报汤姆，但却什么也做不了。

他曾对汤姆发牢骚说："这也太他妈的不公平了，我们在伊拉克出生入死，回国后却什么都没有。去他妈的黄丝带，欢迎我们回来，却什么也不给我们。"

在麦克和汤姆最潦倒的时候，一个朋友告诉他们中央情报局的老艾默斯在找人去南亚。年薪是 7 万美元，这是一笔巨大的数字。他们想也没想，就去找老艾默斯。

伊拉克战争的经历让他们轻松地得到了这份工作，于是他们改了名字，拿了假护照，来到了缅甸。他们的任务是跟踪一些相关的人员，并通过设置了口令的网站和老艾默斯联系。事实上他们所不知道的是，老艾默斯早就已经不是真正的中央情报局官员了。几年前他就因为犯纪律被开除，但他通过军队的关系，利用他的艾默斯合伙人公司，获得一些合同，比如为驻阿富汗的军队提供后勤服务。他用这些合同得到的钱招募武装人员，搜集情报，执行相关行动。而这次，一个欧洲客户愿意出 30 万美元定金加 30 万美元事后的余款共 60 万美元让他做两件事：1. 去缅甸寻找失踪的特遣队人员；2. 设法伏击一支似乎有着同样目的的中国人的队伍。

这种好事老艾默斯当然不会放过。当然，他不可能告诉麦克和汤姆这个数字的。但不管如何，为了显示公平，他仍然在电话里告诉麦克："这次的行动成功后，你和汤姆会另外各有 3 万美元的奖金。"

麦克很兴奋，因为自己长期辗转在东南亚每年的工资也就 7 万美元，这次老艾默斯给出 3 万美元的奖金，这样今年就能挣 10 万美元了。而且，那个欧洲人为仰光的爆炸给了两万美元，刚好够支付招募的 10 个缅甸人的工资和运作。

有的时候，对一些任务，他也有一些顾虑，比如昨天仰光的爆炸。但回想起不名一文地回到底特律的日子就让他感到沮丧，于是现在就一个简单的信念，那就是“赚更多的钱”。

“中情局的活也好，不是中情局的活也罢，关键是要赚更多的钱。”他想。

事实上这次的任务让他格外地兴奋：他对任务的完成没有任何疑问，他在想着和汤姆一起是去曼谷还是去巴厘岛度几天假放松一下。

但让麦克没有想到的是，他跟李古力小队遭遇的第一场战斗，就让他损失了6个人。而且对方还轻而易举地逃出了自己的包围圈。这次的失败让他感到有些耻辱，此时他正在心中盘算下一步的行动。

麦克把手中的SVD—S狙击步枪往身后一背，这时他看到他剩下的两个缅甸雇佣兵带了一个女人过来。

她不是别人，正是郑淑敏！

原来，高雅妮离开鹰嘴岩后，郑淑敏一个人觉得自己待着不是事，便要去找高雅妮。她靠着自己的记忆找了一个方向往回走，结果遭遇到了麦克的雇佣兵。

郑淑敏被带到麦克身边，一个缅甸人从她身上搜出一把手枪递给站在一旁的汤姆，另一个缅甸人把她随身携带的仪器也给收缴到了一旁。她庆幸刚才趁乱把电话扔了，不然现在又要多一个麻烦。

麦克把狙击步枪拄在地上，往身后的山坡上一坐，用英语说：“听得懂英语吗？”

郑淑敏看他一眼，没有说话。

麦克不急不躁，继续说：“你们是什么人？来自哪里？”

没想到郑淑敏还是一言不发。

麦克脾气很好，这时他朝站在郑淑敏身后的两个手下挥挥手，示意两人把手中正对准郑淑敏的枪放下。

汤姆在一旁说：“麦克，她听不懂英语？”这时郑淑敏忍不住哼了一声，声音中充满了轻蔑。

麦克脸上露出笑容，说：“很明显，她听懂了。”

这时郑淑敏说话了，她一开口就是流利的英文：“两位先生都是底特律人吧？”

麦克非常意外："你怎么知道？"

郑淑敏说："我在美国学习的时候，曾经在底特律的一家公司实习了一年。你的口音让我想起了那边同事的口音。"

麦克松了口气，套近乎也罢，假的也罢，不管如何，她倒看不出有任何的威胁性："是吗?

"是的。我很喜欢那边的。"麦克坐直了身子。刚才这一仗打得很不利落，郑淑敏的话不禁让他有点想家了。他的眼神有点飘忽，说："嗯。我们的确是底特律人，不过有几年没有回去了。"

汤姆在一旁附和道："的确，我还真想念我的水牛翅膀。"

郑淑敏不由得说："周末我有时候到我同事家，他们也喜欢烤鸡翅。不过我一直没有明白为什么管鸡翅叫水牛翅膀。"

麦克解释说："哈，因为这种鸡翅的做法是纽约水牛城的人发明的，所以就管它叫水牛翅。我们小时候最喜欢吃了。"

郑淑敏不由得被这两个美国人的童心给感染，虽然不清楚他们这是真的有所感受，还是只是对她实行的一种"怀柔政策"。但是在郑淑敏眼里，这两个美国人真不像刚才还对他们穷追猛打的那帮人。

郑淑敏貌似好奇地问："两位先生是什么人？"

麦克笑着说："我们是美国中央情报局的探员，奉命来缅甸执行秘密任务。"

郑淑敏冷笑一声："中央情报局？中央情报局会在缅甸随便杀人？会伏击一支科考小队？"

麦克刮了一下自己的鼻子，说："我也很奇怪，但这是上级的命令。"

汤姆冷冷地说道："科考小队？科考小队会杀死我们6个训练有素的士兵?

"是你们先攻击我们的。"郑淑敏气愤地说道。

汤姆开始检查郑淑敏的设备，在她的背包里发现了一个笔记本，打开看了一下，把笔记本递给麦克，小声说了几句，麦克的脸色一下变了。走到一边小声谈论着什么。

郑淑敏冷冷地观察着他们的一举一动，心中却是焦急万分。她仔细地察看着附近的地形，期望能找个机会逃出去。但四周都是山石灌木，哪里有路可逃？

她没有意识到，她在笔记本上的记录一些是中文写的，一些是英文写的。这是她在美国生活期间养成的习惯。想到什么要写下来的时候，不自觉地就用当时思维的语言写了。而麦克和汤姆很真切地看到了关于上吉村和黄金的大段描述和设想。他们非常感兴趣的是看到的关于有十几万吨黄金的那段。

麦克和汤姆回到她身边："女士您怎么称呼。"

"我姓郑。"

麦克狡猾地问道："郑小姐，你们的小队是冲着上吉村的黄金来的吧？"

郑淑敏心中一阵惊骇，马上意识到了笔记本上写有英文。他们看到了她的笔记。

"中情局也知道了？"郑淑敏的问话等于证实了麦克的猜测，上吉村果然有黄金，数量还非常大。

麦克和汤姆笑了，说道："谢谢你，郑小姐。"

郑淑敏一下明白过来："你们不知道黄金的事？"

麦克笑着说道："以前我不知道，现在我知道了。"汤姆说道："难怪老艾莫斯会大方地给我们一大笔奖金！和十几万吨黄金比起来，3 万美金可以忽略不记了。"两人对视一眼，心中已经有了主意。

麦克说道："郑小姐，想必你一定是黄金方面的专家了。"

郑淑敏脑中此刻闪过各种念头，她不知道为什么美国中情局知道缅甸有黄金的消息，而同时，中情局的探员却不知道黄金的事，而他们为什么又要伏击李古力。这些疑问在郑淑敏脑中绕来绕去，让她不胜其烦。但郑淑敏有一样比较肯定，那就是这两个美国人目前并不打算杀她，而且看样子他们还需要她的帮助。

郑淑敏说："没错，我在麻省理工念的专业是大气与行星科学系，毕业后回台湾大学地质系任教，我的工作重心就是黄金勘探和各种地质现象的研究。"

麦克拍了一下手掌说："太好了，我们正好需要一个黄金方面的专家，希望郑小姐可以跟我们合作。”

郑淑敏装出一副不大情愿的样子，说：“我如果不愿意呢？”

麦克说：“其实你也知道，你没有选择。”

郑淑敏无语。

麦克摸了一下自己的下巴，说：“好吧，就这样定了，我不会为难你的。”他把笔记本还给郑淑敏。

麦克和汤姆私下里已经商量好了，留下郑淑敏。她可以帮助他们找到黄金，同时如果再遇上刚才那帮人出现麻烦的话，可以把她当做人质。

麦克招呼两个缅甸人：“我们走。对了，你们知道这里有什么近路可以过去？”

稍高的那个缅甸人回应道：“有近路，要绕山腰，但是比翻过整座山要快。”

麦克果断地说：“好，那我们就绕。”同时对他说：“你们两个负责保护郑小姐的安全。好了，出发！”

郑淑敏跟着麦克他们上路了，两个缅甸人一左一右地走在她身边，说是保护，其实就是看守兼催促，郑淑敏一旦脚下一慢，他们两个就用半生不熟的英语一阵紧催，有时候遇到难走的路还要拉她一把。

郑淑敏面无表情，其实心里翻江倒海，充满疑问。首先，她不相信麦克真的就是中情局的探员，至于为什么会有这种感觉，她自己也说不上来。如果是中情局的，那中情局为什么派人追杀他们？黄金一事又是怎么走漏消息的？难道中情局就是楚温背后的黑手？她觉得从踏上缅甸的土地，就似乎一直在被人监视，不然怎么会处处是陷阱？

郑淑敏一边走一边想这些问题，她观察着周围的环境，但是很明显，她根本不知道自己身在何处，到处都是一样的树一样的山一样的岩石。郑淑敏沉声对走在前边的麦克说：“麦克，我能问你个问题吗？”

麦克没有慢下脚步，说：“郑小姐有什么问题？”

郑淑敏说：“你说你是中情局的人，为什么我觉得你更像是一个军人？”

麦克愣了一下，然后说：“你说得不错，我以前参加过伊拉克战争，后来退了役，我跟汤姆参军前在一家汽车配件厂工作，等我们打完仗回去，工厂却不在了——搬到中国去了。后来在我朋友的介绍下，我们进了中情局。”

“这么说你们真是中情局的了？”

“不能再真了。”

郑淑敏心中疑问更浓了，她无法想象如果麦克等人真的是中情局的人的话事情就变得有多麻烦，这就意味着美国政府已经知道了缅甸这边有黄金的消息，而麦克只是他们的先遣队？而且按照美国的作风，知道有着十多万吨黄金，他们为什么还会偷偷摸摸地派人来到缅甸调查，而不是大张旗鼓地安排封锁整片山林？

郑淑敏接着问：“你们为什么伏击我们？”

麦克说：“这是我们的任务。”

“那你怎么确定我们就是你们的目标？”

“不会是别人了，这一带缅甸军方已经开始封锁，山里边几乎已经没什么外人，你们能进山来，说明你们有一定的军事和政治手段，所以我一看到你们就判断你们就是我们要攻击的目标。”

郑淑敏脸上露出无奈的笑，说：“看来这就是冤家路窄。”

麦克不解地问：“郑小姐说什么？”

郑淑敏又恢复那副冷冷的样子，说：“没什么。”

麦克没有追问，他只想着最好能找到那十多万吨黄金，然后回家。

走了三四个小时，前方出现了大片的开阔地，开阔地的两侧是连绵起伏的山峰。山上的树木并不像其他地方那么茂密，在远处的山腰上，还可以看到开垦出的梯形田地。

郑淑敏经过细心的观察发现，开阔地原本是个山谷，被河流冲击形成的。这里边光照很充足，脚下的泥土干湿适中，非常适合人类居住。

走在最前头的汤姆停下脚步，转身对麦克说：“我们现在还有大概四英里就到目的地，我们的左前方就是上吉村，要不要进去看看？”

“算了，我们还是赶紧去找黄金，这个才是最主要的。”

郑淑敏向上吉村的方向看了一眼，心想，李古力他们会不会已经到了村子，还是他们正在计划着如何营救自己？来不及细想，她被身后的美国人推了一下肩膀。这一行人便向山谷更深处走去。

章二十一

在黄金的诱惑之下，麦克一行 6 人加快了前进速度，向山谷更深处出发，走了不到两公里，一条还算平整的林间小路展现在他们面前。让人感到惊奇的是，这条小路明显比其他的弯弯曲曲的小路要好走得多，宽约两米，一路上甚至连杂草灌木都没有。小路两旁是典型的亚热带阔叶林，整整齐齐地排列在路的两旁。

汤姆不禁疑惑道：“这条路是做什么用的？怎么看上去这么奇怪？”

麦克说：“看来是当地人有特殊用途，这里明显有人工的痕迹。”

大约走了一个半小时，一个山坡出现在麦克等人的视线里，这个山坡的坡顶是一块平地，看上去山坡上的各个角度都竖立了奇怪的又高又粗的圆柱。

麦克预感到这个山坡可能就是自己的目的地，不由得加快了脚步，郑淑敏也不由得心中一阵激动，还有些好奇：在缅甸西南偏僻的山区之中，怎么会出现大量如此奇特的建筑？她也不记得历史上这一地区出现过强盛的政权。

麦克等人来到山坡脚下，发觉这个山坡从坡脚居然修建出了类似阶梯的东西，一直延伸到山坡的顶端。麦克率先顺着这些粗糙的阶梯爬上山坡，当山坡上的景象出现在他的眼前时，他整个人都惊呆了！

眼前的这块平地上明显在不久前发生过很惨烈的战斗，满地的弹壳、破碎的手雷弹片、被胡乱丢在地上的枪支，还有……满地的尸体，最让麦克吃惊的是，在他前方十米左右的地方，是一处悬崖。但是很快麦克便发现了诡异的地方，因为悬崖不可能出现在这种地方，他们现在身处的山坡已经是很低的海拔位置，如果这个地方真的有什么悬崖，除非是发生了什么异常的地壳运动。

麦克走上前去，更大的震惊袭击了他。

坑，很大的坑，直径足有两百米，大约三十米深是一汪平静的浑水。

坑的四周非常平整，像是被什么直棱棱地劈了下去，又被直上直下地掏空了一块。从坑的边缘上看，没有挖掘产生的土壤层次感，像是所有的挖掘工作都是一步完成的。相对于视觉上的震惊感，麦克心中的惊讶更加巨大，这是什么人干的？这么大的工作量他们是怎么完成的？还有，这里到底发生过什么？

这时，郑淑敏和其他人也上了坡顶。看着满地的尸体，她眉头又皱了起来。很快，她注意到了麦克眼神所注视的方向。她走过去，惊讶得张开了嘴："这不可能的！"

汤姆跑过来："什么不可能？"

"这坑、这坑太圆了，自然界是不可能形成这种圆形的。"

"不是自然形成的，那就是人为开凿的，这有什么好奇怪的。"

"你不明白，这个地区的岩层硬度很高，就是用现在最先进的设备，也不能开凿出这么完美的圆形。"

"管它是怎么形成的，跟我们没有关系。郑小姐等你找到了黄金，有的是时间研究这个坑。”

“希望你们能信守承诺。”郑淑敏拿出她的仪器，准备探测黄金。

“我们是非常守信的，我们绝不会为难你的。”麦克接过汤姆的话回答了她，然后也不看守郑淑敏，看一眼汤姆说，“不管如何，我们总算已经找到了失踪的特遣队。”

麦克看了一下四周惨烈的情况，开始给剩下的四个雇佣兵分配任务：“你们两个负责把这里的尸体都堆到一起，你们两个把这里散落的枪支搜集一下，也堆到一起。汤姆，你跟我把这里的情况再勘察一遍，看看能不能有什么新发现。”

周围并没有太多能够引人注目的东西，除了竖立在平地一角围成一圈的八个圆柱。每个圆柱有三人多高，有的表面刻了各种稀奇的文字符号，有的表面则是一些奇怪的似人非人的浮雕。这些浮雕有的手舞足蹈，有的举止深沉，但它们有一个很明显的共同点，就是看上去非常抽象，甚至面部的器官都显得若有若无。

汤姆说道：“这雕得也太粗糙了。”

麦克摇摇头：“嗯，但也可能是故意雕刻成这样的。”麦克仔细地打量着一个男性头像但又有凸起的胸部的浮雕，突然心中一阵慌乱，他产生了一个错觉，这些石像也在盯着他看。麦克赶紧把视线从石像上转移开来，这时汤姆发出了一声惊呼，麦克问：“你怎么了？”

汤姆甩甩脑袋像是要把什么甩掉似的说：“太奇怪了，我怎么觉得这些石像在盯着我看？”

麦克一惊：“你也有这种感觉？”

“怎么，你也感觉到了？！”

“这地方处处透着诡异，还是不要再看的好。”麦克环顾一下四周，“我猜这里一定是发生了什么不可思议的事情，刚才我仔细地看了一下这些尸体的分布，这些人死之前肯定是经过一场战斗，但他们的敌人在什么地方？你看他们倒下的位置，弹壳都散落在他们自己脚下，这说明他们是直接站在原地对敌人进行射击的。”

麦克看一眼汤姆，汤姆的脸色也变得难看起来。汤姆说：“难道是他们被包围了？”

麦克说：“不可能，你看周围的地形，我们脚下的这块山坡已经是附近视线最好的地方，如果他们被包围怎么会没有察觉？”

汤姆说：“会不会是他们没注意？”

麦克说：“不太可能，你看死在外围的几个人，他们明显是负责警戒的，如果真的有人过来，他们一定会看到的。”

汤姆被麦克越说越糊涂，问：“那是怎么回事儿？”

麦克接着说：“如果他们没有被包围，当他们遭遇敌人的时候为什么不撤退，从这里后撤不到五十米就是树林，他们难道是在找死吗？”

汤姆忍不住问：“那到底发生过什么？”

麦克说：“发生了什么恐怕只有他们自己知道，不过我猜他们之所以没有作出反应，应该是他们没有足够的时间去反应，所以我想敌人一定是突然出现的。”

“突然出现的？”

“是的，只有两个可能，一是敌人是从天而降，二是敌人是从地底下杀出来的。”

汤姆不由自主地看了一眼旁边那个奇怪的天坑，心中变得有点儿不安起来。

章二十二

这时在另一边，郑淑敏也发现了新的情况，她的仪器通过她的手提电脑开始发出响声，而且她发现当她站在天坑边上的时候，声音响得最为短促。

她想，难道黄金就在天坑的水底下？

郑淑敏打开电脑，点开分析黄金物质的专业软件，这款软件采用了世界上最先进的黄金分析算法，在实地对黄金储藏的探测准确度高达99.5%。但是通过软件计算，郑淑敏却发现电脑上的读数并不是纯金，因为如果这个读数是黄金的话，它的纯度应该只有90%，而且总量接近十五万吨。它们自然产生的概率是零，只可能是已经人工加工过的。但是，是什么人开采并加工了这种纯度的、数量如此巨大的黄金？又为什么要藏在天坑之中？要知道，目前全世界所有的黄金加在一起，也不过十五万吨左右。另一个问题是，从黄金的金属结构的数式来计算，结果又只能证明这不是黄金，而且这个不是黄金的物质的数据不属于她软件数据库里所有人类已知的物质数据。也就是说，这个物质，要么不存在，如果存在就是人类尚未见过的，或者它就是黄金，纯度为90%的黄金，但却缺少四个必定需要的相应数据对应。因为缺少这四个对应数据，它就不可能是黄金。

但也许是因为信号太弱导致的测录失误？因为电脑上所显示的信号来源是卫星，而不是实物。

郑淑敏对着眼前巨大的天坑陷入了沉思，她搞不清楚到底是哪里出了问题。她下意识地看了一眼麦克所在的方向。

这时，一个雇佣兵过来报告说："一共找到 15 具尸体，但，但不知是怎么死的。"

汤姆一把抓住雇佣兵的衣领，说："什么叫不知是怎么死的？"

这个雇佣兵被汤姆的脸色吓得不轻，本来就不流利的英语更加蹩脚："他们……都没有外伤，好像不是……被枪打死的。"

麦克拉了一把汤姆的胳膊，示意他松开手。

麦克走过去，蹲下身去翻看尸体，顿时一股尸体腐烂的味道冲进他的鼻腔，他打了一个大大的喷嚏。他仔细地检查了其中几具尸体，让他惊讶的是，这几具尸体看上去全身毫发无损，甚至连他们的衣服都保持完好。麦克最后站起来说："他说得没错，确实没外伤，但无一例外的是他们死的时候很痛苦，应该是经过一番挣扎之后才死亡的，并且皮肤表面都泛着一种怪异的红色。"

汤姆狠狠地抓了下自己的头发，说："妈的，这帮人到底是在跟什么打？"

麦克看一眼自己的这个老战友，说："还有一件奇怪的事情。"

汤姆不禁问道："什么事情？"

"老艾默斯给我们的信息是，这边一共应该有 16 名欧洲人，但我刚才数了数，这里的尸体只有 15 具。"

汤姆又是一阵惊骇，说："这说明还有一个逃了出去？"

麦克补充他说："还有一个可能，就是他被抓走了。"

一个手下走过来说道："老板，战场打扫完了。"他们已经将尸体拉到一起，武器堆在另一边。

汤姆拿起一把枪摸了摸，说道："这帮家伙装备不错，最新型的 TAR21 突击步枪。咦，这是什么？"枪身上一个黑色的小盒子引起了汤姆的注意，它与枪身的颜色很不协调。

“给我看看。”麦克接过枪，用手掰了掰，居然十分结实。很明显，这是用这把枪的人自作主张加上去的，实际上这把枪的配件中并不包含这个东西。他把枪凑到眼前，仔细地观察了下这个小盒子，终于他明白过来这个是干什么用的。他骂道：“妈的，这个变态佬，居然在步枪上加装了微型摄像机。”

说完，他把小盒子用力掰了下来，在手里掂了掂，顺手装进自己战术背心的口袋里。心想，说不定这个东西里边有很重要的线索，等回去之后好好看看。

这个动作被不远处的郑淑敏扫过来的目光看到，但她并没有在意。

这时，一把造型更加奇特的枪吸引了他的目光，枪只有半米长短，配有先进的光学瞄准镜。他拿起这把枪，顿时感到有点奇怪，说：“这把枪怎么这么轻？”再仔细一看，枪身上没有弹夹。他对着空地扣动扳机，什么都没有发射出来。“好怪的一把枪。”

汤姆这时也被这把枪吸引，他从武器堆里捡起另外一把一模一样的枪，说：“是啊，这种武器我怎么从来没有见过？”

麦克数了数，武器堆里至少有六七把这样的武器，麦克说：“看样子这种武器已经开始批量生产了，只不过还没应用于正面战场。”

汤姆疑惑道：“这是什么样的武器呢？”

麦克一边把玩手中的武器一边说：“应该是特别配备给他们在执行任务的时候用的，这个武器这么特别，我想应该是秘密研制的，所以并没有在世界范围内曝光。”

汤姆疑惑地说：“但是，它是怎么造成杀伤效果的呢？”

“你要喜欢就留一把，其他的和尸体一起都处理了。”麦克担心这些先进的武器会惹出什么麻烦。缅甸人把尸体搬到下风向，又从山林中拿来一些干枯的树枝。麦克担心尸体烧不干净，又叫手下浇上燃油。火借风势，熊熊燃烧起来。

郑淑敏在一旁把他们的一举一动看得很清楚，这会儿她已经确定，不管黄金是不是真的存在，她都不能把自己的勘测结果告诉麦克，因为一旦告诉了麦克，就意味着自己失去了利用价值，那样麦克就能随时杀掉她。现在当务之急是想办法拖住麦克，然后自己找机会逃跑，把黄金的消息告诉李古力。

想到这里，郑淑敏清了清嗓子，把麦克的注意力引到她身上。

麦克果然看到她，说："郑小姐，你是不是发现了什么？"

郑淑敏脸上阴晴不定，像是要宣布一件重大的事情，指着她的电脑屏幕说："你看我这个读数，一个巨大的黄金储藏就在这附近，但具体位置我还没有测算出来，我想……"

麦克掩饰着内心的高兴，跑过来，看那些他并不懂的数据，说："郑小姐需要我们做什么？"

郑淑敏看麦克果然上当，说："我想我们需要在往来时的路上走一段距离，建立三个参照点，然后根据参照点的探测数据进行推算，就可以找到黄金的具体位置。"

麦克紧盯着郑淑敏，像是要把她看穿，但郑淑敏表现得很平静，还是那副冷冰冰的样子。麦克说："好吧郑小姐，我们就按你说的做，但是希望你不要违反我们之间的约定。"

郑淑敏说："这个自然。"

麦克又看了郑淑敏一眼，仿佛对她还是不放心，他转过身，对周围的几个雇佣兵说："大家把尸体堆在一起，浇上燃油，把尸体烧掉，落在地上的弹壳也捡干净，扔到那个巨坑里边。尽量不要留下任何痕迹。"

章二十三

离开鹰嘴岩，李古力一行人快速赶往上吉村。前进了大概有一个小时，走在队伍最前面的杨猛低声叫道："有情况大家隐蔽！"众人纷纷找地方躲藏。

李古力低声问道："老杨，我们追上了？"

"我不知道，左前面有问题。"

李古力小心翼翼地朝左前方看去，透过青绿的树叶和茂密的藤蔓，他只看到了一片茂盛的灌木丛。李古力冲着关凯做了一个手势，关凯点点头，缓缓向左前方移动。他的身影没入了一片绿色当中。

李古力抿着嘴唇，紧紧地盯着关凯前进的方向。刚毅的脸上不显示任何的情绪。他在焦急地等待着关凯的信息回馈。

关凯悄悄靠近之后，看到两个白人靠在树边休息。关凯返回对着李古力做了两个手势。通过关凯的手势，李古力了解到十点钟方向有两名敌人，不能确定是否先前的敌人，关凯准备活捉他们。

看到关凯自信满满的样子，李古力便对他做了个"小心"的手势。同时，他和杨猛也悄悄地靠了上去。

关凯轻轻将突击步枪放在地上，缓缓抽出虎牙格斗军刀，他的身子犹如迅猛的猎豹般，猛然冲进了那片灌木丛中。

灌木丛中忽然响起了几声惊叫。显然，对方完全没有料到会被偷袭。

与此同时，李古力和杨猛不约而同地也从树后一左一右地蹿了出来。

那片灌木丛中有一片小空地，只是地上却躺着一个身穿普通布衫，满脸络腮胡子的中年白人，看那络腮胡子还在略微抽搐的身体，显然是刚被关凯击倒的。而此时的关凯，正挥舞着手中的军刀，正和一个手持砍刀的金发白人大汉格斗着。

李古力对杨猛和赶过来的王贵华说道："警戒四周，当心还有其他人。"

他再次看了看和关凯打斗的那个金发白人，眼中闪过一丝惊奇之色。

那金发白人身穿和那络腮胡子一样的布衫，他身材高大，看到李古力和杨猛等人赶到，湛蓝的眼睛里闪过一丝惊慌之色。他拼命地挥舞砍刀，想将关凯击倒。李古力注意到，他手里的砍刀虽然挺宽挺厚，但是质量明显不如关凯手里的虎牙格斗军刀，被关凯的军刀砍出一个个的缺口。这个金发白人虽然个头和关凯差不多，看样子也学过军中的格斗技巧，只是和关凯比起来仍旧有不小的差距，加上武器质量悬殊，落败是迟早的事情。

李古力见关凯稳操胜券，便朝那倒在地上的络腮胡子走去。孰料，那金发白人见李古力走向自己躺在地上的伙伴，突然仿佛发疯了一般，双目凶光骤起，竟然不顾关凯的攻击，恶狠狠地朝李古力扑了过来。

关凯咬牙道："别跑！你的对手是我！"他身子一侧，将那金发白人挡住，军刀陡然加速，斜斜朝那他的咽喉劈了下去。关凯这一击凌厉异常，金发白人惊慌失措，只能下意识地举起手里的砍刀挡在身前。

关凯暴喝道："挡不住的！给我断！"

只听"铛"一声响，金发白人的那把砍刀竟然被关凯的军刀一削两截。他骇然失色，就地一滚，躲过了咽喉要害，那军刀在他的肩膀上划过一道四寸左右的伤口，鲜血顿时染红了白人大汉的布衫。

关凯随身扑了过去，将金发白人按倒在地上，格斗军刀的刀尖顶在他的脖子处。金发白人挣扎了一下，看到自己脖子上的刀尖，便不敢再动，眼中泛出一丝沮丧，顺从地让关凯将他的手腕在身后绑上。

李古力担心昏过去的络腮胡子暴起伤人，他走近蹲下检查，看到络腮胡子脖子后面一片淤青，肯定是被关凯用手刀砍昏的，击昏一个人其实很简单，只需要打击对方的大动脉，造成头部暂时性缺血，就会使人晕倒。但是脖子上并不会出现明显的伤痕。可现在这人的脖子后一片淤青，明显是关凯下了黑手，把心中的怒火发泄到了他的身上。

“高雅妮，你过来一下，有人受伤了。”听到李古力的声音，高雅妮用最快的速度跑了过来，看到受伤的是白人，松了口气，蹲下身子仔细地检查。

关凯在金发白人那边道：“队长，那人没事，只是晕了过去。”

李古力说：“敌我未分，怎么能下手这么重？”

“之前袭击我们的也是白人领头，谁知道他们是不是一伙的。对于有潜在威胁的敌人，是不能手软的。”

高雅妮从背包中取出一个小药瓶，刚将瓶盖拧开，顿时从瓶中冒出一股强烈的刺激性气体。她将瓶口放在络腮胡子的鼻子处，只见他被这股刺激性的气体一冲，连打了两个喷嚏，眼睛却睁开了。

络腮胡子刚一醒来，就看到一支黑洞洞的枪口指着自己，茫然了片刻，似乎是在记忆着什么。随即，他嘴里叽里咕噜地说了几句洋文。

李古力皱起了眉头，道：“英文？”

高雅妮整了整背包，道：“是的。队长，他说的是不要杀我们，我们可以给钱。”

李古力心中一喜：“好，你问他是什么人，为什么会出现在这缅甸的深山里？”

高雅妮点点头，开始和络腮胡子对话，但随着络腮胡子的回答，高雅妮的脸色却变得有些歉然了。

王贵华的英语读写能力不错，但听力和口语都不行，他忍不住问道：“高姐，他说的到底是什么？什么土匪？”

高雅妮没有理王贵华，却冲李古力说道：“队长，问出了个大概意思，他说他们两个人是美国来的考古专家，是研究佛教历史的专家，来缅甸的目的是来探寻佛教的历史。还有……”她顿了顿，接着道，“他们把我们当成缅甸的土匪了，要我们不要杀掉他们……”

李古力的脸色有些怀疑，说道：“考古学的专家？小高，你问他在这深山密林里有什么发现没有？”

高雅妮点点头，正要说话。却听见被关凯看着的金发白人大声吼了几句。

关凯一脚踹在那金发白人身上，喝道：“叫什么叫！没让你说话！”

金发白人怒视着关凯，眼中似乎要喷出火来。

李古力心思细腻，问道：“雅妮，他说什么？”

高雅妮道：“他说，不要伤害吉姆博士，你们要多少钱，我都给。”

“吉姆博士？哼！”杨猛在那冷冷哼了一声，“这深山老林里，还真能冒出一个考古学的博士吗？队长，得仔细审问审问，刚才我们遭遇的武装势力，里面也有白人。弄不好他们两个便是那股势力的侦察人员！”

高雅妮看那中年白人一脸恐惧的神色，心中有些不忍，说道：“队长，我看不像啊，侦察兵一般都是队伍里最精锐的士兵来担任的，他一下就被关凯打倒了，怎么可能是刚才那股敌人？”

李古力沉声道：“不管是不是刚才那股势力的人，他们俩既然能在这个时候出入在这种地方，肯定是有什么隐秘的事情要做。我们需要了解清楚。”他回头叫道：“关凯，你搜搜他们的身上，看看有什么可疑的东西。”

关凯应了一声，低头在金发白人身上搜索起来。

李古力仔细打量了一下络腮胡子，他这时已经坐了起来。瘦高的个子，脖子因为关凯严重的打击而微微倾斜，高而尖的鹰钩鼻子上架着一副黑边眼镜，乱糟糟的头发夹着些许白发。看来年纪并不轻了。

李古力微微沉思了一下，看这个人的样子倒的确像是个有学识的人。他取过络腮胡子身边的背包，里面就是一些压缩食品、药品，还有一些野外生存的生活必备品。在夹层里，他找到了两本蓝色美国护照，一张英文证件和一张英语、缅语双语的证件。

王贵华看到证件：“这上面说的是什么考古证呢。”

这时，关凯走过来，说道：“没什么可疑的地方，我那边那个家伙身上只带了一柄手枪还有一柄砍刀。”

李古力招呼杨猛："老杨，你来看看这个是什么证件？"

杨猛接过看后说："这是缅甸政府出具的考古许可证，这俩家伙还真是来考古的？"

高雅妮在仔细看英文的那张证件，说道："队长，这个年纪大的叫吉姆，证件上的身份倒的确是考古学博士。那个大个子叫杰瑞，是吉姆博士的助手。他们俩人都是美国护照。"她说到这，脸上闪过一丝迟疑，说："队长，他俩的身份应该没有问题，要不要放了他们？"

"放了他们？不可能！"杨猛大声叫道，"这两个人形迹可疑，怎么样也得好好审问审问。现在缅甸的情况很混乱，就刚才那批袭击我们的武装势力我们都没能弄明白是什么人呢。"

李古力已经可以肯定眼前的美国人与之前带人袭击他们的美国人不是一伙的了，但仍然心存疑惑。"不能放！证件是死的。现在有实力的大组织做两本证件很容易，并不能因为证件完好就相信他们。"

王贵华凑过来，说："那怎么办？队长，是不是要严刑逼供？"

高雅妮立刻反对："不行！这不人道！"

杨猛恶狠狠地说道："人道？如果他们是前面一伙的，他们就是死也有余辜。直接杀了算了。"

李古力看了看杨猛，说道："杀不得。万事莫贵于义。这天下的所有事，没有什么比道义更可贵的了。我们得弄明白他们两个的身份！"

关凯却有些着急了："那么，队长。这两个人既不能放，又不能逼供，又不能杀，那怎么弄明白他们的身份？"

杨猛也是有些头大，他说道："这两个美国佬既然不能杀，我们难道要带他俩走？如果他们和前面的人是一伙的话会很麻烦的。"

这时，叫吉姆的络腮胡子说话了，而且用的是中文："我们真的是考古学家。"

章二十四

大家一下愣住。李古力问："你会说中国话？"

"是的，我会说一点儿。"吉姆继续道，"我们不会给你们添麻烦的，我们的证件是真的。"

李古力问："你在哪儿学的中文？"

"我在台湾学过两年中文。"

"那这里有什么特别的东西让你们到这里来？"

"我们是研究佛学的，我们到这里来寻找一些遗迹。"

"那你们考古还带着枪干什么？"

"那是防身用的。"吉姆博士看出来李古力是前面这帮人的头，他期盼着李古力相信他的话。

李古力再次打量了一下面前这位吉姆博士，他身高在一米八左右，整个人给人的感觉文质彬彬的，像是一个学者。但号称是他助手的杰瑞在和关凯的格斗中反应速度远超普通人，显然是受过格斗专业训练。但这也并不奇怪，考古也是件有危险的事，除了墓穴中的各种机关陷阱，还有可能遇到盗墓贼，请一个保镖也很正常。可问题真的会有那么巧吗，他们刚被两个美国人带领的队伍袭击，转眼就又遇到两个美国人，在人迹罕至的原始丛林中，这种概率会有多大？

必须确认他们的身份，李古力的脸上露出一丝少有的狡诈。

吉姆似乎觉得李古力有些动摇，他接着说道："这位先生，我们真的是来考古的，是不会对任何人造成伤害的。"

李古力没有回答，冷冷地笑了笑。高雅妮知道李古力心中有了主意，她很好奇，又不方便问，只好瞪大了眼睛看着李古力。

"老杨、关凯，你们过来一下。"李古力把杨猛和关凯叫到身边，低声耳语了几句。关凯凶狠的眼神一直在两个美国人的身上来回扫视，最后停留在杰瑞身上。杰瑞与关凯对视了一眼，赶忙将视线移到了一边，他了解那种眼神，那是杀人者的眼神。吉姆也感觉到了关凯身上散发出的杀气，急了："我抗议，日内瓦公约严禁虐待俘虏，你们不可以伤害我们！"

关凯用虎牙军刀甩出一个漂亮的刀花，冷冷地说道："谁说你们是俘虏？给你们最后一次机会，你们到底是做什么的？"

一阵沉默。

"好吧，你们不说，我先杀了他。"杨猛抽搐着他脸上那道微微扭曲着的恐怖刀疤，走向杰瑞。

络腮胡子吉姆喊道："我们真的是来考古的！"

杨猛停下脚步，冲着吉姆嘿嘿冷笑了一下，用手中的军刀刮了刮自己脸上的胡子，说道："你呢，倒像是一个考古学家，但这个一定不是。我先杀了他，再和你啰唆。"他挥动着刀继续走向一边的杰瑞。

吉姆大惊失色，喊道："你们到底为什么要杀我们呢？"

站在他旁边的李古力对他说："我们刚刚遇到一伙白人领头的人的袭击，那伙人还掳走了我们的一个同伴，生死不知。现在我们只能怀疑你们和袭击我们的人是一伙的。我只能认为你是他们一伙的。"李古力加重语气："懂吗？"

吉姆听到此话，对着毫无表情的杰瑞说了几句英文。杨猛这时已经站到杰瑞身边，他不懂英文，冷哼一声说道："好！既然找不到理由，那就别怪我了！”他把手中的军刀高高抡起，冲着杰瑞的脖子砍去。

吉姆张口大叫道：“不要杀他！我们是美国中央情报局的！不要杀他！”

杨猛的军刀戛然而止，停在杰瑞的脖子前。他瞪大眼睛，问道：“你说什么？你说你们是美国中央情报局的？”

沉默，回答是肯定的。

美国中央情报局的？李古力的脸色一变。李古力从来没有直接和美国中情局的探员打过交道，但间接的交道也没有少打。他们到缅甸的丛林中干什么？

杨猛在一旁说道：“李队长，这两个家伙是在骗我们吧，中情局的人应该都是狠角色，怎么会有这么菜的家伙？”

李古力摇头说道：“中情局的人并非个个都很厉害，据我所知，中情局分为四个部门，除了国家秘密活动的外勤是身手了得的精英，剩下的科技部、情报部，还有支持部就不行了。他们大多数人都只是受过情报收集训练的普通人。执行任务的时候都很少带枪支。我只是觉得奇怪，美国中情局的人怎么会到缅甸来？他们的任务又是什么？”

王贵华道：“队长，他们说自己是中情局的咱们就信？有什么证明啊？没有证明的话，就算他说自己是美国总统都没用。”

李古力的脸色很不好看，他看着已经被松绑的杰瑞和正在接受高雅妮疗伤的吉姆博士。思绪却不停地在转动。美国中央情报局？难道他们也是为了黄金而来？

李古力站起来，说道：“雅妮，你问问他们两个，口说无凭，有什么可以证明自己的身份？”

高雅妮用英语问吉姆和杰瑞两人，杰瑞回答了她后，高雅妮道：“他说他们是中情局科技部下面的NJ101星小组。如果我们要查证他们的身份的话，可以登录中央情报局的网站，他们每个中情局的雇员都有自己的编号。在那里可以查到自己的身份。”

李古力回头问道：“小王，现在可以查吗？”

王贵华点点头，说：“可以进入中情局的外网，如果给我时间的话，我也有信心潜入他们的内网。不过中情局也肯定有自己的电脑高手，他们肯定会发现我，以后或许会给组织添麻烦。”

李古力道：“不用侵入他们的内网，倘若他们当真是美国中央情报局的，肯定有进入内网的权限。我们可以让他们自己来做，从内网中调出他们的身份资料。”

王贵华双手啪啪地敲着键盘，头也不抬地说：“队长，好了。我已经进入他们的外网，并且找到进入内网的端口了。只是我没有中情局内部的编号，没有权限进入。”

李古力道：“雅妮，你跟他们两个解释一下，如果要证明自己的身份，就必须进入中情局的内网，调出自己的资料来。”

高雅妮点点头，先是冲吉姆说了几句，吉姆脸上有些为难之色，杰瑞看到此情景，又看到杨猛和关凯两个彪悍的汉子正不怀好意地打量着吉姆和他，只好无奈地点点头。

王贵华把手中的笔记本递给了杰瑞，杰瑞看到王贵华一下就找到了中情局内网的端口非常惊讶，他对这伙中国人的能力有了一个新的认识，同时也有些好奇，这些中国人到缅甸丛林中是为了什么，难道他们也发现了那些神秘的飞行物？

章二十五

关凯突然记起了“快”的英文单词，于是催促道：“发什么呆，Hurry！”他很高兴还记得这么个单词。

杰瑞飞快地输入自己的编码，调出了资料，将笔记本交给李古力，说：“OK！”

李古力接过来，见屏幕上倒是有吉姆的头像，但都是英文，对高雅妮说道：“你来翻译一下。”

高雅妮边看边说道：“吉姆琼斯博士，编号 NJ101−002，2007 年通过中情局考试，加入中情局科技部。主要工作是……咦？”

李古力赶忙问道：“怎么了？他的主要工作是什么？”

高雅妮惊讶地说道：“他们的主要工作是调查所有在地球上的外星人踪迹。特别是外星人的武器、通信方法，还有外星人坠毁在地球的飞船和他们留下的尸体。”

王贵华摸摸脑袋，插嘴道：“外星人？！还真有这东西？”

李古力沉声道：“宇宙之大，无奇不有。万物始于有，不能因为没有见过就否定他们的存在。”

吉姆好奇地问道：“这句话很有意思，是谁说的？”

李古力回答道：“墨子，中国历史上的一个人，有时间你可以读读他的书。”

吉姆点点头：“我回去一定要好好地读读。”

李古力对关凯说道：“既然身份没有问题，那就把他们的东西还给他们。”

关凯将他们的探险背包扔过去，大声说道：“对不起啦！美国佬。”

李古力又对吉姆说：“很抱歉前面的误会，那你们到这里来，到底是为了什么？”

杰瑞蹲着低头整理他们的物品，没有听懂李古力在说什么。吉姆回答道：“我们在调查一个不明飞行物也就是 UFO 现象。”随即他又反问：“你们是来做什么的，为什么要袭击我们？”

李古力道：“先前我说了，我们被一伙白人领头的人袭击了，而且还失去了一名队员。”

“真的是白人领头的？”杰瑞的眉头皱了起来，CIA 最近一直在严密地监视着这片古老丛林，突然冒出一队中国人已经很让他感到惊奇了，怎么还会有白人带队的武装分子，肯定不应该是自己人，那么会是什么人呢？但万一真是自己人怎么办？

“是的。”李古力又摆摆手说道，“我们还有事，先告辞了。”李古力心中还想着他的任务和郑淑敏的下落，不想再与两个美国人纠缠。

吉姆明显有些困惑，他转过身去和杰瑞说话。杰瑞站起身来，面对李古力又看着高雅妮说话。简短的对话后，高雅妮对李古力说：“他们也担心受到另一伙不明武装势力的袭击，想跟随我们一起行动。”

杨猛不耐烦地说道：“我们要去的是上吉村，和你们的外星人没有关系。”

吉姆说道：“上吉村？我们的目的地也是上吉村！”

李古力一下警觉起来，猛的转过身来，道：“什么？你们的目的地也是上吉村？”关凯和杨猛听到上吉村三个字，又将两人围在了中间。

李古力紧皱眉头，问道：“怎么会这么巧？上吉村有外星人？”

吉姆知道李古力三人的厉害，也不想再引起不必要的麻烦，直接说道：“最近一段时间我们发现我们在追踪的代号是 NJ101 的不明飞行物在上吉村和南极之间频繁出没，我们就是来调查这件事的。但没有想到这里是这么的不太平。”他已经猜出这一伙中国人要去的地方也是上吉村，他们是冲什么去的？他心中拿定了主意，要从这伙中国人口中套出更多的情报。

李古力心想，萨斯、黄金、身份不明的袭击者，现在又是美国中情局，还有他们的外星人，这上吉村到底隐藏着怎样的秘密？

吉姆趁机说道：“我们和你们没有任何冲突，我们可以交换情报。”他想着也许能从这群中国人身上得到一些有用的信息。

“我们不需要你们的情报。”李古力拒绝了吉姆的提议，“但是你们可以与我们同行。”

杨猛问道：“真的要带上他们？那个大个子杰瑞还行，可这个吉姆博士，一副弱不禁风的样子，要是遇到了突发情况，我们还要分心去照顾他。”

关凯也说道：“队长，我不赞成和他们一起走。我们还要去救郑博士，没时间管他们。”

关、杨二人的话吉姆博士听得懂，他的心里十分郁闷。自从2007年加入中央情报局以后，似乎就没有好的运气了。以前可以在办公室轻轻松松地工作，现在必须四处奔波。若是自己还年轻也就罢了。可偏偏他已经是五十多岁的人了，身体有些吃不消了。不过为了不久就要退休和退休之后的丰厚的福利，自己现在辛苦一下也就值了。只是他万万没有想到，他会被派到缅甸来。他从小生活在阿拉斯加州，特别讨厌这种潮湿闷热的环境。虽然搭档杰瑞十分能干，可这并不能改变他那糟糕的心情。特别是还遇到这群糟糕的中国人，还有从中国人那得到的糟糕的消息，要多倒霉有多倒霉。误会虽然是解除了，想要与他们同行，又被当成了负担。他可是吉姆博士，大名鼎鼎的吉姆博士，怎么会成为别人的负担呢。他一定要找一个机会让这几个中国人见识一下他的能力。

他很高兴这个时候听到高雅妮说话：“队长，如果我们不带他们走，一旦他们遇到那伙人，肯定会被杀的。”

李古力道：“是的，不能丢下他们不管。明知道他们有危险而不救，非侠义之道。”

关凯一怔，想起了当初训练时的这句话。顿时沉默不语。

吉姆补充道："我们一起走吧，说不定我们能帮上什么忙呢。"

李古力回答他说："这样，我们可以一起走，但遇到事情，你们一定要听我的。你和杰瑞能不能做到？"

吉姆博士听了，翻译给杰瑞，俩人同时点头，没有丝毫的犹豫。

李古力想了一下，又说："吉姆博士，我们的身份，我们不能告诉你们。但是，你知道的，你可以完全信任我们。如果你们不能完全信任我们的话，我们还是分开走好。"

吉姆忙说："我理解，我理解。我们一起走。"

"那我们走吧！"说老实话，李古力也想带上他们，他想从这两个美国人的身上得到一些关于外星人的情报，对于中国来说，这一领域还是一个空白。既然李古力同意了，关凯和杨猛也没再多说什么，等杰瑞收拾好东西之后，小队继续前进。

这群人里面最让吉姆看着顺眼的，也就只有那个会说英文的姑娘了。其他的不管是那凶恶的刀疤脸、那身材粗壮的大汉，还有那个一脸冷酷的队长，哦对了，还有那个鼓捣电脑很厉害的小伙子，他们都对自己十分冷淡。若非是自己已经知道丛林里还有别的武装势力出现，自己绝对是不会跟他们这群人在一起的。而且，这个冷酷的队长还不肯向自己透露他们的身份，他们到底是什么人呢？

吉姆博士努力在自己的脑子里搜寻着关于中国所有组织的信息，猛然间，他怔住了，眼神中露出不可思议的神色。曾经有一份情报指出，在中国潜藏着一个古老的神秘组织，成立的时间可以追溯到几千年前。最近，在多起重大的国际事件中都有他们的身影。这个可能的组织是近些年来中情局重大关注的对象之一。他脑海中浮现出了一个神秘的单词——墨龙。

一个为中国的利益执行力绝对超过中情局、摩萨德、M16或任何政府组织的见首不见尾的神秘组织。

难道自己和这群传说中的人遇上了？

吉姆调整着自己的步速，慢慢地靠近了高雅妮。他用英语小声地问道："这位小姐，你可不可以告诉我，你们去上吉村的目的是什么？"

高雅妮微微一笑，果然与李古力预料的一样，美国人想从她的口中获得情报，她已经得到李古力的同意，可以告诉他部分情报。但还是装作很为难的样子也用英语回答说："不好吧，队长知道了会不高兴的。"

吉姆压低了嗓门说道："我保证，只有我们两个人知道，我绝不会告诉第三个人！"

傻瓜才会相信你的话呢，虽然高雅妮心里这么想，还是假装思考了一会儿，才说道："好吧，我就告诉你吧，上吉村出现了疑似的萨斯病毒，我们的任务就是对病毒进行检测。"

吉姆惊愕道："萨斯病毒？噢！上帝！怎么这里会有萨斯病毒？"他不禁脚下略一迟疑。"这可是可怕的极具传染性的病毒！我们去了，不会有事？你们中有生物专家吗？"

高雅妮笑道："我是生物学博士，不会有事的。"

吉姆觉得高雅妮也就二十岁左右，不由自主地问："你多大了？"突然他觉得自己造次："对不起，对不起，我不是那个意思。"

高雅妮不由得又笑了一下："没有问题的，我们中国人对年龄没有那么敏感的。我已经博士毕业很多年了。"

吉姆不由得对她另眼相看，对这个神秘组织又多了一点敬重，他钦佩地说道："我还有一点不了解，你说你们小队曾遇到过白人领头的人的袭击，还失去了一名队员，你们真的不知道对方是什么人吗？会不会是缅甸的地方武装？"

高雅妮摇摇头道："很遗憾，我们也不清楚袭击我们的是什么人。但是我几乎可以确定，那些人肯定还会再和我们相遇的。"

吉姆道："那你们为什么不退回去呢？回去不就能避免和那些人再遭遇了吗？"

高雅妮笑笑："退回去？我们小队的每个人都从没有过这种想法。仁人之事者，必务求兴天下之利，除天下之害。吉姆博士，或许我这句话翻译的有些不透彻。但是我却明白，这危害到国家的萨斯病毒，必须要有人去查证，然后才能有解决的方案。"

吉姆点头表示赞赏，他试探着问道："你们是墨龙的人吧？"

高雅妮不动声色，也没有正面回答他的问题，而是说："我们赶路。"

篇五
墨龙

章二十六

缅甸时间上午 12 点 55 分。

掸帮东枝市。

虽然有二十万人口，东枝却不是一个喧嚣的城市。它是缅甸最大的行政区掸帮的首府。掸帮位于缅甸的东部，与泰国、中国和老挝接壤。人口有八百多万，以华裔为主。

和其他缅甸的城市一样，这里佛寺遍布城市各区，而且，这里还有着直属罗马天主教的东枝大主教的“圣约瑟大教堂”。

城市的南端，是由红顶建筑组成的东枝大学。西北角是艾雅皇家茶楼。事实上这家茶楼更像一个餐馆，因为不光有茶，而且还提供正餐。

茶楼的一个角落的里间，有一个雅致的房间，墙、桌子、椅子，包括地面，清一色用竹子布置。

一位体形稍胖，穿着白色衬衫的商人模样的男士正坐着喝茶，他不时地用眼角瞟望开着门的门口。外面就是大厅，大厅靠里间最近的桌子，有两名黝黑皮肤的精干的男子似乎在喝茶，但可以看得出来，他们在意的，是里间屋内屋外的状况。

13点整，里间男士等待的人出现了。他站起身，迎了出去，而外面桌上的两名男子也站起欠身。

“肖先生，欢迎欢迎，一路辛苦。”

新来的人呵呵笑道：“孙老板，多年不见，长胖了啊！”

“是啊，是啊，发福了。”孙老板握住肖先生的手。他又看着肖先生身后，和肖先生一起来的那位精壮的小伙子问：“这位是？”

“这是小亮，见过孙老板。”

“您好。”叫小亮的小伙子有礼貌地打招呼。

“一起进来吧。”

“不了，我就在外面待着。”

“哦，貌锐，”孙老板吩咐外面的两位男子，“你们照顾这位大哥。”

两位男子应道：“是。”

新来的人姓肖，他的公开身份是北京一家旅行社的老板。因为业务的关系，他的行踪遍及世界各地。他来过缅甸数次，但这一次，是专门为萨斯和黄金之事而来。

孙老板是缅甸一家大型贸易公司的老板，他有很多的业务，其中一项，是把罂粟秆中提取出来的吗啡，卖给欧洲和美国的医药公司。

肖、孙二位在里屋中间的方桌边坐下，从肖先生的坐姿，可以看出他受过军事训练，因为他那样直板板的坐姿不是一般人短时间内能够养成的。大老远赶到缅甸使他有些疲惫，但是眼中依旧有神，更多的还是坚韧和刚毅。他的两鬓有些斑白，使他看上去充满长者的自信。而孙老板，稳重而又谦和，还有些许慈祥。

“我们吃点什么？”孙老板拿起桌上的菜单问。

“随便吧，什么都行。我记得上次在你那里，吃完了剩下很多的小碟子。”

“呵呵，我们这边讲究的就是这个。菜量不会太多，但绝对是品种够多，而且好吃。对了，你还是能吃酸辣的吗？”

“那是，口味也改不了了。”

“我记得你也喜欢咖喱的。”

“是，北京很少吃咖喱的。所以一定要。”

“好的，那我们就要一份咖喱牛肉、浓酱羊肉、蔬菜色拉、炒四季豆、泰式炒饭、土豆泥汤。”

“这么多，能吃完吗？就我们两个人？”肖先生笑问。

“还是那句话，每份的量不是很多的，我还怕不够呢。”

“那好吧。”

这时刚好有三声有节奏的敲门，门外的男子探头进来问：

“老板，要点菜吗？”

“是。请服务员过来一下吧。”

服务员点菜出去后，孙老板站起身来，双手伸向对面的肖先生，肖先生赶紧也站起来，握住递过来的双手：“怎么了？”

两人的手紧紧握在一起：“肖兄，我不知如何感谢你。小女能有今天，全靠肖兄安排。”

“哪里，哪里。坐，坐，我们坐着聊。”

“以前我还反对让维琦去北京。她在霍普金斯大学的博士后还没有读完，而且我真的希望她可以留在美国。”

“在北京一样可以有很大的发展的，我会关照她的。维琦的事我只是做了点配合，美国那边的操作，还是刘先生的安排。”

孙老板真诚地说道：“那你无论如何帮我把感谢带给刘先生。”

“一定的，一定的。”

他们坐下，孙老板叹了口气说道：“我真的没想到事态如此严重。要是不出楚温的事，我还被蒙在鼓里呢。”

“幸亏刘先生的信息畅通和他的先见之明，中华的文明和香火，能在过去五千年持久不断，也是靠着大家的关心和帮助。你的女儿也是我们的朋友，也许将来我们还会需要她的帮助呢。”

孙老板笑了笑，欠身从桌子上拿起茶壶，给肖先生倒满，说道：“维琦也和我通过很多电话，她很喜欢北京，想就待在北京了，而且她还特别喜欢她的学生们。”

“好啊！”肖先生端起茶杯，笑道：“生物方面的人才，我们是有多少要多少，特别是维琦小姐这种专攻核辐射方面的生物学家。”

肖先生抿了口茶又说：“言归正传，这次来，我想和孙老板确认一些细节，也讨论一下下一步我们要做的事情。”

孙老板放下手中的茶杯。“李队长他们四人和台湾来的地质学家郑博士，还有我的得力部下杨猛在木姐会合后，一行人分乘两辆车前往上吉村，但是在路途中，遇到了武装袭击，在检查尸体时杨猛意外地发现袭击他们的人是我另一名手下楚温下面的人。对于这一点，我感到万分歉疚，都是我管理无方，才出了楚温这种吃里扒外的败类。”

“无德无义之人哪儿都有，你也不用太放在心上。”

“嗯。幸好李队长他们厉害，不然我就真的没脸见你了。不过，楚温虽然死了，但他的弟弟丁温却逃走了。我已经派人寻找他的下落了。可就在今天，他们又遭到了袭击。”

肖先生道：“我昨天也接到小队的报告，说是击溃了一支伏击他们的队伍。只是现在却又出现了一股新的势力，台湾来的专家已经被劫走，他们现在正在设法营救。据李古力所说，新出现的武装势力是由两个白人带领，战斗素质十分高。不知道孙老板能否查出他们的来路？”

孙老板沉思了一会儿，才谨慎地说道：“由白人带领的武装团伙？应该和楚温的弟弟没有关系。在缅甸大大小小各方势力我都很熟悉。缅甸的情况你是了解的，这边有很多族系，大多拥有自己的武装，但由白人为领头的，还从来没有听说过。”他停顿了一下又说道：“事实上我也听说这个消息了，也给几个朋友打了电话，大家都没听说过，这些人的确来路不明。”

肖先生“哦”了一声，说道：“会不会是缅甸以外的势力？”

“如果是白人领头，也许真是缅甸以外的势力。很难调查出他们的背景。”

“我想，如果的确是缅甸外部势力的话，应该是和上吉村的外国人一伙的。”

“对，十有八九是奔着黄金去的。”

章二十七

房间门有节奏地敲了三下，外面的男子把门打开，他后面是两个服务员。他们上菜来了。一时，桌子上便铺满了大大小小的盛着红色和酱色的汤和大块肉的盘子、蔬菜的篮子、装着炒饭的蓝色边沿的瓷碗和许多的装着不同调料的小瓷碟子，还有两碗水。

肖先生有些不解："这水是？"

"孙老板对服务员后面的男子说：貌锐，你给这位朋友拿两双筷子。我们这边，吃饭就是用手。所以这一碗是洗手的，这一碗是喝的。上次在我那儿，我给你用了筷子，所以就没有给你这洗手的水了。"

肖先生呵呵一笑，说道："入乡随俗，我也用手吧。"

"也好。"孙老板的声音追上门外的貌锐说："不用拿筷子了，你们自己吃饭吧。"

门关上之后，孙老板询问道："我们边吃边聊？"

"好，我还真饿了。"

"我还是再说一下事情的经过吧。前天，我的人在南部发现了一个白人疯子，那个疯子一天后也死了。我的人好奇进山去调查，发现了上吉村的人都死了。我们猜测可能是某种严重的传染病，特意嘱咐去上吉村的那个孩子待在家里，不要和其他人接触。谁想他仰光的弟弟出了车祸，他就赶去仰光了，我就赶紧通知你了。”

“对，这很关键的，希望不会是萨斯。香港机场已经安排隔离检查仰光去的航班上的所有旅客了。”

“嗯。这就好。除了这个，就是那个天坑。很大的一个洞，很奇怪地就出现了。我问了几个欧洲的老朋友，倒是有人听说这边有个很大的黄金库。但这个也不奇怪，因为一直就说这边有黄金矿产的。”

“先是说那个白人说的有黄金？”

“我的人是这样说的。”

“嗯。这个事，昨天我们也有结果了。有一种特殊的计算方法，如果用到卫星对地面的遥感探测，就能发现类似黄金或者金矿的储存。我们的人昨天晚上也确认了，从卫星测定看，在上吉村附近，的确有类似黄金物质所发出的光谱，但没有所说的十多万吨那么大的数量。”

“是不是那些白人已经把黄金转移走了呢？”

“很难说，这也是李古力小队要去确认的事情。我们注意到最初是欧洲的巴特巴特咨询公司把这个黄金储存的信息放到他们的网站上的。但后来他们又删除了网上这个信息，并道歉说那是条错误信息。我们怀疑有人买下了这条信息。”

“10 万吨黄金的消息，该值多少钱？这家公司这么厉害，美国政府都没有发现的东西他们也能找到？”

肖先生端起茶杯，喝了一口，说道：“巴特巴特公司是专业做矿产勘测的，他们在行业内非常专业。我想他们发布信息的目的是吸引愿意付最多钱的买主。我们国内当时也看到了这个信息，但我们有黄金开采队在缅甸，所以也就没有往其他方面考虑。”

“他们应该是找到买家了，而且那些白人应该和买家是一伙的。”

“我们也这么想。”

肖先生皱着眉头说道：“还有一个困惑着我们的问题，为什么巴特巴特说有十多万吨的黄金储存，它没有用矿产这个词，而是用的储存这个词。”

“这两个词有什么不同吗？”

“矿产是说需要开采的资源。比如黄金，要做一个金戒指，一般需要开挖三百吨的岩石，把它们粉碎，然后还要仔细地进行化学处理。但储存就不同了。储存就好像是有这么一堆黄金已经在那儿了，不需要开采。”

孙老板眼前一亮，说道：“就好像是藏宝。”

“是。而且，如果的确是这样的话，倒是有可能转移出缅甸。”

“十多万吨？这倒不容易。”孙老板联想到自己出口的不同产品，一个集装箱也就只能装十几吨的货物。一万多个集装箱要从缅甸运出，会非常显眼的，不引人注意是不可能的。”

“其实也不难，因为黄金的密度大。”

“哦？”

“一个 10 厘米的纯金的方块，就有 19.3 公斤重。今天世界地面上所有的黄金加起来，差不多十八万吨。而十八万吨的黄金放到一起，也就一个差不多三四层楼高的 400 平方米的房子那么大。现在的一条大船，放得下 10 个这个数量。”

“这么厉害，这个我倒没有想到。”

“这个还不是关键问题。问题是，如果真有这些黄金存在，并且被某个势力控制的话，那么对世界的经济和金融市场，将是灾难性的。”

说到这里，肖先生不禁想起了昨天晚上马博导在北京给他的几点分析：

1. 目前世界地面上的黄金总量大约是十五万吨。

2. 其中，只有大约 40% 的黄金为各国政府所有。60% 在个人手中，包括黄金的装饰品。

3. 黄金也可以人工制造，但已知的制造方式的成本远远超过开采成本，而且还会有放射性。所以自然黄金更显得珍贵。

4. 一个国家的科技发展，也需要黄金。小到一个手提电脑，大到宇航员面罩上的眼膜。因为黄金具有非常好的韧性，自然黄金可以被打压到人的头发直径的十分之一细，也就是 5 微米厚；如果做成金片，可以薄到半透明。所以宇航员的面罩上的眼部就是一层金膜，用来保护他们在太空强光下的眼睛。同时，黄金也可以用来美肤美容，在医药上也有抗发炎的作用。

5. 过去一些年，因为金融危机的原因，美国犹他州和一些地方，甚至立法承认黄金等于货币。

6. 在金融市场上，大家买黄金、买黄金期货、买纸黄金、买黄金股票，还有买黄金出产国家的信用违约掉期合约，等等，除了黄金本身，那些金融市场上看不到的财富加起来至少有十万亿美元。当然，中国也身在其中。

马博导的结论是，如果世界黄金总量翻倍，那么金价将大幅度下跌，特别是它们如果被某些势力控制的话，那么黄金抗风险的功能将完全丧失。所有之前做黄金投资的人们，就成为被人控制的市场中的完全没有赢的可能性的赌徒。而对越来越依赖国际金融市场的中国，这是非常危险的事情……

"肖兄，出神了？"

"哦。不好意思。我刚才想起了一个同事给我讲的黄金的事情。"

"不管如何，希望李队长他们没事。"

"是的。还有，关于郑小姐，也谢谢你和台湾方面朋友的配合。郑小姐这种顶级专家不多。我已经告诉李古力要全力以赴找回郑小姐。"

"台湾方面也很关心郑小姐的下落。"

虽然四月的天气并不冷，但桌上的饭菜已经开始凉了。

孙老板说："我们先吃点东西吧。"

"好，这茶挺好喝的。"

"是吧？"孙老板端起茶杯轻喝了一口茶，"这是我们掸帮当地的波龙茶了，因为它是这里山里波龙也就是德昂族种植的茶叶。"

"那我得带一点回去。"

"呵呵，好的，我来安排。要不要让他们把饭菜热一热？"

"不用麻烦了，这么吃就挺好的。"

他们很快就解决了桌上的饭菜，孙老板说："要喝点缅甸特产的奶茶？虽然有点甜，但味道还是不错的。"

“谢谢，我就喝这个波龙茶。”

“好，那么我们就喝波龙茶。”孙老板边说边起身。他打开门，对外面说：“貌锐，你让服务员来收拾一下吧。再加一点茶，小亮，你吃得还习惯吗？”

“很好的。谢谢孙老板。”小亮答应道。

桌子上的盘碟都撤下了。留在桌上的，就剩下一个透明的玻璃茶壶和两个白色的瓷杯。两个男人沉默了一下，还是肖先生先开口：“这次行动，我还是要感谢孙老板的帮助。李队长和我说了，如果不是你提供的那批先进的装备，后果会不堪设想。”他的目光停留在孙老板身上。

“不用客气，这是我应该做的。我最关心的，还是萨斯的事情。因为上次萨斯爆发，我们这边的华人也饱受了别人异样的眼光。”

“是的。真的很难想象 2003 年的那些日子再次重演。”

章二十八

“嗯。你记得我是刚从北京回到缅甸，新闻上就说萨斯已经传到北京了。”

“是的。那段时间，我一直在北京，亲身感受到了它的危害之大。”

肖先生想着想着，微微闭上了眼睛，似乎再次经历着那个时候整个社会对于萨斯的恐慌：

在北京，往日挤满乘客的地铁几乎空无一人；原定在中国举行女足世界杯，被转移到美国。

经济上，贸易人员往来及中国的旅游业几乎全部停顿，大陆直接经济损失高达 900 亿元人民币。世界卫生组织把中国列为主要萨斯传染地区，给这些地方造成了巨大的经济损失。在美国和其他一些欧洲国家，华裔经营的中餐馆业也丢失 90% 的客人。

中国进入紧急萨斯戒严期。一方面对国际社会道歉，另一方面全力以赴对付这个传染病；无论是城市还是乡村，所有的人都给自己戴上了白色的口罩，把出门的次数降低到最少，就算出门，也怀疑遇到的人会不会是萨斯病人，会不会把这个可怕的病传染给自己……

肖先生睁开眼睛，和孙老板四目相撞，两人都捕捉到了对方眼中弥漫着的相同的感情……他们谁都没说什么，却比谁都清楚事情的严重性以及现在身上所承担着的重任，保护整个中华民族的重任……

也许是这个话题太沉重了，一时间空气骤然平静下来，没有了刚才说话的氛围。也许，他们这次见面本身就是沉重的，却也是那么的光荣和激动。因为，作为一个中国人，作为一个深爱着自己祖国的人，不管我们在什么地位，在什么地方，都有义务为了自己的祖国和民族去承担一切自己所能够的担当……

同时，孙老板也在为掸帮担忧。目前掸帮的健康医学方面还很不发达，八百多万人口，才有城市医院不到一百所、乡村医院更少，才三十多所。乡村 85% 的村民还完全依赖传统医学治疗病患，因为急性病毒感染将祸害这里所有的人民。

想到这里，他的眉头皱得更紧了。

沉默之中，肖先生在想，有孙老板这样的人存在，我们中华民族兴盛的工作虽然艰巨，但要容易许多。想到这里，他的嘴角不觉上翘："我想李队长他们一定能在最快的时间内把事情查个水落石出的。"

孙老板也说道："经历了前面的波折，再没有什么能阻拦他们的。我也通知了所有的手下，全力配合李队长他们的行动。"

"非常感谢。"肖先生说，"眼前的困难只是暂时的，水落石出之后，我们还要计划下一步的行动。"

孙老板坚定地说道："我是百分之百相信你们的力量。"

"是的，两千年都过来了，我们依然存在。"肖先生说着，目光笃定。

茶楼外面祥和而又安静。这里到北边的市中心有一段距离，所以来往的行人不是很多。有时有学生模样的年轻人从这儿走过去东侧的东枝大学，偶尔也有身穿大管长裤，头用长布包裹着的男人们，这是傣族男人的特有装扮。

掸帮是缅甸一个多民族的省，这里的人口至少由二十六个民族组成，其中傣族约占 60%、佤族占 5%。因此人们的衣着打扮风格有很大不同。

孙老板边帮肖先生的茶杯中添茶边问道："说到组织，能给我多说点吗？我们也认识很多年了，你还从来没有和我说过呢。”

肖先生微微一笑：“事实上我这次来的另一个目的，就是和你谈这个事呢。”

“哦？”

“虽然我们说，所有支持组织的人都是我们的一员，但参与组织内部行动的人，其实并不是很多。我们希望孙老板加入我们呢。”

孙老板很激动地站了起来，向肖先生伸过右手：“真的？你当真？”

肖先生也站了起来，接过孙老板的手：“是的。我们坐，我来详细地介绍一下。”

他们俩缓缓地坐下。

肖先生说：“你知道的，我们经常提到墨子，您了解墨子吗？”

“当然。他的哲学思想我们都很喜欢。”说到墨子，孙老板真的是非常喜欢。爷爷和父辈们经常用墨子的理念教育他。长大之后，他也读了很多有关墨子的书。

墨子，名翟，春秋战国时代人，和儒教的孔子、道教的老子同属一个时代。他是山东滕州人，他的《墨子》一书创建了墨家学说。孙老板随口诵出几句：“墨子说，兼相爱，交相利，万事莫贵于义。他又说，俭节则昌，淫佚则亡。他还说，无言而不信，不德而不报，投我以桃，报之以李。”

肖先生微笑着说道：“是啊。他还说，备者，国之重也。”

说到组织与墨子有关，勾起了孙老板的兴致，他把目光投向了肖先生。“传说中墨子的后人创立了一个名为墨龙的秘密组织，数次在民族危难中挺身而出，拯救我们中华民族。莫非，莫非我们的组织和墨龙有什么关系？”

肖先生低下嗓音，环顾了一下四周：“我们就是墨龙！”

“啊？”孙老板惊讶得像孩子似的瞪起双眼，“我们？”

“是的，我们！”

“那么，当年泰国旺卡的死，和‘我们’有关？”

旺卡曾经是泰国北部一股很大的贩毒集团的头目。因为越战的原因，他的海洛因轻而易举地卖去了美国市场，然后又去了欧洲市场。做得相当有规模之后，他开始往北面中国市场推进。之后不久，他突然就死了。有人说是心脏病，有人说是政府缉毒行动的一部分，还有一个故事说他得罪了一个叫墨龙的神秘人。旺卡死了之后，他的贩毒集团就销声匿迹了。

“是我们做的。”肖先生波澜不惊地确认道，“我们当时给了他几次警告，他无动于衷，还是选择了他要走的路。”

孙老板一脸震惊之色：旺卡当时在泰国可以说是一个响当当的人物。可他居然在自己家中被人所杀，而且外人还毫不知情。

肖先生继续说：“无不让也，不可，说在殆。我们也不是什么都可以忍让的。或许国家不方便操作，或许有其他什么原因，为了中华民族，我们就必须要有所行动。”

“你的意思我明白，墨子的主要思想是两个：一是兼爱，即平等博爱；二是非攻，反对侵略战争，维护和平。这个思想在当时，以及到今天，对于我们这个社会来说仍然非常重要，只是大家还没有看到墨子思想的伟大。”

“可惜中国的历史上，统治者大多征战不休，获胜后就贪婪享受，除了收天下所有铁器以防民造反，再就是用愚民的仁术来麻痹民众。在君君臣臣的思维下面，人民开始习惯于用尔虞我诈、用厚黑学来为自己争得最大利益，而不是用技术，用科学来创造财富。

连西方人都承认，墨家的科学成就等于或超过整个古代希腊。因为墨子在战国时，就创建时间、空间、物质结构、力学、光学、声学、代数、几何的整套科学体系。墨子发明的杠杆原理，早阿基米德两百年。可惜他的发明、他的精神，包括他的书籍，都为历代的统治者所抛弃。这可以说是我们中华民族的一大损失。

“我们中华名族为什么那么长时间为外人侮辱？就是因为我们都忙着人与人之间的尔虞我诈，而不是发展科学技术。技不如人，就只有被人欺负的份儿了。”

肖先生说得开始激动，也觉察到了自己的失态。

章二十九

孙老板完全同意肖先生的观点："真的，如果我们中华民族一直推崇墨子、推崇墨家思想的话，今天的中国一定会十分不同。除了民族内部的争斗，西方列强也把中国在社会和经济发展上打回几百年。而当初西方列强能够欺负中国，用的是他们的科学和技术、他们的洋枪洋炮。而如果墨家的凡事强调实用的思想一直为我中华所用的话，我们的枪炮就一定不会比西人的差。西人李约瑟就说过，'在西方，有弩机的弓最早于10世纪在意大利出现，墨者的发明比西方要早一千四百年'。"

肖先生努力克制着自己的激动。他端起茶杯，喝了口茶，继续说道："国人往往就更重于虚的东西。名头、牌子，而不够注重实利。成教授，一个还是儒家学说的代表也承认，'墨家强调生产，重视经济，提倡科学研究，具有实事求是的精神、理性思考的能力，以及逻辑的探讨，再加上它的兼爱精神，表现出一种高度群体性的功利主义。而西方，正是采用了墨子的这些理念，才能够强盛的'。"

孙老板点头道："的确。许多国人真的很注重虚的东西，我也有亲身感受。有些大的商场，卖的都是外国的奢侈品，顾客很少。而乡下很多的人，还在为最基本的生存挣扎。国内虽然比缅甸这边相对好一些，但一些人的所作所为，我实在难以认同。把钱都送给西方奢侈品公司了，为什么不可以节俭一点，让整个国家都能更富裕、更强大一些呢。我们国外的华人也好更多地沾祖国的光。”

“不管他们如何，我们做我们所能做的，像我们的先人一样，默默无闻地为中华名族的繁衍昌盛而努力。我是希望，将来我们的文化能重归墨子提倡的理念。那样，才能真正地保证中华民族不会再次为强势所侮。”肖先生说着，脸上满带期盼。

孙老板附和道：“说起国外强势，我在读墨子的时候倒是发现一个很有趣的事情。西方的共济会有很多的东西和墨家思想很是相同。比如他们的标志，一把圆规、一把曲尺，就和墨家的思想几乎一模一样。而他们比墨子晚了近两千年。”

“这个的确是这样。我们的人也一直在探讨这个问题。共济会许多的基本哲学思想、行为准则，包括组织推广策略，都可以从墨子的书中看到。包括他们的身份，都有相似之处。共济会的成员自称是自由石匠，而墨者是木匠。但石匠用不上太多的圆规，那么他们为什么在他们的标志上却要用上圆规？我想这个谜团没人能解释得清楚，只能说，石匠也罢，木匠也罢，他们都是想用科学的角度来解决社会和生活的问题。当然，他们在欧洲非常的成功，以至于后来他们成了殖民中国的势力进入到各个通商口岸，并在1849年直接在上海开了他们在中国的第一个会堂。”肖先生继续说道，“列强教会我们的要以民为本，需要科学。而这本就是墨子的学说。所以当年孙中山先生辛亥革命推翻清政府，在《民报》创刊号中，独把墨子推崇为平等、博爱的中国宗师。梁启超先生更是在《新民丛报》中断言：今欲救亡，厥惟学墨。他在《墨子学案》中把墨子与西方的思想家亚里士多德、培根、穆勒作对比，认为一比较就会知道孰轻孰重。”

肖先生看着孙老板的眼睛：“说起辛亥革命这段历史，不知你知道否，你的爷爷孙作斌，本就是我们组织的元老级人物啊。”

“是吗？”孙老板一惊，然后很兴奋地说道，“我爷爷，还有我父亲，都很神秘的，我早就觉得他们与墨子有什么关系，但他们从来没和我说过墨龙。”

说到这里，孙老板开始用力地捏着两手之间的茶杯。虽然从父亲那里断断续续地得到一些爷爷那时候的事情，但是他知道，这里面一定还隐藏了许多他不知道的故事……

肖先生呵呵一笑，轻轻地喝了一口茶，话题一转说道：“孙老板最近有没有回到过故乡杨美？”

说到故乡，孙老板眼中的光芒一闪。“最近一直忙，所以没有回去过，正打算过段时间带上我的女儿回去一趟。我好久没回到故乡那片宁静的土地了。”

肖先生会意地一笑。无论怎么样，谁不会思念自己的故乡呢？何况，左江上的杨美，今天已经是广西旅游的必去之处了。“前段时间我去过您的故乡，那里真的很漂亮，远离故里，谁都会思念故乡的。”肖先生说道。

南宁以南 30 公里处的杨美是个很美丽的古镇。很久之前，这里的江水很高，所以杨美也就是江边的一片滩涂，荆棘丛生，白花满地，所以那时候叫“白花村”。

“说起来，我的故乡还真的是个不错的地方，据说在宋代的时候，水运开始流行，各地商贾乘船经左江而来，故乡逐渐开始繁华。到明代，那里更是拥有 8 座码头的繁华重镇。商业带动了文化，于是明清期间，许多举人、进士、禀生、太学士从这里走了出去。”谈到故乡，孙老板的话也变得多了起来。

“杨美不但风景好，而且人才辈出。像您的爷爷和您父亲，都是对我们的中华民族做出过巨大贡献的人啊。”肖先生语气中带着满满的真挚赞许。

“啊？”孙老板这下是彻底呆住了。

肖先生端起茶壶，给自己的茶杯里填满茶水，一股淡淡的茶香飘出来。他饶有趣味地看着孙老板脸上惊愕的表情，说道：“墨龙组织的理念是，只要您信仰墨家的学说，并且真心为中华民族做事，那么您就是墨龙的一员。但是，我们组织里也有核心成员。这些人都是精英中的精英。核心成员和普通成员不一样，在组织内留有一份名册，而您的爷爷孙作斌老先生，便是在辛亥革命之前，成为组织的核心成员的。”

孙老板的表情复杂，有些惊喜，又有些奇怪。“可是我怎么一直没听我父亲说过呢？我知道我爷爷曾经是从辛亥革命走过来的，还曾经跟随黄兴作战。可关于墨龙，为什么一点都没提起过呢。”

肖先生点点头，说道：“这很正常，我们的核心成员的身份都是十分机密的。特别是在当时，墨龙组织就是辛亥革命后面的推手。为了中华民族的兴衰，他们不仅要抗衡外国列强，还一直在为推翻腐败的清政府而努力，如果暴露自己的身份，肯定会引来敌对势力的暗杀。所以，您的爷爷孙作斌老先生一直隐瞒着自己的身份。”

肖先生继续道：“事情是这样的，1907 年，18 岁的孙作斌先生在杨美革命分子的聚会中结识了正在准备镇南关起义的黄兴。从此，他便追随黄兴，转战云南、香港地区、广东，并参加武昌起义。在此期间，他救过黄兴一命，随后便加入了墨龙组织。1913 年黄兴逃往日本后，思念着青梅竹马的女孩的孙作斌回到杨美，但 5 年之后的杨美，金马街已经物是人非。”肖先生道。

“是啊，这个我听我父亲说过。那时候爷爷的旧好已经嫁人生子，只有老房檐撑上的雕饰依旧精美。伤感之下，爷爷离开故乡，去越南投亲。在辗转数年后，落脚缅甸泰国交界区，并建立了相当规模的家业。”孙老板说到这里，不由得有些骄傲，“我父亲说过，爷爷是一个很优秀的人才，不管到哪里，总能打出自己的事业。”

“对，而且孙老先生的成功，是他把墨子的学说使用到生活中的结果。在一个陌生的地方，创建而且能维持住一个事业，不是件容易的事情。这不是靠中庸能成的。”

孙老板聚精会神地听着，这些事情自己的父亲从来没有跟自己说过。爷爷和父亲都是墨龙组织的核心成员，自己却毫不知晓。若非认识了肖先生，恐怕他永远都不会知道在中国还有这么一群爱国志士。为了自己的祖国，不惜牺牲自己的一切。

“后来日军占领缅甸，中国远征军从昆明出发开赴缅甸，但是遭到惨重失败。远征军的一部分进入了险恶的野人山，而孙作斌先生组织的志愿兵救了一大批溃散的军人，而这些人中的一部分也成了你们公司后来的元老。孙老先生整合了这股力量后，让自己的儿子，也就是您父亲孙武作为领导，继续抗日。也就是在那个时候，你父亲也加入了墨龙组织，并一直在默默地为国家做事。”

章三十

听到自己父亲的名字，孙老板顿时兴致大增，他的父亲是个内敛的人，很少和任何人谈论自己的过去。孙老板现在的性格很大方面是受到父亲的影响。

“1943年，孙立人领导的新一军向缅甸日军发起第二次征伐，并打败日军精锐部队，成为了国内外闻名遐迩的抗战王牌军。而这其中，二十五岁的孙武领导的武装力量给新一军提供了大量的军事和情报支持。而后来，孙武的武装势力得到更大扩张，并加入到罂粟的种植业中来。”肖先生边说边端起茶，喝了一小口。

孙老板马上解释道：“我父亲种植罂粟是有原因的，因为罂粟并不是缅甸的原生植物，最早是由殖民者英国人带来的。20世纪50年代初，逃到缅甸的远征军残部用武装开始了规模性的毒品贸易。毒品的利润导致了这些势力的扩展，挤压了我父亲的农业经营，因为毕竟他有很多的投奔他的士兵和农民要养活。于是父亲也加入了这个行业，但他绝不允许自己人吸食鸦片。”对于这一点，孙老板很了解。

“我没有责怪孙武先生的意思，孙先生不但是个好的将领，还是个很精明的商人。”肖先生的眼神中充满赞许。

“我一直很佩服我爷爷和父亲的。”孙老板脸上的骄傲又多了一分。

“事实上您父亲投入到这个特殊的行业对于我们国家还是有很多的好处的。”肖先生赞许道。

“对啊。我父亲是绝对不允许毒品流入到国内的，他还切断了一些贩往内地的毒贩的货源。也有人威胁过我们，但是不知道为什么，这些人后来就不再找我们的麻烦了。我们一直也没有查出来帮助我们的是谁。”孙老板说着，突然顿了一下，恍然大悟道，“难道是？”

肖先生微笑着点点头：“是的，组织出面干预了。墨龙组织的宗旨就是保护中华民族的一切利益。”

“谢谢你，肖先生，你让我更加了解了我家族的过去。”孙老板真诚地说道。

肖先生道：“孙老板，我们这次邀请你加入组织的核心，并不仅仅是因为您爷爷和父亲的原因，更大的原因，是因为您的良知和原则。你在缅甸拥有如此多的毒品来源，却只销售给正规的医药公司，从来没有将毒品出手给毒贩们。就这一点，我们就对孙老板您佩服有加。”

孙老板：“这也是家父训导的结果。做人，要有所为有所不为。如果不是最初的生存压力，我们也不会插手毒品。后来一有机会，我们就摆脱了毒品市场，开始正规的吗啡销售。我们应该是缅甸唯一的也是最大的合法吗啡销售公司。”

“这也说明了孙老板智慧过人。”肖先生站起身来，走到东面的窗前，他望着窗外的蓝天、白云、翠绿的竹子和随风摇曳的芭蕉叶。“我们需要您这样的能人参加我们的组织。我们不仅仅是一个见首不见尾的组织，更重要的是，我们代表一个信仰。墨子的精神需要在我们身上延续下去。孙老板，你愿意正式加入到我们的行列中来吗？”他转身朝孙老板望去。

“当然！当然！我非常感谢肖兄对我的信任。任何事情，只要用得到我孙某人，在所不辞。”

“爽快！”肖先生跨前两步，和孙老板两双手紧紧地握在一起。

午后的阳光斜照进来，照在两双握在一起的手上。肖先生正要说什么，三声有节奏的敲门后，有人探头进来。来人看到屋子里的情景，突然意识到自己进来的不是时候。一时不知道如何是好，正要缩回门外，肖先生朝他看去："小亮，有什么事？"

小亮进来，到肖先生身边轻声说了几句话后，转身悄无声息地出去了。

两人重新坐下。看着小亮的背影、孙老板不禁感叹："还是年轻好啊，你看我，老喽。有的时候想做点事，也有些力不从心了。"

"呵呵，哪有。我看孙老板身体还硬朗着呢。许多事还等着我们去做呢。"肖先生说道，喝了一口茶。

孙老板微微点头："是的，那是一定的。"

对于茶楼里的客人，或是茶楼外街上的路人，今天的一切都没什么与往常不同。但是对于这座茶楼里间屋子的两个人来说，今天却有着非凡的意义。墨龙，这个神秘的在中国存在了两千年而没有人提及的组织，这个以保护中华民族为己任的组织，又多了一个核心成员，一个和两千多年里所有成员一样，完全无名无姓，却要随时准备付出自己所有一切的成员。

中国文化，自汉代起，就重虚名而弃技术。统治者借用仁义道德而实施统治，而不鼓励平民个人有自己的思想。从导致鲜有持续的科学进步和技术开发，到导致人们的思维更多的依赖模糊概念，而非明确的逻辑。秦始皇焚书之后，因墨子学说更多地代表了社会底层平民利益，所以完全为统治者所抛弃，也遭司马迁等写正史的学者有意遗漏。

所以，历代墨子的后人，一边要保存自己，一边还要为中华民族的生存努力。他们不得不掩藏起自己的真实身份，为此，他们创立了墨龙，并建立了一整套管理的系统，以保护这个组织的神秘性。

"其实，我们并不是单独在行动。"肖先生介绍说，"历史上，我们的组织里有官位显赫的名流，有古道热肠的侠义之士，有占星神师，而更多的是商贾街贩、下里巴人，他们绝不自称墨者，但都默默无闻，为中华民族做自己的事情。这其中还包括您爷爷，特别是您父亲在抗日战争中的努力。"

“当然也包括美国的刘先生。”孙老板不禁又想起了维琦的事，“真是幸亏他的帮忙。”

“对，这件事我还要和你谈一下。三个月前，我们和您联系安排维琦去北京教书的事，没有和您谈太多的细节。因为我们担心您有太多的顾虑。当时，刘先生那边就得到了相关的消息，说维琦可能会有危险。”

“哦。为什么呢？当时我还真的没有想通。不过是维琦自己愿意，她才去的。”

“我们现在已经知道，错杀的背后主谋，是美国缉毒署的一个官员，叫铁尼。”

孙老板愕然道：“美国缉毒署？铁尼？他为什么要加害维琦？他这不犯法吗？”

“当然，这只是我们的猜测而已，但基本上是不会错的。”肖先生微微点头道，“上次你在仰光受到伏击，我们就开始调查了。后来我们的线索指向了美国新泽西缉毒署的铁尼。通过多方途径，我们了解到铁尼是个狂热的爱国分子。他的行动都是个人操作，和美国缉毒署完全没有关系。在后来我们知道维琦还在美国读书的时候，刘先生那边觉得以防万一，还是让维琦离开美国一段时间。然后铁尼就错杀了人。但这里边，我们也有不十分清楚的地方。我们也有所猜测，但却需要和您确认一些细节。”

“嗯。您说，我听着。”

章三十一

肖先生问道："照理，您的业务和美国的缉毒署是没有任何瓜葛的。好像您如果把吗啡卖到美国的话，要美国缉毒署审核同意？"

"倒也不是，我这边是缅甸政府同意就可以了。但倒是的确要美国的药厂进口公司出一份证明过来，这个证明是美国缉毒署开的。"

"这样的话，缉毒署是知道您的？"

"是的。因为美国的药厂需要在他们的申请单上注明供货商的名字。"

"如果是这样，铁尼也不应该就对您下杀手啊。还有没有可能是其他原因呢？"

"楚温！"孙老板突然想起来了楚温，"该不是因为楚温贩毒的原因？因为上次我遭到伏击前见的那个人，就威胁说不要把毒品卖到美国去。当时我还真不以为然，觉得那人是无理取闹。该不是楚温背着我进了毒品市场？"

"这样分析倒真的有可能。因为楚温是您的人，所以如果有毒品走私到美国，又发现是您名下的人操作的话，那么目标就一定是您了。"

"楚温这该死的家伙。"孙老板不禁脑门出汗，"要真是那样，这家伙让我名誉毁于一旦，还差点儿害了我的女儿。”

“您也不要急，我们再继续分析。您能再详细地介绍一下楚温吗？”

孙老板想了一会儿，说道：“楚温头脑聪明，能力出众，也能说会道。也跟了我差不多十年了。大约三年前，我开始让他负责吗啡产品的销售。过去几年了，楚温做的还是一直不错的，也没有出过什么岔子。我们最大的买家是欧洲的康克斯医药公司、美国 GSC 和其他的一些公司，也从我们这儿拿货。质量和合法性方面我们真的是无可挑剔的。”

“哦。”

“因为工作的性质，他经常跑泰国、欧洲等地。销售方面做得不错，所以我基本上就由他独立操作了。但真没有想到他会贩毒。”说到这里，孙老板站起身来，慢慢地来回踱着步子，若有所思。

“会不会是……”肖先生顿了顿，欲言又止，“他受到了什么人的指使？”

孙老板停下步子，隔了一会儿，才说道：“肖兄，您这么一说，我倒想起来了。我们供给欧洲康克斯医药公司的吗啡，一般都是一个季度发一次，但楚温最近却经常跑欧洲，告诉我说为康克斯发货的事。我本来也没有在意，但昨天出事后，我了解了一下，他也没有常去英国的康克斯公司那里，倒是在布鲁塞尔和康克斯的一个采购部的人见面。他那么多次去欧洲，竟然一桩生意也没做成，这对精通生意手段的楚温来说，很不合常理。”

“所以，他或许并不简单的就是贩毒，背地里他可能还做了什么见不得人的勾当。”

孙老板吓了一跳：“啊？这怎么可能？”

“当然，我这也是猜测。我觉得他不但背着您在贩毒，同时在这个过程中一定已经卖身于某个势力。而且，这也能就解释楚温为什么会袭击我们的小队了。”

孙老板脸色微微有些发红，再次充满歉意地说道：“的确，我对楚温太过于信任，给大家添麻烦了。”

“从目前掌握的线索看，楚温可能在一年前就开始贩毒。在毒品进入美国后，铁尼应该是认为不是他，而是您在操作，所以发生了对您提出警告和暗杀的事。但欧洲应该是他的主要客户，而且，这个客户必定有很强的势力，能说服原本忠诚于您的楚温背叛。”

孙老板叹了口气说道：“真想不明白，楚温为什么要背叛我。我年龄大了，准备再过几年就把公司交给他的。”

“完全是贪欲在作怪，我可以猜到楚温是在金钱的引诱下才背叛您的。”

“金钱？”孙老板沉思了一下，轻轻道，“肖兄，您说的是毒品？”

“对。毒品比药用吗啡要赚钱多了。”

“但我们用来生产吗啡的原料是罂粟秆而不是鸦片啊。”

缅甸政府实施禁止种植罂粟的政策使掸帮的毒品买卖也一落千丈，但也影响到了当地村民的收入。为了生存，一些山民转移去了缅甸西南部。同时，孙老板也就到西南部村子里设立了多个罂粟秆购买点。罂粟秆不同于罂粟，它不是用来制造鸦片或海洛因的，而是直接用来制造药用吗啡的。

“但是您想想，您在西南部设立了那么多的罂粟秆购买点，村民们会满足于仅仅卖您那些价值低廉的罂粟秆？在这个过程中，楚温应该是同时采购了鸦片，制成了海洛因，卖给毒品买家了。因为制造海洛因工艺上非常简单。”

孙老板也知道，制造海洛因是很简单的一个过程，用刀割开未完全成熟的罂粟果，就会有乳汁渗出。把乳汁干燥后得到的黑色膏状物，就是鸦片原料了。再把鸦片通过氯化铵、乙醚等化学剂处理就是白色粉末状的海洛因了。

孙老板无奈地叹了口气：“我还真的没往这方面想过。”

“这个中间的利润，绝对不会比您的业务少，您有‘禁毒’信仰，但楚温应该就没有了，或者说，后来在巨大的利益面前，就丧失了本性。”

孙老板叹了口气，没有接话。

“备者，国之重也。何况一个公司。不过楚温落到现在的下场，也是他咎由自取。”肖先生安慰孙老板道，“但我现在担心的是，虽然楚温已经死了，但是并不意味着事情就有了了断。就现在看来，李古力他们还处于危险的境地。台湾的地质勘探学家郑淑敏至今依旧下落不明。”

“是啊……”孙老板语气沉重，“但肖兄你放心，我会尽最大的努力查清楚袭击小组人的身份，并全力保护小组成员的安全。”

“非常的感谢您所做的一切。待会儿我还要去和东枝的缅甸亚洲国旅的老总见面，我把小亮留下来负责我们之间的联系。”

“好的。不过你一个人过去……”

“这个你放心，我不就是北京的华达旅行社老总吗？”

“也是。”孙老板放心地点头。

篇六
萨斯病毒

章三十二

说是要赶路，其实只是高雅妮想转移吉姆的注意力。而高雅妮没有透露自己的身份，反而坚定了吉姆的想法——这伙神秘的中国人就是墨龙的成员。与这个古老而神秘的组织相遇，他有很多的问题要问。可是小姑娘已经起了戒心，想要再从她的口中得到有用的信息已经不可能了。他望向了助手杰瑞，他还是满脸的怨气，边走边用手揉着被关凯打的后脑勺。吉姆马上放弃了让他帮助的想法。

这时李古力走在队伍中间，并没有在意吉姆的小动作。现在他满脑子想的都是任务和失踪的郑淑敏。郑淑敏加入小队的时间并不长，但她是小队的一员。任务要紧，郑淑敏的生命也很重要。如果停下来去营救郑淑敏，必然会耽误任务，可让他完全不管郑淑敏，他又做不到。他只能希望与前面的敌人再次相遇了。

走在队伍最前面的关凯回头喊道："两个美国佬，你们可以走得快点吗？"吉姆岁数稍大，步伐稍慢，开始影响小队前进的速度。

吉姆抱歉地对关凯笑了笑，努力加快速度，可实际上小队的速度并没有提高多少。按照之前的计划，他们在中午12点之前就会到达上吉村，谁知一上午的时间他们竟然一连碰上两场冲突，按现在的速度，赶到上吉村的时间变得不确定了。

经过一番激烈的思想交锋之后，李古力的心中已经有了答案，任务永远是第一位的。只有尽快完成上吉村的萨斯病毒的检查，才有充裕的时间去营救郑淑敏。并且在缅甸丛林潮湿闷热的环境中，病毒的传播速度应该只会变快。当然，更加危险的还有郑淑敏的处境。李古力下令加快前进速度，吉姆和他的助手杰瑞开始落在后面。

杰瑞看了一眼李古力等人的身影，又看了一眼疲惫不堪的吉姆，小声问道："博士，我不明白，我们为什么非要跟这几个中国人在一起。"

"难道你没看出来吗？这伙中国人很有可能是墨龙的人！"

"墨龙？"杰瑞觉得这个名字有些耳熟，过了两三分钟，他才发出一声惊呼，"你说的是那个东方的神秘组织？"

"你小声点！"吉姆看到并没有引起李古力等人的注意，才说道，"就是它，你就没有发觉他们的与众不同之处吗？"

"真的是墨龙？！那可要跟上了。"他们追了上去。

转眼到了中午，李古力他们原地休息了十分钟，便继续上路。又是一个小时的急行军，李古力小队到达了一个山口，展现在他们面前的是一个夹在山谷中的平原，东西和南北各有大约五公里的纵深。左边离山口五百米，山坡上十米左右，错落着大约三十户木结构的屋子。山口小路向右，沿山脚蜿蜒，应该是通向山口对面东边的山里。

在村子的东北方向，一条山涧从山顶顺山势而下，最后汇入山谷底部的一条河里，从山口的地方流到山外。

众人在山口停住，杨猛转头说："左前方就是上吉村了。"

大家放眼望去，村子的规模并不是很大，从村子这头可以一直看到那头。村子坐落的山坡非常陡，因此地基架得非常高，房子也要比昨晚李古力他们歇息的村子更加简陋。只有在村子最东边有一个比较像样的建筑物，大概是庙宇一类的东西。

王贵华不由惊叹道："这还能住人？"

高雅妮说："以前能，现在恐怕不能了。"

王贵华说："这是为什么？"

"难道你闻不出空气中有一股难闻的味道吗？那是尸臭！"

王贵华深吸一口气，果然闻到了一股臭味，他有些疑虑地问道："我们不会被传染吧。"

李古力打断他们两人，说："既然这里就是我们的目的地，那我们就进去吧，大家先穿好防护服。"

大家把背上的背包解了下来，刚准备打开，就在这个时候高雅妮注意到有一群黄色的小鸭，在一只大鸭子的带领下，正从村子的坡上"嘎嘎"的欢叫着下来。

高雅妮突然停止了手上的动作："杨先生，我们是不是走错了？"

杨猛反问道："这里应该就是上吉村，有什么问题吗？"

李古力也停下手上的工作，看着高雅妮。

高雅妮向前一指说："你们看那些鸭子？"

众人一起点头，但不明白高雅妮的意思。

高雅妮说道："如果这里爆发过萨斯，而且村民都已死亡的话，这些鸭子也会染上病毒。可你看它们，哪有一点生病的样子？"

李古力点点头，高雅妮说得有道理。但如果不是萨斯病毒，又是什么造成了村民的死亡呢？

"你们等在这里，我去检查一下。"高雅妮拿出防护服，熟练地穿上。

这时吉姆和他的助手杰瑞正好赶了上来，听到了他们的对话。没有得到关于墨龙的情报，吉姆心有不甘，但在致命病毒的威胁下，他还是选择了退让。直觉告诉他，他还会和这些神秘的中国人相遇的。"我们没有防护服，上吉村就不进去了。我们要调查的地方也就在这周围，这条线索我们跟了好长时间了，我们想先去调查自己的事情……朋友们，谢谢你们一路上对我们的照顾。我们待会儿见。"

杨猛听了当即反对，他对李古力说："不行，不能就让他们这么走了，我才不管他们是不是中情局的，万一他们跟袭击我们的那帮人是一伙的怎么办？"

李古力想了几秒钟，将搜到的枪还给杰瑞，又递上一把军刀，说道：“保重！”

杰瑞拿了枪揣进自己的腰间，用生硬的汉语对李古力说：“谢谢，李。”

说完，杰瑞转过身，跟着吉姆顺着山口右边的那条小路走去。

杨猛看着他们远去的背影，叹口气说：“李先生，我真不明白，你怎么能放他们走？”

李古力说：“没事，我有信心。”

章三十三

吉姆和杰瑞走后，李古力等人一刻也不敢耽误，他们迅速穿好防护服。高雅妮也拿出自己的那一套设备，众人也不多说话，就往村子里走去。

走到村口的第一座房子，已经可以看到第一具尸体了。这是一个男人，面朝下扑倒在地。灰白色的短褂子和黑色的短裤完好，但胳膊上已经开始积攒了一些“嗡嗡”叫的苍蝇。这里是四月天气，三十多度的气温，看地面的干湿情况，已经有段日子没有下雨，尸体暴露在阳光下，显得既醒目又惨烈。

王贵华虽然见过不少死人，但还是忍不住后退一步。

李古力现在已经确定这个村子就是他们这次行动的目的地。他通过防护服里的麦克风对众人说：“大家搜索一下，看看有什么发现没有。”

众人分散开来，分头去村子的各个角落里查看。村子里一片静寂，远去的鸭子的声音，让空气仿佛凝固。

王贵华自发地跟在高雅妮身后，高雅妮一看王贵华跟在她身后，调转过头，说：“你跟着我干什么？队长不是说分头行动吗？”

“我这不是看能不能给你搭把手吗？而且这么个小地方，一会儿就能搜索个遍，不缺我一个。”

高雅妮走到一具趴在地上的尸体面前，说：“那好，你就先帮我把这个人翻过来，让他脸朝上。”

王贵华不情愿地走到尸体面前，蹲下身子把尸体倒了个个儿。

这是一具中年女性的尸体，身上是典型的缅甸山民打扮。高雅妮仔细地检查了一下这具尸体，王贵华在一旁问：“发现了什么？”

高雅妮说：“初步判断，她的死亡时间不超过 72 小时。”

“理由？”

“这具尸体上已经开始出现浮肿，口中和鼻孔中有血状泡沫溢出，这说明尸体至少死了 24 小时。”

“这个我也知道，我们得到情报到现在就已经不止一天时间了。”

“是的。人死了之后还会有一段时间的尸僵现象，这段时间会因环境气温的不同而有差别，我刚才注意到这个山谷受地形风的影响，气温要比其他地方低一点。”高雅妮挪动了一下尸体，看得出这具尸体已经变得柔软，“这具尸体的尸僵开始消退，所以起码死亡 48 小时了。她裸露在外面的皮肤有些地方已经开始腐烂，严重的地方甚至已经开始产生蛆虫，从虫卵到幼虫的形成，最少要两天时间，但这种情况并不是很明显，所以应该不到 72 小时。”

王贵华点点头，由衷地佩服高雅妮的专业推论。“这方面你太厉害了。”

高雅妮不禁暗自笑了一下，她在王贵华面前也不客气，说：“这个当然。”

不到 5 分钟，众人回来了。关凯说道：“太惨了，一个活的也没留下，全死了。”

大家把自己搜索的结果一汇总，共有 121 具尸体！杨猛道：“我还发现了一个可疑的地方。”

高雅妮问道：“怎么个可疑法？”

杨猛面色凝重地说：“说不清楚，你们还是跟我来吧。”

众人跟着杨猛来到村子的东头，高雅妮顿时被眼前的一幕给骇住了：

在这里，足足躺了有三四十具成年男尸，他们姿势各异地躺在地上，苍蝇围着他们“嗡嗡”乱飞。

李古力问：“这些尸体怎么全部倒在这里？是不是有人曾经移动过他们？”

尽管穿了防护服，闻不到空气中的异味，但王贵华还是被眼前的惨状给弄得胃里一阵恶心。“是啊，怎么会都在一起？”

高雅妮走上前去，蹲下身子翻看了几具尸体，尸体贴着地面的部分都呈现一片紫色尸斑。高雅妮站起身来，说：“不太可能，从这些尸体身上紫色尸斑分布的位置来看，这些人死的时候就已经在这里了，除非是在他们刚咽气的时候就有人把他们搬到了这里。”

关凯在一旁说：“这么说这些人是死前自己走到这里来的？”

高雅妮点点头，说：“只有这个可能了。”

关凯不解地问：“他们都聚集到这里干什么？”

高雅妮也无法回答这个问题。

这时杨猛在一旁说道：“可能是他们在举行什么仪式，你们看，村庙就在附近，有可能是他们感染了萨斯病毒，就到这里祈求平安了。”

被杨猛这么一说，大家都觉得这是最有可能的一个推断，这时王贵华“咦”的一声，说：“还是不对啊！如果他们是来这里祈求平安的，那怎么会同时死在了这里，难道萨斯病毒会同时要了他们的命？”

众人再次陷入沉默，没错，如果是萨斯，不可能这么多人同时毙命，这种概率太小了。

这时高雅妮说：“小王说得没错，我在检查尸体的时候也发现了这个问题，我发现这些人的死亡时间几乎是相同的。大家想，如果是感染萨斯的话，根据个人体质的不同，一定会出现有人先死的情况，那么没死的人就会去掩埋死掉的人，但现在看来，这些尸体就这么暴露在空气中，明显是时间仓促，来不及掩埋或者根本没人掩埋的缘故。”

高雅妮说：“没错，我心中也有疑问，萨斯虽然可怕，但是死亡率不会有这么高。”

关凯也说：“在搜索的时候，我也发现了很奇怪的现象，村民基本上都是在毫无防备的情况下死亡的，刚才我还看到一个老队长直接歪倒在几个竹筐旁，手上还拿着编竹筐用的竹条。”

李古力脸色越发地难看，高雅妮说道：“眼下这种情况只有一种可能，村民感染了比萨斯更加厉害的病毒，一旦感染上，病毒就会立刻破坏人的肌体，致人死亡。但这是从没有发生过的事情。”

众人都不说话，如果真如高雅妮所说，这是一种全新的杀人病毒，事情就远远比他们之前所想象的要严重得多。从上吉村的状况来看，这种病毒的传染力实在惊人，居然可以同时感染并杀死整个村子的人。如果是这样，到时候不仅仅是中国要陷入危险，全世界都要遭殃的。

王贵华说：“刚开始就觉得有点怪异，为什么一整个村子的人感染了萨斯消息都没传出去，直到全村的人都死了外面的人才知道，原来消息根本来不及传出去。”

关凯问道：“队长，那我们怎么办？”

李古力此时心中也是非常着急，但他的脸上十分镇定，说：“我们先不忙下结论，不管是萨斯还是其他病毒，我们都要按原计划调查。”他看着高雅妮问道：“病毒检测需要多少时间？”

高雅妮咬了下嘴唇说道：“差不多两个小时。”

“你立即准备检测！”李古力决绝地说道，“关凯、小王你们配合。老杨和我负责警戒。”

章三十四

在村子的中央，高雅妮选了一间相比而言宽敞的房子。房子的主屋正对着村子中的主路，方便她和其他人联系。屋子的地板全是木质的，靠近窗户的位置还放着一架老式织布机。

高雅妮把靠墙的大木桌清理了出来，从背包中取出一块白色塑料布，展开铺上了桌面，然后又从行囊中取出一个小箱子。小箱子里边分成好多格子。底部是一个抽屉，里边装着各种手术刀，还有大小不一的剪子和钳子等物品。她从格子里取出八个小纸盒，打开，取出里边的玻璃瓶子，排列到桌子的一边。又从另一个格子里拿出一个显微镜，放到桌上。高雅妮把这一切准备妥当，朝门外喊："关凯，你帮我一下。"

"没问题。我做什么？"关凯跑了进来，穿着厚重的防护服，显得非常的笨拙。

"我需要一些样本，你跟我来。"她边说边走出屋子，关凯跟在她的身后。

高雅妮在屋子外面不远处的一具老年妇女的尸体旁停了下来。她对关凯说："我需要从 8 具不同尸体上，各取一片肺组织做病毒培养，最好是不同地点的，我教你怎么做。”

“好的。”

高雅妮放下手中的小包，招呼关凯帮她把这具尸体摆正。

“首先，我们需要先把尸体放平成仰卧状，然后这样。”只见高雅妮熟练地用手术刀沿着死者的两锁骨下缘各划了一刀，继而沿胸骨中线向下又划了一刀，然后左手用解剖钳夹住一侧皮肤，右手用手术刀开始划开皮肤，露出淡黄色的脂肪及略发黑棕色的肌肉。

关凯看得目瞪口呆，虽然他以前没少见过死人，也见过不少血淋淋的场面，但让他这么盯着一具腐烂的尸体慢慢地被解剖开，还真有点儿触目惊心的感觉。

关凯再看高雅妮，只见她脸上沉静如水，仿佛根本就没意识到自己手下的是一具同类的尸体。她快速地剔除附在胸骨上的胸大肌，并在第一肋间隙剪开肋间组织，取过刚才放在一边的胸钳，经开口处插入，剪断了第一肋骨与肋软骨的连接各个余下的肋骨，一只镊子伸进胸腔，提起胸前壁，露出略发黑色的肺组织。她用一把钳子小心翼翼地割出几块肺组织，放入无菌托盘，剪碎，然后把它们夹到两个带有红色“#1”同样标号的玻璃瓶。盖上以后，她深深地呼了一口气，说：“你看清楚了吗？就这样操作。”

“行，没有问题。”关凯深知这次事关重大，丝毫不敢马虎。

“我先回去准备，你帮我再取 14 个这样的样本回来。”

“好的。”关凯应道，尽管有些头皮发硬。

这边关凯在死人身上忙活的时候，那边王贵华正无事可做。刚才他们对村里人死亡的原因作推断的时候，他就对村子东头的那个庙宇样的建筑产生了兴趣，现在他正好偷空去看一下。他朝站在不远处的杨猛做了个手势，表示自己想到处看看。杨猛朝他挥挥手，让他快去快回。

王贵华走了几步就来到村子东头，眼前这座庙宇是全村里最好的建筑，其他的房屋最好也只是用石头来做地基，墙面一般都是直接用的竹片，但这座庙却连墙都是用石块垒起来的，并且砌得十分平整，一看就是垒墙的石块都进行过特意的加工。庙宇虽然不大，但特立独行的建筑风格却显得格外引人注目。

庙宇的入口没有门，王贵华直接走进去，与他想象中的不同，庙里供奉的不是佛像而是三尊几乎看不出面目的东西。这些勉强可以称之为石像的东西有一人多高，连五官的轮廓都没有，只能大约猜出哪里是头和肢体。王贵华心中起疑，难道这是做这个雕像的人手艺不精，才把佛像雕成这样的？但也不对啊，缅甸用来供奉的佛像一般都是盘腿而坐的，但眼前这三尊却明显是站立的，而且如果是佛的话，它们也太瘦了。

难道这不是佛？王贵华心中暗暗嘀咕，但缅甸号称“佛塔之国”，居民的主要信仰就是佛教，在这个偏远的山村里，难道还有别的信仰不成？这个发现要不要向队长报告呢？

20 分钟后，关凯拿着背包回到正在桌边忙碌的高雅妮身旁。“东西都齐了。一共 14 个瓶子。分别在 7 个标号的小瓶里，每个标号两个。”

高雅妮从防护服中望了他一眼，嘴上说：“谢谢，你就在这儿帮我打下手吧。”

“行。”关凯爽快地答道。他把手里的瓶子放到桌子上，这时他注意到桌子的右上角一字排开另外 8 个蓝色的小瓶子，桌子上已经大大小小地摆了二十几个瓶子。

关凯知道红色的瓶子里是他收集的肺组织，但蓝色瓶子里是什么他就不清楚了。

高雅妮打开一个红色“#2”标号瓶子的盖子，加入了一些不同的液体，然后放到离心机离心 3 分钟，最后取出液体放到蓝色“#2”标号的瓶子里。

看到关凯在观察离心机，高雅妮介绍道：“看到这个离心机了吗？平常要花起码 20 分钟才能处理这个过程，但这个野外试验离心机只要 3 分钟就能完成这个过程，而且它还不需要外接电源。”高雅妮说。

说完，她又同样地操作其他瓶子里的标样，直到将桌上最后一个蓝色瓶子也盛上了离心机处理过的液体。因为她只处理了一半数量的红色瓶子，关凯好奇地问：“还有 8 个红色的瓶子是多出来了的吗”

“不多。这8个是我准备带回国内在实验室里作分析的。”高雅妮说。

“那这些蓝色的瓶子是干什么用的？”

“桌上这蓝色标号的瓶子，实际上是病毒试剂盒的一个部分。它们是用来培养病毒的细胞。我们需要把可能存在于这些肺组织，或其他人体组织上的病毒在这些瓶子中重新并扩大培养。一般试剂盒需要更长的时间才能培养完成，但我们这些是改进型的细胞组织，20分钟就足够生存新的病毒了——如果病毒存在的话。”高雅妮解释给关凯说。

“然后呢？”

“20分钟后，我们就可以用荧光显微镜来观察了。这是我们检查是否有病毒存在的关键一步。分离出病毒后，我们在与所携带的试剂盒的标样对照，就可以确定它是哪一种病毒了。”

关凯似懂非懂地点点头。

“我带来了8个病毒标样：一号是导致萨斯的冠状病毒，二号是猪流感病毒，三号是禽流感病毒，还有其他5种过去10年新发现的危险性病毒样本。检测的同时，我们还要用抗生素处理所有这8个瓶子里剩余的细胞组织。”

“为什么要用抗生素处理呢？”

“以防万一，我用抗生素处理一遍的话，也就顺带着检测一下细菌感染的可能性了。”

“细菌检测？萨斯病毒和细菌不是一回事？”

“当然不是。细菌是细菌，病毒是病毒，它们是不同的。拿感冒来说，它是病毒引起的，而不是细菌引起的。由病毒引起的疾病很难用药治疗，很多是我们自身的免疫能力让我们好起来。”

“那为什么感冒吃药就好了？”

“不能这样说。感冒不是吃药好的，感冒吃药只是缓解感冒的症状，比如不让你头痛，或者不让你流鼻涕。你真正的康复还是你自己的免疫系统的能力。”

“那输液能不能治好感冒？”

“你说的输液，是点滴抗生素，这是最不科学的办法了。因为抗生素是用来杀灭细菌的。比如你吃坏肚子了，抗生素可以帮你杀灭肠道中的坏的细菌，让你很快恢复。而抗生素对感冒是毫无作用的，我的导师刘教授，就曾写过一篇文章，告诉人们这个道理，但就是没有人听。”

关凯似懂非懂，点头说：“那青霉素还有头孢什么的，是不是也是抗生素？我记得这个名字我经常听到。”

高雅妮笑着说：“没错，它们是不同的抗生素。现在只要你一感冒去医院，有的医生就会给你打抗生素，或者通过输液给你抗生素，其实这是最不负责任的，如果你没有细菌并发症，完全没必要打抗生素。”

关凯虽然有点明白了，但还是一副满不在乎的样子，说：“那总没坏处吧，能杀灭一些有害的细菌总是好的。”

高雅妮立刻打断他，说：“你这个想法就不对了，现在人类滥用抗生素已经使很多细菌有了抗药性，这样下去有一天细菌都不怕抗生素了，很多疾病就会出现无药可医的情况。而且抗生素又不分好坏，会杀灭很多有益细菌，反而让你的抵抗力更加脆弱。”

关凯这时点点头，说：“我这么健康，不需要什么抗生素。”

高雅妮笑着说：“是啊，你看你这么壮，管饭就够了。”

章三十五

这边王贵华带着疑问从庙里出来，一抬头看到李古力正在查看尸体。李古力看到他，说："小王，不是让你配合小高的吗？"

"队长，关凯在帮忙呢，我插不上手。"停了下，他接着说，"队长你发现什么了吗？"

正在这时，李古力嘴中"咦"了一声，眼睛紧盯着一具尸体的脖子部分，脸上不由布满疑云。

"这是什么东西？"王贵华也发现了异常。

"目前还不清楚。"李古力又翻看另外一具尸体，在尸体的脖子处没有发现相同的印迹。李古力把目光落在尸体裸露在外边的胳膊上，他仔细地检查了一下，果然在尸体的左胳膊小臂上，发现了同样的异常。

"小王，你帮我把这里的其他尸体都检查一遍，看看是不是都有这个现象。"

王贵华虽然也是心中疑惑，但还是立刻就转身去检查其他尸体。他刚一转过身，远处几公里外冲天而起的一股浓烟吸引住了他的目光。

王贵华惊道："队长，你看！那是什么！"

李古力顺着王贵华所指的方向看去，也吃了一惊，说："那是吉姆博士他们所去的方向？"

"好像是在烧什么东西？不会是在求救吧。"

"看来是他们那边发生了什么事。"李古力凝望着那股黑色的烟柱说，"我们赶紧检查一下这里的尸体，再看看小高那里有结果了没，我有种很不好的感觉，可能是吉姆博士他们遇到麻烦了。"

"你这个显微镜怎么和我在中学里看到的不同呢？"在木屋中无所事事的关凯发现了桌子上的显微镜。

高雅妮笑道："肯定不同，这可是现在最高级的电子显微镜。它比普通玻璃显微镜要能放 100 万倍。而且，我这个又是电池驱动的，特别适合野外操作。一块电池能不间断持续使用 8 个小时。"

"怪不得你一路带着你的背包像里面有宝贝似的。"

"就是有宝贝呀。"这时高雅妮已经处理完了手上的活，她对关凯说，"我们还需要十多分钟等待培养完成，我就索性当回你的老师吧。说，你还有什么问题？"

平常都是王贵华嘻嘻哈哈地磨蹭在高雅妮周围，关凯虽然喜欢高雅妮不工作时候的活泼劲，但从来没有这么近距离地和她讲过话。虽然隔着发闷的防护衣，但心里仍然喜欢。不过一时他却问不出问题了，只得不说什么话。

"没有问题啊？"高雅妮手上没有活了，又没心没肺起来，"你说萨斯是什么？"

"萨斯就是病毒呀。"

"不对。萨斯是非典型性肺炎的简称，医学界说这个肺炎是一种冠状病毒造成的。当然在口语里，有时候我们也把萨斯病毒简称为'萨斯'。"

"什么是冠状病毒？"关凯总算是找到了一个问题。

"冠状病毒，是病毒的一种，足球的样子吧，但外面还有层包裹的膜。"

"真的假的？"

“是这样的，其实病毒很小很小，肉眼是看不到的。高倍显微镜下，这个病毒看上去就像个帽子。”

“那么如果人得了萨斯，用什么药治呢？”

“这个就复杂了。许多医生用治肺炎的药治萨斯，也有医生用类固醇类的药物，许多中医有他们自己的偏方，民间很多人就用板蓝根。但从传统西医角度，除了打专门用于萨斯的疫苗，实际上是无药可治的。一个病人的康复，绝大程度上要看他自己的体质。”

关凯好像是懂了，但好像又没有懂，不过他越发觉得这平时开心果似的小高，果然是博士，学问就是高，高到自己不知道要问她什么问题。于是关凯就说：“到点了吧？这个什么培养好了吧？”

他虽然愿意和高雅妮说话，但对这一块他实在提不起兴趣。而且，闷在这个防护服里，天这么热，就想赶快完事，离开这个地方。

高雅妮说：“嗯，我看看。”

20 分钟到了，高雅妮又开始处理她的标样，然后用荧光显微镜观察起来，同时，她又用带来的病毒检测试剂进行检测。

15 分钟过去了，高雅妮的掌心开始往外冒汗，因为她没有发现任何病毒的影子。她不禁自疑，难道不是病毒，那么村民们死亡的原因又是什么呢？两种假设马上在她脑海中生成：

一、根本没有萨斯冠状病毒，因为如果要有，萨斯病毒在东南亚这种天气条件下，在尸体内部湿态组织上存活 5 天是完全没有问题的，何况才 3 天。所以如果这些人的确死于病毒，那么他们一定是死于她带来的 8 种标样以外的病毒。她让关凯准备的样本备份，就可以带回自己的试验室，进行准确的确认。

二、村民们死于细菌感染，而非死于病毒。要证实这一点，就是检测抗生素处理过的标样。如果没有细菌存在，则这个判断就不对。如果有细菌存在，那这个细菌就极有可能是死亡的原因，而且，因为现有的抗生素没有杀灭这种或多种细菌，那么它们应该不是普通细菌。

高雅妮自言自语道：“难道是细菌吗？”

“怎么了？”关凯关心地问。

“哦，没事。我需要检查一下细菌的可能。”

“嗯。”看到她专心的样子，关凯不敢再打扰。

高雅妮从自己的背包里取出一随身所带的用于细菌培养的培养基。这是她特殊处理了的培养基。它除含有细菌生长所需要的全部营养物质外，还可以使细菌的繁殖速度加快三至五倍。她重新从蓝“#1”号瓶中取出样本，放到培养基中培养，3 分钟后，她把样本推入显微镜下。

答案是肯定的。

这时候，汗已经把她贴身的衣服湿透了。高雅妮告诫自己：沉着、沉着，我需要看完最后一个样本再作判断。

她把蓝“#1”号的过程一个一个地重复到另外的七个样本，蓝“#8”号确认之后，她已经没有了任何疑问，这是一个她似曾见过，但完全已经记不起来的一株细菌。所有村民应该是死于这种细菌。不过她还是有疑问，从尸体状态观察，村民们应该是死于同一时间，但细菌是不可能在同一时间杀死一百多人的。而且，这个细菌怎么会莫名其妙地突然出现在这个偏远的山村呢？

她按了一下显微镜底端左侧的一个蓝色按钮。这个按钮是一个摄像的控制按钮。按钮按下，这个细菌在显微镜下面的放大图已经通过无线信号传入到王贵华带的电脑里。

“贵华——”她扭头朝门外警戒的王贵华喊道。事实上她不用喊的，对讲机就在防护服里，但她没有看到王贵华在门口。

“王贵华，这个讨厌的人跑到哪里去了？”她通过防护服中的对讲机大叫。

“我怎么了？”王贵华刚和李古力从外边进来，他被耳机里巨大的声音吓了一跳。

“我传给你一个细菌的图，你帮我马上传给刘教授。告诉他我急需要答案。他的地址你有的。”

“那你也用不着这么大声啊。”王贵华不满地嘟囔着。

这时，李古力走了过来，说：“小高，你这边进展如何？我和小王发现一个问题，不知对你有没有用。”

"什么问题？"

"我们在多具尸体上，发现了外伤创口。"

"啊？我这边刚完事，快带我去看看。"

李古力带她出门右转，来到他们遇到的第一具尸体前，李古力指着趴在地上的中年人，说："看这儿。"

李古力指着尸体脖子上一个微小的已经开始发黑的红点。

高雅妮突然想起她的一个同事提起过，他们曾遇到过的一次特别的情况，被刺杀的人死于一种神经破坏剂 PT0X 的生化武器，子弹实际上是一根 0.2 毫米直径的冰针。

"你想起什么了？"李古力看她惶惑的神情问。

"同事曾给我介绍过一种冰针子弹。那是一种细长的冰状载体，当它被射入人体皮肤后，就会释放出一种神经破坏剂，导致人顷刻死亡。而且，如果不是非常仔细，肉眼是很难发现皮肤创伤的。我们再查一下其他死者的状况。"

他们检查了另外几具尸体，但结果都跟李古力检查的一样，每一具尸体上都有同样的一个红点，只不过分布的位置不同，有的是在脖子上，有的是在胳膊上，还有的直接在脸上。这时高雅妮已经有了初步的判断。

"这应该是那种改进型生化武器。他们在子弹里加上了一种特殊的细菌。这样做的目的，应该是迷惑外人，让人觉得死者是自然死亡，而非死于其他外在原因。"

"你是说，村民们是被杀？"这个念头让李古力打了一个冷战，整个村子的人都被杀死了，这是一场屠杀。

高雅妮的脸如寒霜，说道："是的，因为我已经做了实验，这里没有萨斯病毒，也没有其他我们事先猜测的可怕病毒存在。但我却发现了一种可能的人造细菌。刚才我让小王发给刘教授的照片就是这种细菌。如果刘教授确认的话，那么，我们可以肯定，这些人的死亡是人为的。"

这时李古力已经明白过来，如果如高雅妮所言，这就说明从始至终就没有什么萨斯病毒的存在，这一切都是有人从中导演的一场戏。他们故意把死亡现场伪造成病菌感染的假象，一是为了掩盖事实，二是为了拖延时间，至于他们为什么这么做，可能是为了隐藏一个巨大的阴谋。

杨猛在一边气愤地说道："这么说，村民们的死就是一场活生生的屠杀了？"

"没错，"高雅妮说，"这就能够解释为什么这些村民都是在同一时间毙命，而且为什么会死得这么集中。"

"但这都是什么人干的？他们为什么要杀这些手无寸铁的村民呢？"关凯很难想象当时是一种怎样的场景。

"这个不知道，应该是他们想掩盖些什么。"李古力脑子里闪过的第一个念头是黄金。

既然已经确定没有病毒，高雅妮率先把身上厚厚的防护服脱了下来，众人刚才通过耳麦把她和李古力的对话听得清清楚楚，此刻也明白根本没有什么萨斯病毒，都纷纷脱下防护服。

李古力拿起卫星电话向肖先生报告新的发现，高雅妮在等待导师的回复。

这时关凯也注意到村子东方的黑色烟柱，说："那是怎么回事？"

李古力打完电话，过来对大家说："我们收拾一下，马上过去。小王，刘教授那边一有消息回来，你马上告诉小高。"

"是！"王贵华应道。

篇七

真假中情局

章三十六

杰瑞手中握着李古力送给他的军刀，艰难地穿梭在村后地丛林里。前方的路很少有人走过，路上爬满了青色的藤蔓，生长茂盛的树木将枝条肆无忌惮地伸展到路中间。杰瑞抡起军刀，将那些挡着路的枝条砍掉，一步步朝前走去。

“杰瑞，你说我们离开那些中国人，真的是对的吗？我们会不会遇到他们刚才所说的那帮人？”吉姆望着前面奋力开路的杰瑞，突然问出了这么一个问题。

杰瑞是个自傲的人，在执行任务时很少出过差错。但是这次来缅甸，却莫名其妙地成了中国人的俘虏，心里老早就憋着一股火。他手上的军刀在稍稍的一丝停顿后，又挥舞起来，砍断一段拦在路上的树枝。他头也不回地回答道：“我讨厌中国人。虽然他们并没有对我们做什么，但是我就是讨厌中国人！讨厌他们！我们就应该走我们自己的路。”

吉姆理解他的情绪，也就没有再说话。杰瑞是个独立性很强的人，刚才某种意义上不得不依附在这些中国人的小队，一定让他自信心深受打击。

现在既然有机会摆脱那些中国人，而且似乎危险也不是太大，刚才自己的问题显得多余。

吉姆摸了摸腰间的手枪，这是那个队长还给自己的，心中微微一笑，暗道，这群中国人其实也并不是那么坏，还是挺讲信义的。

“我们慢一些走吧。”之前为了追赶李古力等人的速度，吉姆耗尽了体力。

“好，”杰瑞缓下脚步，“对了，博士，刚才那伙中国人真的是那个什么墨龙？”

吉姆知道杰瑞仍然在不服气，安慰他道：“他们一行人个个身怀绝技，装备精良，又不像是政府派出来的。他们的头儿总将墨子的名言挂在嘴边，十有八九与墨龙有关，输给他们是很正常的。等我们做好了准备，再次相遇，谁输谁赢就不一定了。”

听了吉姆的话，杰瑞心里好了一些，重新燃起了斗志，说道：“我倒是想再和他们碰面，问清楚他们到底是那个什么墨龙或是什么人！”

“嗯，我也这么想来着。”吉姆一边说，一边从口袋里取出巴掌大小的定位器，在上面搜索着。“目的地就在前面不远了。”他抬起头朝前面看去，忽然脸色一变，惊讶道：“咦，你看前面的黑烟。”

杰瑞顺着吉姆的视线望去，果然见前面的一个小山头上向上升起一股浓浓的黑烟。那道黑烟漆黑如墨，明显不是普通柴火燃烧出来的烟，倒很像战场上汽油燃烧产生的黑烟。杰瑞拿出望远镜，仔细地观察了一会儿，说道：“不行，周围环境太复杂，望远镜用处不大。我推算那里距离我们大概有一英里左右。博士，那个方向便是我们要去的地方吗？”

吉姆匆匆收起定位仪，说道：“我们赶过去看看，那正是我们的目的地方向！”

杰瑞点点头，将望远镜收好，紧紧握住军刀，大步朝前面走去。

行了大概一个小时，已经很接近那座冒出黑烟的山头了，杰瑞忽然摆了摆手，示意吉姆停下。吉姆喘了口气，问道：“怎么了，杰瑞？”

杰瑞低声道：“吉姆，事情有些不对头，我闻到了焦臭的味道，这些黑烟，很可能是焚烧尸体产生的！”

吉姆脸色凝重，道：“的确是有一股尸体的焦臭味。会不会碰到了中国人说的那帮人？”

杰瑞咬了咬牙，说道：“不管如何，我们过去确认一下。不是说这个村子里有病毒吗？可能是他们在焚烧那些感染了病毒的尸体呢。”

吉姆有些无奈，他觉得缅甸信仰佛教的人应该是土葬的，但他没有反驳杰瑞。“好的，我们去看看。”

两人刚要起步，杰瑞蓦然发现有些不对，不知什么时候，有两个手持冲锋枪的士兵已经站在自己和吉姆的身后，两支黑洞洞的枪口正对着自己和吉姆。同时，一个说着生硬的英文的口音传了过来：“举起手来，别动！”

吉姆不敢乱动，举起了双手，示意对方不要开枪。一个士兵走向前，劈手夺过吉姆腰中的手枪，同时将他身上仔仔细细地搜了一遍，他偷眼看去，见杰瑞手里的军刀也被那人缴过去了。他们同时也把所有的背包行囊彻底地搜了一遍。他们动作相对熟练，似乎有过正规但并不合格的训练。

会说英语的那人用枪口指了指前方，又说道：“双手抱在头上，往前面走！别耍诈！”

吉姆叹了口气，对杰瑞使了个眼色，双手抱在头上，在两人的押送下朝浓烟发出的地方走了过去。

走过这片密林，眼前豁然开朗，吉姆忍不住抬起头来，四下打量了一下。这里竟然是一个面积很大的平地，平地的一侧燃烧着一个大火堆，一股呛人的焦臭味道从那儿传了过来。吉姆仔细地看了看，不由心中一凛。火堆中还有没燃尽的尸首，火堆边站着两个全副武装、眼神凌厉的士兵，看到吉姆和杰瑞被两个同伴押送着过来，他俩脸上顿时露出了警惕的神色。吉姆有些后悔离开那些中国人。

吉姆还想看看四周的地形，背后那士兵却一枪托敲在自己的背上，喝道：“低下头！看什么看！”

吉姆心中咒骂了一声，却不敢反抗，乖乖地低下了头，不再四处看。

“老大，我们在警戒的时候，看到这两个家伙鬼鬼祟祟的，不知道是什么来历。”

一个戏谑的声音传了过来：“啊哈！我来看看，是哪里冒出来了两只小老鼠呢？”

吉姆一震，这人的口音，竟然是一口地道的美国腔。他很想抬头看看，只是背后的枪口顶在头上，让他不敢乱动。

那个声音继续道："来，让他们抬起头来，让我看看长的什么样。"

感觉到脑袋后面的枪口挪开了，两人才小心翼翼地抬起头来，看到了说话的人。令两人出乎意料的是，号令这群士兵的首领，竟然是一个宽肩的肌肉白人。虽然他的皮肤被太阳晒得红里透黑，但是那高大的鼻梁，蓝色的眼珠，还有那一口地道的美国腔，都说明了他很有可能和自己一样，都是美国人。而且，他们应该就是袭击李古力他们的那伙人。

看到那白人身后，一个巨大直径的坑的边上，一个亚洲女子正在电脑上做着什么，脸上全神贯注的神情似乎是在忘却目前的处境。吉姆断定这就是那些中国人对自己所说的被敌人俘虏的队员了！

吉姆怕被眼前这个首领看出什么，不敢再看，稍微低下了头，掩饰自己流露出的震惊。他不知道是先开口说什么好，还是继续等对方问话。

那个首领耸了耸肩，笑眯眯地道："先自我介绍一下，我是麦克，来自美国底特律。"他又指了指站在不远处的一个高大的圆柱边上的白人说："他是我的朋友汤姆。你们两位是什么人呢？为什么会来到这个地方呢？"

吉姆向汤姆那边看去，这才注意到那 8 个围成一圈的每个三人多高的圆柱。他兴奋起来，这应该和一直在追踪的外星人有联系了。他回应道："我们也是美国人，我们两个是来自阿拉斯加州的考古学家，专门研究古佛学的。来这里只是为了工作。"

一个亚洲士兵从两人的背包里掏出他们的证件，把手枪和军刀一起递给汤姆。

麦克接过两人的证件看了一眼笑着说道："我们是老乡啊，原来是吉姆和助手杰瑞啊。我对待学者是十分钦佩的。"嘴上这么说，但是从杰瑞身上得到的军刀却引起了他的怀疑。

吉姆注意到麦克的视线在军刀上停留着，知道已经引起了他的怀疑，心中暗暗骂道："该死的，他认出什么了？"

麦克拿着军刀掂掂分量，又握着挥舞了两下，赞道："真是把好刀，哪里买的，回头我也弄一把去。"

杰瑞正要开口，吉姆抢着说道：“这把刀是我在仰光一家中国人开的户外用品店买的，你要是喜欢，我们可以把它送给你。”

麦克没有发现破绽，用力一甩，将刀插在了地上，说道：“我怎么就不相信你们是考古学家呢？”他上前抓起杰瑞的手掌看了看。“这分明是拿枪的手啊。”

吉姆努力让自己冷静下来，说道：“杰瑞和我一直到处探险，也有用枪打野兽的时候。我们真的是来考古的。我们来上吉村只是想了解一下当地的神话传说，因为往往神话传说就是出自真正的历史。”

麦克冷笑了一声：“哦？神话传说？还真是有趣啊！那么，博士，您能跟我说说这个鬼地方有什么狗屁的传说呢？”

吉姆道：“如果你有兴趣，我愿意跟你讲讲。”

汤姆很有兴趣地说道：“讲讲啊，我就喜欢听神话故事。”

章三十七

吉姆眼角扫视着周围，开口编他的故事，

据说是在很久很久以前，这里只居住着十来户人家。当时这里是一片荒芜，这十来户人家的生活很是艰难。他们每天辛勤地劳动，日出而作，日落而息。可是由于地势原因，这里的土地很是贫瘠。就算是辛辛苦苦劳动一年，种出的粮食也不够糊口。村民虔诚的祈祷，希望天神降福，但一切都没有改变。就在人们对生活充满绝望的时候，忽然有一天晚上响起了一声巨大的霹雳声，人们以为是天神在惩罚妖怪，不敢出去，都害怕地躲在家里。直到天亮以后，有胆子大的人出去顺着声音的来源去找，惊讶地发现后山突兀地出现了一个深不见底的大坑，伴随着大坑的出现，山间的巨大的乱石也不翼而飞。取而代之的是一片肥沃的土壤。人们欢喜相告，便在那片土地上种植粮食，生活渐渐富庶起来。人们为了感激天神赐予的土地，特地建造了 8 个圆柱的祭台来祭奠伟大的天神。久而久之，就形成了现在的上吉村。”

汤姆看吉姆真的讲出了上吉村的传说，对他们考古学家的身份信了三分。他望向麦克，想要麦克拿个主意。麦克此时脑中想的全是黄金，不想再节外生枝，心中动了杀机。微笑着说道："冒犯了吉姆，真是对不起了，来人啊，送他们出去。"

"谢谢麦克先生，我们自己可以走。不用麻烦你们了。"吉姆不相信麦克会这么轻易地就放他们离开。

汤姆注意到麦克对手下做了一个手势，那是要杀人的动作。他有些为这个博士可惜。"麦克，你看，或者也可以让他们帮助我们找我们要找的东西？"

麦克冰冷的目光扫了过来，汤姆看到他那略带些疯狂的目光，心里颤动了一下，就不再多话。

两个士兵过来，推了一下吉姆，说道："走吧！"

杰瑞刚才看到了麦克的手势，为了拖延时间想出脱身的办法，他问道："麦克，你是什么人呢？我们回去后有机会还要感谢你呢。"

麦克"哼"了一声，冷冷地拒绝道："你们没必要知道我的身份，一路走好吧。"

郑淑敏一直在留意他们之间的对话，她以为麦克真的是要放走吉姆和杰瑞，于是对他们大声说话，抱着一线希望或许有机会他们会碰到李古力小队。"嗨，他是麦克，美国中央情报局的，在老艾莫斯的手下效力。"

吉姆一愣，美国中央情报局？ CIA？麦克难道是中情局的人员？还有那个老艾莫斯，怎么听起来这么耳熟呢？

身后的士兵没有给他时间思考，凶狠地吼道："快走！"

吉姆不敢停留，只是冲着那中国女人投去了感激的一眼，便被那两个士兵赶着走了。

等两人离开之后，麦克愤怒地喊道："郑小姐！您再多嘴，我不介意送给你一点惊喜。"

郑淑敏冷笑着说道："怎么？赫赫有名的美国中央情报局的身份，难道见不得人吗？"

麦克觉得自己刚才声音喊高了，回道："郑小姐，你要明白，中情局的身份不是随便能告诉人的！现在，不要说别的了！黄金的地点你还要多久才能找到？我已经很不高兴了！你最好给我快点！”

郑淑敏斜了他一眼，同样很不客气地说道：“麦克，如果要我加快速度的话！那请你离我远一些！我讨厌你那套虚伪的作风！”

“你！”麦克有些恼羞成怒，但却不敢再说什么。黄金就在脚下，但却又不知道在哪里。还得靠这个地质学家，如果现在一怒之下杀掉了郑淑敏，也许黄金就真的不属于自己了。

他想到这，狠狠地吐了口唾沫，转身走开。

吉姆和杰瑞被那两个亚洲士兵押送着离开这个小坝，这时，他们才近距离地看到那个天坑，不由得大为震撼：“哦，我的上帝！”

那是一个直径足有两百米的巨大圆坑，坑的边缘宛如悬崖峭壁一般，突兀地出现在这片平地上。从他们的角度看过去，甚至看不到这个巨大的天坑的底部！吉姆和杰瑞相互对视了一眼，都是神色激动。这坑的产生绝对和外星人有关系！人类的科技绝对做不到这种程度！吉姆想走过去仔细看一看，背后那两个士兵却怒喝道：“干什么！往前面走！”

吉姆看到那两个士兵凶神恶煞的样子，心中打了个顿，纵然是不高兴，却也不敢直接跑去仔细查看。只是心中可以肯定，这里绝对是自己苦苦追寻的外星人留下的痕迹。绝对！

吉姆两人无奈地朝前走着，不久就到了密林里边。背后有两个凶狠的士兵持着枪跟在自己身后，心中不免有些忐忑。杰瑞想，这时再不找机会脱身就没有机会了。

他转身道：“两位先生，我看就到这里吧！剩下的路我们自己走就可以了。两位不必送了。”

那两个士兵相视一笑，其中一个用半生不熟的英文说道：“你们确定？就在这里吗？”

杰瑞隐隐感到有些不妙，但仍旧硬着头皮说道：“对，就送我们到这里好了。就不麻烦两位了。”

一个士兵看了看四周，嘿嘿一笑，说道：“也好，这里景色不错。是个好地方，那么就是这里吧！”他“哗啦”一声拉起了枪栓，将枪口对准了吉姆和杰瑞。

杰瑞迎着枪口，似乎是很有疑问：“麦克可是说送我们走的！”

那士兵露出一口焦黄的牙齿，冷笑道：“对啊！就是要送你们走！送你们去天堂！”

另一个士兵“哼”了一声：“美国佬！也让你死个明白吧！我们老大是什么样的脾气我清清楚楚，你们既然撞到了我们，不管你是什么身份，都会有可能泄露我们的秘密！老大的意思很明白！就是要我们悄悄处理掉你们！两位，一路走好啊！”

举枪的士兵正要扣动扳机，却冷不防杰瑞一个侧身，一下子朝自己扑了过来。那士兵猝不及防，竟然被杰瑞一下扑倒在地。杰瑞长得足足比那士兵高出一个头，这时他将那士兵严严实实地压在地上，令他动弹不得。另一个士兵见惊变骤起，却不敢开枪射击，唯恐伤了自己的伙伴。那被压在地上的士兵怒声用缅语叫道：“用刀！给我用刀！砍死这个浑蛋！”

那士兵将冲锋枪斜挎在肩上，抽出匕首便朝杰瑞背后刺去，杰瑞身子一侧，刺过来的匕首险险地从自己的腰间擦过，他知道不能再拖下去了，自己一个人绝对不会是这两个训练有素的士兵的对手。他死命地抓住身下那个士兵手里的冲锋枪，咬咬牙，竟然一头朝那士兵的脑袋撞了过去。

杰瑞知道这是生死攸关的时候，用的力气极大。只听“砰”的一声脆响，两个脑袋撞在一起，登时鲜血迸出，那士兵抵受不住，竟然一下被杰瑞撞晕了。杰瑞来不及擦去自己额头上渗出的血，一把将那士兵手里的冲锋枪抢了过来，顺势一挡，将再次刺来的匕首挡住。

杰瑞同时爬起身来，那还站着的士兵见到杰瑞满脸鲜血的可怖模样，竟然惊叫了一声，丢下手里的匕首慌慌张张地去摸背在身后的冲锋枪，杰瑞狞笑道：“去死吧！该死的黄皮猴！”

他陡然扣动扳机，一连串的子弹打在那士兵的身上，那士兵睁大了不可思议的眼睛，低头看了看自己身上的弹孔，不甘地倒在了地上。

杰瑞看了一眼被自己撞晕的士兵，心中怒极，顺手拔出了那人腰间的匕首，朝他胸口刺了下去，嘴里吼道：“你不是要杀我吗？你不是要杀我吗？来啊！来啊！”他每刺一刀，鲜血便汹涌喷出，此时的杰瑞宛若一个从地狱爬出来的修罗一般，凶狠而可怖。

刚才所有的动作，发生在几秒钟之间，等吉姆反应过来，看到的已是杰瑞疯狂刺杀倒地的士兵。他不敢大喊，打着手势：“嘘！杰瑞！不要喊！他已经死了！我们得快走！”

杰瑞怒气稍微平息了点，看了看死在自己手里的两个士兵，“呸”了一声，将那冲锋枪背在自己身后，说道：“对，博士，我们快走！不要让那些小子们追过来。”

吉姆点点头，说道：“我们，去哪？”

杰瑞的脸色很是难看，他咬牙道：“我们回头去找那些中国人！如果我们要离开这该死的丛林，必须要借助他们的力量！”

“对，对。我们去找李古力他们！那个在麦克那里的中国女人，一定是李古力他们的队员，这件事我们也要告诉他们！”

杰瑞恨恨地朝后面的山头看了一眼，那道漆黑的烟柱依然张牙舞爪地飘荡在碧蓝的天空上。他暗暗骂了一声：“该死的家伙！”随即转身朝山下走去。

章三十八

麦克听到远处传来的那一连串的枪声，眉头皱了皱：“妈的！不过是杀两个人而已，你打出了多少子弹！”

麦克对自己一手训练出来的士兵自信极高，而这次不过是对付两个赤手空拳的人。可他完全没有想到，自己的手下这次却是真的栽在了两个赤手空拳的人手里，准确地说是栽在了一个杰瑞手里。

麦克看着那些欧洲人的尸体即将烧完，心中有些不耐烦：“郑小姐！有没有进展啊？”

郑淑敏“哼”了一声，将手中的仪器关掉，冷冷道：“黄金的位置我已经确认了，应该是在刚才测量的地方附近。”

麦克面露喜色，道：“不错啊！郑小姐，刚才测量的地方？”

郑淑敏忍不住道：“麦克，你真当我白痴吗？如果我现在告诉了你黄金的位置，我还能保住自己的性命吗？”

麦克很郑重地把手放在胸前道：“郑小姐，我向你保证，只要你找出黄金的具体位置，我肯定会放你走的。”

“好吧，你说话要算数。”郑淑敏明白，想让麦克放了她是不可能的事情，她只有继续拖延时间，等李古力他们来救她。“我们从这边走。”

“当然，郑小姐，前边请吧！”

杰瑞和吉姆小心地朝上吉村的方向赶路。吉姆不时地朝身后看是否有追兵上来。但是直到他们走到山下，也没见麦克派来的追兵。看着大汗淋漓的杰瑞，他说道：“看来他们不会追上来了，我们歇会儿吧。”

杰瑞靠着一棵树坐下，喘着粗气，恨恨道：“该死的麦克！居然想要杀我们！为什么？”

吉姆看了看他头上肿起的淤紫小包，担心道：“杰瑞，你没事吧？”

杰瑞说道：“不要紧，我没事。”

吉姆叹了口气。“这次能逃出来，多亏了你。”他心有余悸地朝后面看了看，“那个麦克怎么没有追我们呢？”

“谁知道呢？说不定他以为我们已经死了，被他的两个手下杀死了。”

“也有可能。”吉姆若有所思道，“对了，那个麦克，说是中情局的。他是哪个部门的？老艾默斯？这名字听着怎么这么耳熟？”

杰瑞站起来，说道：“博士，现在别想这么多了。现在要先找到李古力的小队，我们要想回到刚才的地方，就只能依靠那些中国人。再说了，他们还有个同伴落在那个麦克手里，李古力肯定不会善罢甘休的。”

吉姆抖了抖自己酸疼的双腿，说道：“不对，杰瑞，如果麦克真的也是中情局的雇员，那该怎么办？我们是站在中国人那一边还是站在麦克一边？”

杰瑞急道：“怎么可能！博士，难道你忘了我们的规矩了吗？中情局的人怎么可能让人质知道自己的身份？”

吉姆说道：“我也对他们的身份有所怀疑，但从他们的装备、训练素质等方面又像是我们的人，或许是有特殊使命的行动队呢，我们必须得跟上面联系一下，确认麦克到底是不是中情局的雇员，可惜我们的装备都落到了麦克手里。”

杰瑞做了一个大胆的猜测，说道：“如果麦克真的是中情局的人，任务就是消灭中国人的小队，我们怎么办？”

“我们……”想到和高雅妮交流墨子的学说，吉姆对李古力等人很有好感，不想与他们为敌。看到杰瑞紧紧盯着自己，这才说道，“如果真的如此，李伤害到我们……我们美国的……利益，我们就，就得消灭他们！”

杰瑞对博士的回答很满意。“这只是一个假设，美国的利益高于一切，不到万不得已，我不会对李和他的小组下手的。”

“我们还是快点赶到上吉村，找到李和他的小组吧，用王的电脑，我们能和总部联系上。”杰瑞的假设让吉姆很不舒服，他情愿麦克等人的身份是假的，也不想和李为敌，他还希望从李的身上解开墨龙的秘密。“杰瑞，你觉得这里离上吉村还有多远？”

杰瑞道：“步行的话，还应该有半个多小时吧，只是希望那群中国人千万别走。呃……”

他的话还没有说完，密林中蹿出三条人影，杰瑞马上将吉姆护在身后。等看清楚三人正是李古力等人时，杰瑞松了一口气。

再次遇到吉姆，李古力有些意外，他注意到两人比分手时更加的狼狈，一定是又有了什么遭遇，他不动声色地说道：“我们又见面了，吉姆博士。”

吉姆和杰瑞的脸色有些尴尬，的确，自己在几个小时前在可能的病毒面前离开，没想到就在离开以后，居然弄得如此狼狈，还差一点儿就丢了性命。现在再次见到这群中国人，能给自己提供安全，却又有可能是自己的敌人。吉姆心中非常不自在。

李古力认出了杰瑞背着的枪，正是之前袭击他们的人所使用的，问道：“你们遇到了那伙人了？”

关凯讽刺着说道：“看来他们没有认你们这两个老乡啊。”

吉姆不顾关凯的挖苦，对李古力说：“李，我们也看到你们的那个队员了，她是个女人吧？就在前面山头上。”

高雅妮脱口“啊”了一声。

“是的，我们碰到那伙人了。”

王贵华问道：“那个女人长的什么样子，他们在什么地方？”吉姆将所见女子的相貌衣着形容了一遍。李古力可以肯定，吉姆见到的中国女人就是郑淑敏。知道她平安无事，李古力松了一口气。

关凯扬起手中的步枪："真的是郑淑敏，还等什么？我们快过去救人啊！"

吉姆急切地说道："等等，我还没说完，他们的头目叫麦克，也是中情局的人。这中间也许有什么误会。"

李古力察觉到事情的严重性。他的脸色有些阴沉，他说道："怎么又是美国中情局的人？这一点，可确定？"

关凯叫道："妈的！美国中情局是不是把总部搬缅甸来了？怎么到处是他们的人？不管如何，这是在缅甸，又不是在美国，怕它中情局吗？"

王贵华也说道："我们去把郑淑敏救回来。"

杨猛默不做声地看着李古力，手已经放在了枪上。

吉姆忙着解释道："对于他们的身份，我们也不能肯定。刚才我们也差点儿被他们杀了。"

这又是一个意外，李古力觉得蹊跷："他们是中情局的，你们也是中情局的，他们为什么要杀你们？"

"他们不知道我们是中情局的，他们也没有告诉我们他们是中情局的。但是他们的人质，就是你们的队友，那个女人，喊给我们听的，好像要告诉我们什么。"

李古力想，郑淑敏可能知道了什么，想让吉姆他们传话出来。他问吉姆："那你怎么想？"

"我也不好猜，所以想借你们的设备来确认一下。"

李古力明白吉姆的用意，当即安排王贵华帮助吉姆登录中情局的网站取得身份信息，关凯则去前方警戒。杰瑞看了一眼吉姆，拿着枪跟上了关凯。

杨猛站在李古力身边，说道："队长，看你心事重重的样子，难道是有什么顾忌吗？依我看啊，如果绑走郑博士的人真是中情局的人，冲突在所难免。"

"不管是什么人，郑淑敏是一定要救回来的。"李古力的心中还是有点儿郁闷，刚完成了一个任务，确定没有萨斯的威胁，还没来得及喘口气，杀死村民的人还没找到，又冒出了中情局。还有黄金，不管对手是谁，既然我们在，就由不得别人来说话！

吉姆在王贵华的帮助下很快和总部联系上了，美国中央情报局的效率果然很高，几分钟之后，吉姆就看到麦克等人的资料。

“Oh，Shit!”吉姆激动之下冒出了粗口。

李古力和杨猛马上围了上来，说道：“吉姆查到什么了？”

情急之下，从吉姆的口中冒出了一大串的英语。高雅妮听得一头雾水，茫然翻译道：“吉姆的思维有些混乱，他说麦克是中情局的但又不是真正的中情局，我也不明白他的意思。其中牵扯到了一个名为老艾默斯的人。”

“吉姆博士，请你冷静一下，说清楚到底是怎么回事。”在李古力等人的劝说下，吉姆逐渐冷静下来，才说起了麦克的来历。麦克告诉郑淑敏说自己是美国中情局的雇员，倒是没有说谎，他的上级老艾默斯以前确实是中情局的官员，而且还是级别很高的官员。但后来因为违纪被开除了，知情人并不多。老艾默斯有意欺瞒了麦克，而麦克为老艾默斯干活，理所当然地把自己当成了中情局的探员了。这些，也都在中情局的掌控之内。

事情的起因还是得从老艾默斯说起。

章三十九

在美国中央情报局里，任职的雇员一般都没有军衔在身，但是老艾默斯却喜欢别人以军衔称呼他。他军人出身，曾经担任海军陆战队指挥官，军衔为中将。因为其忠心爱国，头脑精明，所以被调任美国中央情报局任高层经理一职。20 世纪 90 年代末，老艾默斯领导下的部门，焕发出了它前所未有的辉煌。

老艾默斯的辉煌结束于国会对他失职的追究。他认为他只是做了一个替罪羊。六十多岁的老艾默斯虽然被开除，却依然保持着对国家极高的热爱和忠诚。加上他对情报收集和分析的热爱，老艾默斯便成立了艾默斯合伙人公司，一个独立于美国中央情报局之外的情报组织，对外的身份俨然还是美国中央情报局。他利用以前在军队和在中央情报局中的关系，从军队获得了相当数量的私人合同款，而他把这些资金用于自己情报组织的架构，然后雇用了一批从伊拉克战争退役下来的老兵，作为自己组织的骨干。当然，他是私下以美国中央情报局的身份雇用的这批人。老艾默斯还建造了一个和美国中央情报局相差无几的互联网站，平时就通过网站对世界各地的手下发布任务，并对各方面搜集的情报进行分析，确保没有危害到国家利益的事情发生。

老艾默斯设立他的组织的初衷也不算错，他只是一个狂热的有些变态的爱国分子。但是由于资金的问题，他的手下虽然有一份和正式中情局雇员相当的薪水，但行动的支持的费用，比如雇佣兵、武器等费用，却完全没有保障。由于资金的短缺，加上长久游离在国外的原因，各个地方的驻地人员中，有些人便动起了心思，开始接受一些额外的任务，从中获取佣金。

仰光爆炸案不是老艾默斯的指令，而是麦克从一个欧洲的组织接到的任务。麦克完成得很出色，赚了一笔钱，然后就接到了老艾默斯的任务。事实上，他们都不知道的是，老艾默斯的这个单，是同一个欧洲组织的指令，只不过这个欧洲组织并不知道麦克的身份本来就是为老艾默斯工作。

这次老艾默斯接欧洲的单也是有他的思考。他完全不认识这个欧洲组织的人，是他们找到了他。而且，他们出资不菲，这次行动付60万美元。而且，寻找一队失踪的人员，和伏击一支中国人的队伍，很可能就是他们消灭了那队失踪人员的队伍。他觉得麦克能够胜任。所以他给麦克两人开出了6万美元奖金的保证。而麦克对所有前面的事毫不知情。为了6万美元的奖金，麦克带着手下一头扎进了原始丛林之中。麦克意外地抓到了郑淑敏，从而得知了令他疯狂的黄金的消息。

“这么说来，麦克一伙不是中情局的人。”对李古力来说，这是一个好消息。

“绝对不是。”吉姆肯定道。

“那麦克怎么知道黄金的事呢，不然他不会绑架郑淑敏呀。”他还是纳闷。

吉姆茫然地问道：“什么黄金？”

李古力突然觉得自己失言了，没有搭腔。

吉姆见他没有答复，知道李古力可能是失言，所以也没有追问。不过麦克绑架郑淑敏是为了黄金，也情有可原。当然，吉姆不知道的是，大家在追逐的黄金并不是一个小小的宝藏，而是会影响整个地球人类关系的巨大数量的储存。

李古力没有再问吉姆什么，郑淑敏就在附近了。“老杨、关凯，”李古力招呼众人，“我们商量一下，如何救出郑博士！”

此时的麦克，脸色铁青地看着两个躺在地上的手下，心中有些郁闷，这些人都是他一手带出来的，把他们训练到现在的程度，可不是一件容易的事。可在这次的行动中，一连折损了好几人。其他的人还说得过去，可这两人是被两个手无寸铁的人杀死的，其中一个还是年过半百的老家伙。这怎么能让他不生气？

汤姆在一旁说道：“是我们看走眼了，那两个家伙根本就不是考古学家。”

所有人当中，只有汤姆了解麦克此刻的心情。他们从事的工作十分危险，是拿自己的命换钱，有可能连死都不知道是怎么死的。麦克见过太多的死亡，他一再克制自己的感情，可在不知不觉中已经把手下当成了兄弟，所以他们的死，才让他如此愤怒。

“不管他们是谁，再落到我的手中，我会让他们后悔的。”旁边的郑淑敏看到麦克那狂怒的眼神，心里不由打了个哆嗦。麦克这人绝对是一个疯子，他办事的方法和手段，想想都让人不寒而栗。现在最好不要去触他的霉头。而麦克仿佛看到了郑淑敏眼中的惧色，冷笑道：“郑小姐，希望你这次带的路是对的。”

他对着自己剩下仅有的三个手下说道：“我们走！”

麦克和汤姆在前面走着，郑淑敏被两个雇佣兵一左一右“帮扶着”前进，郑淑敏虽然表面上显得若无其事，但心中早已经是一团乱麻，如何才能从这帮人手中逃脱呢？从来没有过被人挟持的经历，她的思维似乎完全不听她的控制。她的本能让她拖延着时间，下意识地期望李古力的出现，但理智又告诉她这个山这么大，李古力出现的可能性是小之又小。

而且，仪器的判断和电脑软件的判断似乎在打架，越发让人糊涂。仪器在显示着黄金的存在，而软件却说那应该不是黄金，而她自己，虽然有着那么多的知识和经验，但完全不能进行有效的判断。这也使她很苦恼。作为自己博士导师的得意门生，这么多年参加了那么多的世界一流的地质学交流会，走了那么多的山山水水，本以为可以完全独当一面了，但今天，她却发现竟然还有让自己完全不知所措的物质现象。她的自傲是那么地不堪一击，她现在心里只有李古力，希望他能够突然出现，把带回自己熟悉的世界中去。

但她还必须面对现在这个似乎是虚拟的世界，四个拿着真枪实弹的士兵，尤其是麦克和汤姆两个自称为美国中央情报局的人，他们一会儿和气得和绅士没有两样，一会儿又凶神恶煞让人畏惧。

她不知道她还能拖延多少时间，她也不知道为什么她会带着他们，向山中的坝上走去。如果说有黄金的话，那一定会在那个天坑的水下。她是不愿让麦克知道那里的秘密。但是，如果麦克不愿再和她耗下去，那将会怎样？她打定主意，必须在那之前逃出去。她突然对自己有了信心。

她的信心维持了一分钟，第二分钟的时候，她一不留意，随着“啊”的一声尖叫，她被地上的藤蔓绊得踉跄一下向前摔去，她左边的雇佣兵伸手向前一把拉住她的左胳膊，而右边的雇佣兵冲向前一步，转身把她推扶住，不知是否故意，他的右手刚好留在她的胸上。郑淑敏一急，右手“啪”的一声，响亮的耳光打了过去，但她却忘了右手上还握着她的笔记本电脑，走在旁边的汤姆眼疾手快，抓住了就要落到山石上的电脑。那个雇佣兵正待发怒，见汤姆卷了进来，便退到一边。

麦克从汤姆的手中拿过电脑，还给了郑淑敏。“郑小姐，请你专心一点，我可不想因为你的疏忽大意而耽误了我们的工作。”语气之中透着冰冷的杀气。他又对两个手下说道：“你们两个，小心点，别再出什么差错。”转过身来他看到郑淑敏还在发呆，他有些不满地问道：“郑小姐，黄金的确切位置到底在哪里？”

郑淑敏打开电脑，待启动后，打开软件，指着屏幕上的图说：“应该在那里，就在前面了。”

“好的，我们走吧。早点儿找到黄金的位置，我们都能早点儿回家。”麦克轻轻地推了郑淑敏一下。

“你会放我回家？”郑淑敏反问道。

“那是当然。谁不想过安定舒服的日子？只要你帮我找到黄金，我绝不会为难你，我向上帝发誓。”他在自己面前画了个十字。

麦克的一番话说得很真诚，说不出他是真情流露还是在骗人，郑淑敏难以分辨真假。

又向前走了一段路，汤姆突然停了下来，他警觉地望着四周。郑淑敏被身边的士兵拉着蹲下，麦克压低身子走到汤姆身边问道："有什么情况？"

"我们就快要出山了。远处有一个村子。村子在大坝边上的山坡上，四周视野开阔，一旦有埋伏，我们毫无遮挡，会成为活靶子。"

麦克观察了一下上吉村的环境，正如汤姆所说的，一旦失去丛林的掩护，他们就完全暴露在射界当中，如果对方枪法很好，只需要几颗子弹，就可以轻松地解决他们。目前与他们敌对的中国小组，至少3人有这种枪法，但他们是否会在那个村子里呢？

"我们要去那个村子？"麦克问郑淑敏。

"对。应该就是那边了，或许黄金就埋在村子下面？"郑淑敏已经想不出任何其他办法可以再拖延时间了。

麦克思考着，黄金就在前面，但郑淑敏原来的小队或许已经进了那个村子，而郑淑敏就是要引他们入村。

麦克想着，如果我还有10个人，就什么都不必担心了。但现在，自己就四个人，不容易。

要不要冒险呢？麦克不想再有人死了。他退回一步，似乎很天真地问郑淑敏："你们原先就约好在这儿见面的吧？我进去就直接进你们的圈套了，是吧？"

郑淑敏没有想到麦克会这样问她，一时间倒反而不知如何回答。麦克看在眼里，回到汤姆身边："我们进村。"

汤姆刚才听到麦克的问话，疑惑地问道："怎么，有圈套还进？"

麦克笑了一笑："如果她应答如流，一定会有问题。她被问得不知如何回答，刚好说明她并不知道这个村子。"

两人小声商量了几句，明知有危险，成败在此一举了。黄金就在眼前，此时不动，更待何时。他们四人组成了一个战术小组，将郑淑敏围在中间，子弹上膛，保险打开，小心翼翼地向上吉村走去。

刚才听完吉姆的解释后，李古力脑子飞速运转起来，美国中情局、假中情局、不知名的欧洲势力，再加上他的小组，各方势力齐聚缅甸的原始丛林。而萨斯病毒却是假的，就只剩下黄金的任务了。

莫非各方势力都是为了黄金而来？杀死上吉村的村民是为了灭口，这就解释得通了，也只有黄金能令人疯狂到屠杀普通村民了。

李古力对聚拢到身边的小队说道："萨斯的任务已经完成，下面我们全力营救郑淑敏，并调查黄金的事。"吉姆微微地"哼"了一声，李古力又补充道："顺便还要帮吉姆博士调查一下外星人的事。"

关凯大嘴一张呵呵地笑了："要是真有外星人，它们也不会到这个地方来吧，这里除了树就是树。外星人难道来这里种树？"

"外星人的思想是地球人无法理解的。"吉姆严肃地说道，"我们的调查是不会错的，最近一段时间，有大量的不明飞行物在这附近出没，这里一定有对它们来说非常重要的东西。"

王贵华半开玩笑地说道："外星人或许是为了黄金来的吧，说不定那十几万吨黄金就是他们的呢。”

李古力打断他：“关凯，我和你在队伍前面侦察开路。”

关凯听到，立马说道：“是，队长！”

“小王，你在队伍后面加强警卫，同时你还要保护好小高的安全。”

王贵华听到后，也应声道：“是，队长！”

李古力又对杨猛说道：“老杨，你照顾一下吉姆博士。”

杨猛应道：“好的。”

杰瑞不知道李古力在说什么，他询问地看着吉姆。吉姆和他说，我们现在返回先前的地方，去找麦克救他们的队友。杰瑞点头道：“好。”

李古力走在最前面，然后是关凯拿着一把95式突击步枪紧跟他的身后，王贵华、高雅妮、吉姆和杰瑞在队伍中间，再接着是杨猛殿后。沿着山涧边的小路，7个人小心翼翼地在山林中穿行着。

走了将近500米的路程，李古力一摆手突然示意停止前进，所有人马上蹲下，屏住呼吸，仔细观察四周。关凯低声问：“怎么了，队长？有情况？”

“是，前面有两条路的分岔。”李古力回头把眼光看向吉姆：“博士，你认识是这条路吗？”

“是，我们俩当时也是沿着溪水走的，差不多到这个地方就闻到的恶臭，然后又发现了浓烟，就朝浓烟方向走过去了。”

李古力说道：“那我们现在应该朝哪个方向走？”

吉姆正犹豫不定，关凯此时突然指向右前方说道：“你看，队长。那条路那边好像有台阶。”众人顺着关凯指的方向看去，见不远处有一道道台阶。李古力说道：“你们等着，关凯和我先过去看看。”

李古力和关凯一手提枪，一路躬身小跑，到了台阶下面。周围察看没有危险后，招呼众人过去。

看到1米宽的长长的台阶引向山上，吉姆惊叹道：“我的上帝，好长的一条台阶。”

高雅妮说道：“但这条台阶路是人修的，虽然这台阶上长满了青苔，人工开凿的痕迹却很明显。”她弯腰揭开了绿油油的青苔，露出下面的石板。

王贵华问道：“你是怎么看出来的，高姐？”

“你忘了我老家是泰安的？泰山上有七千多个台阶，有些人们不去的地方，就像这里这样台阶都被绿苔盖住了。”

吉姆说：“但是在这么落后的地方，人工开凿这么长的一条台阶路是多么困难的一件事啊！而且又用来做什么呢？”他在想第一次经过刚才那个岔口的时候，走这条台阶路也许就不会碰到麦克，也就没有了刚才的诸多麻烦，而且还可以真正的花时间仔细看看这个长长的台阶路了。

“但这又是谁砌的呢？”王贵华说。

高雅妮一愣，说道：“这谁知道啊！”

吉姆问道：“你们想会不会是外星人？”

李古力以为吉姆在开玩笑，就笑了笑没再理会。王贵华也心中暗暗发笑，心想这美国佬真能联想，还外星人，就想打趣一下，说道：“吉姆博士，你想象力真丰富啊，你见过外星人？”

吉姆博士不以为忤，踏脚迈上了台阶，说道：“我研究过外星人的文明，对他们有一定的了解。我亲眼见过 UFO 的。”

李古力见状问他：“博士，你要干什么？”

“上去查看一下，这么奇怪的建筑，也许这个台阶的尽头就是上面那个天坑。如果是那样，我们就能找到你的队员了。”

李古力没有注意到他说的天坑，却自己在考虑，吉姆说得也对。要么这条路，要么刚才那条岔道，没有其他路可走，这条台阶路直通山顶，应该更为直接，因而也会更快些。但是，他又想，如果爬在光秃秃的台阶上被敌人发现的话，就完全没有了自卫机会。同时，吉姆他们原先通过那条岔道找到了郑淑敏的所在，而眼前这条台阶路的尽头，却不一定通往何处，于是说：“不，我们可以回头再来看这些台阶。现在我们返回刚才的岔路口，按原路前进！”

郑淑敏尽量放慢自己的脚步，因为她实在是想不出有任何办法逃脱身边 4 个人的包围。她没有想到的是，她刚才被路中的藤蔓差点儿绊倒时

“啊”的一声尖叫，已经被刚带队回到左边山路上的李古力听到。

李古力停住了脚步，轻声问关凯：“你刚才有没有听见有人尖叫？”

关凯摇头。

李古力招呼大家：“老杨和小王保护雅妮，从左翼前进，吉姆博士你和杰瑞在右边，注意警戒，随时准备战斗。”

李古力相信自己的判断，他相信自己听到了有人尖叫，并且应该就在不远处了。

不到10分钟，两队人马几乎同时发现了对方。麦克看到了迎面过来的不远处山路上上山的人影，一声轻喊："赶紧隐蔽，准备伏击。"4个人身手矫捷地向丛林中趴下，郑淑敏见状刚要大声呼喊，却被汤姆一把拉过，捂住了嘴巴。

而这边李古力和关凯也发现了山路对面下山的来人。他们迅速分三组，散到路边的树林里，向前推进。前面一定就是麦克那帮人了。郑淑敏就在前面，李古力对自己说，机会就这一次了。

麦克看到李古力小队分散而来，知道对方已经察觉，在想着如何应对。他知道自己所在的位置占着明显的优势，因为从上往下，几乎可以清楚地看到对方的行踪。这时郑淑敏正被汤姆捂住嘴，在极力地挣扎着，但她的挣扎在汤姆手里完全没有意义。不出一分钟，郑淑敏就不再动弹了。汤姆用手指伸向郑淑敏的鼻前，发现郑淑敏已经没有了呼吸，不免有点儿惊慌，说道："嘿，麦克，她没有呼吸了。"

麦克气不打一处来，少了郑淑敏，下面该怎么办？"怎么就把她给弄死了？”

汤姆压低声音解释道：“她刚才还在挣扎，我捂着她的嘴，然后她就不动弹了，也没有了鼻息。”

麦克看见李古力等人已经快接近了，顾不得其他了。“别管她了，先解决前面这帮人。汤姆，你看住右面，负责解决那两男一女；你们两个看住左面，负责解决那两个美国人；我来解决中间这两个！”

李古力和关凯快速前进，待和麦克有五十米远的时候，他们停止了前进，卧倒在地。李古力低声说道：“你看看他们两个小组跟上了没有。”说话的同时李古力的眼光始终在前面四处巡视着，沉着而又冷静。

关凯说道：“队长，他们两个小组落后了，要不要等他们？”

“让他们向我们方向慢慢靠拢，不能把战线拉得太长，以免被敌人各个击破。告诉他们动作要快、轻。”

“是！”

关凯向两个小组打手势，王贵华见到关凯手势，立即向李古力方向靠拢，而吉姆和杰瑞并不懂关凯手势，待在原地不动。

麦克发现这个情况后，对汤姆和两个雇佣兵说道：“他们已经向中间靠拢，你们选好位置，准备伏击。等他们靠近时再打。”

等两个小组靠近后，李古力说道：“关凯，注意。敌人就在前方不远处。”

关凯说道：“知道了，队长。”

李古力停了一分钟，见四周没有动静，对关凯说道：“我们再向前一点。”

待两人和麦克的距离只有20米时，麦克正准备下令开枪射击，突然，郑淑敏忽地从地上爬了起来，大声呼喊着“危险”，麦克一惊，没想到郑淑敏竟然还活着，但转眼间就朝着李古力方向开枪。

当郑淑敏被汤姆捂住嘴时，就立刻明白自己和他硬着干是没有任何意义的。她急中生智，自己屏住了呼吸，假装死亡。没想到这一招竟然还真的骗过了被分了心的麦克和汤姆。当她看到李古力正慢慢向着麦克的埋伏圈靠近时，为了提醒他，她不顾一切地喊了出来，同时冲了出去。

李古力看到郑淑敏没事，大喜。但她现在却成了一个移动的活靶。为了救郑淑敏，李古力跑向前方，大声疾呼“趴下，趴下”，并和关凯同时朝麦克的方向开火，试图压制住麦克等人的火力。

郑淑敏根本听不到李古力喊什么，此刻她的脑海中只有一个念头，跑到李古力的身边，她就安全了，她太需要这份安全感了。

说时迟，那时快，李古力从藏身处一跃而起，几步冲到郑淑敏身前，将她扑倒在地。郑淑敏感觉到李古力怀抱的压力与安全，前面几个小时所有的惊吓和委屈化作泪水夺眶而出。

这时，杨猛和王贵华也已加入战斗。他们快步向李古力方向跑去，杨猛跑得最猛，他和关凯一阵扫射，暂时压制住麦克等人的火力。

见对方火力有所减缓，李古力奋力起身，把郑淑敏拉到一棵树后，并把她挡在身后，继续向麦克方向射击。郑淑敏在他身后还在为刚才那一刻晕眩，突然她看到有猩红的鲜血从李古力的左臂上汩汩渗出，顿时惊喊道："李队长，你在流血。"

李古力没有注意她说什么，他向关凯喊道："关凯，十一点钟的那个，我们合力干掉他！"

汤姆此时已经和麦克聚拢在一起，见到对方火力甚猛，就对麦克说道："撤吧，麦克。对方火力太猛了！"

麦克发了疯似的吼道："不！狗娘养的，我们今天一不做二不休！"

李古力此时刚把子弹用完，正在换子弹夹，麦克以为李古力没有了子弹，就想冲向前去活捉李古力。麦克刚要冲出去，被汤姆一把推倒了，而汤姆的上身同时暴露，关凯举枪就射，一颗子弹正中汤姆心窝，鲜血喷洒在麦克的脸上，麦克顿时清醒，眼看着汤姆颓然倒下，麦克失声痛哭，大声喊道："汤姆，汤姆，汤姆……"

此时两个缅甸雇佣兵和杨猛打得正酣，听到麦克的呼喊，他们两个转头向麦克方向看去，这时，一直没有真正参与射击的杰瑞看到机会，一个点射，一个雇佣兵应声而倒。另一个雇佣兵见同伴倒地，知道自己寡不敌众，转身撒腿就跑。王贵华补上一枪，把他也结果了。

汤姆倒地之后，嘴中还念念有词，麦克凑过去，汤姆的声音已经微乎其微，只听得"快跑，快跑"，麦克明白汤姆用心，叫道："我们一起走，我不会放下你的！"

汤姆用尽自己的最后一口气，用手推开麦克，麦克迫不得已，只得转身逃离。

李古力从树木后面转过身，见到麦克逃去，怕另有埋伏，没有追击，问道："我们有没有伤亡？"

"没有！"大家前后应道。

郑淑敏听到高雅妮的声音，像见着救星一样："雅妮！李队长他在流血！"

高雅妮听声小跑过来，把李古力拉到一旁坐下，检查之后说道："还好，没有伤到骨头。"她从医疗箱中拿出纱布、云南白药以及手术刀，为李古力取子弹。

在高雅妮为李古力取子弹时，关凯在打扫战场。不一会儿，关凯跑过来说道："报告队长，敌方被击毙三人，缴获三支步枪和一把新武器。"

李古力咬着牙，脸上青筋暴起，高雅妮用镊子将子弹取出，李古力擦掉额头上的汗珠问道："什么新武器？"

"我也不知道，你看看呢。"关凯将武器交到了李古力手中。

李古力检查了一下说道："这武器的形状似乎在一本国际武器介绍书中看过，好像是德国的。具体是不是我也不清楚，带回去研究一下。"

这时站在一边的郑淑敏说道："这件武器是麦克他们在山上天坑附近捡到的，那里死了很多白人，这些武器都是那些白人的。"

"白人？"李古力脑中冒出一个大大的问号，根据目前掌握的线索推测，一定是那些白人杀死了上吉村的村民，可又是谁杀死了这些白人呢？

郑淑敏向李古力凑近了小声说道："其实我还在天坑附近发现了一种新物质，它的密度和黄金十分相似。"

李古力点了点头，对郑淑敏说道："你确定？"

郑淑敏说道："我确定。"

高雅妮包扎好之后，李古力活动一下肩膀，对众人说道："我们先休息5分钟。下面的任务，我们全力调查黄金之谜。"

二十四章

“同学们，静一静。”史蒂芬妮老师领着一个瘦弱的男孩站在讲台上，全班同学渐渐停止了争闹，看着老师和这个新来的同学。“这是汤姆，嘿，汤姆，和大家问个好。”

瘦弱的汤姆显得有点儿紧张，他小声地说道：“大家好，我是汤姆。”众同学看着汤姆瘦弱的样子，一个学生突然喊道：“嘿，汤姆，你怎么瘦得像个猴子？”全班同学听到后轰然大笑。

汤姆的脸“刷”的一下红了，史蒂芬妮老师制止道：“闭嘴！麦克，这样很没有礼貌，知道吗？”看了看全班只有麦克旁边的座位是空着，她对汤姆说：“你去坐到麦克的旁边。”汤姆缓缓地走过去，到自己的座位上坐下。

麦克不等汤姆落定，说道：“嘿，伙计，你从哪里来的？”

“我们刚从波士顿搬过来，我爸爸破产了，我们没有钱了，就回底特律老家来了。我能和你成为朋友吗？”汤姆羞涩地问道。

“好。以后你就跟着我吧！我叫麦克。”麦克拍了拍汤姆的肩膀。汤姆

“嗯”了一声。

这是麦克第一次见到汤姆，麦克比汤姆稍高一点，但麦克很强壮，汤姆很瘦，他们都在底特律南部希尔戴尔街的小学上学。

……

今天一天内，麦克连接着经历了他有生以来的最惨痛的失利，不仅自己努力多年训练的雇佣兵全部战死，连最亲密的伙伴汤姆也死了。想起刚才汤姆为了救他被敌人打中心窝的情景，他万分懊恼，痛苦不堪。他心里说，“汤姆，真对不起，我一定要为你报仇”。

汤姆和麦克住在同一条街上，两人放学后一起回家。他们所在的这一街区的治安不是很好，经常发生打架斗殴事件，也有大孩子勒索保护费。麦克仗着自己身体强壮，根本不把大孩子放在眼中，与他们打起架来也不吃亏。汤姆有麦克的保护，也没交过保护费。终于有一天，大孩子们决定联合起来，给这个小子一点教训。

在两人放学回家的路上，4个大孩子带头，领着十几个孩子围住了两人。

“小子，看你往哪儿跑。”领头的孩子得意地说道。

麦克小声说道：“汤姆，一会儿我缠住他们，你趁机快跑。”

汤姆固执地说道：“不，我不跑，我要和你一起对付他们。”

“你打不过他们的。”

“那我也不走！”

结果自然是两人被狠狠地揍了一顿，但是经过这件事后，两人的感情更近一步，成了兄弟。

读到高中，他们俩人都喜欢上了下一条街上的露茜。而露茜却并不明确和他们俩表态和谁好，害得他们俩为此还互相不理睬了好长一段时间。后来露茜去了纽约读大学，而他们两人上了同一条汽车流水线，然后又和好如初。后来他们一起参军，在伊拉克出生入死，其间汤姆还救了麦克一命，到现在麦克还没有找到机会补偿汤姆，而这次，他却再次救了自己的命，并且还搭上了他自己的命。

“可恶的中国人！”麦克心里骂道。

冷静下来，麦克开始理智起来，要为汤姆报仇，不能硬拼，只能智取。

前两次的大意使麦克逐渐发现李古力小组具有极高的军事素养，战斗力极强，这分明是一支精锐的特种部队，他不禁为自己的鲁莽而懊恼。但作为一个久经战场、有丰富军事经验的士兵，后悔从来不会在他的脸上显示出来。他的脸上除了对汤姆的歉疚，就是复仇的决心。他考虑着下一步的计划。

就剩自己一个人了，唯一能够获胜的机会，就是狙击。麦克看着山林中的地形，回想起只有天坑附近才是理想的狙击地。天坑凹陷到地下，深不见底，四周树林浓密，便于隐蔽，且在天坑附近还可能有黄金，那个女人一定会带着他们去那里的。想到这里，麦克急速地往天坑方向跑去。

李古力的小队稍作休整的时候，吉姆和杰瑞走到关凯面前，杰瑞伸起大拇指，吉姆说道："关，你真厉害，刚才把那个家伙一枪毙命。"

关凯呵呵一笑，回应道："他的枪法，也厉害，一枪就把，那边那个家伙，打倒了。"关凯和吉姆、杰瑞说着破碎的中文，连比带画的动作甚是滑稽，一边的高雅妮看得直笑。

杰瑞看高雅妮参与进了谈话就直接用英文问："关，你的枪法是怎么练成的？我们以后有时间得相互切磋一下。"杰瑞说得很快。

关凯看高雅妮，高雅妮说："他说他想和你回头比试枪法呢。"

郑淑敏见他们几个聊得正酣，就凑过来，问道："你们聊什么呢？这么高兴。"

高雅妮见郑淑敏过来，还在惦记着刚才李古力翻身把她扑在怀里的一幕，心中有些许不快，但仍然是满脸笑容地说："刚才杰瑞说有时间要和关凯比试枪法呢。"

李古力这时候也走了过来，对郑淑敏说道："对了，郑博士，我给你介绍一下。这两位是美国中情局的，来这里调查外星人。"他停顿了一下，又对吉姆说："这位就是我们要营救的台湾来的地质学博士郑淑敏郑博士。"

吉姆接上李古力的话说："我们这是第二次见面了，郑博士。先前还要谢谢你给我们的提醒。"

郑淑敏一听到又是美国中情局这三个字，心中一凛，她用英语问吉姆："你们真是美国中情局的？"

"是呀。"

郑淑敏又问："那你认识刚才那两个中情局的人吗？"

吉姆和杰瑞同时意识到郑淑敏误会了。杰瑞说："他们不是我们中情局的，刚才李队长都知道了。"

郑淑敏向李古力投去询问的目光，李古力点点头，说道："是的，绑架你的那两人是假中情局的。这位吉姆是中情局研究外星人的专家，杰瑞先生是吉姆的搭档。"

郑淑敏"哦"了一声，略带歉意地说道："不好意思，但是想不到中情局还管 UFO 的事。"郑淑敏有了一个大胆的想法，那些与黄金类似的东西，不会是外星人留下的吧。她想了想，并没有把这个猜测说出口。

这时李古力对大家说："大家休息好了就出发吧。"

郑淑敏在他身后关切地小声问道："你的伤没事吧？"

"没事的。谢谢你。"

李古力继续道："我们现在去天坑。关凯、老杨你们在前面带队。郑博士，你和雅妮跟在我后面，小王协助保护。吉姆，你和杰瑞一起。"

众人都答应了一声，只有郑淑敏听见李古力直接称呼高雅妮为"雅妮"后，心中泛起一点酸意。她把目光向高雅妮看去，高雅妮此时正好也向着郑淑敏看来，脸上仍然是笑嘻嘻的，没有其他任何特别的表情，郑淑敏就放心了，觉得这是他们相处久了，自然而然的称呼，脸上也露出一丝自然的笑容。

高雅妮没有明白郑淑敏的表情"先阴后晴"，她仍然是一腔热情地说："郑姐，我们走吧。"

一路上，大家没有出声，只是急速地向天坑方向前进，关凯走在最前面，时刻戒备。杨猛紧跟其后，李古力在他们的后面，前后照应着。

此时，天已经将黑，东方一轮圆月缓缓升起，皎洁的月光穿过丛林。丛林中或明或暗，盘旋交错、光怪陆离的树影在月光的映射下显得阴森恐怖。黑夜将至，丛林里的动静反而多了起来，不知名的鸟在不远处短促地叫唤着，似乎在跟随着李古力的队伍。

小队无声地在密林中穿行着，一路上郑淑敏不时地用笔记本查看遥感卫星上传来的实时更新的方位和黄金数据，来确定所行的方向是正确的。

他们走到天坑附近时，天已几近全黑。幸好月光皎洁，道路清楚地在眼前铺展着。

然后他们没有发现就在前方不远处，一双充满仇恨的眼睛正注视着李古力一行人的一举一动。麦克清楚地看到走在最前面的就是今天开枪打死汤姆的家伙，他心中默念，汤姆，我今天一定要为你报仇。现在我已经找到了杀你的人了，他就在我眼前，在我的掌控之中，你放心，汤姆，你等着！

李古力没有察觉到危险的到来，但他仍旧时刻警惕着。关凯走在最前面，手中拿着突击步枪，寻找着一切可疑的动静。杨猛在关凯的身后，边观察边向前移动着脚步。他们不知道逃走的麦克是否已经就此罢休而自己走掉，他们不能在这最后的关头掉以轻心。但周围没有任何异常，偶尔的猫头鹰的叫声牵动着他们紧绷的神经。

突然关凯感觉脚下一软，心中猛的一颤，立刻停住脚步，向下看去，只见一只浑身灰白的野山鸡咯咯扑腾着翅膀朝前方跑去，一声枪响骤然响起。

关凯想着要看看脚底下的软物是什么，他往下低了低头，就在此时一声枪响划破夜空，并在关凯后脑勺上滑过，在上面留下一道似乎是锐利的刀锋剃过带走的一道肉色条痕。没有多想，他本能的把听到、感觉到的信息传达给了他的队长："队长，十点钟。"

李古力正走着，见关凯突然停下来，本想询问关凯发生了什么事，他还没有来得及说话，枪声已经骤然响起。他下意识地刚要对大家喊"卧倒"，时间还没让他来得及说出这两个字，就听得关凯的喊声："队长，十点钟！"在这零点零几秒之间，李古力的思绪迅速转换，提枪、瞄准、开枪射击，而同时喊出："卧倒！"

麦克看见关凯在路上突然停下，手指在那一瞬间收到大脑发出的命令，他扣动了扳机。子弹瞬间滑膛而出，呼啸着朝关凯飞去。而同时，他听见目标在大喊，然后"噗"的一声，一颗子弹从他前额穿入。

山林中的寂静再次弥漫开来，杨猛刚才还没有来得及反应，两声枪响已经过去。这时他稍稍抬起头来，朝左侧看去。虽然月光透过树木洒在林子里，但他并不能看到太多的细节。他匍匐着朝左侧爬去，而此时，关凯和李古林也已经匍匐过来。

一分钟后，他们找到了麦克的尸体。他的头软软地耷拉在他的阻击枪上。前额上汩汩流出的血聚集在他趴着的借以藏身的横在地上的圆木上软软的青苔上，月光下显示发暗。

他们所有人，终于松了口气。

杰瑞松了口气的同时，感到震惊。他听说过神秘的墨龙，但和李古力小队待在一起差不多大半天，并没有觉得他们和其他训练有素的军人有什么不同。他还希望李古力他们真是墨龙就好了，因为他回去可以骄傲地对同事们说，其实墨龙只不过如此，不威猛强悍，没有盛气凌人。对他来说，关凯已经是这个小组里最厉害的角色了，而李古力不过是一个会下命令的士官罢了。直到看到麦克的尸体，他才明白自己错了。刚才两声枪响几乎是在同一时间，他根本没有想到这个几乎看似文官的队长能够在任何人都会选择卧倒的时间内，把几十步远的藏卧在一条横在地上的粗木后面只露出一点头部的狙击手击毙。

墨龙，难道这就是墨龙？

杰瑞随手翻了翻麦克的衣物，说道："可惜了。"

李古力"嗯"了一声："我们继续赶路，争取今晚就能把黄金的事搞个明白。"这时郑淑敏突然想起白天麦克在焚烧尸体时从枪上卸下的东西。她走到麦克尸体旁，在麦克的行军袋中发现了这个物件，她刚要对李古力说这件事，却突然听关凯在不远处轻声喊道："不好，队长，前面来了大队人马！"

篇八
黄金

章四十三

“快隐蔽。”李古力低喝一声，众人皆趴在了草丛中，隐蔽了起来。见众人都已隐藏好身影，他和杨猛跟着关凯，来到他发现大队人马的地方。顺着关凯指的方向他看见三个身着统一服装的人，手拿 AK47 出现在他的视野中，一人在前，两人在后，前面那人举枪，后两人枪口向下 45 度。

“队长，他们向我们刚才休息的地方走过去了。”关凯小声说道。

李古力眉头紧皱，意外之事来的速度远超他的预计，他扭头问道：“老杨，你认得这伙人吗？”

“队长，我们好像有麻烦了。”

“怎么了，什么麻烦？”李古力不解地问道。

“队长，这些是政府军。因为在缅甸的各个势力中，只有政府军有统一着装，他们的军装均为草绿色，肩部的图案很容易辨认。”

“军队怎么会来？他们来干什么？看这三个人行进时的动作，一人在前，两人在后，前面那人举枪，后两人枪口向下 45 度。他们的动作很是专业！”关凯皱了皱眉，看向李古力。

“嘘，他们朝我们这里走过来了。”李古力悄然说道。

看着 3 名缅甸兵不断地靠近，李古力的心提到了胸口。如果被他们发现，打还是不打？因为是敌是友还没有判断清楚。

那三个缅甸兵在他们前面 20 米左右停了下来，前面的人对后面那俩人道：“刚才你们有没有听到什么声音？”

“没有啊，排长。”俩人同时摇头道。

“没有？莫不是我的幻觉。对了，你们去向营长汇报，第三小组抵达设定位置，没有发现可疑情况。”

“是，排长。”那两个人应声转身朝后跑去。独自留下来的缅兵，再次看了看四周后，便朝天坑方向走去。

“老杨，他们刚才说什么了？”

“去天坑方向的人是个排长，另外两个人去向营长报告这边没事。”

“营长？”

“是。我们缅甸这边军队是按营建制的，这可能就是一个精英营了。”

“那么有一千多人？”

“嗯。一千多人。”

“队长，他们是些什么人？”王贵华不知什么时候挪了过来。

李古力没有回答他，继续问杨猛：“你觉得他们是敌是友？”

杨猛无奈地摇头：“不知道。”

“听，又有人过来了，而且是很多人。”趴在地上的关凯，用耳朵听着地面道。

“这样，我们回去，避开他们。回头我们想办法尽快调查黄金的事，然后随即撤离。”

“好。”

他们 4 人返回到高雅妮等人的位置，李古力说：“前面有缅甸的正规军，可能有一千多人，我们需要避开他们。郑博士，除了去刚才你到过的地方，还有没有其他地方或是办法检测这里是否有黄金？”

“嗯，没有。”郑淑敏回答道。

“那我们先找一个安全的地方，再找机会。老杨，你知道哪里能够避开这些人吗？”

杨猛答道：“坝上肯定已经全是人了。我们只能上山。天坑在左，他们似乎在那边聚集，我们从右上。”

“好。我们上山。”

此时，缅军大队人马已经到了李古力他们5分钟前所在的位置。突然，缅军中有人大喊了一声：“那边有人。”显然，一个士兵发现了李古力等人的行踪。

“糟糕，被发现了。”李古力大脑飞速运转，思考着对策，一秒钟都显得那么珍贵，稍一迟疑，整队人就会陷入包围之中。“我和杨猛将他们引开，关凯你带他们上山。我们回头来找你们。”

“队长……”高雅妮还想说什么。

李古力打断了她的话：“执行命令。”

“你们给我搜仔细点，奇怪，哪里有人？”小队长骂骂咧咧地说道。

杨猛瞄准了他，正要扣动扳机，李古力压低嗓音说道：“我们还不知道对方是敌是友，不能开枪。”

杨猛点点头，但似乎在问他：“不开枪，怎么办？”

“你看到还是听到有人了？”这时小队长停下脚步，呵斥刚才喊有人的士兵。士兵不敢回嘴，唯唯诺诺地说：“好像，好像。”

“下次不要好像。看准了再喊！我们左边上山去和营长会合。”

待他们离去，李古力和杨猛同时松了口气。李古力说：“不行，我们得先弄清楚他们是什么人，不然我们太被动了。”

杨猛看着远去的士兵的背影，说：“我有办法。”

“嗯？”李古力诧异道。

与此同时，关凯带着众人正在山林中穿行，王贵华每隔一段距离，就用刀子在树的根部画下一个小小的符号。

“王先生，你这是在做暗号吗？”

“是啊。这样回头他们找我们就容易了。”王贵华淡淡地一笑，仿佛没有一丝的紧张和担心。

“你担心他们吗？”吉姆脱口把话说出来后就后悔，这个问题问的真不是时候。

“他们不会有问题的。对我们队长来说，这也不是第一次了。杨先生更不是一般人，他是这里的地头蛇。”

“呃，什么是地头蛇？”

“地头蛇就是……就是……”王贵华挠挠脑袋说道，“就是他对这个地方很熟悉，谁也抓不了他。”

“哦！”吉姆点点头。他希望通过每一个机会，更多地了解这个可能是墨龙的组织。

“别说话了，快点走。”走在最前面的关凯回头说道。

山路迂回曲折，此时，有着丰富野外生存经验的关凯充当向导，带着王贵华等人，走在最前面，他挥舞着手上的虎牙军刀，砍断偶尔挂到路中间的藤蔓。不一会儿，他们就听到了潺潺的流水声。随着水的声音，他们找到了一个小溪，这是一条差不多两米宽的小溪，流动的溪水在月光下闪闪发光。在缅甸山区，最能保证爬山不迷路的方法，就是顺着溪水向上走。而且，正因为如此，溪边也是人们最常走的路，因为人多，也就有了路。众人在小溪边停了一下，喝一口水，溪水甘甜凛冽，顿时让这帮在三十多摄氏度闷热的山里跑了一天山路的人们觉得凉爽许多。他们脚下的步子变得稍微轻松了一些。

在另一边，李古力和杨猛这时已经穿着缅军的衣服往天坑方向进发。刚才没有费太大力气就打晕了两个落单的士兵，换上了他们的衣服。他们现在想的，就是赶去军队集结的地方，去确定目前到底是什么形势。

靠近山顶的地方，士兵开始多了起来。突然，李古力身后有人喊道：“你们两个家伙，聋子啊，我问你们干什么去？”

杨猛转过身来，对那喊人的年轻士兵媚笑着说道：“啊，我们在找人呢。”

那年轻士兵是个低级别的军官，但仍然被杨猛脸上的刀疤吓了一跳，把杨猛当成了老兵油子，他才被分到这个营，不能得罪老兵，语气顿时柔和起来：“找谁？营长正在发火呢。快点上去吧。”

“好的。就上去。就上去。”杨猛没想到会这么容易就蒙混过去了，两人跟着这个年轻军官爬上了山坡的最高处。月光下，天坑的边缘，那8个圆柱围成的圆圈，很多在议论着什么的士兵的影子正围在这山顶的平台右角，左边一群士兵在支架着一顶军用帐篷，左边近侧人少的地方还有一个瘦小的军官踱着步正打着电话。来不及仔细观察，杨猛听到那军官的一两句话，脸色已经变了。他一边朝人多的右角走去，一边在仔细地听着那军官的说话。

这时，带他们上去的年轻军官看瘦小的军官讲完了电话，走上前去说："报告营长，到目前为止，我们找到3具尸体。其中一个是白人，两个是中国人，没有发现其他人。报告完毕。"

"没有找到活的中国人？他们一共有6个。"

"还没有。"这个年轻军官明显的底气不足。

"再仔细地搜。搜到天亮也要搜！搜到尽量抓活的，活的抓不了，死的也行！"

李古力也听到了他们的对话，他一脸茫然地看着杨猛。杨猛拉了拉他的衣角，轻声说："我们走。"

"哎，你们。"那个年轻军官又对他们喊。杨猛很是懊恼，怎么就盯上我们了。"你们跟我一起下山去。"

杨猛应道："好。"心想随你如何，我也刚好要下山。李古力紧跟其后，随着下山。

"这是怎么回事？怎么刚上山又下山？"杨猛再次有些谄媚地问年轻军官。

这个年轻军官似乎很乐意手下有这么一个看似厉害的角色听他指挥。"出发前不是说了嘛，这边有叛军和中国人勾结，杀了我们一个村子的人。但除了找到两个外国人和两个中国人的尸体外，其他什么人也没有。所以我们还得下山去找，我的那个连还在路上。嗯，对了，你们是哪个连的？"

杨猛"嗯哈"了一声，说："我们掉队了。反正在这山里，我们现在就跟了连长你了。"

"也好。回头把你们调到我的连来。"

走了一程，经过一片密林，杨猛一声"哼"，捂住肚子："坏了，肚子坏了。或者连长你先走，我们随后跟上？"

"也好。你们沿这条路一直走，十多分钟就到我的连了。"

"好，好。我们随后就到。"

他们一进密林，便撒腿一阵狂奔。确定没有人赶来，杨猛气喘吁吁地说道："麻烦大了！"

李古力一直在等着杨猛解释："怎么了？"

"这是一个正规军的营。上面看到的那个瘦子，是他们的营长。他们说有中国人勾结叛军杀了他们一个村子的村民，所以在搜索中国人和叛军。前面麦克 4 个人的尸体他们也找到了。"李古力心里一惊，他们怎么知道有中国人在这里？为什么造谣说中国人杀了村民？

"对了，还有，这个营长有问题。他先前电话里说的是，已经找到了一些特遣队烧焦的尸体和武器，也找到了前面小组的踪迹，而且答应着一定会把中国人杀掉，不留活口。而且，他们把汤姆边上死的两个雇佣兵也当做我们了。"

李古力纳闷道："我们之间又没有什么深仇大恨。就算我们做了什么，他们也应该抓住审讯才是，怎么就直接要杀人呢？"

"就是。"

"这么说，这些人会不会是背着缅甸政府来的？"

"我几乎可以这样肯定。而且这个营长一定有问题，因为我还听到他挂电话时说的一句暗语。"

"什么暗语？"

"我们是一个佛教国度，但这里也有邪教。我手下曾有过邪教归正的人。他们说话结束时，都用这个暗语收尾。"

"是这样？"

"这个邪教和欧洲关系密切，这个营长一定是欧洲方面的人！他和前面所有的人，包括楚温，全是一伙的。"

李古力暗暗心惊，欧洲势力的实力远超他的想象。很显然，他们不但用金钱收买人力，而且还利用邪教收买人心。甚至，他们竟然可以调动缅甸的军队，即使是私下的调动。现在这个形势，下面如何行动？他问自己。

天坑已经被那个营长占着，如果按郑淑敏所说，黄金就在天坑附近，那么就只能等军队撤离才能行动。不管如何，先和队伍会合，再做打算。

两人回到与关凯等人分手的地方，李古力找到了王贵华留下的记号，两人一路追了上去。关凯看到突然出现的两人，把他们当成了缅甸军人，正要开枪，李古力低声叫道："别开枪，是我！"

"是队长！"蔺雅妮高兴得跳了起来。

"小王，快把卫星电话给我，我有急事和上级联系。"李古力取过王贵华递过来的电话，拨通了电话。

关凯问杨猛，说道："发现什么了？"

杨猛看了吉姆一眼，也不隐瞒，说道："我们混到了缅甸军队里，得到一个重要情报，这些军人并不是缅甸政府派出来的，他们的背后很可能是一个欧洲势力！"

众人一惊，吉姆第一说道："不可能，就算是美国，也不可能在缅甸调动军队。在我们的数据库中，也没发现欧洲有这么强大的势力。"

杨猛耸耸肩，说道："我也不知道，也许你们的情报不对吧。"吉姆将杨猛的话翻译给杰瑞，杰瑞也是一脸的不相信。

李古力结束了与肖先生的通话后回来说道："我们的组织会严密注意欧洲方面的动态，并告诫我们，尽快完成任务，而且也尽量避免与政府军冲突，我们继续上山，找一个安全的地方暂时避一下。"

20分钟的上坡山路的急行军，关凯和杨猛发现山路已经到了尽头，而这尽头却是一段陡峭的悬崖。吉姆看前面人停下脚步，于是赶上前去，“我的上帝！”他有些绝望。

杨猛一拳砸在右边的山石上，好生懊恼，这条路怎么一下就没有了呢。要知道山里的路不是很容易就开凿出来的，不管是谁，既然要开路，就一定不会把路引到这悬崖峭壁上来的。但面前这条什么地方也不通往的路，又是绝对的现实。

李古力安慰他说：“没事，我们原路返回。”

兴冲冲上山的时候，大家力气都几乎耗尽了。下山虽然脚下轻松，但除了李古力、关凯和杨猛，大家都觉得脚下发飘。往下“飘”了三五分钟，却听到了下面有人用尖锐的嗓门大喊：

“这边就这条路没有搜了，我们往上仔细地搜。如果在这边，我就不信找不到他们。”杨猛和李古力觉得这声音好熟悉，正是那个年轻的连长。

真是冤家路窄，却已是无路可走。

李古力不是个轻易接受失败的人，他一边对大家说："大家四处找找，看看有没有可以藏人的地方。"一边想着自己和杨猛还穿着缅军的服装，如果需要，可以和他们先周旋一段时间，给其他人突围的机会。

众人四处打量，但右边是差不多一人高的灌木和灌木后的山壁，左边便是断崖。别说是 8 个人，就是一个人也无藏身之处。

王贵华惨兮兮地说道："队长，这地方根本无法藏人。"

高雅妮说道："再找，再找，绝不放弃！"

看着靠着山壁的灌木，王贵华心机一动。他觉得如果灌木足够厚的话，大家也许就能藏进去暂避一时。于是他发疯似的开始抬脚踢路边的灌木丛。这时，隐约已经可以听到缅甸士兵的对话了。李古力、杨猛挎枪在前，关凯在后，随时准备着开始下一场的战斗。

郑淑敏看王贵华一脚深一脚浅地踢着灌木丛并从自己身边绕过，以为他失去了理智。但随即她就意识到了他在做什么。她也一个左转身，想着自己的登山鞋应该能够承受厚实的灌木丛，飞起一脚，殊不料随着抬起的右脚，左脚失去了重心，整个身子突然就滑没在灌木丛里。

不远处的王贵华立即意识到他的想法又对了，他对着李古力激动地轻声喊道："队长，有了。"随即钻进了刚才郑淑敏消失的地方。他没有想到，这里并不是他所想象的灌木丛。他钻进去之后，才发现里边一片漆黑，是一个山洞。他对着黑暗问："郑博士？"

"我在这儿。"黑暗中郑淑敏回答。

王贵华在里边对外面压着嗓门喊："队长，这是个山洞。"

吉姆跟着探进身来，叫道："感谢上帝！"

李古力指挥大家："都先进去再说。"他最后跟大家进去后，仔细地整理了洞口的灌木丛，确定洞口不会被人轻易发现。

这时，几柱手电光已经让众人看到洞内的情景，一个很普通的山洞，里边还有一个转弯。

李古力说："关凯和老杨，你们留守洞口，其他人往里走。"说着，他走到坐在地上的郑淑敏身边，问道："郑博士，你没事吧。"

"嗯，谢谢，没事。脚有点扭了，没事。"

高雅妮见状，走了过来，说："郑姐，来，我扶你。"

众人安静下来，观察四周的环境。转过入口不远处的转弯，山洞变得幽深狭长。最初一段的石壁还很粗糙，有着明显的人工开凿的痕迹。但再往里走，石壁就开始变得相当的光滑，手电光照上去，都能看到反光。用手摸上去，冰冷而滑腻，如同有人专门打磨过的一样。洞内不时地有冷风吹来，让众人不由自主地打起了寒战。

郑淑敏是地质方面的专家，看到眼前的情况，她说道："这个山洞很奇怪，外面的山石是石灰岩，也就是化学沉积岩；而里面这里，却越来越像花岗岩。完全不可思议。"

王贵华好奇地问："这有什么差别？"

"如果这洞里面也是石灰岩的话，我们就会看到石林，或是倒挂的钟乳石，而这里，却是坚硬的花岗岩。"

"嗯，我们再往里面走走看，还有什么。"

渐渐地，干燥的地面已经不在，而此时，众人的脚下，已经有了一层薄薄的积水。此时，洞内的气温大概只有十摄氏度左右，从三十多摄氏度的温度下进来，人们的身体在适应着。

"你们有没有发现什么不寻常的事？"王贵华小声地问道，声音也因寒冷而变得颤抖起来。

"没有啊，就是冷了点。"高雅妮哆哆嗦嗦地说道。

"是的，这个山洞的石壁很光滑，而这里通常不会有人来的，所以不应该是这么光滑的。"吉姆轻轻说道。

"这是什么？"王贵华的手电筒照过洞壁，他发现洞壁上面有什么。

吉姆也看到了洞壁上的东西，他双目放出异样的光彩，几步跑过去，也不管有多脏，直接用衣服的袖子擦起了洞壁上积攒了不知道多少年的表层。洞壁上的东西更加清楚了，吉姆激动得禁不住压低着嗓门傻笑起来。

杨猛问道："他看到什么了，激动成这样？"

“过去看看。”李古力一带头，众人马上围了上去。李古力看到那洞壁上有人刻了奇怪的东西，说不出是文字还是符号。但是他敢肯定，这东西与他之前看过的所有文字都不一样。看吉姆兴奋的样子，这难道就是他苦苦寻找的外星文明？

“哎，这种文字我好像在哪里见过！”王贵华的一句话让吉姆脸上的笑容顿时凝固了。

吉姆听了王贵华的话，瞪大了眼睛看他。

李古力对王贵华说：“小王，你可不能乱说。”

王贵华不好意思地挠挠头，说道：“我真的好像在什么地方见过，只是一时间想不起来了。”

高雅妮讽刺地说道：“你不是总是吹嘘自己过目不忘吗？这回怎么想不起来了，我看那，你根本就没见过。”

“我真的见过！”王贵华争辩道。

吉姆笑着摇了摇头，从背包中拿出数码相机，把石壁上的字拍了下来。

“继续前进吧！”在后有追兵前路不知的情况之下，李古力不可能让小队在这里停留太长的时间。由他打头，小队继续向前探索。幽暗的洞内不时地散发出来潮湿的气味，使人产生一种感觉，在黑暗的深处掩埋着不为人知的故事。

洞内异常地安静，静到只能听到“沙沙”的脚步声，粗重的喘息声，还有自己逐渐加快的心跳声。滴答，不知何处一滴水在滴落。走在队伍中间的王贵华第一个受不了了，小声说道：“太安静了，大家说说话吧。”

郑淑敏接茬儿说：“我也感觉不太对，这山洞里太安静了。”

李古力追问道：“怎么不对了？”

吉姆应道：“我也觉得这里很奇怪，世界上的山洞我钻过不少，可没有一个有这种奇怪的感觉的。”

“我发现了一个问题。”郑淑敏说道，“这个山洞里没有回声。”

吉姆问道：“郑，没有回声？什么意思？”

“当声波投射到距离声源有一段距离的大面积平面上时，声能的一部分被吸收，而另一部分声能会被反射回来，中间的时间间隔如果超过十分之一秒，我们的耳朵就能分辨出来。在山洞中回声是种很普遍的现象，我注意到，这个山洞里没有回声。一定有某种特殊的东西吸收了声波。可问题是，在这与世隔绝的密林深处，怎么会有这种东西？”

吉姆的眼睛又开始放光了，神秘的符号、吸收声波的特殊物质。洞穴变得神秘起来，他难以用语言来描述现在的心情，兴奋中带点迷茫，好奇中还有一点点的恐惧。有一种说法，人最大的恐惧来源于未知。他又是一个好奇心极重的人，之所以加入中情局，就是为了了解更多的信息，探寻事情的真相。现在，就有一个机会摆在他的面前，怎么能不激动？他心中暗下决心，一定要找出这洞穴中潜藏的秘密。

李古力说道：“总会有一个合理的解释的。”

六十四章

小队继续前进，手电的光芒刺穿黑暗，还没有看到洞穴的尽头。又在这梦境般的洞中前行了五分钟左右，李古力一行人来到一个洞室大厅内，随着头顶的豁然开朗，这里显得十分的宽大，地面变得更为平滑，洞壁非常地潮湿。杨猛不禁感叹道：“如果不是被军队追赶，我们也不会发现这处洞穴，这么大的空间，难道整座山都是空的？”

李古力没有心情欣赏眼前的景象，他只思着怎么把小组从军队的包围中带出去，再完成组织布置的任务。他让大家停在大厅的地方，自己带着手电快速地向前跑去，想着自己先跑一圈，看有没有出口，再决定如何走下一步。

结果让他失望，还不到一分钟，便是死胡同了。

希望军队不会发现洞口，但如果发现，也就只能在这儿死守了。

李古力跑回大家的所在，对王贵华说：“把电话给我，我打个电话。”

他接过电话，按下通话键，没有信号。他再次按下通话键，仍然没有信号。他通过耳麦问和关凯守在洞口的杨猛：“老杨，老杨。”

章四十六

小队继续前进，手电的光芒刺穿黑暗，还没有看到洞穴的尽头。又在这梦境般的洞中前行了五分钟左右，李古力一行人来到一个洞室大厅内，随着头顶的豁然开朗，这里显得十分的宽大，地面变得更为平滑，洞壁非常地潮湿。杨猛不禁感叹道："如果不是被军队追赶，我们也不会发现这处洞穴，这么大的空间，难道整座山都是空的？"

李古力没有心情欣赏眼前的景象，他只想着怎么把小组从军队的包围中带出去，再完成组织布置的任务。他让大家停在大厅的地方，自己带着手电快速地向前跑去，想着自己先跑一圈，看有没有出口，再决定如何走下一步。

结果让他失望，还不到一分钟，便是死胡同了。

希望军队不会发现洞口，但如果发现，也就只能在这儿死守了。

李古力跑回大家的所在，对王贵华说："把电话给我，我打个电话。"

他接过电话，按下通话键，没有信号。他再次按下通话键，仍然没有信号。他通过耳麦问和关凯守在洞口的杨猛："老杨，老杨。"

"在。"

"你看你的手机有没有信号？"

过了几秒钟传来回答："有。"

"你打电话通知孙老板，大概地告诉他我们的情景，让他联系肖先生。我们洞里没有出口，只能死守了。"

"好的。马上。"

这时，他听到郑淑敏的声音："队长，快过来看看，这是什么？"众人马上寻着声音，拢到郑淑敏的身边。

在洞穴深处的洞壁旁，高雅妮和郑淑敏用手电照射着一处巨大的石壁，只见在这个石壁高约两米的地方刻有一个门形的凹线，在凹线周围刻着许多神秘的图案。吉姆戴上眼镜，仔细地观察之后说道："这与前面洞穴中的雕刻同属于一个文字系统。"

所有人的手电筒从石壁的中心照起，沿着洞壁向两边移动，一幅巨大的神秘的图案出现在大家的眼前，它几乎占据了整面石壁，还有一部分绵延到了洞顶。就算放到科技发达的今天，完成这样一幅岩画也是一项浩大的工程。

"我的上帝啊！"吉姆激动得手脚发抖，除了叫着上帝，他再也说不出别的话来。杰瑞尽量保持着冷静，他举着相机，想要把岩画拍下来，可他的手在发抖，拍出的画面有些模糊。他深吸一口气，再次按下快门，拍的画面很清晰，但是照相机却无法把整幅岩画一次拍下，只有分开几次才能完整地拍下岩画。

李古力望着洞壁上的神秘图案问："老杨，你以前见过这种岩画吗？"

杨猛摇头说道："我从未见过，这不像是缅甸的东西。"

王贵华离石壁最近，他轻轻放下手中的电脑包，近距离地抚摸着洞壁，好似见到了久违的朋友。

高雅妮笑问道："王贵华！你又懂？"

"嗯！之前因为好奇研究过一段古文字。我想起来为什么觉得眼熟了，因为我真的见过类似的文字，就在中国的湖南，那可是一个神秘的地方。”说到这里，王贵华故意停了下来，看着大家的表情。

“王，继续讲下去，不要再卖关子了。”吉姆的中国腔听着有些滑稽，但在这样的场合下谁也笑不出来。

“小王，快讲下去，我们的时间不多。”李古力下了命令。王贵华不敢再拖延，开始讲道：“现时世上最广为人知的象形文字，是古埃及的象形文字——圣书体，精确地说，圣书体应属于一种意音文字。此外，现代中国西南部纳西族所采用的东巴文和水族的水书，是现存世上唯一仍在使用的象形文字系统。还有可能存在的第三种仍在使用的象形文字系统达巴文。”

“中国现代使用的汉字，不也是一种象形文字吗？”高雅尼好奇地问道。

“汉字虽然还保留象形文字的特征，但由于汉字除了象形以外，还有其他构成文字的方式，而且亦在某种程度上表示语音；而汉字经过数千年的演变，已跟原来的形象相去甚远，所以不属于象形文字，而属于表意文字。然而，甲骨文和金文亦还算是象形文字。此外，玛雅文字的‘头字体’和‘几何体’也算是象形文字。”

待到王贵华说完，吉姆急切地问道：“那你说洞壁上刻的这些是什么字？”

王贵华神秘地小声说道：“这牵扯到一个失落的文明，我们可能在无意中解开了历史谜团。并且，这与我之前的经历有关。”

王贵华早时在中国南部的湖南省永州市江永县上江圩镇待过一段时间，当地的一种奇特文字引起了他的兴趣，研究古文字的爱好也是在那时候形成的。江永地区有一种特殊的文体“女书”。“女书”又叫做“女字”，当地人叫做“长脚蚊”（长脚文）。它是世界上唯一的女性文字，是汉语方言的音节文字。王贵华当时收集了很多的女书作品，还编写了一款专门的翻译软件，用来解读女书作品。

“这款软件你还有吗？”吉姆急切地问道。

“当然有了，这可是我的心血。”

“快给我看看。”吉姆几乎是从王贵华的手中抢过了电脑。对照着它电脑中的女书作品，又看看洞壁上的雕刻。过了有几分钟，吉姆才说道：“两种文字是有相似之处，但还是有些区别的，我把你的软件做一些修正，应该可以解读这些文字。”

“没事，你改吧。”王贵华的话还没有说完，吉姆已经开始对程序进行修改了。

王贵华看了一眼叫道：“哎，不对，不能这么改……”

吉姆毫不理会王贵华，继续进行他的修改。

差不多十分钟后，吉姆敲下了回车键。“我的程序完成了。”再将洞壁上的符号输入电脑之后，程序真的开始解读了，一分钟后，一段不很连贯的文字被翻译了出来，最有可能的解释是，“这里的密码，通向神的世界”。

“密码，神？”王贵华惊讶地脱口而出。

“你能解开吗？”李古力问道。

“我试试。”王贵华将凹线周围的符号画下来，找出其中的规律，再通过电脑运算得出最有可能的组合，然后他用手逐个地触摸那些符号。一连试了几组都没有反应，而就在完成最后一组时，怪事发生了！王贵华的手指在一点一点地陷入石壁内，手指分别按住的符号，都在向里面内陷。但却没有丁点儿声响。大家都屏住了呼吸，目不转睛地看着王贵华那10根手指。手指不断地慢慢陷入，当陷入三厘米左右的时候，王贵华的手指停住了。同时，前方的洞壁突然轻微地抖动起来，王贵华赶忙把手指移开，地下传来轰轰的响声，某种机关在运作，李古力他们快速往后退着，石壁的一侧突然间慢慢朝里面开去，谁都没有发现，这里原来有一道石门。随着石门越开越大，李古力持枪在前面护着众人，最后石门完全向内打开。众人将手电筒照向打开的石门，里面黑漆漆的，仅有的光线看不清楚洞内的情况。

“嗯！看样子可以了！队长，我们进去吧！破解成功了！”王贵华满脸兴奋。

“小子真有你的！”李古力也轻笑了一声。

郑淑敏问道：“这里面会有什么？”

“进去就会知道的。”吉姆攥着他的背包第一个进去，杰瑞跟随其后，其他人收拾好东西，也跟了进去。

李古力走到第二层洞里，用手电照了照里面，平滑的路面完全不像是天然形成的迹象。这种情景，必定有出路在前面。他问王贵华：“你能把这门给关上吗？”

王贵华看到石门内也有和外面一样的符号，回应道：“能。”说着就要去按那些符号。

“慢！”李古力制止住他，说道：“关凯他们还在外面呢。”

通过耳麦，他问关凯：“关凯？”

“我在。”关凯的声音显得很小声。

“有什么动静吗？”李古力皱起眉头。

“他们就在外面。”

“好，招呼老杨，你们立刻跑过来。顺着洞一直跑，就会看到我的手电。”

说罢李古力对大家说：“我们往里边走，关凯他们回来了。”

只一会儿，关凯和杨猛就跑了过来。李古力对着关凯和王贵华打了个手势，示意向里面走去。

王贵华随即按住先前按的同样的字符，地下又传来闷闷的响声，石门就要关上。而正在石门关闭的刹那间，他们都没有意识到，刚才进门时吉姆攥着的背包里滚出一块他收集的化石。这块化石现在被夹在了将要关闭的石门中间，随着巨石巨大的挤压力，化石很快被慢慢碾碎，但化石的粉末却挡住了石门最终的完全闭合，留下了一条细细的石缝。

章四十七

李古力身后的那扇石门刚刚关上，缅甸军队在树丛里发现了麦克的尸体。

“报告营长！我们的巡逻兵发现了一具白人尸体！”一个士兵拿着无线电说道。

电话那头传来了郁闷的气息：“在哪里？”

“在背面的山沟里。”

“好我马上到！给我守好了！！”

不过十五分钟后，三十多个士兵簇拥着瘦个尖嘴的营长来到现场。他蹲下身子，仔细打量这具死尸。他突然好像想起了什么似的，皱起眉毛，显得很是无奈。他大声叫道：“拿电话来！”

身旁的一个士兵从背包里拿出了一个大个的电话筒，递给了营长。营长接到手里，拨了一串号码。紧接着静静地远离开士兵，在跟电话那头说着什么，似乎不想让士兵知道他的谈话内容。

打完电话的营长转过身来大声呵斥道：“一连二连三连都给我搜索这一片地带！”

“对了！已经派出的侦察连有什么消息吗？”他的声音变得柔和了许多。

“营长……暂时还没有其他新发现……”

营长刚要怒发冲冠的时候，士兵小头目手里的对讲机传来了侦察连队的声音。

“报告！西北山坡上发现可疑踪迹，正在搜查。”

营长立刻手一挥，指向西北面的山坡。

“立刻把他们给我带回来！要活的！就算死了也要看到尸体！明白？”

“遵命！长官！”士兵小头目响亮地回答并敬了一个军礼。

“五连六连分散开寻找其他方向，其他连队全部向着西北山坡进发！活要见人死要见尸！”士兵小头目大声地对着对讲机喊话。

营长又补充道：“他们有武装，让士兵们注意安全！”

士兵小头目立刻回应道：“遵命！”他快速拿起对讲机说道：“各连队注意！对方配有火力，各队小心应对！”

半个多小时前，密林深处，在昏热潮湿的灌木丛中，缅甸士兵的背后早已被汗水浸湿。他们一字形排开，在月光下，好似一条深绿的线条，缓缓地向前移动，士兵们用枪头扫开挡在身前的树枝和杂草，每一寸土地都不放过，仔细地在灌木丛中向前搜索。

这种仔细的地毯式的搜索很快就有了效果：一个士兵拨开了灌木丛，泥泞的湿土表面，覆盖着许多脚印。蹲下一看，旁边的灌木丛也有被踩踏折断的痕迹，他马上举起了手，队伍停了下来。

年轻的连长马上跑过来询问：“发现了什么？”

“这里有脚印，向左边山上去了。”

年轻的连长蹲下一看，冲着脚尖的方向说道：“左边，加大搜索力度。”

士兵们调整队形，组成了一个一字队形，很快他们就发现了更多的脚印和痕迹，跟着这些线索，他们追到悬崖边上，又折回，最后在灌木丛里找到了山洞的入口，年轻的连长马上向营长报告。

营长听到发现了踪迹，用最快的速度赶了过来。看到黝黑的山洞，他有些好奇，他们跑进这山洞做什么？难道这下面会有宝藏不成？营长越想越觉得有可能，但同时心中又打起了别的主意。他一挥手说道：“这里边藏有危险的恐怖分子，我们的任务就是消灭他们。子弹上膛，不许放走任何一个恐怖分子。”

“是！”四周响起了子弹上膛的声音。

营长一点头，一队三十几个士兵跟着连长钻进洞去。

差不多十分钟过去了，山洞里没有任何的声响，既没有枪声，又没有回报。正当营长的耐心到了极点的时候，有士兵回来报告说：“营长，下面是一个巨大的洞穴，没有发现恐怖分子。”

“没有人？怎么可能。”营长亲自钻到洞中。

士兵们用火把将山洞照得通亮，完全没有李古力等人下来时的异样感觉。营长径直走到了洞口的尽头，在那巨大的空间里停了下来。

“是不是搞错了？”营长的脸色很不好看。

侦查连长说道：“不会错的，他们绝对进来过。”

营长咆哮道：“那他们长翅膀飞了？再给我搜。挖地三尺也要给我把他们找出来。”

“是！”士兵们从未见过营长发火，一个个低着头仔细地寻找。

“这是什么？”营长指着洞壁上的符号问道。

“不知道，可能是附近村民画的东西吧。”营长手下的人有些战战兢兢。

营长毕竟是见过世面的人，他眼前一亮，神秘的符号更加坚定了他的猜测，这里真的有宝藏。

“报告营长，这里有异常。”连长发现了石缝。

营长走过，把手指放到石缝前，感受到从里面吹出的阵阵凉风。看上去这应该是个门了。“给我把这石门推开！”

一队士兵脱了上衣，站在石门前，共同发力，使尽浑身力气，巨石丝毫不动。营长一挥手，又一队士兵加入了他们的行列，还是无法推动石门。

“别推了，这石门是推不开的。”营长明白这是某种机关，靠人力是无法打开的。

年轻的连长问道：“那怎么办？”

营长嘿嘿一笑，说道：“没有问题，我们用炸药炸。”

篇九
神洞一

章四十八

黑暗，无尽的黑暗，将这几个擅自闯入的人紧紧地包裹。进门之后，除了后面的石壁，手电的光照到之处，一片黑暗，手电光本身也仿佛随之暗淡了许多。李古力等人能清晰地感觉到，凉意似乎又加重了几分。高雅妮不由得打了个冷战。

“队长，我怎么感觉这里阴森森的？”高雅妮问身旁的李古力，脸紧绷着。

“应该是温度的问题，这里面空旷，所以温度要比刚才低些。”李古力答道，同时招呼关凯，“关凯，你去看一下这里通向什么地方，要是遇到什么情况，马上回来。其他人原地休息。”

“队长，你就放心吧。”关凯对着李古力露齿一笑，转身便消失在前方的黑暗里。

关凯向前走了十几米，还是没有看到尽头，回想到进入石门前的巨大空间，关凯自言自语道：“莫非整座山都被挖空了？”关凯摇摇脑袋，继续向前探索。又向前走了几米，突然发现前面的黑暗中有一个黑影，关凯持枪准备射击，他隐约看到有个人形的影子，静静地矗立在黑暗中。

“谁？”对方对他的问话无动于衷，关凯将手电照过去，原来是一座石像。

“人吓人，吓死人啊，我这是自己吓自己。”关凯收起枪来，仔细地打量这尊石像。石像高约一百五十五厘米，淡绿色，玲珑剔透，用手电照射，光可以透过去。可能是岁月的洗礼，相貌已经模糊不清，从衣着身形上看，似乎是一女子。她上身微躬，一只手握一长条形器皿，放在另一只手上。

关凯用手电又四周照了一遍，仍然是空荡荡的黑暗，他回头喊道：“队长，我在这里发现了一座石像，很奇怪，你们要过来看看吗？”

“马上就来。”李古力刚说完，就见吉姆从地上一跃而起，快步跑在最前面，丝毫看不出就在前一秒钟，他还在抱怨自己体力不行了。吉姆看到关凯所谓的石像之后，惊得张大了嘴，说不出话来：“这是一件伟大的艺术品，这实在是太美了。”

紧接着，李古力等人赶到，看到石像，也都愣住了。

王贵华上前上上下下打量了一遍，说道：“这是什么材质，我怎么从来没见过，看起来，跟翡翠一般通透、纯净。”

缅甸人是翡翠之国，杨猛对翡翠最内行：“好水，无价之宝。”

众人的反应让关凯大感意外，他摸着脑袋问道：“杨哥，好水是什么意思？”

杨猛这才反应过来，解释道：“水头是衡量翡翠的一个标准，好水就是说水头好，关凯，你发现的可是个无价之宝，一旦出头，必定轰动。”

“有那么夸张吗？”关凯有点儿不好意思了。

“这似乎不是翡翠。”作为一名地质学家，郑淑敏对宝石的鉴定也有所了解，她围着石像转了一圈说道，“石像的材质与翡翠十分接近，但又不像是翡翠，似乎是某种人工合成的东西，需要仪器鉴定才能得出准确的结果。”

李古力说道：“先别管它了，眼下要紧的事是我们要找到出去的路，它不会长腿跑了，有机会我们再回来研究它。”

“好，队长。我继续向前搜。”关凯应道。

差不多五分钟后，关凯手电的光柱终于有了落点，他似乎来到了这个空间的尽头，因为前面又出现一面石壁。关凯朝身后喊："找到了，队长。"

众人赶到的时候，关凯还在石壁下左右打量着。眼前的石壁很平整，呈蓝绿色，弧形，看起来感觉众人正位于一个圆球的内部一般。一些血红色的线条，弥漫在整个石壁上，有一种说不出的诡异与神秘。

李古力说道："大家四处找找，看看有没有文字或者符号之类的东西。"

吉姆对着石壁上的线条发呆，这些线条是干吗的？想表达点什么？又是谁建造了这里的一切？他苦苦追寻了一辈子的东西，真的会在缅甸的丛林之中有所突破吗？

"小王，这边会不会也有那种奇形怪状的文字？说不定咱还得靠它出去。"关凯的手电仍然在一点一点搜索着，而没等王贵华回应："看，有，这里有文字。"最左边的郑淑敏率先有了发现。

吉姆和王贵华几乎同时跑到郑淑敏身边。石壁上的文字很大，数量上比之前看到的多了很多，大约有好几百字。吉姆紧盯着这些文字，仿佛着魔入定了一般，一动不动的，脸上写满了激动与兴奋。

"吉姆，吉姆。"关凯拍了拍那已经入定了的吉姆，轻轻地唤道。

"啊，怎么了，什么事，关先生？"吉姆回过神来，不解地看着关凯。

"您刚才是怎么了，没事吧？"关凯忙盯着吉姆问道。

"噢，没事，我刚才太兴奋了，光顾着看上面的内容了。"吉姆有些不好意思地说道，"杰瑞，快把这些字拍下来，伟大！了不起！马上进行破解。"吉姆在激动之下，说的英语话里夹杂着中文，只有杰瑞听懂了他要拍照片的那段。等他冷静下来之后，用中文又说了一遍，众人才明白他的意思。

杰瑞拍下照片之后，吉姆催促着存入电脑之中，用王贵华的软件进行破解。看他兴奋的样子，李古力问道："吉姆，这些文字与你的研究有关？"

"人类的起源一直是个谜，各种传说争论很多，而文字承载着大量信息。目前我们发现的这些文字，我直觉就不是人类的。如果能解开，对我的研究会是一种突破。"

王贵华笑着说道："博士，你拿诺贝尔奖的时候，别忘了把我的名字也写上。”

“当然，你的软件给了我很大的帮助。”

“对了，”王贵华一边接过杰瑞递给他的储存卡，一边问，“博士，我还没来得及看你是怎么改我的程序的。”

“王，你的程序已经很完整了。我只是在识别的函数中增加了一个定量。这个定量是我计算了很久但又一直没有能证实的，真的没有想到竟然在这里被证实了。”

“是吗？”王贵华对吉姆也不觉佩服。

很快，墙上的文字得到了大概的破译，吉姆和王贵华显得都有些泄气。

李古力问：“怎么了？”

“这些文字拼凑起来，差不多就是一个神话故事，没有比如密码什么的。”

李古力不想为外星人耽搁太多的时间。“那我们继续找其他的地方。”

因为文字在石壁上向左面延伸，大家正准备向左面寻找，杨猛在众人的右面说道：“往这边走。我感觉到这边有风，这边一定有路。”

大家一阵兴奋，有风就一定会有出路。

小队顺着石壁向右走了一段距离，杨猛又发现了一个石像，与之前发现的几乎一模一样。只有杰瑞停下拍了一张照片。

这时，前面交叉的手电光柱下的黑暗中似乎隐隐透出微微的绿色。开始大家觉得可能是石像在手电光下的反光，但李古力发现这绿色来自前方，而不是身旁。他猛然喊道：“大家把手电关了。”

一片漆黑之中，前面的石壁上涌出茵茵的绿光。

大家提着心悄悄地走了过去，走近了，才看到前面绿光的后面，并不是石壁，而是一个凹进去的通道。转过去，他们被眼前的景象惊呆了：

这是一个五米左右宽的甬道，差不多两米高。甬道的地面是缓缓的石阶向上延伸，石阶两边站着刚才看到过的石像，而这里，两边每隔一两米就有一尊，一直通往甬道的尽头，而淡淡的绿光，正是从甬道尽头发出的。

“哇，好美！”看着这如同童话般美丽的情景，高雅妮忍不住惊叹。

王贵华离右首的那尊石像最近，他止不住用手摸上去。刹那间，甬道里猛然亮了起来，绿色，满眼的绿色，把身边的一切照得纤毫毕现，而又没有让人觉得炫目。他叫道：“石像，绿光是石像发出的！”

“如此美丽，这简直太美了，最完美的艺术。”左边的吉姆止不住惊叹，同时也把手放到他身边的那尊石像上，果然，他身边的石雕也亮了，甬道里又亮了许多。

他们把手几乎同时放开，他们身边的绿光顿时消失，只有那微弱的绿光，仍然从甬道的尽头发过来。

“我们过去。”李古力第一个跨上了石阶。

章四十九

众人快步跟上，石阶一阶阶地通向高处。很快，李古力发现绿光的地方不是石阶的尽头：绿光是右边一尊石像发出的，而依靠着它，半躺着一个老人。他用手一探，还有呼吸。“高雅妮，帮忙。”高雅妮和众人应声过去。高雅妮放下她的背包，准备施救。

在石雕发出的绿光下，李古力仔细打量这个老人，他在七十岁左右，花白的头发，满脸的皱纹。一件灰白色背心，包裹了他那瘦小的身躯。棕色齐膝的短裤上面，满是灰尘。他会是什么人，他怎么会在这里？

高雅妮轻轻搭上老人的脉，微皱了皱眉头，她从背包里取出血糖仪，然后刺破老人的无名指，用试纸取血后，放入血糖仪。

“老人怎么样了？”李古力关心地问。

高雅妮头也没抬：“没事，只是低血糖。他应该是长时间的饥饿和缺水导致低血糖，最终晕厥休克。”高雅妮从背包内拿出一个注射器，给老人静脉注射了 20 毫升 50% 的葡萄糖。

“谁还有水？”高雅妮朝众人问道。

“我还有一些。”王贵华递过来他的水壶。

高雅妮没说话，看了一眼王贵华。她扶起老人，等着他苏醒过来给他喂水。

吉姆问道：“他什么时候会醒过来？我有很多很多的问题要问他。”

高雅妮答道：“快的话十分钟吧。”

李古力拍着博士的肩膀提议道：“我们谁都有很多很多的问题要问他，可老人家什么时候醒过来不是我们说了算的，不如我们利用这段时间，去上面看看。”

王贵华也说道：“对，我们上去看看。”

吉姆无法抵御好奇心的诱惑，对杰瑞说道：“你在这里照看这位老人，我和他们上去看看。”

李古力说：“老杨，你先留在这里。他醒来的时候，估计只有你能听懂他的话。”

“好。”杨猛答道。

李古力等人拾级而上，在第99个台阶之后，他们看到了一个四四方方的平台，平台的中央是一个四方的金黄色的半人高的石桌，石桌上除了一角有一块凹陷外，没有任何奇特的地方。平台的四个角有四根直达洞顶的立方体石柱。石柱通体也是金黄的颜色，四个面上刻满了很多类似佛像的浮雕，石柱的下面离平台60厘米处同样刻满了文字。不过这些文字，已经不再是石壁上的上古文字了，而是正宗的佛教常用文字——梵文。

“小王，这些梵文你能看懂吗？”李古力问了问王贵华道。

“大体上差不多，虽然我不信佛，但毕竟，我认识不少信佛的人，嘿嘿。”王贵华颇为自傲地说道。

过了三四分钟，王贵华转过了头，看了看李古力，慢慢地说道：“队长，恐怕咱们这回要栽了。”

“怎么了？”

“哎，这里根本就是一个缅甸拜佛、求佛、祭司的地方。上面根本就没提到有出路。”王贵华有些丧气地说道。

“王先生，不要灰心。”吉姆说道，“上帝在关上一扇门的时候总会为你打开一扇窗的。这里应该不是一个祭祀场所这么简单，这里一定还有很多的秘密等着我们去发掘。给我一点时间，我们一起来找找。”

王贵华和吉姆再次开始打量甬道尽头的上上下下和平台的四周。李古力说，我们其他人回去，等那老人苏醒。他一定会知道这里的秘密的。

他们还没有回到老人那个位置，就听得杨猛朝他们喊：“老人醒了！”他们快步赶到，看到高雅妮正在给老人喂水。

“咳……咳……你们是什么人？”老村长咳了几声，眼中满是警惕之色，他的声音还很虚弱。

杨猛说道：“老人家，我们是到这里来探险的，无意中发现这里的，您怎么会昏倒在这里呢？”

“年轻人，说谎话是要受到神明惩罚的。这里除了树就是石头，有什么好探险的。”

杨猛没想到老人岁数大了，但一点儿也不糊涂，只好照实说道：“在这附近的上吉村发生了瘟疫，人都死了，我们是来调查此事的。我们的一个队员无意中掉进了山洞里，我们这才找到了这里。”

“死了，都死了！”老人家的情绪一下很激动，剧烈地咳嗽起来，高雅妮轻轻地拍打着老人的后背。

杨猛看到老人的眼角流出了泪水，猜出了几分，问道：“您是上吉村的？”

“我是上吉村的村长，该死的白人，是他们杀死了我的村民，还想要杀死我们的神。”

杨猛没想到老人是上吉村的村长，听了他的话还是问了一句：“神？你们的神？”

“是的，保佑着上吉村的伟大的神，要不是神的降临，我也死在了那些人的手中。”说话时老人看着对面的石雕，无比虔诚。

李古力他们非常想知道老人都说了些什么，可听不懂，杨猛又不给他们翻译，满脸的焦急。特别是吉姆，他用半生不熟的缅甸语说了几句，老人根本就不理他。

“你们怎么会和白人在一起？”看到了吉姆和杰瑞，老人变得十分紧张。

“哦，他们两个是专家，你仔细看看，他们和杀害你们村民的白人长得一样吗？”杨猛伸手把吉姆和杰瑞拉到了老人的面前，两人虽然不明白是怎么回事，还是对老人善意地笑了笑。

老村长的视线在吉姆和杰瑞两人的脸上来回扫视，确定没有见过这两个人后态度和缓了一些。杨猛真怕老人家老眼昏花，把吉姆和杰瑞当成了杀害他村民的人。

“他们和你是一起的？”老村长还是有一点不信任。

“是的，”杨猛指着还在给老人捶背的高雅妮，“她也是我们一起的。”

高雅妮看杨猛对老人指着她，知道一定是把自己介绍给老人。她虽然听不懂老人家在说些什么，但是，老人的样子，让她不禁想起了自己的爷爷，那个倔犟但慈祥的老人。是他拉扯她成人，给予她一切的关爱。然而，他的突然离开成了她心中永远的缺憾。

老人回头看了一眼停住了手的高雅妮，心中一软，老泪纵横，伤心地说道：“谢谢你们，你们不救我就好了，让我和我的村民一起死吧。”

“村长，这里到底发生了什么？”

“那帮天杀的坏蛋！”老人又回想起当日的恐怖经历，恨得咬牙切齿，眼皮一翻又晕了过去。高雅妮马上进行了检查，只是急火攻心，并无大碍。

李古力问道：“老杨，老人为何如此激动，再次昏迷，他都和你说什么了？”

“老人家是上吉村的村长，他和我提到是那帮白人杀死了村民，话还没说完就晕了过去。对了，他还说那帮白人还要杀他们的神。”

“神？他们的神？”王贵华是个坚定的无神论者。

吉姆说道：“他说的神也许就是我要寻找的外星文明，当人类的认知低下时，会把各种不可解释的现象认为是神明显灵。那把外星人当成神明也是有可能的。”

“好了，瞎猜也没用，等老人醒来一切都清楚了。”李古力制止了众人的争论，轻声地说道。

时间慢慢地流逝，老村长再次睁开了眼。

章五十

看到老村长恢复了过来，在场的人终于松了口气。在如此短暂的时间里经历了这么多的变化，一时闲下来竟然有些不习惯。

高雅妮又给老人喝了一口水，他们现在就剩下王贵华壶里的一点点水了。这么多人在这里，如果一直困在这里面的话……她不无担心地想着。

大家期待着老村长讲更多的事，比如他是怎么进来的。是否还有别的路可以出去，等等。但又不能催他。困在这与世隔绝的山洞中，除了外面等待他们的军队，什么也没有。李古力坐在老村长附近，心里不是一般的纠结。

一时间山洞里静得没有一丝响声。老村长明显知道那个石雕是光源，所以他一有直觉，就靠到石雕上。在幽幽的绿光映照下，甬道顶上的奇怪符号显得光怪陆离。

“全村的人都死了，造孽啊。”老村长这一声感叹在周围的静谧中显得尤为突兀，大家一起把目光投向他的方向。

“老人家，你是不是有什么事情要说？”杨猛在李古力的示意下凑过去，趴在老人的耳边问道。既然这位老人是上吉村的村长，那么他一定知道内情的。

“造孽啊造孽，全村的人就这么被这群畜生杀死了。”老人重复着，老泪纵横。仿佛后面有着什么惨淡的回忆。

很显然，他说的就是村民被杀的那件事情。

“杀死了？老村长，能给我们说下那些人是怎么被杀死的吗？”杨猛尽量用缓和的语气问道，老村长身体刚恢复过来，他不希望老人再晕过去。

高雅妮扶老村长靠着石雕坐起身来，所有人都凑了过去。他们知道，一直在找寻的答案就要揭晓。

“那时候，整个村的大多半人都被赶到村子前面的空地上，他们说要给我们钱，让我们帮他们挖黄金。”老村长说着，咬牙切齿，满脸的愤怒。

“黄金？”杨猛好奇地问道。

“黄金。他们说我们这里有黄金。”老村长道，声音提升了一倍。

“黄金？”杨猛马上翻译了老村长的话，李古力眼前一亮。

“那他们怎么知道你们这里有黄金呢？”高雅妮追问。

杨猛继续问：“你们的村子真的有黄金吗？”

“没有那事，没有的。”老村长看了杨猛一眼，继续讲道，“他们先是找到了我，说要在我们的圣地挖黄金。但是我拒绝了，也告诉了他们我们这里没有黄金。而且那是我们的圣地，我们神的地方，绝对不可以动的。后来他们又找到了副村长，我万万没有想到，这个外面派来的副村长，会被他们迷惑，答应了他们的要求。”

杨猛把老村长的话翻译给众人，随即附和着老村长：“外面的人见利忘义的人就是多。”

老村长点点头：“我们的圣地是不能碰的，就算是失去生命也不能让我们的圣地受到侵犯。它是我们神的地方，侵犯了神，不仅自己会遭报应，他的子孙后代也会受到神的惩罚的。副村长已经得到了报应，他死了，就死在神山上，这是神给他的惩罚。”

“死了？难道那些白人利用完了副村长就杀人灭口吗？”这次是王贵华。

高雅妮瞪了他一眼：“别抢话，等老村长说下去。”

“如果是你你也会问这个……”王贵华小声嘀咕道，然后就不再说话了。

听到杨猛的翻译，老村长满脸虔诚地说："不是，是我们的神用白人的手杀了他。"

"自作孽不可活。"一直没有说话的郑淑敏说道。

老村长愤愤地说："但是，他一个人做的孽，却让我们整个村的人都为他搭上命。他们连孩子都没有放过。"

杨猛一时不知说什么好。

"为什么白人会把副村长杀了呢？"李古力问道。

"那是神的旨意。"

杨猛知道老村长可能并不知道副村长是为什么死的，便问道："那些白人是怎么杀死您的村民的？"

高雅妮也说道："我们在检查尸体的时候发现……"

李古力怕还未从悲痛中走出来的老村长一时太激动，示意两人不要这样问话。

而老村长却没有停下来，他比李古力想象中的要坚强很多。他眼睛睁得大大的，似乎在很努力地回忆什么："我就看到一次，他们用的是一个奇怪的东西。那东西打出细细亮亮的东西，然后人就死了。"

"打出细细亮亮的东西，人就死了。"杨猛重复了一遍。

听到这里，李古力想起了下午在上吉村的时候高雅妮说的那个冰针子弹。答案就在这里了，果然用的是生化武器杀人灭口，还让人觉得死亡的人是得了什么传染病。

"您再想想，那些白人身上有什么特征，或者他们的衣服上有没有什么符号？"李古力希望能够从老村长身上得到更多的关于欧洲势力的线索，毕竟到现在为止，只有老村长直接和欧洲势力进行了接触。

"好像没有，虽然我离得很近，但是我没心情去看这些啊。眼睁睁地看着自己的村民被畜生杀掉，我心里难过啊。"老村长老泪纵横。

一时间空气又沉默了起来。看着眼前这位老人，大家都不知道该说什么好。或者说，是不知道该怎么去安慰他。短暂的寂静以后，老人好像突然想起了什么，在身上摸索着。最终，老人颤颤巍巍地从破旧的衣服里面拿出了一个长方形的一小块金黄色的玉块。他直起身面对身边的石像，跪到地上，双手举起手中的玉块喊道：“我尊敬的神啊，感谢您保佑了我，让那些恶人们得到惩罚。没有您，我的命也就没了。现在村子里的人都死了，我真的无颜来见您。以后我就在这儿陪着您了。”随后，老人叽里咕噜说了一阵谁都听不懂的话。

由于体力不支，老人差点儿摔倒在地上，他手上的玉块也摔了出去。他身边的杨猛和高雅妮几乎同时扶住了他，而王贵华一把把玉块接住。老村长感激地看着他们俩：“谢谢你们救了我，谢谢。”

吉姆看到王贵华接住了老村长手中摔出的那块奇怪的玉块，眼前一亮，忙对王贵华说：“王，让我看一下这个玉石。”

“什么玉石啊，那是老村长祭祀神灵的宝物。”王贵华说完之后虔诚地用双手把玉块还给了老人。

老村长虽然听不明白他们说些什么，但是王贵华的动作他看得明白。这个小伙子，对他的神充满了敬畏，这让老村长感动。王贵华不知道，他近乎是玩笑的一个举动，赢得了老村长对他的好感。他手上的玉块是上吉村的圣物，是先神留下来的，它有着神的力量，它比他的性命还重要。

老人也用双手接过王贵华递过来的玉块，说道：“它是我们上吉村的象征，它陪伴了我们 78 个村长，没想到村子在我手里被断送了。我对不起神啊，对不起各位先辈，九泉之下，我无颜面对他们的英灵。神啊，你为什么又要用它救我呢？”他又颓然坐到地上。

听了杨猛的翻译之后，郑淑敏说道：“老村长的意思是这块玉块救了他的命？”她盯着老村长手中的玉块，虽然没有拿在手里，但金黄色的玉块上夹带着一些暗红的纹路让人觉得它的质地沉重，她从来没有看到过金黄颜色的玉，但从它的质地上看，它的确应该是块石头。玉块上刻着看不清的符号，应该和洞壁上的那些符号是同一类型。

杨猛说道：“村长，您能和我们讲讲圣物是怎么救您命的吗？”

“是的，多亏神，让我保住了这条老命，让我能够有机会到神灵这里来道歉赎罪。”老村长脸上满是虔诚。

杨猛没有得到期盼的回答，正不知道如何再问，高雅妮这时面对老人柔声说道：“老村长，您一定有一个惊险的故事？”

章五十一

听了杨猛的翻译，老人看了一眼高雅妮，目中有些迷茫：“唉，我当时看到副村长带着那些白人到我们的圣地方向去的时候，就跟了上去。他们到了那里，就开始装一些东西，然后就开始在我们的圣地挖地。我就上去和他们讲理。他们不听，把我推到边上的林子里。我就和那个推我的人拼命，结果他就用枪打我，我就死过去了。等我醒来的时候，发现副村长在和白人们争吵什么，然后他们把副村长也给杀了。我吓了一跳，赶紧向村子里跑。这帮是杀人不眨眼的魔鬼啊，我要让我们的村民们赶紧逃。到村子的时候，好多的人已经死了。我看到我的小外孙向我跑来，我赶紧迎了上去，这时，那白人朝我的外孙打了那个针一样的东西。我也挨了一下，又死了过去。”老人的眼泪流了下来。

“我的小外孙啊。”老人又继续道，“我要找他们拼命。不知道过了多久我醒了，我朝圣地跑去，我要和他们拼命！”老村长说话的时候，紧紧地把玉块抓在手里，仿佛抓着自己的性命一样。“在我快要跑到圣地的时候，我们的神已经到了那里了。这时候电闪雷响，乌云滚滚，我刚爬到坝上，却有一个白人疯了似的跑了过来。我迎了上去，我要狠狠地踹他，却一下被他掀翻在地，又被他打了一枪。”

杨猛小心翼翼地问道：“后来呢？”

“嗯。我醒过来的时候，我摸了摸自己的胸口，你们说神奇不神奇，我的身体上一切都是好好的，连个伤疤都没有，我以为我是在做梦。我一定是看错了，但我的确就是好好的。”老村长说到这里的时候，眼里熠熠生辉，差点儿就把衣服解开让大家看下，以证明他的身体是完好无损的了。

所有人都睁大眼睛盯着老村长，似乎多看几眼就能多明白一些事情的真相一般。显然，老村长对众人这样的反应很是满意。因为这样至少体现了他们对自己神的敬畏。

“我不知道自己为什么没有死，那时候我在想，既然村里人都死掉了。我这个当村长的也就更不能独自活下去了。”

高雅妮问道：“那后来神是怎么杀了那些人的？”她急迫地想知道后来的事情。

他似乎没有听到她的话，自顾自地继续说道：“但是还是要找那些人拼命。我跑到坝上，我就看到了一个神的景象……”

“什么景象？”高雅妮和王贵华齐口问道。

“别急，等老村长慢慢说。”虽然李古力比谁都急，但他仍然制止着他们的催促。

老村长干咳一声，看了众人一眼，小声道：“我看到我们的神已经杀掉了所有的白人。”

“啊？你们的神……”高雅妮话还没说完，看了一眼李古力，强忍着不问下去。

“我们伟大的神显灵了。那些白人杀掉了我们的村民，神愤怒了，所以才给我们的村民报仇，把那些白人全部杀掉了。”老村长说的时候，脸上的敬畏显而易见。

有些时候，一些人的信仰让我们难以相信，我们认为那是一种愚昧，但是在那些人看来，他们的信仰都是真真实实地存在着。

“嗯，这么说，是神杀掉了那些坏人？”李古力重复了一遍。

“是的，神显灵了。然后我就来到了这里……”也许是讲话太多，老村长的语气中有一丝疲惫。

杨猛温柔地对老村长说道：“您先休息一会儿吧。”又对众人说道：“我们等一会儿再问吧，让老人恢复点精力。”

众人瞪大了眼睛看杨猛，仿佛是刚认识杨猛。这个面目狰狞的铁汉还有如此细致和柔情的一面。王贵华感叹道：“老杨，你像换了个人似的。”

杨猛低头说道：“我家老父与村长年龄相仿，去世多年了。老村长让我想到了家父。”这一番话勾动了众人的情绪。李古力想到了他的妻子，分居之后，已经有很长时间没有见到她了，也不知她过得怎么样。

李古力又想到了妻子的弟弟，那个不学无术的家伙，整天像个女人似的挎个什么 LV 包到处招摇，而妻子却总是护着他。正是因为他，他和妻子的感情才产生了裂痕。想这些干什么呢，他突然意识到自己的所在。这洞穴到处都充满了神秘的气息，墙壁上的文字、数目巨大的黄金、老村长口中的神，当这一切还原成真相时又会是什么？

李古力觉得有一些信息在说话和翻译的过程中完全地乱了，老村长三次死里逃生，其中两次是子弹，还有一次是生物武器的冰针，却毫发未伤。如果说那块藏在他胸口处的玉块帮他挡了两回子弹的话，那冰针又该如何解释？而且，两次不同时间不同地方他所受的子弹会打在他身体的同一部位，这种可能性也小之又小。他觉得老村长把虚幻的臆想和现实混淆了。

他待老村长缓过气来，问：“村长，您说那些坏人要挖的圣地在哪里？是这里吗？”

“不是这里，这里是我们每年大祭的时候来的圣地，但那些人要挖的地方是我们每个月祭祀的圣地。”

“哦，那是在什么地方？”

老村长看了李古力一眼，又看了看杨猛说：“月祭的圣地是山那边的小坝上，那边有我们的 8 根神柱。”

听到这里，郑淑敏、李古力、杨猛还有吉姆同时想到了天坑的位置。

“但是，您为什么又来这里了呢？”高雅妮接着李古力的话茬问道。

“这还用问嘛，村子里的人都死了，老村长自己一个人在那里有什么意思，所以就来这里陪他们的神了。”王贵华道，扫了一眼高雅妮。

“是啊，村子里的人都死了。我自己一个人什么也做不了了，我就来陪我们的神了。我要陪我们的神到最后……”老人的眼睛里透着坚定和不屈。跟自己的神在一起才是命运的最终归宿。而同时，他的话也验证了王贵华的推断。

也许真的如很多神话故事中说的那样，跟自己的神待在一起才是最终的归宿。

王贵华是个无神论者，刚才他等着听白人的事，却只听到老村长重复着他的神的事情，他觉得老村长说的都是自己臆想出来的神话，觉得不如干点有用的事。他悄悄拿出了笔记本电脑，打开看了一眼，顿时发出了一声惊呼。

“怎么回事？”李古力反应最快。

王贵华简单地解释道：“吉姆修改了我之前编的程序，用来破解洞壁上的奇怪符号。之前我看到已经破解了一些的，是一个神话故事，我没有在意，就合上电脑赶路。但因为我没有退出程序，所以程序继续对文字进行了破译，现在已经完成了。

吉姆闻言大喜，挤到了电脑前，兴奋地喊道：“快让我看看！”

大块头的杰瑞跟着也挤了过来，但是软件翻译出的文字是中文，杰瑞根本就看不懂，他问吉姆，吉姆眼睛盯着屏幕，毫不理会他。

“你又不懂中文，就别看了。”关凯也不管杰瑞明不明白他的意思，硬是把他拉了出来。

郑淑敏和高雅妮也想看，但电脑周围就那么一点空间，她们只能在一边张望，等着王贵华说话。

就连担当翻译的杨猛都停了下来，掉头看王贵华。所有人都想知道石壁上的奇怪文字记载的到底是什么内容。

老村长有些吃惊，刚才大家还在围着他，怎么现在突然被一个奇怪的发亮的东西吸引过去了。上吉村的风俗，在神的圣地里讲述神以外的事情是绝对不可以的。如果在祭祀时候说神以外的话题，会受到村民的鄙视，祭祀完毕后还要受到惩罚。而现在，一大群外族人在最接近神灵的地方说些他不懂的话。无关于村民，无关于神灵，这是他不能容忍的。但是这群人救了他的命，也许是神安排他们来到这里的。想到这，他就忍住了。但他也止不住自己的好奇，问杨猛："他们在说什么？"

"他们说，他们知道了洞里石壁上那些文字的意思。"

"文字的意思？"老村长听到后，满眼惊讶，忘记了自己刚才的不满，"不，那是不可能的！"他不相信有人能懂得石壁上文字的意思。因为那是神的文字，只有神才会明白其中的意思。如果真有人能读懂，那他就等于能说神的话。那就等于这人有了神一般的能力了，这足以让他敬畏。

杨猛指着电脑前的王贵华和吉姆，说道："他们两个都是专家，他们说石壁上是个神话故事。"

老村长还是不相信，他摇了摇头。虽然他对那个尊敬的递给他圣物的年轻人很有好感，但他怎么会懂神的话呢。

高雅妮想到了一个主意，说："队长，让小王把故事给我们大家讲一下吧，这样老村长也许能告诉我们更多的事？"

"好主意。"李古力说着，示意王贵华开始。

王贵华坐在地上，简单地整理了一下内容就讲了起来，他最先讲的是关于上吉村由来的传说。杨猛翻译了几句之后，老村长的脸色大变，关于上吉村的传说在民间流传着很多版本。但都是经过人类创造加工后的故事，还有的完全是杜撰出来的，而真正的由来只有少数的几个人知道。而吉姆所讲的正是外界不可能知道的传说，上吉村真正的由来。

"够了，不要再讲下去了。"老村长激动地打断了王贵华。他明白这个年轻人真的懂神。但他在情感上一时无法接受，我们世世代代只有村长知道的一切，这个年轻人怎么会知道！

王贵华张嘴想要说什么，李古力"嘘"的一声，示意他别说话。

过了好几分钟，老村长才抬起头来，扫视了一圈问道："你们到底是什么人？"

章五十二

李古力觉得没有必要对老人隐瞒，就照实说道：“我们的确是来调查上吉村村民的死亡的，但我们还有另一个任务，是调查在上吉村附近数目巨大的黄金。而这两位——”他指了指吉姆和杰瑞，说道：“他们是美国人，是我们在路上遇到的，他们是来调查不明飞行物的。”

杨猛花了很大的力气，才让老村长明白什么是不明飞行物。

老人开始接受眼前的现实，他看了一眼王贵华，说道：“你继续讲吧。”

王贵华见状赶紧说：“老村长，我能问您一些问题吗？”

“嗯。你说。”

“这里原来是叫‘上浅村’？”

“你怎么知道的？”

“您是一直住在这里的吧？”

“我是生在这里长在这里的，七十多年了。”老村长又加了一句，“但我们村子在这里很久很久了。”

“你们村子每年的年祭是 4 月 15 日，是吗？”

“是，咦，你是怎么知道日期的？”老人问，杨猛还没有来得及翻译，王贵华又问道：“你们村子每个月的月祭祀是每个月的初六，是吗？”

老人诧异得脖子都直了。

“这个山洞有三层，对吧？”见杨猛翻译后老人没有反应，王贵华就自顾自地问了下去，“年祭的时候，小辈们会留在第一层；有威望的和年龄大的可以进第二层，祭完神大家就离开。只有村长才能进到第三层，也就是，嗯，和‘神说话的地方’。”王贵华在斟酌着找相应的词。

老人身子开始颤抖起来，李古力看王贵华还要说下去，又不能看到他的眼色，急道：“小王，慢，等一下。”王贵华奇怪地抬起头看李古力，却见他正注视着老村长。

老人刚才颤抖的身子开始平息下来。这太不可思议了，这个年轻人知道上吉村的一切。他不知道说什么好。

李古力问杨猛，说道：“老杨，你能否再问村长一下关于黄金的事？他刚才说了，这里没有黄金，但他是否知道些什么？”趁杨猛问村长的机会，他又转身问王贵华，说道：“墙上有没有提到关于黄金的事？”

“没有。”王贵华不假思索地回答道。

这时，老村长又有些激动，喊道：“黄金？我们的村子根本就没有黄金，也没有什么黄金的传说。也不知道是哪个天杀的，编出了黄金的事，害死了我们全村的人。”

“嗯，嗯，”杨猛安慰他道，“我们不讲那事了。或者您还是给我们讲讲你们村子的故事吧。”

这个似乎提起了老人的兴趣。刚才王贵华讲的故事，基本符合，但有一些细节，他很想告诉大家。

“在很久以前，这里来了很多很多的蝗虫。它们把庄稼都吃光了，村民们难以度日。附近村子的人都到别的地方去讨生活了。但是，我们村的人都不愿意离开这里，因为这里是我们的家、我们世世代代生活的地方。后来，虫灾更重了，那些蝗虫不但吃掉了地里的水稻，它们把山上的草和树叶都吃掉了。实在生活不下去了，就开始有人离开。因为他们认为，留在这里，就只有死路一条了。”

“然后呢？”高雅妮问。

“村子里有个人，从别处跑来的，村子里的人就叫他傻子。他又丑又脏，平时就住在山上的草庐里。那天，傻子从山上跑下来，说了一些莫名其妙的话。”

“说的什么话？”高雅妮又问。

“他说神灵会来救我们的。他们会赶走那些蝗虫，村子不久就会平安无事。但谁会相信一个傻子呢，该走的人还是走了。剩下的就是死，也要死在这片生养他们的土地上。就在那天夜里，一道道闪电划破夜空，伴着时有时无的巨雷。村民认为是神灵发怒了，在家中虔诚地祈祷。天亮之后，村民跑出家门发现蝗虫都死了，到处是它们被烤煳的尸体。它们落在地上成了滋养大地的养料。而且，在村子中央的空地上发现了这块神灵留下的玉块。傻子说玉块上的字读做上吉，就是大吉大利的意思。当时的村长就把村名改成了上吉村，一段时间以后，离开的人都回来了，村子里又恢复了以往的生机。”

李古力问道：“那傻子有没有说他看到了神的样子？”

“是的，从此之后，村民们就相信傻子了。傻子把村民们带到后面的山上，就是现在我们月祭的地方。后来傻子又告诉了村长年祭的圣地，也就是我们现在的地方。”

“傻子后来怎么样了？”王贵华追问道。

“傻子后来把村长带到最后的圣地和神见面后，他就和神一起走了。”

李古力在想象着最后的圣地是一个什么样的地方，他不知道老村长的故事有多少是真实的。但有一点他很纳闷，黄金这事，怎么就完全没有眉目呢。

老村长继续着他的故事：“不管如何，从那个时候起，我们就知道了我们有一个眷顾我们的神，他在保佑着我们的村子。我们年年月月地祭拜神，而神也年年月月地保护着我们。”

杨猛问道：“在那之后，神还来过吗？”

“当然，我刚才说了，神是年年月月地在这里保护着我们的村子的。”

吉姆问道：“那经过这么多年，除了傻子和那个村长外，还有人看到神的样子吗？”

“没有。”老村长摇摇头说道，“也许是神不想有人看到他的样子。但这并不影响我们对神的信仰。每次祭祀的时候，我们都会感受到神给我们的祥和，心里有一股暖流在缓缓地流淌着。”

吉姆又问：“那按照您的想象，您能否描述一下您心中的神的样子？”

老村长说道：“我不需要想。”

杨猛以为老村长生气了，解释道：“您别生气，吉姆只是好奇，您要是不想说，就不说。”

“嗯，是这样。”老村长说，“我是说我不需要想象，我见过神的……”

众人又有了兴趣，等着他说下去。

“我们的神身穿银白色的战甲，头上戴着金黄色的头盔。神的额头上还发出闪电似的白光，照出的光打在坏人身上他们就不能动了。因为离得太远，我的眼神也不太好，所以神手里有否拿着什么我没有看到……”老村长努力回忆着。

章五十三

老村长还在叙述着他的故事，大家也都在听得入迷。李古力却静悄悄地从老村长身边的圈子中退了出来。他觉得神的故事尽管有意思，但对于目前的情景没有任何实际的意义，但他又不忍心打断老村长的话。他想问王贵华那段石壁上文字的翻译中，除了没有提到黄金，但是否有提到其他的祭祀场所，或者这个山洞有没有其他的出口这样的记载。

刚才王贵华的提问中已经说到这个山洞有三层，但现在所处的位置，是第几层呢？从入洞到现在，经过了一道隐藏的石壁门，那么他们应该在第二层洞了，如果是第二层洞，那么引向第三层洞的机关又在什么地方？第三层洞是否另有出口？

从第一个石阶开始，这里的景象和前面的巨大的空间全然不同，而这又是从阶梯下面的拐弯处开始的，那么这边是否就是第三层洞？如果是第三层洞，那么出洞基本就只能判断为只有入洞这一条路了。而外面，几十分钟过去了，不知军队是否已经离开。

经过一天的奔波，李古力知道大家已经十分疲劳。老村长的故事，却是给队员一个极好的休息机会。让他们再休息一会儿，然后我们再一起想想主意，我可以利用这点时间，再把这个甬道仔细地检查一下，看看有没有任何其他的可能。

他抬手看了看表，现在是晚上8点32分。他在想，这个晚上他们极可能就要在这洞中度过了。

李古力的离开，坐在外围的郑淑敏注意到了。她很想过去和李古力说话，但又怕引起别人注意。她不是一个喜欢幻想的人，老村长的童话，早在她搬到台北上中学的时候就已经不让她感兴趣了。独立的性格使得她总是喜欢用理性的思维考虑问题。她知道老村长的故事对大家脱离现在的险情无济于事，所以在听的时候，她希望在故事里找到蜘蛛马迹，对李古力下面的决策有些作用。所以刚才她还不停地用眼角看李古力对故事的反应。当她看到李古力离开时，她知道他已经对老村长的故事失去了兴趣。

她很想去安慰他。

她开始有些后悔下午刚看到李古力的反应，她从麦克藏身的地方跳出来狂奔向李古力的时候，差点儿害了他。她对李古力并不十分的熟悉，她不知道那一刹那自己是怎么想的。她想审视自己是否开始变得脆弱了，感情上的脆弱？不，她心里努力对自己说，不可能的。

她突然想起进洞前要交给李古力，但因为军队的出现而没有给成的从麦克包里拿出的东西。她当时很清楚地看到那是麦克从那支枪身上扳下来的。她下意识地把手伸到身边的包里。它还在。

她把它拿了出来，凑近看，这是一个黑色的小金属盒，外面没有任何标志。但是，它的左侧，有一个AV电脑连接口。而右侧是一个不大的镜头。镜头下面，是录像机上那些标准的控制符号。难道这是一台微型录像机？呃，我应该试一下，看里边是什么。想到这里，她弯腰起身，提上她的背包，顺着石壁向下走了十几个阶梯坐下。她把包里的电脑取出，启动，然后用多用途数据线把这个金属盒连到电脑上。这时，屏幕上跳出一行提示，选择需要的视频软件。啊，真是台录像机。她心里一阵紧张，手颤动起来，手指在平面鼠标上点了两回，才启动选择栏上最上面的软件。

录像启动后，蓝色屏幕右上方开始显示读数。60 秒过去了，还是蓝色的屏幕。她正要泄气，突然一个很精神的金发小伙子冲着她做着鬼脸。她吓了一跳，马上意识到这是这个人在自拍或是在实验他的摄像机呢。怪脸持续了 12 秒，又是蓝屏，但这次的蓝屏只持续了两秒不到。接着是蓝天、白云、树林，还有穿着白色服装的貌似军人的人们快速穿梭在镜头中。很明显，这个人把摄像机装到枪上后，就没有再刻意地对任何地方拍摄。

下面的画面很杂乱，她在平面鼠标上点击并按着屏幕上的快进按钮，画面开始闪烁着向前推进。有一刻，她似乎看到了什么不同。她松开鼠标上的手指，她看到了月祭台上的柱子。但很快，又是天空和树林。她又开始按下快进钮。这次松开手指的时候，她终于看到了她希望看到的东西，和自己和李古力有关的东西。

老村长出现在镜头中。

老村长在不远处对着镜头比画着说着什么。怎么没有声音？她意识到早先她在天坑边上把声音静音了。她打开音量，老村长又急促又愤怒的高喊突然在静谧的甬道里响起。

刚刚围坐在老村长周围，听着他用他弱弱的声音讲述着神的故事，几乎昏昏欲睡的人们，被不是老村长坐的地方爆发出的老村长的喊叫声吓了一跳。他们不约而同地把头扭到声音的来源，十几个台阶下坐着的郑淑敏。王贵华马上意识到了那是电脑里发出的声音，一躬身，跳到郑淑敏身边：“郑姐，怎么回事？”

郑淑敏自己也被电脑里放出的声音吓了一跳，紧接着被几乎同时蹿出的王贵华又吓了一跳。当她看到是王贵华落到她的身边时，才惊魂稍定。她指着面前的电脑，有些语无伦次：“我找到的这个录像！”

这时，除了还坐在原地的老村长和高雅妮，大家都拥了过来，包括吉姆和杰瑞。郑淑敏看到李古力也过来了，她停止住画面，说："李队长，这是我从麦克包里拿到的一个小型摄像机。早些时候还在天坑边上的时候，我看到麦克是从一个白人的枪上卸下来的。"

李古力仔细地看着定格的喊叫中的老村长，问："哦，还有其他内容吗？"

"我也是刚开始看，还没有看到。"

看到大家期待的眼神，李古力说："你继续放，看不见的人先听。"他又望了一眼不远处的老村长和陪在他身边的高雅妮，"我们把声音调低一点。"

大家挨着郑淑敏坐下，王贵华几乎紧贴着郑淑敏的肩膀，几乎就要把她挤开。郑淑敏扭头看了他一眼，他突然意识到自己的造次，赶紧往回挪了一挪。李古力看在眼里，他知道王贵华习惯和高雅妮闲暇时候不分你我的调侃，都养成习惯了。

郑淑敏把音量调低，把画面退回到老村长出现前的一刻：

蓝色天空的背景下，老村长的声音喊叫着。

镜头中蓝色的天空转成了不远处的老村长。杨猛轻声说："他在说，你们不能挖。"

画面中传来一个年轻人的喊声，但没有人能听得懂他说的语言。吉姆脸上的表情稍稍动了一下，但立刻又恢复自然。

老村长还在喊着，离镜头越来越近。他满是皱纹的脸庞变成了近距离扭曲的特写。随着那个年轻人的大家听不懂意思的喊声，老村长一下从镜头前消失，屏幕上不远处的树林和地面交替着出现。

接着，老村长又出现在屏幕上，这次，他是在从地上爬起来，他还在喊着。接着他又从屏幕上消失，但他的声音还在伴着天空、树林和地面的画面交替着出现。

王贵华说："这个人应该是推着老村长往林子边上走。"

年轻的不知是哪一国语言的似乎是咒骂的喊叫和老村长的喊叫混杂在

一起；老村长、天空、树林、地面的画面交替着出现在屏幕上，林子中的树木开始在屏幕上显示出纹理细节。然后只听“砰”的一声，老村长的喊叫声戛然而止。接着，可以看得出拍摄的人转过身，画面上便是地面在移动，过了不到一分钟，画面定格在远处的树梢和天空上。

电脑屏幕的右上方的读数还在进行中，12:12、12:13、12:14、12:15……

“没有了？”关凯问。

王贵华的手伸向郑淑敏身前电脑上的平面鼠标，但在最后一刻又缩了回去。他再次意识到身边的不是高雅妮，而是郑淑敏。

郑淑敏知道他想要做什么，她按下了快进键。右上方的读数迅速变换而画面却还是完全静止着。

“停！停！”王贵华大声喊道。

郑淑敏松开手指，画面已经是不同的情景。她随即点击退回键，直到重新回到刚才定格在23点47分时的画面。她点击播放。

章五十四

粗重的喘气声和脚步的奔跑声中，画面开始剧烈摇晃。远处的树、近处的石柱、地面、天空在画面中迅速掠过，不同的声音在大喊着什么。镜头开始对着天空慢慢移动，但蓝色的天空上只有一些白云散落在各处，这时剧烈的枪声响起。

画面又开始抖动起来，拍摄的人又开始奔跑起来。两个白人出现在画面中，因为抖动得太厉害，根本看不清楚他们的样子。但可以看到，他们也在奔跑着，他们不时地向天上看去。突然，随着似乎一声咒骂，一张充满恐惧的白种人的面孔的特写出现在画面上，紧跟着镜头又对着天空。

“他们在看什么？”又是关凯在问。

没有人搭他的腔，有人在移动的蓝色天空的背景里惨叫起来。随之，又是一阵剧烈的枪声和手雷声。画面似乎是跟着惨叫的声音转过去，一个白人倒在地上，似乎腿还在挣扎着。画面又转回了蓝色的天空。

似乎是持枪的人在叫喊着什么，这时吉姆却冒出了一句：“停一下。”

大家正屏住呼吸看着这场有些让人摸不着头脑的战斗，听到吉姆的喊停，不由得朝他看去。

郑淑敏暂停了画面，用眼光询问吉姆。

“这个人说的是芬兰语。”吉姆说道，“如果大家愿意，我可以在一边翻译。”

“好啊好啊！”王贵华第一个作出反应，终于可以知道那些人咿咿呀呀的到底在喊些什么了。

关凯问：“他刚才在喊什么？”

“他说：‘布洛克倒了。你们看到什么？’”吉姆继续道，“郑博士，你继续放，我们可以一边看，我一边翻译。”

郑淑敏重新点击播放键。

“‘不知道’……”吉姆忽略着一些同时翻译着另一些对话，说道，“你看到什么了？”

“‘天哪，萨特也倒了！敌人在哪儿？’”

画面在摇晃着，仍然是蓝天白云、远处的树木、地面上开始散落的金黄色弹壳和手雷碎片。突然，有光闪过，同时又是一声惨叫。持枪的人“啊”的一声扑倒在地，画面正对着一具侧着身子的尸体。

关凯自言自语：“那光是不是什么武器发射的？”他想起了昨天使用的那把脉冲武器。

“不对，”王贵华目不转睛地看着屏幕答道，“你用的那把枪开枪时发出声音来着，这个一点儿声音都没有。”

关凯又问：“这是在哪儿呀？”

郑淑敏说道：“这是刚才老村长说的那个月祭的圣地，天坑的那个地方。”

王贵华抬手“嘘”了一声，示意他们别再说话。

视频在继续着，粗重的喘息声、枪声、凌乱的画面，画面再次定格在远处的树梢和天际，似乎拍摄的人在等待着什么。

“‘帕克，你看到什么？’”吉姆随着视频里的声音翻译着。

“‘好像是那边来的。’”

“‘打！’”一时枪声大作。

看得出这个拍摄的人有过很好的训练，因为在嘈杂的背景中，他镜头中远处的树梢和天际没有移动。

"'帕克，跑啊！'"

画面稍一移动，而这一瞬间，一个发光的白点出现在远处，从它的正面喷出一道道白色的光线。

"哇，是它，就是它了。"吉姆兴奋得跳了起来。大家以为吉姆还在翻译，没有在意，而吉姆则继续在惊呼："我的上帝，这是真的。"

大家没有理睬吉姆，继续看着画面。看得出来，随着白光的到来，摄像机的镜头从天空转出一个180度的弧度，倒了过来，画面停止在摄像人的下半部分脸上。

郑淑敏认出来，这正是刚才还在做着鬼脸的那个金发小伙子。几天没有刮的下巴上的短短的胡子清晰地显示在焦点。他脑后模糊的有几个影子，仍然在举着枪对天射击，枪口仍然在喷出火光。这时，一个很大的白色光球从他的脸上掠过。光球在他脑后方停止，并突然向四周扩散，那个模糊的人影在弥漫开的白光中凄厉地惨叫着倒下。

万籁俱寂。

大家仍然屏着呼吸，等着那白光的再次出现，但镜头中只有那下巴上的胡子，一根根地翘在皮肤表面，一动不动。

只有屏幕右上角的读数仍然在变换着：31:25、31:26、31:27、31:28……伴随着读数变换的，是背景中时有时无的呼呼的风声。

这次，王贵华没有去抢着按快进，大家都在期待着新的什么出现在画面上。等到读数过了38点，大家才不甘心地意识到，这段录像已经结束了。

看到这里，王贵华缠上了郑淑敏："郑姐，这个东西给我吧，给我吧。"

郑淑敏看李古力，李古力点点头："谢谢你。幸亏留下了这个摄像机，不然我们真的很难想象这里到底发生了什么。"

"是，可是，我们可能得到的疑问比答案似乎还要多。"郑淑敏答道，顺手把她的电脑推到王贵华面前。

"嗯，但不管如何，我们起码知道了那些欧洲人的死亡过程。对了，关凯，你怎么看，他们是被什么武器消灭的？"

关凯挠了挠头，说道："这个真的不好说，我刚才说像那个脉冲武器，但的确，又不像。而且，他们的对手又在哪儿呢？连个影子也没有看到。对了，吉姆博士，你听得懂，你觉得呢？”他朝吉姆原来站的位置看去，吉姆却已不在那里了。

“我在这里。”吉姆和杰瑞已经走到一边，还激动地讨论着刚才所看到的。他看到关凯找他，走了过来，仍然很激动，有些语无伦次：“那个光，外星人！就是外星人了！”他指着郑淑敏的电脑。

李古力已经看出来，吉姆已经认定那录像带上的一定是外星人了。

关凯反问道：“那个光，也说不定是从天上没有拍到的什么直升机上打下来的什么冷光源武器。”

“不可能，不可能的！”吉姆不容置否地坚持，“人类是不可能有这样的武器的。”

“大家看！”一直没有插话的王贵华突然说，“听到声音没有？”他又快进了差不多十分钟，那人的下巴上的胡子在微微地颤动，背景里有沉闷的声音。声音持续了大概三分钟，一切又静了下来。

有人刚要说话，被一声沉闷的爆炸轰响打断。大家一时分不清是电脑里的声音还是现实中的爆炸，只有李古力大喊：“有敌情！准备战斗。”

王贵华赶紧合上郑淑敏的电脑，递给郑淑敏，顺手把摄像机拔下放到自己的背包里，操起身边的武器。只听李古力在喊：“老杨、关凯，你们到甬道下方阻击，其他人退回高处。”他跟着杨猛、关凯冲了下去。

章五十五

随着“轰”的一声巨响，石门被炸开了一个大口，碎石落满一地，呛人的炸药味和夹着浓浓灰尘的硝烟中，连长带人上前查看。营长在后面对自己的判断颇为得意。“C-4 就是管用。”

“报告营长，可以进去了。”连长回来报告。

“好，”站在远处的营长一挥手，“你们进去！”营长不喜欢空气中有灰尘，他要等灰尘落定后再进去。

连长带着他的士兵走到炸开了的洞口，仔细地观察了一番周围，刚要钻进去，一个士兵拉了拉连长的军服说：“连长，小心机关。”

连长顿时停住了脚步。“你看到什么了？”他问。

士兵指着洞壁上已经被炸得不连贯的符号，说道：“不知道这上面写的是什么，刚才放炸药的时候我就在想，如果这是佛祖留下的地方怎么办？”

连长心里一动，虽然他是新一代人，但对祖祖辈辈一直信奉的佛祖仍然是保持着习惯性的尊敬。刚才他并没有想到这些文字和佛祖有任何关系。他收回刚要迈过去的脚步，走到没有被炸碎的石壁部分，在士兵们的火把下，开始仔细地打量洞壁上的符号。

他在东枝大学毕业前读的专业是文学。投笔从戎是他的梦想，直到他参加了军队，而且在很短的时间里成为带兵的连长。作为当初文学系的优等生，他不认为那些符号是什么文字。这些符号他从来没有看到过。在这个渺无人烟的地方，这些符号或许就是当地人的图腾崇拜留下的记号而已，应该是外面那些石柱所代表的一个东西。

他的手下围了过来，他们都从农村出来，更不可能认出石壁上的文字。但是他们能感受到四处弥漫的神秘的气息，内心中产生了一种敬畏，仿佛这黑暗中有神明在看着他们。

“连长，我们要不要进去？”

又有士兵问：“连长，你看到什么了？”

这时年轻的连长已经确认这些文字和佛祖无关，他要履行他军人服从命令的职责。“没有什么，我们进去。”说完，他又补充道，“慢点走。”

这时，营长的声音也传了过来：“怎么回事？还不进去？”

连长带着他的队伍，打起精神，小心翼翼地穿过石壁上支棱着锋利边缘的石洞。

李古力在后面看到杨猛、关凯已经疾步冲到甬道底部，他低声喊道：“不要出去，退到石雕后面掩护。”他停顿了一下，又喊：“不要碰到石雕！”

爆炸声响起的时候，李古力已经判断到外面的政府军队应该是强行炸开了石门。虽然瞬间他还在诧异政府军怎么能找到并判断石壁的门的具体位置，但紧接着，他在思索如何应付目前的局面。他突然想起，他们来到现在的位置，是因为看到甬道口出现的绿光，而绿光的出现是因为老村长当时靠在石雕脚下。如果石雕不亮，军队就不一定会转到甬道里来。那样，起码可以给自己多一些时间。

“关凯、老杨，你们看住前面。我去去就来。”他转身回到刚才的位置，“大家带上武器，散到石雕后面隐蔽，但不要靠到石雕。”紧接着，他又跑上几个台阶，告诉一直陪着村长的，这时正不知发生了什么的高雅妮：“有敌人，你让老村长不要靠到石雕。”说完，他又快步跃下台阶到关凯后面的石雕后停下。李古力明白在这封闭的环境中，面对多于自己百倍的敌人，最好的办法是避免直接的冲突。但如果冲突无可避免，那就只有硬拼了。想到这里，他下意识地摸了摸腰间的弹夹。

这时，吉姆摸了过来，说道："李队长，怎么办？"

"没事，我们先试着躲过他们。"

"如果他们找到我们，我们可以试着和他们谈判。"

见李古力没有回复，吉姆接着说："我们是美国人，你们是我们的朋友。或许他们不会怎么样我们的。"

李古力心里有些喜欢吉姆的天真，但这却不是天真的时候。他嘴上应道："好的。你先回去和他们在一起，其他我们再说。"

"怎么回事，刚才的巨响是怎么回事？"老村长已经看到发生在眼前的明显的变故，但他不知道到底发生了什么事情。刚才在身边的姑娘的陪伴下，抿着她不时递到他嘴边的水，心想这些真是大好人，特别是身边的这个姑娘。

他没有听到姑娘回答他的询问，想起这个姑娘好像听不懂他的话。但刚才不知为什么，她把他扶离了石雕。他想看看姑娘在做什么，把手伸向石雕。

绿光刚微弱的亮起，他看到姑娘急迫地看着甬道口的方向，然后突然像意识到了什么，猛然把他的手拉回，把他吓了一跳，因为这个姑娘一直是那么的温柔。

老村长意识到了事情的严重性，他不再去触碰石雕，但他不知道下面他该做些什么。

这边当李古力还在和吉姆说话的时候，杨猛已经在黑暗中摸索着出了甬道，靠着石壁，向右转了过去。几分钟后，甬道口发出轻微的脚步声，关凯和李古力正要作出反应，传来杨猛的声音："是我。"他回到他原来的位置。"他们把石门炸开了。已经有一队士兵穿过了石门，举着火把，有一些朝我们这边过来，有一些走到另一个方向去了。怎么办？"

“我们不动。”李古力说，“如果他们直接走过去，那么我们不和他们发生冲突。如果他们转到甬道这边来，我们堵住他们。如果他们人太多，我们撤到最高处，再想办法。”

“办法总会有的。”李古力想。每次遇到险情，他都是这样告诫自己，办法总会有的，现在必须冷静。

关凯应道：“好！”

这时，李古力身后发出簌簌的声音。“谁？”李古力低声问。

“队长，我。”是高雅妮的声音。

“你来做什么？回去！”李古力命令道。

“队长，老村长好像要说什么，十分着急的样子。我听不懂。杨大哥能不能帮我听听？”

李古力不知道老村长是否还沉浸在自己的回忆中，他正掂量着，杨猛低声问道：“李队长，去不去？”

“老杨你去一下，顺便问村长这里是否有什么出口。”杨猛的声音提醒了李古力，老村长是唯一比他们更清楚这个地方的当地人了。

杨猛和高雅妮走后，关凯在黑暗中说：“队长，你也回去看看。我在这儿守着。”

“不行，别出声了。”

杨猛跟着高雅妮摸索着回到老村长身边。杨猛用缅语问候老人：“老伯，我是杨猛。你好点儿了吗？”

“嗯。年轻人，发生了什么事，怎么把亮光都灭了？”

“有坏人过来了，他们进到这里来了。”

“怎么可能，他们怎么会进来呢？”老村长突然想起，也没有问问身前的杨猛他们是怎么进到这第二层洞里来的。但又想到他们能读懂神的符号，那就应该是解释了。

“他们是和那帮杀村民的白人一起的坏人。”杨猛有意地要老村长做出激烈的反应。在紧迫的时刻，他倒细心起来，“他们就是冲着我们的圣地来的。”

“那帮天杀的！”高雅妮觉得老人的身子又颤抖起来，赶上前扶住老人。她不知道杨猛在说些什么，但似乎他的话在刺激着老人。她又听杨猛接茬儿说：“我怕我们挡不住他们了，他们人太多了。”

老村长颤抖的身体似乎僵硬了一下。他说：“你让他们跟我来，我们到顶上去。”他说着，把手伸出来拉住高雅妮，示意上右边的石阶。

杨猛听到老村长的话，大喜。他闪了一下手电，让老人和高雅妮看清脚下的台阶。但他突然走到老人前面，一个蹲步便把老人放到自己的背上，低声说：“高博士，你跟着我。”说着，快步向上跑去。

黑暗中扶着石壁沿着台阶向上跑的高雅妮觉得时间过得好慢，怎么还不到头呢。事实上他们只用了两分钟就到了最后的平台上。

杨猛一脚落空，意识到前面已经没有了石阶。老村长喊道：“就是这里，就是这里。”

老人待杨猛把他从背上放下，说道：“我们可以从这里去到第三层洞的。”

篇十
神洞二

章五十六

杨猛心里又是一喜，但却没有表露到语气上："那老伯我们怎么进到里边去？"他又闪了一下手电，看一下自己在什么样的地方。他看到面前有一个四四方方半人高的石桌。老村长正摸索着从胸口摸出他的救命的玉块。

老村长继续道："第三层洞里，我也是一年才进去一次。这里是我们的神和我们讲话的地方。你让你的朋友们进来吧，但你们一定要小心，不可以触犯我们的神。你们不可以碰里面的任何东西。"

"一定的，一定的。"杨猛答应着，但不明白老村长怎么能带他们到第三层洞里去。他又闪了一下手电，想看老村长在做什么。但他却觉得手电失灵了，因为他不能把它关上，他心里一急，再不关上，就会把下面的甬道给暴露的。他急忙抬手把手电筒放到自己的面前，分明是关着的！他听到高雅妮的喊声："看！"

他顺着高雅妮的声音，再顺着她的手的指向，一扇门，是的，一扇门在慢慢地缩进左边的石壁中，柔和的金黄色的光随着门的缩进而逐渐扩大。杨猛胸口一热，老天保佑！

他看到老村长还站在石桌旁。他对高雅妮喊："你扶村长进去，我去叫李队长。"

李古力和关凯守着甬道的入口处。已经有一队士兵经过甬道径直向前去了。他们刚刚松一口气，却发现后面甬道上方有光放射过来。关凯止不住轻声抱怨："谁在干什么！"他并没有指望有人回答，而杨猛已经来到他们身边："李队长，找到入口了，我们走！"

李古力正在思考着下一步怎么办，听到找到入口，知道杨猛找到第三层洞了。他赶忙招呼关凯："撤！"

在金黄色的光的照映下，所有隐蔽在各个石雕后的人都现身在了甬道中间。向上奔跑的路上，李古力一眼看到蹲在甬道右边一座石像后面色发白的郑淑敏。他过去一把把她拉站了起来，同时把她的身子转了一圈，过程中抓住她的手，拉着她和其他人一起一口气跑上了石阶的尽头。

他们看到放出金黄色光芒的石壁中的门口，高雅妮在招呼着他们。李古力这时几乎是拖着郑淑敏跨进了门。

他松开郑淑敏，说道："关凯，你和我守住大门，其他人散开隐蔽。"

这时，缩进石壁的门又慢慢地从石壁中退了出来，直到完全闭合。王贵华站在闭合的石门右边，张开的嘴还没有合上："天哪！"

吉姆和杰瑞还在一边喘息着。吉姆心里想着："刚才发生了什么？"

这时，他们已经听到外面杂乱的脚步声和说话的声音。因为听到声音，而这些声音好像就发生在身边，李古力和所有人的神经顿时又警觉起来。如果能听到外面的声音，而声音又如此清晰，那么外面就一定也能听到里边的声音。大家屏住呼吸，心里担心着，这个薄薄的石门连声音都挡不住，恐怕外面的人一推，就会倒的。

老村长说话了，虽然声音不大，但大家都觉得他的声音从来没有这么高过："大家不用担心，我们听到外面，但外面是听不到里面的声音的。"

大家把目光投向杨猛。

杨猛仍然低着嗓子，说道："老人说外面的人听不到我们。"看大家不信，他又重复了一遍："老村长说我们能听到外面，但外面的人是听不到我们里边的。"

大家在柔和的金黄色光芒下，依旧不能相信。他们互相看着，眼睛里询问着。王贵华知道，有隔音的墙，比如音乐厅里的墙，但没有100%隔音的墙。如果能达到90%的隔音效果就已经接近完美的隔音了。而隔音指的从来都是双向隔音，从来没有听说过，有什么墙可以让一边的人100%清晰地听到另一边人的说话，而另一边的人却完全不能听到这边人的动静。

但老村长刚才的说话声音那么大，外面的人却似乎完全没有注意到。

"你确定看到光了？"一个年轻的声音在问。

"是的，但是，但是，我，我不知道那光是从哪儿出来的。"一个人犹豫着回答。

"但是，那光是这个通道里出来的，是吧？"年轻的声音又问。

"是的。我们刚经过这个通道不久，我回头了一下，就看到好像有金光从这个通道里照出来。"

"是的，"有人附和，"貌全说有光，我们都回头看，看到光，就跑到这个甬道里来了。但还没有跑到这里，光又没有了。"

"那你们到底有没有看到光？什么颜色的光？"

"嗯，嗯，金色的……"有人在犹豫着。

"真是笨哪！我怎么就看不到光呢？"

"但这个石头桌子是金色的呢。难不成金子做的？"有人说。

"也许这是供奉佛祖的地方吧。"又有人虔诚的声音。

"不要碰。不管是不是金子做的，回头报告营长再说。"又是那个年轻的声音。

"你们看，你们看！"又有人在稍远处喊。

"喊什么！好好说话！"年轻的声音在数落。

"连长，你看这个雕像。和前面的一样，但是你看……"

"光，光。"好几个声音在惊呼。

“这个雕像会放光！”声音开始离石壁而去。

“什么金色的光，这不就是绿色的光吗？！”

“他们应该是去看雕像了。”王贵华依旧是轻声说话，但他已经开始直起身来，“看来村长说的是对的。”

“怎么是对的？”高雅妮也是轻声地问，其他人都看王贵华。

“你们知道单向镜子？就是里面能看到外面的人，外面看不到里面的人的那种？”大家点头。

“我们知道玻璃是透明的。玻璃两面的人可以互相看到。但如果玻璃上面镀了一层很薄的银膜或者铝膜的话，它就不会反射所有的光。这样，这个玻璃就变成了单向镜子。亮的这边，就像是在看镜子，而从暗的那边看，就仍然像透过普通的玻璃看外面的人。”

“但那是玻璃，这是墙。”高雅妮反驳说，“刚才你说的是光波，而现在讲的是声波。”

“也对，我也没有见过这样的单向隔音墙，但的确，它们似乎是同样的原理。”

李古力看他们对话到现在，虽然声音不大，但如果按照刚才听到的和现在稍远处还能听到的声音判断，外面的确似乎听不到里面的声音。他的眼睛找到杨猛：“老杨，你问问老村长，以防万一？”

杨猛看到老村长正站在不远处，也在看他。他这才注意到这个里面，也有着和外面同样的一个正方的石桌，不过面积要小几乎一倍。老村长进来就一直扶着那石桌站着。他走过去：“老伯，你刚才说，外面听不到我们的声音，是怎么回事呢？”

“那是我们的神告诉我们的。神时时刻刻看着我们，听着我们。所以我们每年的祭祀，到这里来，因为神要听我们说话。每次我们进来，能和神一样，听外面说话，就知道神在听着我们的话。”老人的语气里很骄傲。

杨猛要把这句话翻译给李古力听，但觉得似乎又没有意义。正犹豫间，猛听得王贵华大叫一声“哎哟”，就见他整个身子几乎是飞了出去，关凯一个箭步冲过去，一把把他接住。

“我说的，我说的，你们不能碰这里面的任何东西。”老村长跺着脚，说道。

杨猛赶紧把这话翻译给大家，刚才老村长已经和他说过的。但事情紧急，他忘了提醒大家了。

王贵华这时正尴尬地从关凯怀里被放下来，说道：“我什么也没有碰啊，我就是想看看墙上有没有接缝而已。”他不情愿而又不甘心地说。

杨猛又过去指着王贵华问老村长道：“他说他什么也没有碰。”

“他碰了。”老村长不满意杨猛的怀疑，说道，“他的手一定摸墙了！”

李古力眼神询问王贵华，王贵华仍然不甘心地抚摸着刚才被震麻的胳膊看刚才弹飞他的石壁，点点头。

章五十七

这时，洞外面的人声仍然在不远处持续着。李古力看到刚才老村长、杨猛和王贵华的对话丝毫没有改变外面人声的状态，觉得老村长说的应该是对的，按王贵华的说法，这应该就是单向隔音墙了。既然这样，这倒是一个不错的地方，一方面可以稍事休整，另一方面还可以随时了解外面的动静。

李古力问杨猛："老杨，你知道老村长是怎么开的刚才那个门？"

"我也不知道，让我来问问。"

杨猛走到老人跟前："老伯，我们不会再碰这里的任何东西了。不过，你能告诉我，刚才这个门是怎么开关的？"

老人又把众人扫了一眼，确定大家都不在石壁附近，然后指着他身边石桌一角的凹陷："你看到这里了吗？"

"嗯。这里不和桌子其他地方一样平整呢。"

老人又给杨猛亮了亮救了他命的玉块，说道："这是神给的钥匙，也是我们村的护符。"

杨猛看到老人似乎想坐下来，赶紧上去扶住他，让他缓缓倚着石桌坐下，同时，他刚好近距离地细看了一眼那块玉块护符，又仔细打量了石桌上的凹陷，突然意识到他们的大小刚好一般。如果把护符放到石桌凹陷的角的话，那么刚好，石桌的角就又完整了。

杨猛很是兴奋，他招呼李古力："你来看，机关在这里呢。"他把老人刚才告诉他的和自己的判断告诉李古力。

不管是谁做的这个机关，它让李古力大为折服。他心想，世界之大，真是无奇不有。穷途之刻，真是天助我也。他随即转身和大家说："关凯，你负责警戒，其他人可以休息一下。这里应该是相对安全的了。"

李古力开始查看洞里的情景。这个山洞像半个圆球。这个直径大约有三十米的半个圆球覆盖在平滑的地面上，洞里的石壁和拱顶上除了刻有类似刚才看到的那些文字符号和线条简单的画像，没有任何饰物和灯火，但柔和的金黄色的光照亮着里边的一切，把大家的身上也似乎涂上了一层淡淡的金色。山洞里除了老村长身边的石桌，还有一个形状类似的石桌在山洞的另一头。

"这光是从哪里来的呢？"他边纳闷着，边朝山洞那头的石桌走过去。

王贵华也在琢磨着这个问题，石壁给他那猛然的一击，反倒更增加了他的好奇心。他看了一遍这个半圆顶的内洞，心里想着，这光从哪里出来？为什么是金黄色，是什么让这个石壁有单向隔音的效果，而又是为什么，老村长一再强调不能碰里面的任何东西，而基本上里面就没有任何东西，除了石壁，而自己刚把手摸上石壁，结果似乎是触电了一般，手上一用力，自己的身子却又飞了起来。

他仰头看着像一顶帽子扣下的洞顶，一片柔和的金黄的光。"对啊，我们就整个的在一个灯泡里了。"他自言自语。

"灯泡？"

王贵华听到有人搭腔，低下头看到是吉姆说："你知道钨丝灯泡？"

"知道啊。"吉姆答道。

"你看这半圆的山洞，里面有光却没有发光的物质，这个石壁我们还触碰不得，我觉得我们好像就是站在一个钨丝灯泡里的一个部分。发光的钨丝我们看不到，所以我们所处的位置，应该是光亮的那个空间。”

吉姆觉得王贵华说得有些语无伦次，但又不想搅坏他的心情，说道：“你看，这里的石壁上有很多的文字和图画。我们一起来看看？”

王贵华也觉得自己的思维开始不清晰起来。他甩了甩自己的脑袋，说：“好，我们来看看。要是能找到另一个出口就好了。”

他们两个在离石壁差不多半米的距离，沿着石壁边走边仔细地看着面前的文字符号和雕画。他们在一处停下了脚步，面前是一幅图画，画风古朴，线条简单，人物只有轮廓而没有细节，除了人物，还有似乎是树木、扁圆形的建筑、山和太阳类的背景。

“你注意到没有，这些人物的个子不高。”吉姆问。

王贵华也注意到了这个细节，他答道：“是的。和树木比对，这些人大概只会有一点五米高呢。”他想到中国历史上遗留的神话中，都是巨人的形象，包括轩辕、炎帝，甚至一直没有结果的湖北神农架的野人，在传说中他们都有着巨大的个子。怎么这里的人或是神，都是这么矮小？

吉姆想到的，却是类俾格莫伊人。他们是散居在非洲和南亚一些海岛上的居民。他们的身高一般都在 5 英尺以下，也就一米半的样子。他在纳闷，这里也属于南亚，他们之间有没有关系呢？难道早期的缅甸人，就是俾格莫伊人或是类俾格莫伊人的一部分？因为如果是那样，现在缅甸人的肤色，就应该更接近黑人，而不是黄种人。“这不太可能。”他自己否决了自己刚才的想法。但同时，一个更大胆的，也是更符合他专业的猜测在脑中形成。他不自觉地脱口而出：“难道他们就是外星人？”

他说的是英文，王贵华没有完全理解，而这时走到吉姆身后的杰瑞接茬儿道：“很有可能。你看，我们所知道的关于外星人的信息都显示外星人的个子矮小，不管是 1947 年的罗斯威尔事件中的外星人，还是其他方面的数据。”

见王贵华凑了过来，吉姆说：“杰瑞和我觉得这些图画上的人物，很可能是外星人，因为我们所知道的外星人，个子都比较小。”

王贵华仔细想了想，他想不出有任何其他的解释。如果说画上的小人是当地人先民雕刻上去的，那么那些画上的小人，也可能是当地人的祖先，但这些图画却不可能是当地的先民刻上去的，因为自己刚一触碰石壁，就被弹飞，那些先民又怎么能够在这个石壁上雕凿？他说："或许吧，起码人类是没有办法在这个石壁上画画的。"

吉姆这时却越想越觉得可能，吉姆再看那画上，虽然没有明显的五官特征，那些线条却是十分的圆润光滑，不像是用普通工具雕凿出来的，也许激光可以制造这种效果，但难以想象，这边山里的人会使用激光这种工具。他示意杰瑞把这些图画和文字符号拍摄下来，同时，对王贵华说："我们把这些文字拍下来，输入到你的软件里，看是否可以得到什么信息。"

吉姆的话很合王贵华的心意，但王贵华觉得这次要破解的东西，可能要比之前看到的符号难多了，因为前面的符号就那些，不是很多，而且关键的文字还在所有的符号中因为位置的关系而突出出来，而这里，整个半圆的石壁上，除了图画，就是密密麻麻的文字符号。不可能把所有的文字都输入一遍，那得花上几个也许几个月的时间。但如果不那样的话，那么又怎么在这些根本没有换行或是看上去像标点的符号堆里选择那些文字呢？心里这样想着，他嘴上却说："好，我们试试。"

在这个半圆形拱穹的山洞的另一个位置，郑淑敏正端着她的电脑，慢慢顺着石壁在移动。刚才一听到李古力说大家休息，她就迫不及待地拿出带着感应器的电脑，走到石壁附近开始探测。在被李古力拉着胳膊进入到这段山洞的前一刻，她在洞里通过开着的门发出的光，看到了洞外的金黄色的石桌。她当时下意识地闪念一过，莫非这就是黄金的所在了？

她的探测器证明了她的猜想，和在天坑附近一样的信号又出现在她的电脑上。而这次，信号的来源不是卫星，事实上卫星的信号完全没有显示。这次的信号源是实物，而实物就在附近。但是，和下午在天坑附近一样，测到的数据和分析的数据结果又产生了矛盾。一个显示是 90% 的黄金，另一个显示，这完全不是黄金，而是一个数据库中，也就是人类所不知的物质。

章五十八

正在她迷惑不解的时候，高雅妮的声音在她身后传来：“郑姐，你找到黄金了？”

郑淑敏回头看了一眼高雅妮，说道：“没有。但我正纳闷呢，似乎有，又似乎没有。”

“怎么会似乎有，又似乎没有呢？你说这里面都是这样的金色光芒。这是不是就是金光呢？”

郑淑敏心里微微一笑，觉得高雅妮真是傻得可爱，说道：“金色的光不一定就是黄金发出来的。”

“但是，你看这里面到处都是金色的，这石壁，还有老村长旁边的那个桌子，说不定就是黄金做的呢？可惜这个石壁不能碰，要是能碰倒是可以敲一块下来检测一下。”

高雅妮的话提醒了郑淑敏，一方面，她也怀疑那个石桌是不是黄金打造的。同时，石壁不能碰，但村长旁边的那个桌子却是能碰的，因为村长还靠着它坐着呢。想到这儿，她对高雅妮说：“雅妮，我们去看看老村长身边的石桌。”

她俩走到老村长身边，村长看到高雅妮过来，显得挺高兴。这些人中间，除了杨猛因为听得懂他说话所以觉得亲近外，就是这个姑娘让他觉得有安全感。他对高雅妮说：“姑娘，你们在找什么？这里边的东西可都不能碰的。”

高雅妮没有明白他说什么，她的眼光找到和关凯站在刚才开门的地方不远的石壁旁警戒的杨猛：“老杨，你来帮我翻译一下好吗？”

杨猛走过来，问了老村长后，把他的话给高雅妮和郑淑敏复述了一遍。

郑淑敏说：“我想测量一下这个桌子，看它是不是黄金做的。”

杨猛刚要开口说话，突然想到早些时候老村长说的“黄金的事害死了全村的人”的话。他改口道：“老伯，这个桌子是可以碰的，是吗？”

老村长疑惑地看他一眼说：“嗯。是的。”

“姑娘们想看看这个桌子是什么样的石头做的。”他又指着郑淑敏说，“这个姑娘是个石头专家。”

“哦，”村长把身子从石桌边挪开了一点，说，“石头专家？这可是神的东西，你能懂吗？”

郑淑敏把电脑放到石桌上，仪器的短促的提醒明显地加快，但数据仍然在打架。

看到郑淑敏迷茫的样子，村长理解地让杨猛转话，说：“姑娘，没事，这是神的东西，我们都不会懂的。”

“但这个光是哪里来的呢？”高雅妮问老村长。

老村长回答说：“这是神的光，我们的神是万能的，我们上吉村这么多年风调雨顺，世世平安，全靠神的保佑。只要神的光不散，我们就有平安。”

李古力在另一头看到的石桌和村长身边的这个石桌完全一样，他也在疑惑这石桌到底是石桌还是金桌。如果这就是金桌的话，那么似乎得来全不费工夫。找到了黄金的所在，那么剩下的事，就是突围出去，把消息带出去了。他看到郑淑敏在村长这边，就走了过来：“郑博士，你测了一下这里有没有黄金？”

“不知道。”郑淑敏有些泄气。

李古力有些不解，不知道是什么意思？他问：“有还是没有？”

郑淑敏突然意识到自己在李古力面前变得有些小孩子气，说话不完整起来，赶紧解释道：“我的探测器和电脑软件所分析的结果有矛盾。比如这个桌子，探测器上显示这个桌子由 90% 的黄金组成，但软件的分析结果，却根本不是黄金。不但不是黄金，连它到底是什么物质构成都不知道，因为我们人类所知道的物质，没有一样能够和这个桌子的物质配对的。”

“哦，没事，你们再查查看。”李古力安慰她道。同时，他看了一下表，征询杨猛说：“现在是 9 点了。你看我们是不是就在这里过夜，等明天早上找机会突围出去？”

杨猛有些不甘心，他问村长：“老伯，这里还有没有其他的门我们可以出去？”

“没有了。我们每年过来祭拜，就这一个门。”老村长的语调不容置疑。

知道了老村长的回复，李古力又听了听石壁外面渐渐稀落的人声，他对杨猛说：“这样的话，我们就准备在这里休息一晚，等明天再找机会突围。”

他走到一个空旷处，拿出卫星电话，看了看屏幕，仍然没有信号。进入到第二层洞，信号就一直没有了。李古力尝试着拨号，没有任何动静。他走回到杨猛身边，问：“老杨，你帮我打个电话给孙老板，让他转告给肖先生我们这里的情况？”

杨猛应道：“好。”他掏出手机，拨号，放到耳边。没有声音。他从耳边拿下手机看了看，又甩了甩，完全没有了信号。他又拨号，依然没有声音。

“没有信号了。”

“哦。没事，我们大家商量一下在这儿过夜吧。”

这时，杨猛更注意到的，却是洞壁外的声音：“貌全、貌奈你们俩留下看住这里，其他人跟我到别处搜索。”他想起来了这个声音的主人。他是在这之前他和李古力见过的那个年轻连长。

章五十九

虽然听到李古力说让大家准备在这儿过夜，郑淑敏却没有觉得有任何睡意。这次来的目的，黄金，似乎就在眼前，但却又遥不可及。她有些生自己的气。突然她想到了吉姆。他们不是来找外星人的吗，这个或许地球并没有的物质会不会和他们找的外星人有关呢？

郑淑敏并不相信真正的有外星人。对她来说，UFO 的故事和电影明星的故事一样的不靠谱，她都没有兴趣。但现在面对一种完全超出了她知识范围的物质，她不得不寻找其他的答案。

她看到不远处吉姆和杰瑞正在石壁前拍照，王贵华在一边捣鼓着他的电脑，她走了过去叫道："吉姆博士。"

吉姆看到郑淑敏喊他，有些纳闷。这位显然会说英语的女性一直没有和他有过太多的接触。她似乎不像这个小队其他人那样平易近人。按照他的判断，她应该是这个小组里的黄金专家，但到目前为止，也没有看到有什么黄金的迹象。她现在专门来和他说话，这是为什么呢。

"郑博士，你好。"吉姆礼貌地应道。

“这些符号真的是外星人留下的吗？”虽然郑淑敏仍然不相信这会是事实，但她还是显得好奇地问。

“我想，我们想，是的。郑博士觉得呢？”

“我不知道，但我很想知道。”

“嗯。为什么呢？”吉姆开始有些好奇。他觉得如果眼前这位特别理性的女性有确定的想法的话，那么这个想法后面必定有具体的原因。

“嗯，嗯……”郑淑敏不知如何解释。她不想提太多的黄金的事，但如果真的有外星人，那么一种特殊物质的出现，倒或许是可以解释的了。

“哦，没事。我们现在再把这些壁上的文字符号输入到电脑里。然后看我们是否能找到一些答案。”

“你们在这儿说什么呢 ？”高雅妮这时从后面冒了出来，“郑姐，你也相信有外星人？”

“我？嗯，我也不知道。”郑淑敏又不知如何回答。她觉得自己变了。一个原先很主观的而且极少犯错的自我，现在变得似乎非常纠结，不管是知识方面，还是内心那最深层的情感。

吉姆很高兴看到高雅妮的出现。他仍然觉得这个活泼的而又心地善良的小姑娘，不，大姑娘博士，是身边这个小队中他最喜欢的人。“高博士，你怎么来了？”

“嗯。李队长说我们要在这儿过夜了。我来找我的郑姐。对了，你们找到外星人了吗？”

“嗯，还没有。我们还在找呢。”

“对了，吉姆博士，你能告诉我们一些外星人的故事吗？你一直在找他们，一定有很多惊险的故事吧？”

“嗯，嗯。惊险倒没有，有趣的倒真有很多。”

“太好了，给我们讲讲呗。”

吉姆看到杰瑞在拍照，王贵华在输入，他们配合得很好，他也帮不上什么忙，就说：“好，高博士想知道什么？”

“UFO 吧。我知道 UFO，但为什么说是 UFO 呢？”

“你知道的 UFO 就是不明飞行物的意思。很多的 UFO 是比如光、气球或是流星。但有很小一部分 UFO 是我们不能够确认的，这些 UFO 我们就猜测他们是从外星来的，也就是外星人的飞碟。”

高雅妮笑着插话说：“我一直认为 UFO 是外星人呢，原来流星也算。”

“是的。但在我们这一行，UFO 就是外星人的飞行器。UFO 这个名字最先是由参与 1952 年美国空军调查不明飞行物的蓝书项目的鲁珀上校提出的。而之后，空军就一直界定 UFO 为专家调查后仍然不能指定是什么的不明飞行物。”

“我在读高中的时候，就读到中国 11 世纪的沈括在他的《梦溪笔谈》中就提到圆圆的、飞得很快的，而且里面还有光照射出来的东西。这个应该也算 UFO 了吧。但是我一直觉得这是文人的想象。”郑淑敏说。

吉姆接茬儿道：“这听起来很像 UFO 可惜我们没有办法去判断发生在 11 世纪的事，但是有很多的能让人相信的人的记载，包括有名的旅行家、‘二战’时期的飞行员和其他的人在你们国家的西藏、在欧洲、非洲，当然还有美国遭遇 UFO 的记录。但后来一直没有具体的结果，因此 1968 年的时候，空军就取消了对 UFO 的专门研究。”

“所以你们中央情报局就接手了？”郑淑敏说话仍然是一针见血。

“嗯，嗯。”吉姆还是觉得郑淑敏比较难对付。

“那你怎么开始找 UFO 的呢？”高雅妮又问。

“这个，和我小时候的一次经历有关。”吉姆似乎又回到了四十多年前，“我老家在安卡拉齐的郊区大湖区，事实上那是一个很小的城市，即使到今天，才有三千多人口。不过那里风景很漂亮，有很大的湖。10 岁的时候，我一个人在后院的草坪上玩耍，天快黑的时候，天上的一颗星星引起我的注意，那颗星星与其他星星都不同，又亮又大。后来那颗星星飞得越来越低，最后竟落在了我家院子后面的空地上。我跑过去看，恍惚中我看到一只瘦小的脚从那个光球中走了出来。后面再发生了什么事我就不记得了，醒来的时候，我已经睡在自己的床上了。我告诉父母我见到外星人了，他们说我只是做了一个梦。我不相信，因为当时的感觉是那么的真实。我把我的经历告诉我的朋友，他们都不相信，说我白日做梦。只有我的老师相信我的话，他鼓励我探寻事情的真相。后来有一个机会，我就进了中情局，专门追踪外星人的痕迹，寻找他们落脚的地方。

高雅妮听得入迷，说道："后来呢？"

"后来因为我们的追踪一直没有结果，局里就要撤销我们的小组。"

"啊，撤销了吗？"

"没有，因为NJ101出现了。"

"NJ101？"

"是的。NJ101是我们给的一个UFO的代号，我们也管它叫南极人。"

"南极人？"

"是，因为他们的行踪总是包括南极。杰瑞和我也去过那里，但除了冰天雪地，满是沙砾的冻土，那边就是一片海洋。"他看看高雅妮，"还有可爱的企鹅。"

"对了。你好像是说你们发现这个什么南极人最近经常在南极和缅甸这边往来频繁？"

"是的。这是我们到这里来的原因。而且，我们似乎已经找到了答案。"他指了指石壁上的图画和文字，"这里应该就是南极人的地方了。当然，目前我们还不能肯定。还要仔细地研究一下。"

王贵华的声音打断了他的话："怎么还是没有意义呢？"

高雅妮看过他去，说："什么没有意义？"

王贵华抬起头瞄了她一眼："这些文字，输入后根本连不成任何意思。"

吉姆正要说话，忽听得一直在石门附近警戒的关凯"嘘"声传来。紧接着，他悄声说："队长，你听。"

大家顿时停止了说话，侧耳细听起来。

石洞外面，并没有人声。但突然，不远处听到有人低声"啊"的惨叫。同时，有人扑倒在地的声音。然后，又是一片静谧。

大家屏住呼吸，不知道外面有什么变故。李古力看了看杨猛，正要说话，"咚咚""咚咚咚""咚咚""咚咚咚"……石壁外传来了清脆的敲鼓一样的有节奏的声响。

章六十

杨猛大步奔到发出响声的位置，侧耳仔细听这个响声。脸上的表情一会儿兴奋，一会儿凝重。而敲击声还在继续着，并逐渐地向右面移动着。

“怎么回事？”李古力问杨猛。

“这是我们的暗号！”

“什么暗号？”

“嗯！是！暗号！我们的人！”绝处逢生，杨猛有点儿激动，“孙老板在政府里和军队里有一些内线。我们为不同的情况设定了不同的暗号。这个节奏的声音是我们的暗号。”

“这个节奏代表什么意思？”

“咚咚代表有人，咚咚咚代表安全，外面的人在告诉我们外面是安全的。”

“会不会是陷阱？”

“应该不会，因为这些信号不到十万火急的时候是不用的。一定是老板的人到了。”

“要不要给他发个回应？”话刚出口，李古力想到里面的石壁根本不能碰，即使有回应的暗号也没有办法回应。

这时，有节奏的敲击声已经开始稍稍远去。

“李队长，我们打开门，让外面的人进来。如果万一有问题，我们马上把门关上。我想老关和我能守住门直到门关上的。”杨猛看着李古力询问。

李古力想了一下，心里已经同意，因为虽然目前小队的处境也算安全，但不知道军队明天早上会如何动作。如果一直困在洞中，水已经是问题，时间长了，食物也会成问题。如果现在外面的是自己人，那多一些信息，值得相信杨猛所提出来可能存在的问题。

看李古力没有提出反对意见，听着将要远去的敲墙声，杨猛跑到老村长面前，急促地说：“老伯，外面有我们的人，你开一下门好吗？”

老村长没有做声。他从怀里取出他的护符，递给杨猛。

“谢谢老伯，谢谢老伯。”杨猛嘴里说着谢谢，但手却没有去接，“老伯，你帮我们开门好吗？如果万一有坏人，你马上帮我们把门关上，好吗？”

老村长问他：“外面到底是好人还是坏人？”

杨猛看着老村长手里的玉块，说道：“请你相信我，老伯，外面应该是好人。”

听到杨猛的确认，老村长把玉块放到了身边石桌的凹陷处。

“大家往后退，关凯，你和我守住洞口，老杨你去找接应的人。”李古力在门将要启动的瞬间命令道，同时，他跑到老村长面前，准备如果出现万一，他可以保护到老村长，同时可以控制门的闭合。

石壁上的门慢慢地打开了。几乎是同时，外面有人应该是注意到金色的光芒从门口照射了出去，他的脚步声在跑过来。而杨猛也提枪在往墙内缩进的门后面蹲守。

有人跑到门口。已经开启的石壁门的金色光芒里，是一个穿着绿色军装的清瘦的小伙子。他左手提枪，右手拿一把匕首，弓着腰，小心地眯着眼睛朝里面看。

“进来，”杨猛过去猛的把他拉了进来，同时对老村长喊道：“老伯，关门！”

这时意外出现了，外面的小伙被杨猛拖进来后，只是一两秒短暂的惊讶，随即他快速扔掉左手的枪，从后面抱住走在前面的杨猛，右手的匕首直接向杨猛的脖子上架了过去。

只见杨猛面不改色，微微一侧身，躲过了划向他脖子的匕首，同时抓住小伙的手腕，向前一带，小伙子失去重心，摔倒在地。杨猛跨前一步，扑到小伙的身边，膝盖已经压住地上小伙的腰部。

这时门刚开始从缩进的石壁中出来。刚才的一幕发生和结束得太快，小伙举起匕首的刹那，李古力和关凯正要冲过去，但身子还没有离地，事情已经结束。他们又蹲下屏住气息看门，等着其他的意外出现。但石壁门很快就闭合上了。没有出现其他意外，他们舒了一口气，站起身来。关凯一步走到杨猛身边，说道："这小子是怎么回事？"

"你是谁？"杨猛喝道。

没有回答。

杨猛突然意识到什么，他又问，但这一次已经不是喝问："春天里的太阳？"

他腿下的小伙略一挣扎，回道："冬天的雪。"

杨猛松开了小伙，一把把他扶了起来。"不好意思，刚才太猛了。"

刚站起身的小伙满脸激动，同时还带着疑惑："你是杨猛杨哥吗？"

"是啊，是啊。"杨猛看着他，"你是？"杨猛突然意识到自己还穿着军队的衣服，解释道，"这个衣服，这个衣服是前面和军队遭遇的时候弄到的。"

"我是貌山，暗号是孙老板告诉我的。"貌山这下才完全放心，"刚才我看到你穿着军队的衣服，以为这里面还是军队的人，就只好一不做二不休了。"

"怎么说？"

"我把外面的哨兵干掉了。"

"好，好。"杨猛把他带到李古力面前，说道，"这是貌山，是孙老板派来的。"他又对貌山说："这是李队长。"

"你好，貌山。"李古力伸出手去。

貌山躬身接过李古力的手握手，说："李队长，你好。"李古力虽然不明白貌山说的是什么，但也猜到就是一般的问候。现在有更要紧的事情要问。他用力和貌山握了握手，然后和杨猛说："杨兄，我们了解一下情况？"

这时，高雅妮、郑淑敏、王贵华、吉姆和杰瑞都已经围了过来。关凯依然警戒在石门的位置。李古力示意大家坐下。他和杨猛、貌山还有石桌旁的老村长坐在众人的中间。

貌山兴奋地说："杨哥，可找着你们了。"

"嗯。不急。你是怎么来的？"

"我就在这个营里服役。今天十点多的时候，营长下令往山里面赶。我就和部队一起过来了。到了这里不久，接到孙老板的电话，说杨哥和李队长的小队在这边，让我找机会带你们出山。"

"嗯，好。那你是怎么找到我们的？"

"大家都在搜山，我也不知道你们在哪儿。其他地方都没有你们的踪迹，所以我是一路找过来的。前面看到很多人朝这个洞里走，就跟了过来。然后他们又都走了，就剩下两个士兵看守。我等了一段时间，看这个通道里和外面的山洞里的人都走了，就摸了上来。

"你怎么就知道我们会在这里？"

"我看到前面石壁被炸出了一个窟窿，心想你们肯定就在这个洞里面。刚才我和守在外面通道里的两个哨兵说话，他们还在骂他们的连长说他年轻气盛，明明看到这里有光，而他却不肯相信。我再次和他们确认了这边有光发出之后，心想你们应该就在这儿附近。就找了个机会把他们俩干掉了，然后就一路敲打着石壁过来了。"

"太好了！"杨猛一拍大腿，"李队长，外面没有守着的了，我们冲出去？"

杰瑞一直在留意众人之间的对话，可他不懂中文，吉姆于是做起了他的翻译。听到杨猛说冲出去，他也来了精神。"现在已经是晚上10点钟了。天已经黑了。如果通道里没有人的话，我们只要跑到洞外面，钻到树林里去，我们就有机会脱身了。不然明天早上，如果他们发现哨兵死了，一定会守住这个通道的。那时候，我们想走也没有机会了。”

杨猛说：“但是我们出去依然危险，因为外面也一定还有巡逻兵的。”

“所以，我们更要趁黑出去！”杰瑞说。

李古力在思考着。

的确，如果军队发现哨兵被杀，一定会封锁这个通道。那样就真的很难有机会突围了。因为如果被困在洞中，到最后食物和水都没有了，就会非常的被动。但现在出去，军队应该还在努力的搜山，遇到军队的概率还是很大，而自己这边的人数完全不够和军队正面冲突。

见李古力一时没有说话，高雅妮建议说：“或者我们再等几个小时，等外面的人都睡觉了，我们再出去？”

王贵华马上回她道：“但如果敌人发现了他们的哨兵就死在这个甬道里了，他们就会把这里堵死的。那时候我们想出也出不去了。”

“他说得对，”吉姆插话道，“我们留在这里不是办法，虽然我更希望有更多时间可以研究壁上的文字和图画，但现在我们可以趁着还没有被发现离开这里。”

貌山不知道大家在讨论什么，他对杨猛道：“这个营长是信处帝教的。我怀疑他把军队领到这里是他自己的主意。因为他对大家说，到这里来是对付恐怖分子。这个，我已经给孙老板汇报了。但我担心营长找不到人会就此罢休，咱们最好在他们没发现我们之前尽快离开这个地方！”

听到杨猛的翻译，李古力皱起了眉头，说道：“处帝教？这是什么教派？”

杨猛解释道：“这是欧洲传过来的一个邪教。这边的政府事实上是不允许这个教派存在的，但所有相信了这个教派的人都很疯狂，折腾得紧。”他突然意识到什么，“你觉得他会不会和欧洲势力有什么关系？”

李古力眼前一亮。对啊，对付恐怖分子是所有搞恐怖活动的人的最好借口。如果这个营长真是欧洲势力的人，那么还真得尽快出去。

“李队长，怎么办？”郑淑敏关心地问。

“我们冲出去！”李古力站起身来说道，“关凯、小王，你们清点一下武器弹药，郑、高两位博士你们带上自己的东西。吉姆你和杰瑞解释一下，我们 3 分钟后出发，老杨，你让貌山带路，我们争取在不惊动军队的情况下冲出包围圈。”李古力看了一眼此时正默默地闭着眼睛念叨着什么的老村长，说道：“我带着村长。”

“不，我来带村长。貌山带路，你照看其他人吧。”杨猛说着，轻轻地拍了一下老村长的肩膀，“老伯，我们准备走了。你和我们一起走。走不动的时候，我背着你。”

老村长抬头眯着眼睛看了他一眼，说道：“孩子，我听出来你们要走了。你们走吧，但我不能走，我就留在这儿了。”

“不行，你不能一个人留在这儿。这儿没有吃的喝的……”杨猛说到这儿突然意识到什么，而老村长马上证实了他的想法。

“我不走了，我要守着我们的神，我们村现在什么人都没有了，我不能一个人活下去的。神救了我，就一定是要我跟他们去的。我要守在这里等神带我走。”

杨猛说：“不行的，老伯。这儿没有吃的喝的……”

“孩子，你不用说了。我心已经定了，给，”他用微微颤抖着的双手把护符交给杨猛，“我和神在一起，已经不用它了。你出去后，等我们上吉村再有人的时候，你交给我们的村长好吗？”

“一定，一定。”杨猛赶紧将双手递过去，接过圣物。他知道，老村长已经把圣物传递的担子交给他了。虽然对他来说，这是将来多出的一副他要完成的担子，但他仍然脸上一热，心里感激老村长对他的信任。

杨猛把护符揣到怀中的口袋里，抓住老村长的双手，动情地说：“老伯，你保重。我先走了，我一定会回来的。”

这时，大家都已经准备好出发了。看到他们俩说话，都走了过来。杨猛告诉大家说：“老村长不走了。我们和他说再见吧。”

高雅妮马上反对道：“这怎么可能。他一个人在这儿，这不是等……”

杨猛打断她的话，说道：“老村长他说不想离开这，这是他的神的地方，他要留下来跟自己的神一起。而且，村子里已经没有人了。他要守着他们村的神，或许神会来接他的。”

高雅妮刚又要说什么，李古力示意她不要说了。李古力知道，作为一村之长这么多年，在现在村里已经没有人的情况下，老村长的决定他是理解的。他想，等他们出去后，再回来接他，那时候也有足够的时间说服他。他对高雅妮说："你把大家的食物收拢一下，给老村长留下。等我们出去后，再想办法接村长。我们准备出发。"

命令已下，高雅妮不再反驳。她走到每个人身边把他们递给她的食物收拢，一起放到了老村长身边。她的眼泪不禁涌出。她上前抱住老村长，声音哽咽："再见了，老村长您保重。"

老村长看到她把大家的食物都留给了他，非常感动。他也似乎听懂了高雅妮说的话。他拍拍高雅妮的肩膀，慢慢把她推开，对杨猛说："你们走吧！"

杨猛见状，从怀里取出圣物，放到石桌的凹陷处。石门慢慢开启，大家鱼贯而出后，老村长依然站在石桌旁边和大家挥手。

借着石门放出的光，杨猛又把圣物放到外面的石桌凹陷的一角。石门又慢慢关闭。甬道内一片漆黑。

"老杨和我在前，关凯断后，大家小心。"李古力闪了一下手电，"手电能不用就不用。如果用，也不要一直开着。我们走。"

篇十一
突围

章六十一

军队似乎没有再回这个甬道，因为除了地上躺着被貌山杀死的两个士兵外，再没有出现其他士兵的影子。李古力一行在甬道中间悄悄地摸下台阶，转眼到了甬道出口。这里他们需要右转，然后经过空旷的山洞中的空间去洞口。

空气中还聚结着士兵们炸洞时留下的火药味。关凯小声道："这帮人疯了吧？这要多炸几次，我们还不给埋在洞里？"

走在最前面的貌山示意大家停住脚步，杨猛伸手把身边的王贵华拦住，轻声说："我和貌山到外面察看一下情况，你们先等一下。"

两分钟后，他们就回来了。

"看来他们都出去了，不知为什么。"杨猛对李古力说，"我们走？"

"好。大家跟上！

他们很快就来到当初第一次进入的那个洞口，在偶尔的手电光下，带着刺棱边缘的豁口显得狰狞。大家低头穿过洞口，貌山和杨猛已经在洞外警惕地打量着周围的情景。

出乎大家的预料，一切依然安静。

王贵华轻声地自言自语："他们把我们忘了？"

杨猛没有接王贵华的话，他对最后跨出洞口来的李古力说："一切正常。我们出去后就是那条引向悬崖的小路。"

"是的。我们需要向左下山，然后？"

"貌山说，出去下了小路，就能钻到密林里，然后就一直向西。如果我们顺利，过几个小时就可以出山回到大路上去，那里有接应我们的人。"

"好。"李古力对大家说，"我们就要出去了。现在是晚上 10 点。如果顺利，我们很快就能脱离包围圈了。大家注意跟紧，不要掉队。"

关凯不由自主地站到郑淑敏身旁，上次郑淑敏掉队虽然和关凯无关，但关凯知道李古力实际上就是让他一路照顾郑淑敏的，所以他还在自责。这次可不能再马虎，关凯从腰间取出一把手枪，递给郑淑敏："郑博士，你带着它吧，以防万一。"

郑淑敏感激地看了关凯一眼，不好意思拒绝他的好意。她接过手枪，觉得好重。她把它放到了自己的背包里。

众人来到洞口，貌山第一个爬到洞外。他拨拉开掩在洞口的灌木，四处警惕地看了看。确定没什么异常之后，他朝身后的杨猛做个手势。

杨猛接到貌山的信号，朝身后李古力等人飞快地点头说："安全。"

李古力也朝杨猛点点头，表示已经明白，对身后众人说："大家小心脚下，尽量不要弄出什么响声。"

众人一个个地从洞口出来，李古力最后跟上了大家。

洞外巨大的圆月像是一块花岗岩挂在天际，显得又冷又硬。月光洒下来，照在山林和眼前的小路上。一种说不出的清冷感觉弥漫在空中。

四周一片寂静，仿佛在暗处有什么在窥视着他们。当然众人明白，这不过是他们太过紧张罢了。

李古力还是有点儿不放心，他四处观察了一下，直到确定四周没有任何可疑之处后，才压低嗓音对众人说："大家听好，我们现在就下山。敌人一定还在什么地方，我们不能放松警惕。"

月光下，大家纷纷用点头或打手势的方式表示已经明白。

李古力看清大家的反应，说："好，大家互相照应，注意隐蔽。"说完，他转身对杨猛说："老杨，你跟关凯照应后边，我跟貌山兄弟开路。"

杨猛也不多话，跟李古力互换了位置，由他和关凯断后，王贵华、杰瑞、吉姆和两位女博士在队伍中间。

似乎军队已经放弃了对这条小路的兴趣。李古力一行很顺利地走完下山的路，回到密林之中。

众人踏进树林，才意识到在这样一个夜晚要穿越密林是件多么困难的事情，虽然天上挂着月亮，但经过茂密的树木遮挡，能照射到地面上的月光已经寥寥无几。除了能看清差不多五米以内的地况外，再往外就只能分辨出树木模糊的轮廓。众人脚下不敢大意，小心翼翼地向前推进。

走在最前面的李古力和貌山最为吃力，因为他们不仅要判断出哪里的路能让人通过，还要不停地观察周围的动静，以防敌人冷不丁的偷袭。

这样大概走出了十多分钟，李古力突然发现前方三四十米距离的地方有什么东西闪了一下，李古力大吃一惊，这个亮光他再熟悉不过了，是枪支在月光下反射的金属光泽。李古力大喊一声："快隐蔽！"便飞起身来想要扑倒走在前面的貌山。

但还是晚了一步，敌人的枪声已经响了起来，黑暗中从枪口里射出的火焰分外刺眼。

李古力把貌山扑倒在地，顺势抱着貌山滚到一边的一块岩石后。黑暗中他觉得怀里的貌山没有动作，他把手摸向貌山的怀中，只感觉他怀里湿漉漉的，李古力暗叫不好，把貌山的身体扳正，借着微弱的月光一看，貌山胸前已中数枪，胸前的衣服已经被鲜血给染透了。李古力拍了几下貌山的脸，已经没有任何反应。李古力心中不由暗自抽搐了一下。

但李古力马上反应过来，他不知道众人是否都已隐蔽好，说："大家有受伤的没有？关凯？小高？"

这时关凯的声音从李古力的身后传来，说："队长，我们都没事，你那边呢？"

李古力不知该如何向杨猛交代，说："我没事，貌山他……"

不用李古力往下说，杨猛已经明白怎么回事儿，说："他死了没？"

“死了。”

“妈的，这帮人！早晚让你们血债血偿！”

众人都不再说话，前方的枪声还没有丝毫减弱的趋势，但明显他们现在是在胡乱地试探性扫射，期待确定李古力他们隐蔽的位置。

李古力打断众人的沉默，说：“听枪声，这拨敌人应该只是这附近的一支巡逻小队，我们要在枪声把增援敌人引过来之前把他们干掉！时间不多，速战速决！”

关凯低吼一声：“明白！”便拿出一直没有用上的消音器往步枪上装。

王贵华说：“都什么时候了还装什么消音器！”

关凯装好消音器，拉了一下枪栓，说：“消音器能降低膛口火焰，好让敌人搞不清我们的具体位置。”说完他又从腰上解下来两枚手雷，把其中一枚扔给杨猛，说：“敌人大多隐蔽在十一点钟到一点钟方向范围内，待会儿我们一齐把手雷扔过去，给他们点动静听听！”

杨猛接过手雷，说：“好！”

关凯低声喊：“一、二、三！”

“三”字一出口，关凯跟杨猛同时拉开手雷拉环，手臂使劲往前方一投，手雷便脱手而出。“轰”的一声，两枚手雷几乎同时炸开，顿时对面黑暗中敌人的惊叫声、惨叫声和咒骂声响了起来。

李古力、关凯和杨猛抓住机会，从岩石和树木后探出身去，朝着刚才敌人的火力分布点就是一阵猛烈射击。顿时，刚才还无比嚣张的枪声被压制得没了声息。

这时敌人那边突然又响起了枪声，但这次的枪声却很是奇怪，只听对面先是两个短点射，然后是两个长点射，子弹也不是打向李古力他们这边，而像是在朝天射击。

关凯疑惑道：“这帮人是不是傻了？怎么朝天开起了枪？”

“应该是他们在向同伙报信，”李古力想到这，说，“来不及了，赶紧解决他们！”

话虽这样说，但敌人经过刚才李古力他们一顿猛打，剩下的这会儿都聪明地转移了到隐蔽的地方。他们也不再轻易暴露自己的位置，而是跟李古力他们比起了耐性。

关凯有点儿沉不住气了，他们明显没那么多时间跟这几个敌人在这耗着，时间拖得一久，增援的敌人就会赶过来，到那个时候突围能否成功就难说了。

“队长，不能再等了！你们掩护我，我上去解决他们！”关凯说。

“不行！你知道敌人都藏在哪儿吗？你这样冲出去还不成了活靶子！”李古力怒道。

“那怎么办？”

“这帮敌人听枪声应该只有十几个人，刚才那一阵，估计已经死了六七个。这样，我现在想办法让他们把藏身位置暴露出来，你们看准火焰出来的位置，解决他们。”

“队长，他们现在学精了，不会轻易露头的。”

“我有办法。”李古力端起步枪，从身上拿出手电，又用军刀从贴身T恤上割下几块长布条。李古力把步枪枪口戳在地上，枪托朝向自己，把手电贴稳枪托，用布条紧紧地把手电绑在枪托上。

这一切准备好之后，李古力说：“关凯，准备！”

“明白！”

李古力深吸口气，左手抓住枪管，右手打开手电开关，缓缓把步枪举起。枪把上的刺眼的灯光射向前方。

从远处看上去，似乎是有人拿着手电慢慢地站了起来。

敌人见状很是兴奋，他们顿时从几个不同的位置对着灯光射出火舌。

关凯看到一个敌人的脸孔竟然暴露在手电灯光的照射之下，他毫不犹豫地扣下扳机。一枪正中那人的眉心。那人哼都没哼，头往地上一趴就没了声息。

接下来杨猛和关凯看哪里有枪口射出的火焰就一阵猛射，有的敌人还不清楚子弹是从哪里射出来的就被乱飞的子弹给夺走了性命。

隐藏在暗处的敌人根本不知道自己的队友已经被各个击破，他们的耳边只是不停地响着自己的枪声。剩下的还在怀疑，为什么对面的那个拿手电的人中了这么多枪都不死？

突然，一颗子弹打中了李古力举在手上的战术手电，这么近的距离，手电直接被打飞出去，连李古力手中的枪都差点儿被带出去。顿时四周又陷入一片黑暗，敌人的枪响也在这一瞬间消失了。

李古力把步枪缩回来，说："关凯，怎么样？"

关凯回道："就剩一个了，那家伙躲的地方我够不着他。"

众人一听关凯所说，都没有表现出多大的兴奋来，因为他们都知道，只要有一个敌人还活着，他们就不能轻举妄动。

"关凯，你还有手雷吗？"李古力问道。

"没了，刚才扔的是最后的两个。要是还有一个就一定能把他给炸上天。"关凯说。

这时王贵华眼珠一转，说："大关，你不是最擅长扔假手雷吓唬人的吗？这里这么多石头，没理由不吓吓他。"

"什么意思？"关凯问。

"他们不就剩一个人了嘛，我们每个人扔一块石头都能砸中他。朝他扔石头，把他砸出来。"说完率先从地上捡起一块石头。

大家这时都明白了王贵华的意思。尽管这个办法很难说会有效，但现在情况紧急，也顾不了那么多了，不能再拖延下去了。

众人都从身旁捡起石头，连杰瑞和吉姆也每人捡了一块，王贵华大喊一声："扔！"

七八颗石头朝着前方眼前的黑暗飞了过去，没一会儿，一个跳跃的身影出现了。那人为了躲避"手雷"，起身向后退去。

"哪里逃！"关凯"噗噗"一个点射，人影扑倒了下去，再也没有站起。

关凯朝王贵华一竖拇指，说："你这招够损的。"

王贵华满不在乎地说："这还不是跟你学的？"

李古力打断他们，说："好，我们继续赶路。"

众人刚要起身，李古力又是一声低喝："等等！"他注意到远处密林中又有一阵亮光，这次跟上次不同，这次的亮光明显是人造光。

众人吓了一跳，都又原地蹲下，不解地互相看着。李古力退后几步，跟众人隐蔽在一处。他指指前方，只见那亮光又近了十几米。

"敌人的增援来了！"关凯和杨猛异口同声地说。

从迎面过来而且已经逼近的手电光看上去，敌人赶来的增援起码有二十几个人。“怎么办队长？”高雅妮问。

李古力看了一眼高雅妮和她身边的郑淑敏，没有应声。

这时增援的敌人已经赶到了刚才被李古力他们消灭的那拨人的藏身之处。那个连长清脆的声音传了过来。

王贵华问：“老杨，那人在说什么？”

“他说敌人就在附近，小心搜索一下战场。”杨猛伸出舌头舔了舔干裂的嘴唇，他脸上那条长长的伤疤在夜色中显得格外狰狞。

关凯建议道：“打吧，队长！他们要过来了。”

现在李古力他们面对的情况实际上十分的被动，如果他们硬要突围，以寡敌众而且没有了足够的火力，肯定不行。但如果按兵不动，敌人早晚会搜索到他们这边，到那个时候，也只能束手就擒。并且刚才剧烈的枪弹声，一定会引来更多的敌人。一旦新的援军赶到，连脱身的机会都不会有了。

李古力扫了一眼众人，众人也都正期待地看着他。

李古力不再迟疑，低声说：“大家按原路撤退，关凯你留下跟我掩护。”

关凯失声道：“要撤退？好不容易才冲出来？”

李古力斩钉截铁道：“是，撤，趁敌人还没发现我们。”

杨猛伏在地上往前爬了半米，李古力立刻拦住他，说：“老杨，你干什么？”

杨猛看一眼倒在前面的貌山，说：“我要带我兄弟一块走！”

李古力朝杨猛摇摇头，低声说：“走吧！”

杨猛嘴角抽动了几下，最后终于下定决心，他把冲锋枪子弹上膛，说：“那我留下来给你们掩护，陪我的兄弟走最后一程！”

看到杨猛这么一个硬汉如此这般，李古力不禁动容。他不再多说，对其余众人说：“老杨、关凯和我掩护，小王你带其他人撤回洞里。”

“慢，”杨猛说道，李古力看他，见他从怀里取出村长的护符，交给王贵华，“你带上这个钥匙，到时候用它开门。”

王贵华接过护符：“好，我们等着你们。”

高雅妮和郑淑敏在一旁看着李古力同时说道：“队长小心点儿！”说完她俩又同时惊讶地看了一眼对方。王贵华说道：“我们走。”

章六十二

在李古力他们商量撤退的时候，对面的连长正带着他的士兵在搜寻同伴的尸体。而现在，连长又说话了。

杨猛说："他们要开始向我们这边搜索了。"

"趁他们还没有发现我们，"李古力说，"先打他们个措手不及。"

关凯和杨猛心领神会，都把枪口对准敌人的方向。王贵华低声招呼着大家向身后摸去。正在这时，敌人中有人发现了这边的异动，高声呵斥了一声，可能是"站住"之类的话。

这声呵斥像一根针扎在众人心上，这意味着他们的位置已经暴露，王贵华当即向身后一声低呼："大家快走，注意隐蔽！"

李古力等人手下也不含糊，一看王贵华他们暴露，立刻用火力吸引敌人的注意力，因为出其不意，一下子打倒了最前边的三四个敌人。

敌人迅速地隐蔽起来，连长在喊："瞄准开枪的那三个人，不要放过他们。"

半空中一个物体朝李古力他们飞了过来，李古力看清那是一枚手雷，大喊一声："趴下！"便一下子扑倒在一旁的地上。一两秒后，手雷在李古力身边炸开，掀起无数枯枝落叶盖在李古力身上。

高雅妮本来跟王贵华已经走出了三四十米，这时听到身后手雷炸响，心中一阵颤抖，腿竟然不听使唤，整个人定在原地动弹不得。

郑淑敏发现了高雅妮的异常，拉了她一把，说："雅妮，快点走啊！"她这一拉才把高雅妮拉醒。

王贵华看高雅妮和郑淑敏落在后面，让杰瑞和吉姆先走，自己转身去看发生了什么事。

王贵华赶回她俩身边，一把把她们的身体拉低，说："你们干什么？不想要命了？"等他看清高雅妮眼角有泪水似的反光，他惊讶地说，"高姐，你怎么了？"

这时高雅妮已经回过神来，她一把把郑淑敏拉往王贵华身边，说："小王，郑博士交给你了，你快带她撤！"

"那你呢？"郑淑敏着急道。

"我是医生，队长他们现在需要我，我去支援他们。"高雅妮说。

王贵华立刻明白过来是怎么回事，他低声说："你这样回去不是给他们添乱吗？！快跟我走！"

高雅妮心意已决，说："我能保护自己，可万一他们受伤了怎么办？小王，你们先撤，等会儿我们就能跟上！"

王贵华盯着高雅妮看了足足有两秒钟不说话，这么长时间的相处让他明白高雅妮是个一旦决定就不会改变主意的人。他叹口气，把身上的冲锋枪摘下来，递到高雅妮手中，说："那你自己小心点儿，我可不想将来缺个人跟我吵架。"

王贵华这么一说，高雅妮的眼泪直接就奔将下来。她把头扭向一边，推了郑淑敏和王贵华一把，说："快走！"

王贵华拉起郑淑敏就走，头也不回一下。郑淑敏还有点儿不放心，频频往后回头看。

高雅妮看王贵华和郑淑敏走远，转身便往回走。

这时李古力他们正在疲于应付敌人的疯狂反击，高雅妮带着枪从后面上来，趴到李古力身边。李古力一看是高雅妮，又惊又怒，说：“你怎么又回来了！”

高雅妮故意不看李古力，说：“我不放心你们，你们需要一个懂战地救护的人。”

李古力有点儿哭笑不得，这还需要什么战地救护呀，这么近的距离，这么悬殊的对抗。

“回去！”李古力几乎对她吼了起来。

关凯和杨猛都看到了高雅妮，他们对视了一眼，没有做声。

高雅妮也不管那么多，打开手中冲锋枪的保险，把子弹压上膛。

这时关凯一声惊呼：“队长，小心手雷。”

李古力一把按住高雅妮，两人同时把头埋到地上，一声巨响，泥土纷纷落下埋在他们身上。

李古力抬起头，看一眼高雅妮，发现她也正倔犟地看着自己。李古力不知如何是好，他朝关凯大喊：“关凯，你赶紧掩护小高离开这里，我来吸引敌人的火力。”

“明白！”关凯说。

“我不走！”高雅妮说。

这时又是一个手雷扔过来，炸起的尘土夹着零碎的树枝再次把他们覆盖。这颗手雷扔得已经离李古力他们的位置很近了，看来敌人已经摸清楚了他们的位置，开始有目标地投掷手雷。

“再不走我们可真就埋在这里了！”李古力喊。

“要走也要一块儿走！”高雅妮大声回应李古力。

李古力看一眼关凯和杨猛，他们两人的脸上也显出了被敌人火力压制下的无奈。李古力往身后一看，估计王贵华他们应该已经撤退一段距离了。他从地上爬起来把射击姿势改成跪姿，冲关凯和杨猛喊：“大家边打边撤，注意脚下，不要分开！”

关凯和杨猛从地上爬起来，三人交互掩护着开始撤退。

敌人发觉李古力等人要撤退，连长的声音一阵乱嚷。不绝于耳的枪声中，杨猛听不清他在嚷些什么。但很快，敌人也从掩体里冲了出来。他们一边躲闪着李古力他们的火力，一边射击着追击。

李古力因为要分心照顾高雅妮，脚下一不留神踩进一堆枯叶之中，一踩之下竟然吞没了李古力大半个小腿。李古力暗道一声不好，赶紧放下步枪以手撑地，脚下一用力把脚拔了出来。这些落叶积攒的年月太久，最下面一层落叶已经腐烂，李古力的脚一拔出来，还带了一股黑水上来，腐烂的气息顿时充斥周围的空气。

这个小意外使得李古力慢了一步。

高雅妮这时在李古力前方三四米处，她见李古力落后，又返身回来。关凯和杨猛也同时注意到他俩落后，他们转身躲在树后给他们火力掩护。

正在这时，敌人又朝这边投掷了一颗手雷。李古力不是面对敌人，所以不知有手雷飞来，而等高雅妮看到有个东西朝他们飞过来的时候已经有点太迟了。高雅妮来不及提醒李古力，也不知从哪里涌上来一股力量，猛的朝李古力扑过去。

李古力还没弄明白怎么回事，就被高雅妮紧紧地压在身下，紧接着一声爆炸声响起。

李古力反应过来，赶紧去推伏在他身上的高雅妮，嘴里喊道："雅妮，你没事吧！"

高雅妮抬起头，她第一次离李古力的脸这么近，近得连彼此的喘息声都能听到。李古力紧张地打量着高雅妮的脸，不停地问："你没事吧，伤着了没？"

高雅妮朝他笑笑，想说话却感觉身体的力量被抽空了一般。终于，她脑袋一沉，又伏倒在李古力身上。

李古力从地上蹿起来翻身抱住高雅妮，借着微弱的月光一看，只见高雅妮嘴唇紧抿，脸上一片惨白。李古力悄悄地喊道："小高！醒醒！醒醒！雅妮！"

没有回音。

敌人还在不停地往前追近，连长的声音也越来越近。李古力控制着自己心中的颤抖。他从高雅妮手中拿过冲锋枪。站起身来，把高雅妮放到自己的肩上。他一手端起冲锋枪，在树林中洒下的月光下，怒吼一声，满满一弹夹向追过来的敌人倾泻过去。

李古力的脸色难看得吓人，刚才他的那一声怒吼把正在小心翼翼向前推进的敌人吓了一跳。同时，把刚才的一切都看在眼里的关凯和杨猛也冲了出来，复仇的火焰燃烧了他们，他们朝着敌人一阵狂风暴雨般的扫射。顿时，将敌人的气焰压了下去。

这时李古力缓过神来，他已经在一棵大树后瞪眼看着抱在怀里的高雅妮，但不知为什么他的视线竟然有点儿模糊。他万分紧张地去摸高雅妮的身体，也不知道摸到了哪里，只觉得手上全是又温又稠的液体，李古力再往其他地方摸，还是一样的触觉，只感觉摸到哪里哪里都是鲜血。李古力用沾满血的大手去拍高雅妮的脸。

但高雅妮依然双目紧闭不省人事。

关凯看敌人被打得蒙了，立刻蹿到李古力身边。他发现虽然高雅妮胸部以下身体满是鲜血，但刚才那颗手雷应该并没有对高雅妮造成致死的伤害。多片爆破后的弹片射中她的身体，主要散集在腰的部分，那里已经血肉模糊。

关凯抓起高雅妮的手腕，确认还有脉搏，知道她可能只是痛晕过去。关凯拉下李古力的胳膊，说："队长！小高没事，应该是晕过去了，你带她快回山洞，我来掩护！"

得到关凯提醒，李古力端详了一眼怀中的高雅妮，果然如关凯所说，高雅妮的胸口还在微微起伏。

这时刚才慌了神的敌人已经重整旗鼓，再次向李古力他们逼近过来，关凯半跪在地上，手中步枪连续点射，一边阻击敌人一边冲李古力喊："队长！快走！"

这时李古力已经清醒了过来，他明白不能再拖下去了，必须尽快把高雅妮带到安全的地方。想到这里，他再次拦腰抱起高雅妮把她放到自己肩上，大踏步向山洞方向跑去。

杨猛从树后闪出，跟关凯一左一右交替掩护着李古力撤退。

李古力因为担心高雅妮的安危，很快就把在身后掩护的关凯和杨猛甩在了好远。

关凯一见李古力走远，心中稍一宽慰，竟然稍未留心隐蔽，被敌人一颗子弹削中了耳朵，顿时血流如注。

关凯骂道："这帮兔崽子，竟敢打你爷！"说完换上弹夹，寻找机会。

见关凯停止了射击，杨猛说："老关，你先走吧，我来掩护。"

"不，我们找机会干掉他们的头儿，那样我们才能拖延时间。"

"好。"杨猛顿时想到那年轻的连长，于是也停止射击，在对面寻找连长的声音。

看到对面已经没有了射击，连长的声音又响了起来："继续前进，如果有受伤的就抓活的。"

关凯和杨猛仍然没有动作。他们在等待着，时间一分一分地过去。

几个士兵已经出现在十米开外的距离，这时，连长举着手枪的影子出现在前面士兵的身后。

随着"砰"的一声枪响，连长身子一歪，颓然倒地。士兵们看到连长倒地，全都立时趴下。

杨猛对着关凯说："我已经撂倒那个连长了，我们撤。"

章六十三

李古力听见身后的枪声渐远，才稍微放下心来。他借着月光观察了一遍周围的地形，确定没有危险后，迅速但又轻轻地把高雅妮放到地上。他解下一直在高雅妮身上的急救包，从里边拿出止血药和纱布绷带，把她腰部的伤口包扎起来。

这一切处理完毕之后，李古力松了口气，他仔细打量昏迷中的高雅妮，发现她眉头紧蹙，嘴角微翘，一缕头发顺着苍白的脸颊垂下，在清冷的月光下显得格外动人。李古力不由有些动容，喃喃道："你可一定要醒过来。"

说完，李古力把高雅妮再次抱起，刚要继续往前走，突然，前面一个人影闪过。

李古力警惕地喝道："谁？"

这时王贵华手里拿着一把手枪谨慎地从灌木后面钻出来，看到李古力，说："队长，你可过来了！"他注意到李古力怀抱着高雅妮，说，"高姐怎么了？"

李古力一看是王贵华，松口气说："快，小王！小高受伤了！"

王贵华惊道："啊？"

这时李古力注意到周围只有王贵华一个人，便问："郑博士他们呢？"

"他们已经撤回洞里去了，我不放心你们就回来了。关凯跟老杨呢？"

"他们掩护我撤退还留在后边，你把小高送回山洞，我回去接应他们。"李古力说。

"不行队长，你带高姐回去，我来接应他们。"

"别争了，你接过她。"李古力命令道。

王贵华看李古力心意已决，这场景就跟高雅妮说她要回去帮李古力时几乎一模一样。王贵华当即不再争执，从李古力怀中接过高雅妮便往身后跑去。

李古力咬咬牙，拿起冲锋枪返身便往回赶。

杨猛没有想到，连长没有死。他只是受了伤。杨猛的子弹，打到他的右肩胛骨里，疼痛难当，但恐怖分子在逃，他不能就此退下火线。在大学看的电影里，几乎没有一次有缅甸的英雄。他一直认为那个英雄必须由他来做。现在，营长确定的恐怖分子就在前面，他不能躺下。

连长忍着剧痛，左手撑地起身，说道："我们继续追，不要放过他们。"

关凯和杨猛没有想到敌人这么快就追了过来，子弹在身边呼啸着划过。他们在躲避子弹的同时，相互掩护着，且战且退，虽然不能完全脱身，但也能够让敌人不能近身。

关凯打完最后一弹夹子弹，对跟他相隔几米的杨猛说："妈的，这帮家伙真难缠！我没子弹了。"说完，他从身上的弹袋里掏出散弹，开始一枚一枚地压弹夹。

"你赶紧着点儿，他们越来越近了。"

"好的。这帮家伙，咬得够紧的。"这时关凯已经压满一个弹夹，他把弹夹换到突击步枪上，"哗啦"一声拉下枪栓。

"手够快的。"杨猛赞道。

“谢谢，必须的！”关凯毫不客气地说。

这时，敌人的枪声明显地密集了起来，子弹“嗖嗖”地掠过关凯和杨猛的耳畔，像是催命的音符。

杨猛快速地从树后看了一眼，说：“糟了，敌人的大部队来了。”

关凯还击了几枪，说：“队长他们应该已经回到洞中了，跑吧我们。”

关凯和杨猛对视一眼，迅速后撤，一时也顾不得还击，两人拎着枪就往身后跑。敌人的子弹仍然追着他俩，不时有子弹在“噗噗”声中锲入树干。

跑着跑着，杨猛猛的停住，关凯见他停住，也不由慢了下来。两人反应极快，立刻隐蔽到一处陡坡上。

“怎么了，老杨？”关凯问。

“我们这是在什么地方？我们应该到上山的路了。”

杨猛一提醒，关凯才想起来观察四周地形，原来刚才他们只顾着拼命跑，居然没注意自己的方位。等这会儿再看四周情形，这才发现他们已经迷路了。

关凯气道：“嗯，刚才光顾着跑了，天又黑，这到哪儿了？”

刚才关凯和杨猛的一阵狂奔，已经把机动性相对较差的敌人甩在后面。敌人突然失去了目标，立刻开始展开搜索队形。

关凯和杨猛伏在地上，大气不敢喘一声，关凯问道：“怎么办？我们还接着跑？”

杨猛看看四周环境，发现根本没法确定自己在哪儿，说：“不行，这么跑下去只会离山洞越来越远。我们得先找到上山的小道。”

“那我们待着不动，敌人早晚会找过来。”

杨猛不说话，他把打光的弹夹拿出来，开始慢慢地往上压子弹。关凯见状，也像他一样抓紧这段时间补充弹夹。

等他们把弹夹都补满，敌人的搜索已经进入了他俩30米的范围内。杨猛惊讶地听到了那个年轻连长的声音。“各组小心搜索，恐怖分子不会跑太远的。”

杨猛对连长还活着没有太多的惊讶，但被当做恐怖分子确实大为意外。

对恐怖分子深恶痛绝的他从来没有想过自己会被任何人当做恐怖分子对待。他脑中一时不知如何反应。

关凯伏在地上，后背已经被汗水浸湿，他不停地松开握枪的手来让手心的汗蒸发掉，以免待会儿交火时手打滑。他看杨猛默不做声，想着他可能在回忆上山的路线，所以没有和他说话，只顾盯着前方敌人的状况。

敌人搜索得更近，最前面的敌人的脸上的五官已经能够模糊地辨认出来。杨猛心里猛的一沉，对自己说，把对手当恐怖分子的，必然就是恐怖分子。这帮人，已经不是军队所为了。打定主意，他想着这次，你这个连长必须栽在这里。

他们俩静静地趴在地上，一动不动。似乎看到一切都已安全，连长又出现在杨猛的视野里，说道："他们一定是朝刚才的山洞跑了，我们搜过去。"

说时迟那时快，杨猛一梭子子弹掠过前方的士兵，直接飞入连长的身体，几乎同时，近在咫尺的敌人也注意到了杨猛，他们刚要射击，关凯的子弹已经朝他们射去。后面的敌人立时卧倒在地，而这是关凯听到身后有动静，心想不好，敌人摸到自己身后了，待即转身，李古力的声音出现了，"是我。你们怎么到这儿来了？"

关凯心中一块石头落地，说道："刚才光顾着跑，一不留神迷路了。"

"快跟我来！"李古力说。

关凯和杨猛立刻收好枪，趁着敌人还未反应过来，沿着陡坡慢慢地往后退，不一会儿，就到了上山的小路。

没一会儿，李古力、关凯和杨猛回到洞口。关凯大难不死，说："太险了，差一点儿就跑不出来了。"

李古力说："赶紧进洞，待会儿敌人就追过来了。"

三人不再多话，先后钻进洞口，等他们转入甬道，王贵华已经在那里等候。看他们在甬道中跑到石壁门口，他立刻把护符按到石桌的角上。

石门慢慢闭合，把外面的黑暗隔绝在外。

章六十四

高雅妮这时正躺在离石桌不远的地方，她的身上盖着王贵华的衣服。除了郑淑敏，吉姆和老村长都围在她的身边。

李古力赶过去，看到仍在半昏迷中的高雅妮，安详的脸庞上是淡淡的金色，洞里金色的光芒把她煞白的脸镀成了金色。想到当时高雅妮为保护自己而扑到自己身上，他的心在痛：雅妮，你这又是何苦呢？

李古力闭上眼睛。

“李队长，高博士流血很多，我已经为她止住了血，并从她的急救包里找到了生理盐水，通过静脉给她静滴上。但她的状态不是很稳定，所以还是需要尽快送医院救治。”

“生理盐水？”关凯问。

“是的。人在失血时，人体内的血压会急剧下降，从而导致心率减慢，血压降低，很多重要脏器也会因缺血而受到损害，尤其是大脑受损时会导致昏迷及休克。生理盐水和血液的渗透压相等，静滴生理盐水可以暂时维持她体内的血容量及血压，以防止因血容量过低而造成失血性休克。因为如果一旦进入休克状态，后果将不堪设想。还有，考虑到她的整体情况十分危急，我临时给她注射了一支肾上腺素，肾上腺素能减缓血压降低。另外，杰瑞最后剩下的一点水也都在这儿了。”他晃了晃手中的水壶。

“非常感谢你，吉姆博士。”李古力真心地感谢道。

“不客气。很遗憾我不能做得更多，因为我知道的只是一点儿急救知识。真正要做的，还是要尽快送高博士去医院。”

此时外面的嘈杂声已经由远及近，充斥了甬道。敌人已经追到。杨猛侧耳听着外面的响动，说：“他们还是不知道我们在这里，但营长的传话是找不到人的话，就把整个山洞炸塌。”

山洞里的气氛压抑到了极点。突围已经变得不可能。子弹也几乎消耗殆尽。大家把目光投向李古力。李古力又看了一眼似睡非睡的高雅妮，站起身来：“大家不要惊慌。先检查一下自己的装备，武器弹药，还有食物。老杨，你询问一下老村长，看看这里有没有别的出路。”

关凯走到李古力身边，低声道：“队长，我们的弹药剩下的实在是不多了。我这里就剩几颗子弹了，老杨那里估计也没有多少了。我想我们的子弹肯定不能支持一场遭遇战的。”

李古力的脸色很镇定，他点了点头，说道：“我知道了。你去把其他人的枪支弹药都搜集起来，分给你和杨猛两个人。如果再次发生战斗的时候，你们两人要掩护别人突围。”

关凯点点头，作为一个老兵，他当然知道分散的火力不如集中起来的火力产生的效果好。在关键时刻，能产生火力压制的掩护，才能让战友更安全地突围。

这时，杨猛神情有些沮丧地轻声对李古力说：“老村长说这里除了进来的门，就没有其他人可以走的路了。”

“哦。”李古力没有显出多少惊讶。但一边的王贵华却一脸兴奋：“没有其他人走的路——”

杨猛和李古力同时看他，莫名其妙。

“但可以有其他神走的路！”王贵华再次喊道。

这时，所有的人都惊讶于他兴奋的样子。大家都停下了自己手中的活。

“还记得石壁上怎么说的吗？祭神的时候，只有村长能到这里，来和神说话。如果果真是进来和神说话的话，就应该有一个神走的路。”

杨猛心想对啊，他又低下身去，和老村长说话。

这时，远处传来了巨大的轰炸声。洞里也跟着摇晃了一下。

杨猛站起身来，说道：“对，是有一条神路。”

“怎么说？”

“村长原先并不想说，我告诉她这个他喜欢的姑娘，如果不能出去，就会死在这里。”杨猛顿了顿，说道，“村长就说了，但他也强调，那是神走的路，不是人走的路。”

李古力这时突然想起，眼光同时看向洞的另一侧。刚进洞的时候，他到洞的尽头看到了和这边一样的石桌。当时没有在意，现在想来，那里就控制着另一个通道了。

杨猛继续说：“传说中，曾经有一任村长，待神走后，跟进去看了一圈。出来后他带副村长回到这里，说他要去找神去。他把村的护符交给了副村长，然后就去了神路，但再也没有能够回来。”

“轰”的一声，杨猛的话被更近处的爆炸打断。这次的爆炸应该发生在甬道内不远的地方，剧烈的震动让郑淑敏差点儿栽倒，关凯眼疾手快，一把拉起郑淑敏，叫道：“队长！他们在爆破山洞！”

此时山洞内的余音未消，加上耳膜被震得“嗡嗡”作响，李古力一时间没有听到关凯的叫声。只听他趁爆炸声音消去，大声喝道：“收拾起自己的东西！老杨！你背起老村长！关凯！你背着雅妮！我们走！”

关凯一声不吭地背起重伤的高雅妮，但是杨猛却和那老村长起了争执。

李古力喝道：“老杨！快点！”

杨猛大声嚷道：“老村长他，他不肯走！他说他是上吉村的村长，不能破坏了村里的规矩！”

李古力没有想到老村长这个时候会犯拧：“强行带走！”

杨猛一愣，但那老村长却似乎明白了什么，他猛的从杨猛的腰间拔出匕首，对着自己的咽喉大声吼叫起来。

杨猛没有想到这老人会抢自己的武器，一时不察竟然被他得手了。

李古力望着老村长那决绝的眼神，叹了口气，说道："老杨，算了，我们先出去吧。回头我们再回来找他。"

杨猛赶紧示意老村长放下匕首，说道："老伯，好好。我们走了，您保重。等我们出去，我们再回来接您。"

老村长目送着众人走进神路，在外面炸药的轰响中，静坐在石桌边，似乎入定。

章六十五

由于关凯背着高雅妮，探路的任务便交给了杨猛。杨猛将手电固定在枪身上，小心翼翼地端着手里的枪一步一步朝前走去。众人跟在杨猛的后面，一声不吭。只有那两个美国人偶尔朝身后看一下，似乎是担心那些缅甸士兵会在后面突然出现。

这条路没有一点儿人工的遗迹，洞内布满大大小小的尖锐的碎石。杨猛觉得这里太干净了，干净得甚至连虫蚁都没有。有点儿不太合乎常理。

更多的爆炸声从身后传来，众人纷纷加快脚步，但前面似乎还没有尽头。估计走出有三四百米，前面的杨猛忽然停了下来。

“老杨，怎么回事？”

杨猛的语气带着失望：“没路了！”

众人悚然一惊，李古力急忙举着手电向前面走去，果然见前面尽是灰色的石头，的确是无路可走了。

郑淑敏的语气有些惊慌：“怎么可能？老村长明明说这是神路呀。”

李古力喝道：“镇定点儿，都别慌。”

王贵华叫道："队长，还记得我们进入的第一个山洞吗？看看是不是有机关？"

几个人的手电纷纷调到最大的亮度，朝前面的石壁上照去。杨猛果然发现尽头的石壁上刻着许多自己看不懂的古怪文字。他脸上微微一红，知道自己太过鲁莽了，没有弄明白情况便妄下定论。

李古力说道："这里果然也有那种符号，小王你看如何破解。"

王贵华匆匆跑到前面，仔细观察了一下，露齿一笑："果然如此！和上次那种机关几乎一模一样！队长，给我些时间，我来破解！"

由于有上次破解的经验，这次用了不到三分钟，他便找到了关键之处。

"奇怪……"王贵华惊讶了一声，说道，"大家都退后点！老杨，帮我用手电照着些！"使命在身，王贵华一反往日的调皮，此时的动作极为老练和沉稳。

杨猛暗暗赞叹，没想到这个平时有些毛手毛脚的年轻人，认真起来居然有这种气质。他将手电筒照向王贵华指定的地方，问道："怎么样？很难吗？"

王贵华淡淡道："这次的机关和上次破解的那个看上去一个样，但是，实际却有很多的区别。我仔细看一下。"他将自己的笔记本打开，把墙壁上的古文字都输入到电脑里，仔细分析着。

关凯等得很是心焦，他低声自言自语道："怎么搞的！上次那个机关不是很容易便解开了吗？这次怎么都要用上电脑了？"

郑淑敏看了关凯一眼，说道："这种利用古文字所造成的机关，并不是你我想象中那么简单的，有时候差一个字，可能就会使难度增加数十倍。关大哥，我相信小王一定能破解成功的。"

众人都沉默下来。

王贵华并没有让大家久等，大约过了十分钟，王贵华便舒了一口气，说道："好了！这次这东西还真让人费脑筋。"

他对照着笔记本屏幕上的几个特殊文字，在墙壁上找到后，用手一个一个地按了下去。

"轰隆隆"的一阵响动，这面石壁果然从下往上缓缓打开了。众人心中都是一喜，虽然接下去的路依旧是未知，但起码，前面又有了希望。

杨猛刚要进洞，郑淑敏却阻止道："等等！这个洞穴千年来都没有被打开过，如果没有通风的地方，里面的气体很可能会有毒！"

她让大家稍微退后，同时将自己的背包打开，拿出了一个圆形的仪器，扔进洞去，一边解释道："这个是一个气体检测仪，它能检测十多种有害气体的存在和限值浓度，包括二氧化碳、氨气、甲烷和其他可燃气体。如果有任何这些气体存在并超过人体可以承受的限值，那么它就会发出95分贝的警报声。"

前面寂静无声，连身后的爆炸声也没有了。

"队长，应该没有问题，我们进去吧。"郑淑敏看向李古力。

"好，我们进去。"

杨猛先大踏步跨进这个洞门，他手里的手电光四处扫射。看到洞内没有任何异状，他朝身后做了一个一切安全的手势，轻声道："没问题，大家进来吧！"

李古力道："大家小心！小王和我留下，把这扇大门关闭。"

王贵华道："没问题，队长。"

关凯背着高雅妮跟着杨猛后面走了进去，然后是吉姆和杰瑞。郑淑敏走在杰瑞身后，好奇地用手电四处打量，却蓦然发现一具骷髅斜靠在大门内侧。她扬声道："队长，你过来看看，这里有一具骸骨。"

李古力应了一声，此时王贵华已经在将这扇古怪的石门关闭。待石门闭合后，两人走了过来。

这具骸骨的主人在最后的时刻，似乎是在伸手对着这扇大门，想要将这扇大门打开似的。

郑淑敏说道："队长，这应该就是老村长所说的私自进入神道的先辈了。他自从进入以后就再也没有出去，想不到却是死在了这里。不过，这人是怎么死的呢？"

王贵华看着这具骸骨，啧啧赞道："不管如何，几百年前的古人，能进得来，就已经很了不起了。如果我没有电脑，一定是进不来的。古人的智慧有时真难以想象。”

李古力道：“这里是他们的圣地，这人能打开这个门也许有他人不知的知识。我们时间紧迫，跟上前面的队伍吧。”

他同时高声对前面说：“老杨，这边找到了传说中失踪的村长。骸骨死状不明，小心周边状况。”

杨猛答应道：“没问题，一切交给我。”

出乎众人意料之外的是，这里的山洞和外面并没有什么不同，道路依然很艰难，山洞两旁和洞顶怪石嶙峋，各种形状和大小不同的石柱在手电的闪动下显得光怪陆离。

这里显然和满是金色光的洞里不同，这里有着自然的喀斯特溶洞的所有特征。郑淑敏刚想对李古力介绍一下喀斯特溶洞，但又觉不妥，于是没有说话。

李古力似乎意识到她要说话：“怎么了？郑博士？要帮忙吗？”

“没有什么，谢谢。”

走了约两百米，没有遇到任何的动物和危险。虽然洞内还是一如既往地阴冷，但身后已经没有追兵。危险过去，众人的心开始放松下来。

但李古力却有一种不祥的预感，既然那个上吉村的先辈能打开那复杂的机关进来，似乎也应该有能力出去，但是为什么却又死在了门前呢？还有，这里是上吉村神话故事中所说的神道，那里面究竟有没有所谓的神呢？

他想要提醒大家危险仍然存在，但想到大家此刻已经劳累无比，全凭着一股自我坚持的毅力在向前走，若是再给大家施加这并不确定的压力，队员们只会更加疲劳。想到这，李古力打起了十二分的精神，他自动走到队伍最后，借着战术手电雪亮的光束，谨慎地观察着周围的一切。

又前行了一百米左右，道路开始变窄，刚才还是宽广的空间逐渐变成只能容一人行走的石缝，而且因为石缝很矮，大家只能缩着脑袋慢慢向前挪动。关凯本来是抱着高雅妮，这时只能又把她移到肩膀上，自己几乎是贴地爬行。

李古力在后面看到这个情景，想要过去帮忙，却又动弹不得，因为这个石缝的宽度，根本不能容两个人的身体。

走在前面的杨猛心中在念叨，千万不要再遇到什么石门或是机关了，千万不要，而就在同一刻，一阵刺耳的“滴滴”声突然急促地从后面传来。尖锐的警报声在这个安静的山洞里的石缝中显得格外响亮。大家稍微放松的心情突然又被堵住，和几乎卡在石缝里的身体一起，大家不能，也似乎不愿再做任何动作。

篇十二
黄金真相

章六十六

听到声音，李古力没有惊慌。他冷静地判断着，这个声音是从前面郑淑敏的背包中传来的。他的第一反应是洞里出现了什么有害气体。“郑博士，你的背包。”

郑淑敏刚才也被来自于自己身上的“滴滴”声吓了一跳。听到李古力的声音，她定下神来。

李古力又问：“是不是有什么危险？”

在狭窄的石缝中郑淑敏不能取到背在后面的包，但她很是兴奋：“没有危险。”看大家没有反应，她又重复喊道，“没有危险。这个声音是我的黄金探测仪发出的！”

听到没有危险，大家僵直的身体才又松缓下来。他们没有注意到郑淑敏说没有危险后面的半句，只有王贵华听到了。他在纳闷黄金探测仪怎么会突然响起来。

李古力在后面说：“大家不要停下，我们先通过这条石缝。”

在“滴滴”的声响中，大家又向前挪动了三十米左右的距离，杨猛首先钻出了石缝。他长吁了一口气。转身把关凯身上的高雅妮接了出来。

大家全部通过了石缝后，最后出来的李古力快速走到杨猛身边看高雅妮，吉姆也走了过来。手电光下，高雅妮还是原来的样子，似乎在安详地熟睡。吉姆从他的包中取出一个狭长的金属罐，把连在金属罐一头的塑料管放到高雅妮的鼻中，打开罐上的气阀，说道："这是氧气，只要高博士不休克抽搐，就暂时不会有事。李队长你照顾大家，我和杰瑞帮忙照顾高博士。"

李古力看了一眼吉姆，心中一热，说道："好的，谢谢。"他随即转过身找郑淑敏，而这时她已经站在他的身边。

"李队长，你找我？"

"是。你刚才说黄金探测仪？"

王贵华也问："郑姐，有黄金？"

这时郑淑敏已经取出电脑，把声音调小。见高雅妮没事，她的语气开始有些兴奋："是，之前不能确定的黄金应该就在附近！"

大家也开始兴奋起来，此次任务的第二个目标，便是寻找黄金的真相。郑淑敏是世界顶尖的地质学家，这么肯定说黄金就在附近，一定有她的理由。难道自己真的误打误撞，走到了黄金的所在？

李古力神色一变，说道："郑博士，你确定？黄金真的就在附近？"

郑淑敏的语气很肯定，她捧着手中还在轻微的"滴滴"作响的电脑说道："先前还在天坑那里的时候，我就曾测到这个信号。但当时信号很弱，因为是从卫星传导的信号。这次的信号不是卫星传导，而是直接反馈信号。也就是说，卫星和直接反馈的报警声音不同。黄金应该就在100米的范围内。当然，我还要用软件再次确认。这个工作可以等到我们看到实物之后再做。"

李古力一挥手，说道："那我们继续前进，注意四周，如有任何异常现象，马上通知。"李古力知道黄金的矿藏关系重大，既然有机会在这里遇到，就绝对不能轻易错过。"郑博士，这次你和老杨走在前面吧。"

"好。"郑淑敏答应道。

杨猛把高雅妮交回给关凯，又带着大家向前探索前行。吉姆和杰瑞紧跟着抱着高雅妮的关凯，时刻准备着帮助关凯，也同时在手电光中四下张望着。吉姆在想："真的有黄金，怎么情报局都不知道？"

大约又挪进了四十多米，前面传来杨猛兴奋的声音："郑博士，看这里。"

大家都凑了过去，手电光下，是一个在山洞壁上的洞口。

杨猛说："看这洞口，这么光滑，一定是人工开挖的。"

但郑淑敏并不认同。"我刚才就想告诉大家了，这里面和前面的山洞不同。这里面是喀斯特溶洞。喀斯特溶洞的特征就是大多表面平整光滑，而且有许多的洞中洞。所以这个可能也就是一个洞中洞了。当然，"她看了看手中仍然"滴滴"作响的探测器，又看了看周围，说道，"也许值得进去看一看。"

不管这洞是不是人工开挖的，大家在这千年洞穴中一路走来第一次看到可能的人工痕迹，很是兴奋。王贵华自告奋勇道："我进去看看。"

"我先进去看看。"杨猛说，"若是有什么变故，我也能应付得来。"

李古力点点头，嘱咐道："好。一切小心。"

此刻郑淑敏手中的探测仪依旧在"滴滴"响着，李古力心想："差不多有一百米了，希望这个洞里有答案吧。"

"队长！这里很安全，但是有些异常的东西，你最好进来看看！"此时杨猛的声音从洞内传了出来，他的声音特别的洪亮空旷，可能是里面的空间很大，声音产生了回荡再从这个小洞挤出所造成的效果。

李古力躬身走了进去，他注意到，这个山洞的岩壁非常厚，足足有两米。因为刚走两步，眼前豁然开朗。

杨猛手中三个光头，2280流明，足有普通汽车大光灯3倍的战术手电仍然照不到对面的墙壁，也就是说，这个空间对面的距离超过六百米。洞顶约有四十多米。洞壁和洞顶都是十分的光滑，似乎经过了特殊处理。

大家这时都走进了这个宽敞的洞中洞，若非是亲眼所见，很难想象那么一个小小的洞口后面竟然隐藏着如此广阔的空间。王贵华禁不住发出了一声惊叹。

郑淑敏正要说这个空间看起来是很大，但喀斯特溶洞里出现这么大的空间也属正常，但被杨猛打断："你们看这边！"他把手电照到左面。

在手电的光照下，一排排黑色的金字塔般的底座是四方形的角锥体架子整齐地沿着墙壁排列着，并一直延伸到手电光看不到的远处。李古力走到最近的角锥体架子边，这架子高足有三米，单面宽九米，黑色的结构，从下往上共有九层。初步判断，这里似乎应该是一个巨大的仓库。莫非，这里就是黄金的储藏地？那么这些架子还在，黄金呢？

王贵华在自己的手电光下打量着制造这个角锥体货架的黑色材料。突然，他看到支架杆上有文字标号。而且，这个文字虽然看不懂，但他可以肯定这就是前面山洞里的文字。他激动起来，跑到角锥体架子的另一个支架杆，一样，也有文字。他再跑到最后两个支架杆边，一模一样的文字。

很简单的符号，很简单的，但一时他想不起来这些文字标号到底是什么。他喊吉姆："吉姆博士，你过来一下。"

吉姆小跑过来，问道："怎么了？"

王贵华把手电光照到支撑着角锥体架从地面延伸到顶部的支架杆，问："你看到上面的字了吗？"

吉姆"啊"的一声，说道："这不是前面我们见过的吗？"

"对啊，对啊！你认识这些字吗？"王贵华又把吉姆带到另一边的支架杆，"你认识吗？我怎么就想不起来了。"

"你是说这些吗？"吉姆指着角锥体架上每层层板处的符号问。

"对，对。"

"这是数字啊，最下面的这个是一，然后是二，到最上面，就是九。一共九层。"吉姆觉得不可思议，王贵华这么聪明的脑袋怎么连这可能是属于南极人的最简单的数字符号也不认识了呢。

王贵华恍然大悟，也被自己吓了一跳。我这是怎么了？他掐了一下自己的胳膊。

章六十七

角锥体架子的层板是网状的。王贵华用手压了压最底下的层板，完全没有柔软感或是沉陷。事实上，王贵华已经感到，这个细小的网格组成了坚硬无比的层板。

因为架子是角锥体的金字塔形状，每高一层，上面的层板都要小一号。王贵华突然心血来潮，想爬上去看最高一层有些什么。想着，他的脚踏上了第一层层板，手拉着第五层的层板把自己引体向上，一层层地往上爬去。当他爬到第九层的时候，李古力看到这个情景，跑过来，问道："小王，你干什么？"

"我看一下上面有什么不同。"

"你小心点儿。"

"嗯。嗯。"王贵华"嗯"着，很高兴自己刚才的想法，因为在他眼睛不远处，有一个黑色的长条。

"吉姆博士，你把手电往上打？"

"好的。"

通过网格的手电光上面，是一块长九厘米、宽三厘米、厚约两厘米的长方条。有些透明，更似乎有些发出淡淡的白光。

王贵华伸过手去，要把它拿过来，而他的手一碰到那个长方条，手触到的地方真的就发出淡淡的柔和的白光，而且，那长方条竟然似乎是粘在层板上一般，一时竟没有拿得起来。王贵华的手还在长方条上，他感到它沉重的同时，也感到了它的移动。他把长方条拉到自己近前，是块半透明水晶似的晶体。他拿起来一掂量，应该足有一千五百克重。

他兴奋地对下面说："队长，我找到一个东西。"

"你小心下来。"

顺着上下的支架杆，脚踏着层板，王贵华下到地面。这时，大家已经围拢过来，看他有什么新的发现。

"队长，你看看，这是什么东西？特别沉。"他把长方的晶块递给李古力。

李古力接过这个晶块，马上就看到自己手触及的地方显现出柔和的白光。同时，他也马上感到了它的重量。他的眼睛找到独自一个人站在一个角锥体架一角的郑淑敏，说道："郑博士，你过来看看这是什么，怎么这么重。"

这时，郑淑敏正在疑惑中。她已经打开电脑，前面已经出现过的现象又在重复：仪器测定黄金就在这里，而软件显示，这里并没有黄金。

她走到李古力面前，接过晶块，手直接就随着晶块坠了下去。李古力及时一拉，晶块才没有掉地。

感觉到这个晶体的重量，郑淑敏脸上浮现出激动的神色，说道："这是黄金的重量！"她突然意识到自己有些语无伦次，她又解释道："这么小的体积这么大的重量，只有黄金才有的。但这个光是怎么回事？"

她这时才真正注意到这个半透明晶体的样子，疑惑地说道："咦，这是什么？怎么有光？"

王贵华也问她："你是专家，你觉得呢？"

"或许是夜明珠？"

"夜明珠，那不是童话传说？"

"也不是。的确有这么一类荧光石，它们能在夜间发出不同颜色的光。

世界上已知的有二十多种矿物会在外来能量的激发下发出可见光，特别是在黑暗中，比如萤石、金刚石、祖母绿。而这其中，萤石又比较常见，它的光来自于它自身含有的特定稀土。但事实上萤石产生的是磷光，它需要外部的光源激发。也有不需要外部光源自身发光的矿石，比如含有 14C 放射性同位素的矿石。但这个晶体却特别奇怪。”

“怎么呢？”

“第一，它的光来自于我们手的接触。要么我们手上有什么物质，和它起了某种化学反应，要么我们手上的热量导致了它的发光。咦……”郑淑敏把晶体放到地上，她的手一离开，晶体的光立刻就开始消失。她又把晶体拿起来，“如果是化学反应，一般来说，光不至于消失得这么快，所以说，应该是手上的热量的原因。第二个奇怪的地方在于它的重量，我从来没有看到过任何如此密度的发光的矿物质。当然，”她顿了一顿，“切割得如此完美，我不知道如何解释。”

吉姆从郑淑敏手中拿过晶体，也立刻惊讶于它的重量：“要是看上去也像黄金的话就容易解释了，重量倒是很般配的。”

吉姆的话提醒了郑淑敏，她把晶块放到电脑上的探测头旁边，这时电脑上的探测器停止了“滴”“滴”的声响，而是发出了接连不断的“滴……”的声音，似乎是一台心电检测仪在报告着一个生命的终结。

“没有黄金！”郑淑敏看着她的电脑屏幕，几乎是非常平静地说道。

“没有黄金？”李古力急问。

“很明显，虽然这个晶体的物理特征，晶体这个特征除外，和黄金几乎可以说是完全一样，但它的化学构成却不是黄金。这是一种全新的物质。”讲到这里，她的语气才开始带有兴奋，“这应该是地球上第一次出现这种物质。”

“那么我们之前对黄金的猜测全错了？”王贵华问。

“是的！我们全错了！不仅我们，巴特巴特公司也错了，那些欧洲人也错了。全都错了！所谓的黄金根本就不存在！巴特巴特探测到的黄金，就是这个了。”郑淑敏举着依然在她的手中发着光的晶体。

李古力的神色依然镇定，他问道：“郑博士，你能确认这是什么物质吗？”

如果不是李古力在问，郑淑敏可能就会有些嗤之以鼻了，因为她刚才已经说过，这是一种全新的物质。“不能！”郑淑敏很干脆地说道，“也因为我手上的仪器太简单，我需要大型的仪器来检测。在这里我没有办法。”

李古力皱了皱眉，说道：“小王，你查一下通信恢复了吗？这件事情要及时汇报。”

王贵华苦笑了一下，说道：“队长，还没有。我一直在查。一进当时第一个石门，通信就一直受到屏蔽。”

李古力点点头，他命令道：“我们搜索一下附近，看有无其他的东西。”

他的命令很快执行下去，王贵华、杨猛、吉姆和杰瑞在附近五分钟的距离内搜了一遍。除了左边靠墙的角锥体货架，其他地方没有任何东西。

这个结果让李古力有些失望。

“那我们寻找出洞的路口。关凯照顾着雅妮。其他人，我们沿靠墙的这排角锥体货架向前走。”

杨猛应道：“好。”他也觉得，最快找到洞口，如果还有其他的洞口的话，就只有顺着墙边一排角锥体架走，因为这里边实在是太空旷了。到现在，还不知道这个洞里边的空间到底有多大。

李古力走到关凯身边，说道：“我来换你。”

“不用，不用。”关凯答，“你照顾着其他人，小高我来照顾。”

吉姆也从后面说：“李队长，我和杰瑞也会帮着高博士的。”

李古力看了一眼吉姆，说道：“好的，谢谢。”他急赶几步，向走在最前面的杨猛追去。

待李古力离开，吉姆用英语对杰瑞说：“那个你收好了？”

“是。你放心。你觉得这一定是南极人遗漏的东西吗？”

“肯定的。”吉姆又换成中文对前面的关凯说，“关先生，你要是累了就让杰瑞帮你。”

关凯一边答道：“不用。”一边也开始对这两个美国人有了一些好感。

一座座黑色的似乎是小型金字塔般的货架好像没完没了。王贵华开始时还数着，但后来也忘了数数了。应该走过一百多个“金字塔”了。难道就没有空间就没有尽头？

“郑博士，”他对身边的郑淑敏说，“你看这个货架，最下面一层比上面宽出这么多，而且还高出这么多，”他用手电光在比画着，“你说那原先放在最下面的一层的这个矿石会不会比我找到的那块大呢？”

郑淑敏理解他的意思，说：“可能吧。”她听到王贵华说“我找到的”四个字的时候，不自觉地提了提背后的背包，那背包里放着“他”找到的那块晶体。她生怕王贵华向她索要，所以很积极地回答着他。“看着最下面一层比上面大那么多，那么原先堆放在最下层的一定比上面的要大。”她没有提她自己的想法，即下面的空间大可能只是堆放的数量多。

这时的王贵华却并没有她想得那么多：“我想也是。如果是那样的话，不管这是谁的东西，它们一定有九个不同的规格。但它们是用来做什么的呢？”他想了一想，看郑淑敏没有搭腔，于是又问：“你刚才说的那个荧光石，它有什么用吗？”

“除了发光，好像也没有其他的作用。除非你把神话故事中的作用也算上。”

“那个不算。我也知道什么慈禧太后口中含的什么夜明珠的故事。那个不算。”王贵华还是不愿意就此罢休。这些东西，明显的是有意地放在这里，而现在，又已经被谁取走，就说明这些东西一定有什么特定的，而且应该是重要的用途。但它能做什么用呢，他的眼光不禁看了看郑淑敏背后的包。

郑淑敏眼角的余光看到了王贵华的眼神，她正要应答他的话，好把话题扯开，只听前面传来杨猛兴奋的声音：“我看到前面的墙了！”

章六十八

虽说是看到前面的墙了，但那墙还在六百多米外。大家这时也顾不得看左右前后，加快步伐，3 分钟后，大家都气吁吁地站在了这块巨壁面前。

最后的一个黑色金字塔般的三角货架的后面，是这面光滑的岩质巨壁的开始。它高四十米，向右延伸，看不到边。杨猛的手电强光下，壁上没有缝隙，没有符号，没有任何可以让人联想的东西，哪怕是颜色。

大家的心不由得凉了半截。

李古力对大家说："我们在附近搜索一下，看有没有任何异常的地方，包括地面。"说完，他带头开始在石壁和地面的接口处仔细查看起来。

吉姆走到最后的金字塔货架，他想看看那架子上除了数字，还有什么其他的符号。他围着货架走了一圈，途中看到王贵华在墙角找着什么，他没有在意也没有停下。他走回到原处的时候，确定王贵华在对他说话，"博士，你过来看看这个。"

吉姆听到，走了过去。看吉姆过去，杰瑞也跟了过去。

王贵华指着左墙、右墙和地面的接缝处，有一个凸起的石块。这个石块的右侧，是一个凹陷下去的形状，说道："你们看，就和开关石门的石桌上的凹陷似乎是一样的道理，你说呢，博士？"

杰瑞没有听懂王贵华在说什么，但他注意到了凹陷的形状是十厘米长、三厘米宽左右。他弯了一下肩膀，想把背上的背包取下。吉姆的手搭到他的肩头，同时对王贵华说："我同意你的想法，我们告诉李队长吧。"

待李古力和其他人来到这个角落看到这个情景，郑淑敏马上卸下背包，取出那块晶体，把它放入石块边缘的凹陷处。

大家等着石壁的大门开启的瞬间……

没有一扇大家想象中的大门缓缓开启，但右方向差不多二十米的地方，倒是有微弱的光缓缓地透了进来。杨猛猛的冲了过去。"是洞口！"他喊道。

李古力应道："我们过去。快！"

郑淑敏看了一眼还在石块中的晶体，略一犹豫，向大家的方向赶去。

这个长方形的洞口其实也不小，它的下方离地约有两米高，微光是外面的月光。杨猛爬了一下，手上打滑，没有能上。李古力赶过来，在杨猛第二次向上引体的时候，在他腰上托了一把。杨猛"噌"的一下上去了。

不一会儿，杨猛就回来了："外面是一个很浅的山洞，出去就是林子了。你们出来吧。"

李古力马上说："好。"说着，他走过去，帮关凯将高雅妮托了上去。

郑淑敏不舍地看了一眼还留在墙角的晶体，李古力说："上去吧，回头我们有机会再回来取。"王贵华也很遗憾，说道："嗯。上去吧，下次我们再回来！"

就在这时，上面的杨猛低声喊道："不好，门在下降。大家快点儿。"

李古力在纳闷，之前的门都不会自动就关闭的呀。但容不得多想，带大家都上去之后，他拉住上面关凯伸下来的手，身体一使劲，出了洞口。杨猛还在前面低喊："快，整个顶好像都在下沉。快往外跑！"

待李古力和关凯跑到外面的时候，外面的小山洞也已经完全闭合。关凯回头看了一眼，心想："真险！"

而李古力却在想，这怎么可能？闭合后的小山洞已然不见，代替在那里的，是一片月光下还在摇摆着的竹林。

大家也看到了这番情景，却来不及多想。再次呼吸到虽然有些潮湿但是新鲜的空气，他们开始思想下一步怎么办。他们把眼光看向李古力。

“我们可能还在敌区，大家小声点。小王，你先查通信联系和我们的位置。”

没有等李古力说下去，王贵华已经回答：“有信号了，也有位置了。”

“大家稍等。”李古力拿过王贵华递过来的电话，走到一边，等对方的接话。

只一刻，李古力就回到大家身边。“有一艘我们国家的科学考察船在海湾等着我们。在山外的公路上，亮子已经在那儿接应。我们现在在什么位置？”

王贵华把电脑托到他的面前。

“老杨，你来看一下。”

杨猛看了地图上的亮点，又仔细观察了一下地形，说道：“我们已经走出很远了，应该已经脱离了包围圈。但是，按军队的作风，他们应该会在这里设岗哨，因为这里比较狭隘。从这儿开始，就一条沿着山涧的路出山了。六点我们就可以赶到公路了。”他指着放大了的地图说。

“好，大家注意，我们跟在老杨后面，不要弄出响声惊动敌人。只要我们通过前面一个隘口，我们就能出山了。”李古力又强调道，“切记：安静、快速！”

众人点了点头，跟在杨猛的后面就上路了。

李古力走到关凯身边，说道：“我来。”他要去接高雅妮。

这回关凯没有拒绝。他知道李古力的脾气。他把高雅妮从背上放到李古力怀里。郑淑敏在一边看着，对李古力说：“雅妮一定不会有事的。”

“嗯。我们走。”李古力抱着高雅妮，快步追上队伍。

在这么快的行进中，李古力虽然意志力强大，但怀抱一个人，身体完全不能舒展，两三百米后，就开始有些喘息。

前面的关凯停下脚步，说道：“换我一程。”

“不用。你帮我把她放到我背上去。”李古力说道。他原先怕把高雅妮放在背上会颠着她，但这时已经顾不了那么多了。

大约过了十五分钟，杨猛突然停了下来。关凯见状，赶上去："老杨，怎么了？"

杨猛没有说话，指了指前方。关凯顺着杨猛指的方向看去，是一个隘口。月光里，隐约有 4 个人站在那里徘徊。"关卡？"

"是。"杨猛道。这时李古力背着高雅妮赶了上来。

关凯问道："怎么办，队长？"

李古力观察了一下，说道："这样，你从侧翼过去，看关卡是不是只有那 4 个士兵，同时察看一下地形。你不要动手，看完之后，马上回来，等我命令。"

关凯走后，李古力又对杨猛说："老杨，你盯着，若关凯暴露，立即营救。"

"好的。你放心。"

其他人看到前面三人的动静，知道遇到了敌情。王贵华赶到前面："队长，怎么了？"

"你帮我照顾小高。"说着，李古力让王贵华接过高雅妮，"也让郑博士跟你在一起。等我们解决了前面的哨卡再前进。"他又对这时也赶到前面来的吉姆低声说，"前面有哨卡，我们需要突破过去。你告诉杰瑞一下。"

关凯不一会儿就回来了，说道："前面一共有 6 个人，4 个人在路上，还有两个人在路边的林子里。"

"没有其他人？"

"没有。"关凯肯定道，"我刚才离他们已经很近了。"

吉姆插话道："杰瑞说我们有 5 个人能打枪，他们只有 4 个人，我们一人一枪就能解决掉他们的。但现在，现在他们有 6 个人，就要麻烦一点儿。"

"告诉杰瑞，我们不能，不能开枪。"李古力重复着强调"不能"两个字，生怕吉姆没有听懂，"如果我们开枪，就会把军队吸引过来。我们就再也没有机会突破出去了。"

吉姆听懂了李古力的解释，他赶紧转头告诉杰瑞。

章六十九

事实上，要解决前面的6个士兵，即使不开枪，也并不是一件困难的事情。但现在的问题是，他们也不能让守关的士兵开枪，甚至不能让他们鸣枪报警，因为一旦枪响，军队必定全力扑过来，而目前高雅妮需要背着，郑淑敏也肯定不能跑快，后果不堪设想。

李古力紧张地思索着应对的办法，同时问杨猛和关凯，说道："你们有什么建议？"

关凯性子急，说道："我可以把消音器装上，一个一个地干掉他们。"

"不行。"李古力否决了这个建议，说道，"其他人看到同伴倒下，如果开枪，我们也就暴露了。"

杨猛说："那我们悄悄靠近他们，再同时把他们干掉？"

李古力点了点头，问："怎样才能靠近他们？"他也一直在考虑这个问题，要无声地解决这些士兵，必须要靠近才行。但如何能一下到他们身边呢？

吉姆在一边建议道："可不可以贿赂他们？"

李古力一听到这个提议，心中立即有了计划。他对杨猛说："是啊，老杨我们来贿赂他们。"

杨猛说道："虽然士兵也贪财，但我们有多少钱？够他们分吗？"

李古力呵呵一笑，说道："那如果给他们的是黄金呢？"

看他们没有理解，李古力解释道："我现在有一个计划，得麻烦杰瑞和老杨冒一下险。"

杨猛听到后，立即问道："什么计划？"

李古力用商量的口气说道："你们看这样行不行，我们先从侧面赶到里哨卡最近的位置，然后老杨你和杰瑞你们两个从'大道'走过去，就说杰瑞是黄金专家，你们找到了黄金所在之地，发现了大量的黄金，但你们没有携带挖掘工具，要他们帮忙。你们讲话的动静大一点，林子里的人应该就会出来。如果他们贪财，相信你们，那么你们编一个地点，说是带他们去，当然，这个时候我们其他人就会扑上去。如果他们不相信你们，直接开枪的话，就比较危险。也给我们下面的突围造成困难，但我现在还没有其他办法。"

听了吉姆的翻译，杰瑞很佩服李古力考虑的周致。他从口袋里拿出一沓美元，亮了一下，说："我可以给他们美元，来拖延时间，等林子里的人出来，你们再上。"

杨猛道："好，那么我们就这样做。"

"稍等，"李古力接着说，"他们共六个人。老杨、杰瑞你们用刀解决离你们最近的两个人。我和关凯解决外围的四个人。"

吉姆说："也算上我，我和你们一起去，我也可以解决一个。"

李古力想，也好，这样几乎是一人对付一个，剩下一个应该问题不大了。"那就这样定了。"他转身对王贵华说，"你留在这儿，照顾郑博士。"

王贵华也想参与，但看到躺在一边的高雅妮，说："好。我等你们回来。"

"对了，老杨，你和杰瑞需要退一段距离，等 3 分钟待我们到位后，然后从'大道上'过去。"

众人分头行事。杨猛和杰瑞往后走了一小段，看时间已到，就直接上了“大道”，向哨卡走去。两个人心中没底，颇有一些紧张。

4个士兵突然见有人从山里出来的路上走来，立即停下脚步，持枪问话：“谁？什么人呢？”

杨猛赶紧说：“别开枪，别开枪，我是本地人。”

4个士兵等杨猛和杰瑞走近后，中间的一个士兵问道：“你们是干什么的？”

杨猛循声看去，说话的是一个嘴角有颗痣的士兵，心想这就是他们的头儿了。他赶紧解释道：“长官，我是陪他来考古的。”

长痣的士兵说道：“考古的？你们深更半夜来这里考古？你怎么还穿着我们的服装？”

杨猛一惊，心想坏了，身上还穿着早先换上去的士兵的衣服。但他没露声色：“哦，这个衣服，我弟弟也在部队服役。是他送给我的。对了，我们昨天进山的时候也没有看到你们呀，你们到这里来做什么？”

长痣的士兵仍然怀疑，说道：“你别管我们做什么，他是什么人？”

“他是美国来的考古学家，叫杰瑞。”

杰瑞的名字是他们的暗号。听到杨猛说自己的名字，杰瑞从兜里拿出一沓美元，一张一张地分发给每一个人。嘴里说着：“兄弟，兄弟，我们是兄弟。”

这时树林里的两个士兵也赶了过来，看杰瑞在发美元，把枪挎到肩上，也伸过手来。

长痣的士兵明显地不高兴了，他不悦地说：“不要抢。等我问完话你们再动。”

其他士兵见他们的头儿不乐意了，停了下来。杰瑞还在用英文说着“Brothers、Brothers”的。

“你告诉他不要‘不拉屎不拉屎’的，我还有话要问。”

“好的，好的，长官。”杨猛拉了拉杰瑞，示意他不要再说话了。杰瑞拿着一张美元的右手一时僵在空中，士兵们看着他直想发笑。

长痣的士兵说道：“你们一路看到什么了？”

杨猛听到口气有些缓和，心里已是坦然，开始寻找下手的机会。他回答道："长官，我们没有看到什么呀？"

"你没有看到我们的人？"

"哦，看到了看到了。也是他们让我们出来的。"

听到是里面的人让他们出来了，长痣的士兵松了口气。他准备放他们过去，但转眼一想，得把他们的钱留下。他指着杰瑞，"你，你那个美元，什么样的？给我看看？"

杰瑞没有懂他说的话，杨猛过去，要把他手上的钱拿过来递给士兵，不料杰瑞却把那一沓钞票往空中一撒。顿时它们开始飘落在四周。士兵们看他们的头儿似乎想独吞那一沓美钞，看到杰瑞的动作，很是幸灾乐祸，就弯腰到地上去捡。长痣的士兵正要对杰瑞发怒，却见杰瑞从腰后拔出匕首，迎面上去，直接割了他的喉管。

杨猛立时反应过来，他的匕首也同时插进了靠他最近的还在埋头捡钱的士兵。

一个士兵刚拿到一张钞票，忽然看到身边有人扑倒，就要大叫"不好"，声音还没有发出，关凯的军刀就已赶到把他的声音割断。这时，李古力和吉姆也几乎同时结果了离他们最近的士兵。

刚才看到杰瑞撒钱，最靠近树林的士兵已经觉察不对，看到同伴接连扑倒，竟然愣了一下。待他反应过来，杨猛已经蹿到他的身边。他用枪把杨猛死命抵住。杨猛见没有得手，握刀的手又被枪杆挡住，只能左手抓住枪杆用力前推，右手收回再往前刺，但还是刺了个空。但他壮实的身体带着冲力，一下把那士兵压倒在地。

几乎同时，一声沉闷的声响响起，杨猛的身体却似乎没有移动。他身边的杰瑞赶了上去，没等杨猛身下的士兵再扣扳机，他拉过杨猛，一刀划向正仰头恐怖地看着他的士兵暴露的脖子。

李古力听到闷响在杨猛的方向，顿时冲了过去，几乎和关凯同时赶到侧躺着的杨猛身边。杨猛瞪着双眼看着前方，没有动弹。李古力看到杨猛胸口中弹，悲从中来。他摇动杨猛的肩膀，大声喊道："老……"旋即他的大声变为轻声的呼喊："杨，老杨。"

关凯上前轻声道："队长。"

李古力回拢心智，站起身来，说："我们把老杨埋了。"他睁大眼睛强压自己的泪花。"吉姆，你去让小王他们过来。我们马上继续赶路。"

李古力抱起杨猛，端详着杨猛的脸庞。他把他抱到路旁的树林里，把他放下，帮他合上眼睛。过去的四十多个小时，他们在一起已经成了最好的朋友。木姐的初识、楚温的伏击、昨夜的长谈、山洞内外的生离死别。李古力摇了摇头，和关凯、杰瑞一起，给杨猛建了一个简易的新坟。

郑淑敏这时走了过来。刚才听说杨猛牺牲，没有觉得那会是真的，这时一个新的土丘突兀地出现在她面前，她身子一阵抽搐，欲哭无泪，坐了下来。她不明白，一个好端端的人怎么会就此消失，消失到那个土丘下面。她的和平主义的信念在剧烈地动摇。是的，这已经不是她第一次看到死人了，但这一次，却不是一个其他人，而是除了李古力外，她已经习惯受到他保护的人。她的眼泪夺眶而出。

李古力看到郑淑敏震颤着肩膀抑制着自己的哭声，走过去把坐在地上的她拉了起来，说："郑博士，别哭了，我们还得赶快离开这里。"

不料郑淑敏刚一站起身，突然就紧紧抱住了他。哭出身来。

"关凯，你带大家快走！"李古力一时不知如何是好，他吩咐关凯道。

关凯听到命令，说道："是，队长！"

听到李古力和关凯的对话，郑淑敏顿时放开了抱着李古力的手。她看也不看李古力一眼，一路小跑，加入到队伍中间。

李古力赶了上去，他走到王贵华身边，说："小王，我来换你，你照顾郑博士。"

王贵华虽然和杨猛交流不多，但他却是非常喜欢杨猛的性格。现在杨猛已去，他正暗自神伤。他静静地把高雅妮交给李古力，退到郑淑敏身边，闷着头和大家一起赶路。

很快，大家就到了水涧边的小路。敌人似乎已经被甩到了后面，但所有的人都已经疲惫到了极点，许多人都是十几个小时没有喝水了。水的出现让大家恢复了一些精神，使大家有些踉跄的脚步又开始整齐起来。

杰瑞赶到李古力身边，他指了指李古力背上的高雅妮。李古力对他稍稍笑了一笑，没有停下脚步。王贵华也赶了过来，说道："队长，我们换着背吧。你一个人不行的。"

听到声音，关凯也停下脚步，等李古力走到身边，也说："队长，我们轮流来吧。"李古力想了一想，也是，如果自己一人背着，慢下来，必定影响行军的速度。现在至关重要的，就是把高雅妮送到船上救治了。

一个又一个小时过去了。天快放亮的时候，有人出现在前方。李古力低喝一声："有情况，隐蔽。"

这里树林和竹林已经不再那么密集，但岩石却是很多。大家一时分散到岩石后趴下。

"李队长，李队长，我是亮子！"前方的来人喊道。

"是亮子。"关凯第一个跳了出去，"好小子，你怎么来了？"

胸前还挎着望远镜的亮子已经来到从岩石后走出来的众人间，他对关凯笑了笑，径直走到李古力面前："队长，亮子报道！"

"好。"李古力没有表现出其他队员一样的兴奋，"小高受伤了，我们需要赶快救治。"

"小王已经告诉我们了。"小亮说，"船上已经准备有所有的医疗设备。我们从这里还有一个小时，就能到公路上，然后半个小时就能到码头。孙老板已经安排了机动船在那里等候。这样两个小时内，我们就能达到科考船。"

"那我们继续赶路。"

章七十

缅甸上吉村的圣地。

4 月 16 日上午 7 点。

绿色的帐篷里，营长一夜未睡。

昨天把那山洞给炸了，也没有逼出里面的人。也许那些人就已经被炸死了。但搜索了一个晚上，也没有看到任何一丝黄金的踪迹。

“如何向欧洲方面解释呢？”早晨清新的空气中，他再次用手把额头上细密的汗珠抹去。

“报告营长！”

“说。”

“刚发现波黎隘口哨卡的 6 个哨兵全部死亡。”

“怎么回事？”

“早上换岗的战士过去，发现六个哨兵全部被人刺杀。”

“你们，你们……”营长刚要发作，却突然觉得一阵晕眩。

广州白云国际机场的银凤咖啡厅，李古力在为吉姆和杰瑞送行。

“李队长，”吉姆一字一顿地说，“这次的经历，我们真的非常感谢。”

李古力回道：“我也应该感谢你们，和你们给高博士的照顾。”

“那是我们应该的，我们听说高博士已经醒了，我们很高兴。”

“是的，我听医生说，你们当时的急救办法起了关键的作用。”

“我们很高兴能做到我们能做的，也请回头带问高博士好。你们什么时候到美国的话，一定要通知我们。我们会给你们做很好的导游的。”

“这个一定。”李古力答道，同时又有些意味深长地说，“如果哪天我们也要找南极人的话，我一定会找你们的，因为只有你们才有南极人的东西啊。”

吉姆觉得李古力话里有话，意识到可能他知道了什么，但他假装糊涂：“当然，我们都追了这么多年了。到时候我们会把所有的都和李队长分享的。”

李古力笑笑说：“不能食言哦。”

这时，杰瑞对吉姆指了指挂在墙上的电视机。电视上正在播报新闻，英语的解说滚动在屏幕下方。

国际社会在猜测为什么美国国务院在它的网站上删除了关于南亚旅行的禁令，因为昨天，爱尔兰政府还从康科斯公司订购了四千万美元的抗萨斯病毒疫苗，导致康科斯公司股票一度涨停。联合国卫生组织到目前为止，还没有关于萨斯病毒的最新确认。美国《纽约时报》这次对缅甸萨斯事件的报道也一改往日批判的作风，变得极为保守。有政治家猜测，这可能和缅甸军方与国际社会的配合有关。

国内消息，前些日的黄金谣言让一些股民和金民损失惨重。有关方面正在追查谣言的来源。为防止此类谣言的再次发生……

吉姆看到这里，看李古力。李古力也刚好回过头来。他们对视的刹那间，两人会心一笑。

10月的广州，还是那么的湿热。李古力赶回酒店换衣服的时候，没有想到郑淑敏正在大厅等他。

“李队长，”看到李古力从外面进来，郑淑敏站起身来。

“咦，哦。郑博士，我以为你已经回台湾了呢。”

“你希望我这么快就走吗？”

“不是，不是。”李古力笑得有些尴尬，说道，“我本来还说要请你吃饭的，今天晚上我请你吃饭好吗？”

“好啊。”郑淑敏这才展开笑容，“你可不要放我鸽子哦。”

“怎么会呢。这次行动，郑博士的敬业精神让我非常佩服。我想很多人都要对郑博士刮目相看了。”

“我才不稀罕谁的刮目相看。”郑淑敏从手袋里拿出一个小本子，“这个本子是大家的签名，就剩下你还没有签了。”

李古力有些疑惑。

“这是我要送给杨太太的纪念本。我让大家都签了名。我要告诉杨太太，杨大哥是个非常好的人，很多人都爱他。”

李古力为自己没有想到这些而感到心中惭愧。他已经建议组织对杨猛家里给予经济补贴，但却没有想到给他太太精神上的安慰。他赶紧接过纪念本，在上面恭恭敬敬地签上了自己的名字。

“你知道吗，那个营长，我的学长和我说了，他是个邪教内奸。是他害死了杨大哥。”

“是的，据说缅甸政府已经对他采取措施了。”

郑淑敏“嗯”了一声不再说话，李古力一时也不知说什么好。

还是郑淑敏打破沉默。

“我马上就要回台湾了，我很希望再看到你呢。”郑淑敏收回纪念本，看着李古力的眼睛说。

“啊，你不是说晚上我们还要吃饭吗？”

“今天不能了。你会记得差我这一顿饭吗？”郑淑敏向他伸出手来，仍然看着他的眼睛。

“当然，”李古力觉得有一些压力，但他还是有力地握住了郑淑敏的手，“一定的，肯定的。”

“那我走了，车子还在外面等着我呢。”

李古力鼻子有一点发酸，多么好的姑娘。一个开始时还是冷若冰霜的专家，到最后成了大家共同的感性的朋友。他点点头：“我送你过去。”

送走郑淑敏，李古力跑回自己的房间，他用两分钟时间在淋浴间的莲蓬头下把身上的汗水冲去，换了件干净的衬衫。高雅妮醒过来已经半天了。他的心中一直在挂念，但却一直没有能够脱开身。终于，他是自由人了。他要以最快的速度，赶去高雅妮所在的医院。

这时，酒店另一个房间的遮光布把房间内裹得漆黑一片，只有王贵华面前的电脑屏幕上似乎有影子在闪动。王贵华在看着欧洲人留下的视频。黑白的视频映照出他失神的脸。他的嘴长得好大。原先停在 38:00 的视频后面还有内容，读数现在已经是 53:12。

读数还在闪烁……

墨龙系列推荐：

《上海：最后时刻》

10 月。大量的死鱼从深海漂到上海东岸。格林兰岛的冰盖在急剧消融。海水在以几乎每 24 小时一米的速度迅速上升。平均海拔只有 5 米的上海危在旦夕。而同时，世界各国在静止轨道上的卫星受到干扰。李古力奉命到上海请老一辈科学家张大明出马协助，却发现张大明失踪。

海洋学家禹红发现了张大明遗留的应对海水上升的论文批注，参加了搜寻张大明的行动。李古力和欧洲之鹈间谍分别在上海和杭州遭遇。

众多迹象显示，张大明去了格陵兰岛，而美国中情局的吉姆也已经在去格陵兰岛途中。大规模剧烈磁暴发生，许多通信卫星消失，大部分通信中断。上海民众开始向西撤离。渔民的儿子 20 岁的唐强终于决定去上海打工，在抢救女友幼儿园孩子时被压到被水冲垮的房屋中。救援军队把女友和其他孩子强行撤离。

带着李古力四人小队和禹红的包机上升到 13000 米高空时，突然出现异常云团，随即他们的飞机信号从地面雷达消失。南极开始冰融，长江上游暴雨夹裹着奔腾的江水和沿岸汇集的湖水冲向低处的上海，海水倒灌而上。上海的最后一刻已经到来。